FUENTES

LECTURA Y REDACCIÓN

This book is gratefully dedicated to the memory of Sandy Guadano, friend and editor extraordinaire.

FUENTES

LECTURA Y REDACCIÓN

Fifth Edition

Donald N. Tuten

Emory University

Lucía Caycedo Garner

University of Wisconsin—Madison, Emerita

Carmelo Esterrich

Columbia College Chicago

with the collaboration of

Debbie Rusch

Boston College

Marcela Domínguez

CENGAGE
Learning·

Australia • Brazil • Japan • Korea • Mexico • Singapore • Spain • United Kingdom • United States

Fuentes: Lectura y redacción, **Fifth Edition**

Tuten / Caycedo Garner / Esterrich

Product Director: Beth Kramer

Managing Developer: Kati███de

Senior Product Manager: La██mones

Content Coordinator: Joanna Alizio

Associate Media Developer: Patrick Brand

Executive Brand Manager: Ben Rivera

Senior Content Project Manager: Aileen Mason

Senior Art Director: Linda Jurras

Manufacturing Planner: Betsy Donaghey

Rights Acquisition Specialist: Jessica Elias

Production Service: Cenveo® Publisher Services

Text Designer: Bill Reuter

Cover Designer: Harold Burch

Cover Image: Manu Fernández/ AP Images

Compositor: Cenveo® Publisher Services

For product information and technology assistance, contact us at
Cengage Learning Customer & Sales Support, 1-800-354-9706
For permission to use material from this text or product,
submit all requests online at **www.cengage.com/permissions.**
Further permissions questions can be emailed to
permissionrequest@cengage.com

Library of Congress Control Number: 2013952682

Student Edition:

ISBN-13: 978-1-285-73355-5

ISBN-10: 1-285-73355-X

Cengage Learning
200 First Stamford Place, 4th Floor
Stamford, CT 06902
USA

Cengage Learning is a leading provider of customized learning solutions with office locations around the globe, including Singapore, the United Kingdom, Australia, Mexico, Brazil, and Japan. Locate your local office at **international.cengage.com/region.**

Cengage Learning products are represented in Canada by Nelson Education, Ltd.

For your course and learning solutions, visit **www.cengage.com.**

Purchase any of our products at your local college store or at our preferred online store **www.cengagebrain.com.**

Instructors: Please visit **login.cengage.com** and log in to access instructor-specific resources.

Printed in the United States of America
2 3 4 5 6 7 17 16 15 14

Contents

Contents

Contents

Preface

To the Student

Fuentes: Lectura y redacción (*FLR*), Fifth Edition, is a textbook for intermediate Spanish courses, intended for use with *Fuentes: Conversación y gramática* (*FCG*), though it also may be used independently. *Fuentes: Lectura y redacción* is designed to help you perfect your ability to read and write in Spanish and deepen your understanding of Hispanic cultures and societies. You may ask, *Why focus on reading at all? Or writing? Or culture?*

The answers to these questions are closely related. Learning to read and write well in Spanish will help you improve your ability to listen and speak in Spanish. This is so because reading and listening are both interpretive skills that depend on many of the same abilities and strategies. Likewise, writing and speaking are expressive skills that depend on similar abilities and strategies. Writing allows you to hone your ability to express yourself in Spanish while reading trains you to understand and interpret as you also learn about language and culture. However, reading and writing are probably both easier for you to do successfully, since you can control the way you do each and how much time you spend at each task. Consequently, you can often learn more about language and culture through reading and writing than through listening and speaking alone.

Each chapter of *Fuentes: Lectura y redacción* is designed to enhance the development of your reading and writing skills, your understanding of Hispanic cultures and societies, as well as your awareness of your own cultural beliefs, values, and assumptions. As you work through *Fuentes: Lectura y redacción*, remember that learning to read and write in Spanish is a process. In fact, you are probably still learning to interpret texts and write well in your native language. But you can make this process flow more easily by reading and writing something in Spanish every day, even if it is just a note. More important, stop every now and then to check your progress. Read something in Spanish that has nothing to do with class; you may not understand everything, but you will probably understand at least part of it. Though it is often forgotten, the fact is that people do much of their reading and writing for pleasure, and we, the authors of this text, hope that the readings and writing activities in *Fuentes* will spark your imagination and continued interest in the Spanish-speaking world.

Study Tips for *Fuentes: Lectura y redacción*

As you work through the text, keep in mind the following tips. Remember that reading is a "guessing game" and that reading in another language often requires conscious use of special strategies.

Tips for reading:

▶ Read in cycles. Your first reading of a text should focus on understanding the main ideas or gist. Try to read the entire text without stopping. In subsequent reading cycles you can focus on details and fine-tune your understanding. See the Overview of FLR Reading Strategies on the Student Premium Website for more information.

▶ Read each text at least twice before class discussion, and read it at least once after each class discussion.

▶ Make spontaneous use of the strategies studied and practiced in class since this is the natural way in which you will want to employ them when reading texts outside of *Fuentes: Lectura y redacción*. See the Overview of FLR Reading Strategies on the Student Premium Website for more specific suggestions.

▶ Don't be afraid to disagree with what you read. Many readings have been chosen precisely to generate differing reactions and opinions.

▶ Number paragraphs for each reading and use these numbers to locate and justify your answers to post-reading exercises during class.

▶ Use the readings as a way of building your language resources. Much of the vocabulary in the readings is intended for recognition, but you should aim to incorporate high-frequency or very important vocabulary items (or grammar structures) in your writing and in class discussion.

Tips for writing:

▶ In journal or informal writing activities, focus primarily on generating and expressing ideas in Spanish and only secondarily on details of grammar.

▶ In formal writing, focus first on expressing your ideas, and then revise with an eye on correct forms and effective organization.

▶ Brainstorm ideas before starting to write.

▶ Decide who your audience is and why you are writing.

▶ Get a good bilingual dictionary and learn how to use it.

▶ Try new things and take risks. If you see an interesting expression in one of the readings, try to incorporate it into your own writing.

▶ Talk about your ideas for writing with classmates, your instructor, and friends.

▶ Don't try to pump out compositions overnight. Write on one day and revise on another. Discuss your ideas with others. Make it a process of writing, responding, and revising.

▶ Try to make spontaneous use of the strategies that are presented and practiced in *Fuentes: Lectura y redacción*. Even though an activity may focus on a particular strategy, you also may be able to use previously studied strategies in your own writing.

Tips for studying culture:

▶ Practice "reading between the lines." The ability to make inferences about a writer's or speaker's intentions and the implications of what is expressed is essential to intercultural communication.

▶ As you read, compare and contrast what you learn about Hispanic cultures and societies with your own. Use your informal writing to explore these ideas and become more aware of your own underlying beliefs and values.

▶ Relate what you study and write about in *Fuentes: Lectura y redacción* with current events or material you are studying in other classes.

Acknowledgments

The publisher and authors wish to thank the following reviewers for their feedback on *Fuentes*. Many of their recommendations are reflected in the changes made in the new edition.

Inés Arribas, Bryn Mawr College
Karen Berg, College of Charleston
Ryan Boylan, Gainesville State College
Julia Bussade, The University of Mississippi
Bonnie Butler, Lafayette College
Marianela Davis, Penn State Altoona
Ronna Feit, Nassau Community College
Diane Forbes, Rochester Institute of Technology
Gail González, University of Wisconsin – Parkside
Mary Hartson, Oakland University
Denise Hatcher, Aurora University
Dan Hickman, Maryville College
Elisa Lucchi-Riester, Butler University
Joanna Lyskowicz, Drexel University
Rob Martinsen, Brigham Young University
Antxon Olarrea, University of Arizona

Mariola Pérez de la Cruz, Western Michigan University
Lynn Purkey, University of Tennessee, Chattanooga
Virginia Rademacher, Babson College
Isidro Rivera, University of Kansas
Fernando Rubio, University of Utah
Karyn Schell, University of San Francisco
Víctor Segura, University of Tennessee, Chattanooga
Barry Velleman, Marquette University
Maria Villalobos-Buehner, Grand Valley State University
Shauna Williams, University of Notre Dame
Timothy Woolsey, Penn State University
U. Theresa Zmurkewycz, St. Joseph's University

The authors wish to extend their thanks to several people who have made important contributions to the development of *Fuentes: Lectura y redacción*: Ramonita Marcano-Ogando, Mónica Velasco-González, Joyce Martin, Lisa Dillman, José Luis Boigues-López, Elva González, Irina Zaitseva, and Robyn Clarke (for providing feedback on this and previous editions of the text); Natalia Francis, Lisa Dillman, Miguel Valladares, and Wilfredo Hernández (for helping locate new texts); Lucía Sierra Laignelet, Jorge Caycedo Dávila, Virginia Laignelet, Myriam Diazgranados, and Blanca C. Dávila Knoll (for assistance answering linguistic and cultural questions). Special thanks go to Hugo Aparicio who generously offered to write an original essay for this book. We also would like to thank undergraduate students, graduate student instructors, and faculty colleagues at Emory University for their input and encouragement during the development of this new edition.

We want to express our appreciation to the following people for their valuable assistance during the development and production of this project: Lara Semones, Katie Wade, Sarah Link, Marissa Vargas, Joanna Alizio, Aileen Mason, Linda Jurras, and Jessica Elias. We owe particular thanks to Sarah Link, whose patience, organizational skills, fine editor's eye, and communication skills have played a key role in bringing this edition to completion. We have been fortunate to have received the assistance and guidance of all those mentioned as we prepared the Fifth Edition of *Fuentes: Lectura y redacción*.

D. T.
L. C. G.
C. E.

Index of Reading and Writing Strategies

Victoria Abril ★ Christina Aguilera ★ Isabel Allende ★ Pedro Almodóvar ★ Alejandro Amenábar ★ Marc Anthony ★ Gloria Anzaldúa ★ Óscar Arias ★ Ramón "Daddy Yankee" Ayala ★ Judith Baca ★ Michelle Bachelet ★ Joan Baez ★ Antonio Banderas ★ Javier Bardem ★ Eduardo Verástegui ★ Rubén Blades ★ Roberto Bolaño ★ el rey don Juan Carlos I de Borbón y la reina doña Sofía ★ Fernando Botero ★ Santiago Calatrava ★ Tego Calderón ★ Andrés Cantor ★ Mariah Carey ★ Fidel Castro ★ Hugo Chávez ★ Linda Chávez-Thompson ★ Chayanne ★ Sandra Cisneros ★ Penélope Cruz ★ Alfonso Cuarón ★ Rosario Dawson ★ Pedro Delgado ★ Cameron Díaz ★ Junot Díaz ★ Plácido Domingo ★ Pedro Duque ★ Gloria Estefan ★ Freddy Ferrer ★ América Ferrera ★ Carlos Fuentes ★ Luis Miguel Gallego Basteri ★ Andy García ★ Gael García Bernal ★ Gabriel García Márquez ★ Baltasar Garzón ★ Selena Gómez ★ Salma Hayek ★ Enrique Iglesias ★ Julio Iglesias ★ Miguel Induráin ★ Juanes ★ John Leguizamo ★ Francisco "Pancho" Lombardi ★ Eva Longoria ★ George López ★ Jennifer López ★ Diego Luna ★ Diego Maradona ★ Subcomandante Marcos ★ Ricky Martin ★ Pedro Martínez ★ Shakira Mebarak Ripoll ★ Juana Molina ★ Evo Morales ★ Rafael Nadal ★ Lorena Ochoa ★ Edward James Olmos ★ Elena Poniatowska ★ Manuel Puig ★ Óscar de la Renta ★ Geraldo Rivera ★ Alex Rodríguez ★ Paul Rodríguez ★ Linda Ronstadt ★ Ken Salazar ★ Joaquín "Quino" Salvador Lavado ★ Carlos Santana ★ Gustavo Santaolalla ★ Cristina Saralegui ★ Jon Secada ★ Carlos Slim Helú ★ Sonia Sotomayor ★ Ariadna Thalía Sodi Miranda ★ Hilda Solís ★ Ilán Stavans ★ Benicio del Toro ★ Guillermo del Toro ★ Mario Vargas Llosa ★ Sofía Vergara

© Cengage Learning 2015

See the *Fuentes* website for related links and activities: www.cengagebrain.com

ACTIVIDAD 1   Los hispanos famosos

Todos los nombres que aparecen en la página anterior son de personas famosas. Algunos viven en los Estados Unidos, otros en América Latina o España. Algunos son famosos en los Estados Unidos, otros tienen fama internacional y otros son conocidos en los países hispanos. En grupos de tres, identifiquen cinco personas que Uds. conozcan. Hagan una lista de esas personas y contesten las siguientes preguntas para cada una.

- ¿De dónde es?
- ¿Qué hace?
- ¿Cuál es el lugar de origen de su familia?
- ¿Qué piensan Uds. de él/ella?

✳ Lectura 1: Los anuncios personales

Estrategia de lectura

Activating Background Knowledge
To understand a specific reading, you must employ knowledge you already have about the topic. Thinking about your background knowledge before reading helps you contextualize the topic and predict what kinds of information and vocabulary are likely to appear in the text. For example, based on what you know about personal ads in English, you can guess that Spanish ads contain similar information.

ACTIVIDAD 2   ¿Qué desean?

Vas a leer unos anuncios personales escritos por hispanos y publicados en Internet. Primero, en grupos de tres, contesten las siguientes preguntas sobre los anuncios personales.

1. ¿Leen Uds. los anuncios personales con frecuencia? ¿Por qué?
2. ¿Les gustaría responder a un anuncio personal?
3. ¿Por qué escribe la gente anuncios personales?
4. ¿Qué información suelen incluir los anuncios personales?
5. ¿Creen que la gente miente mucho en los anuncios?
6. ¿Qué características buscan Uds. al leer los anuncios?

ACTIVIDAD 3 ¿Cómo es?

Scanning for information

Muchas veces buscamos características específicas al leer los anuncios personales. Mira rápidamente los siguientes anuncios personales y escoge uno o dos adjetivos para cada persona o grupo de personas.

Gerardo: _____   María: _____

Rakhel: _____   Carmen: _____

Álvaro: _____   Andrés: _____

Luisa: _____   Bárbara: _____

Juan Carlos: _____   los Golfos: _____

ACTIVIDAD 4 Las actividades preferidas

Scanning for information

Con frecuencia buscamos las actividades preferidas de las personas al leer los anuncios personales. Mira rápidamente los siguientes anuncios personales y contesta cada una de las siguientes preguntas.

1. ¿Quién practica alpinismo? _____

2. ¿A quién le interesa el rock latino? _____

3. ¿A quién le gusta platicar? _____

4. ¿Quién asiste a clases de veterinaria? _____

5. ¿Qué persona tiene buen sentido del humor? _____

6. ¿Quién corre todos los días? _____

7. ¿Quién no come carne? _____

8. ¿A quiénes les encantan las fiestas? _____

platicar (*México y partes de Centroamérica*) = **hablar, charlar**

Remember that you only need to understand these personal ads well enough to complete assigned activities. Rely on familiar vocabulary and cognates to get the main ideas.

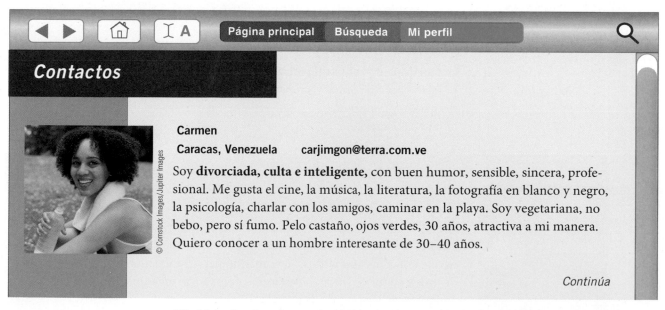

| ◀ ▶ | 🏠 | I A | **Página principal** | **Búsqueda** | **Mi perfil** | 🔍 |

Contactos

Carmen
Caracas, Venezuela   carjimgon@terra.com.ve

Soy **divorciada, culta e inteligente,** con buen humor, sensible, sincera, profesional. Me gusta el cine, la música, la literatura, la fotografía en blanco y negro, la psicología, charlar con los amigos, caminar en la playa. Soy vegetariana, no bebo, pero sí fumo. Pelo castaño, ojos verdes, 30 años, atractiva a mi manera. Quiero conocer a un hombre interesante de 30–40 años.

Continúa

Al final de las direcciones de correo electrónico a veces viene incluida una indicación del país de origen del sitio anfitrión: .es = España, .co = Colombia, .mx = México.

Gerardo

Distrito Federal, México   gerfer@terra.com.mx

Soy **un hombre emprendedor,** con miras al futuro, ambicioso, de carácter fuerte. Guapo, 27 años, 70 kilos, 1,77, atlético (hago pesas), ojos azules, rubio. Me dedico a la mercadotecnia y en mi tiempo libre practico andinismo/ alpinismo. Te busco a ti: la mujer de mis sueños, tierna pero decidida, emprendedora y con profesión.

Álvaro

Santiago, Chile   garciaal21@123click.cl

Soy estudiante, 21, soltero, pelo y ojos negros. Me considero una persona de buen corazón. Me gustan los deportes (fútbol, béisbol, tenis), la astrología (soy Tauro), la naturaleza, el rock latino, especialmente grupos mexicanos como Café Tacuba, Maná, etc., y me interesa conocer **gente (chicas) de México,** ya que quiero visitar el país.

No hay foto

Rakhel

Bilbao, España   rakhebv@yahoo.es

Buffff… por dónde empezar… mujer… jejeje… atractiva (dicen)… 32 años… de momento… espero cumplir muchos más… jejeje… con sentido del humor… irónica… me gusta reír… y hacer reír… me encantan las fiestas… y bailar… me fascina mi trabajo… me aburre la rutina… **odio la mediocridad**… y la injusticia… ¿tú?… guapo… jeje… buen conversador… diferente de los demás… escríbeme…

No hay foto

los Golfos

Madrid, España   golfos@gmail.com

Hola. Formamos **un grupo mixto de amigos** y queremos ampliarlo. Buscamos gente normal y simpática ☺. Si eres una persona abierta y simpática, y tienes entre 25 y 30 años, únete a nuestro grupo para salir de fiesta por Madrid.

Luisa

Buenos Aires, Argentina   luvalda@yahoo.com.ar

¡Hola! Tengo ojos marrones y pelo castaño. Soy porteña, a la que no le gusta la ciudad. Me encanta el campo, el aire libre… sentirme libre… Estudio veterinaria, **amo a los animalitos.** Soy superinquieta, me enloquece viajar y conocer lugares y culturas nuevas. Soy sensible, romántica, soñadora. Busco nuev@s amig@s y, si llega el caso, algo más.

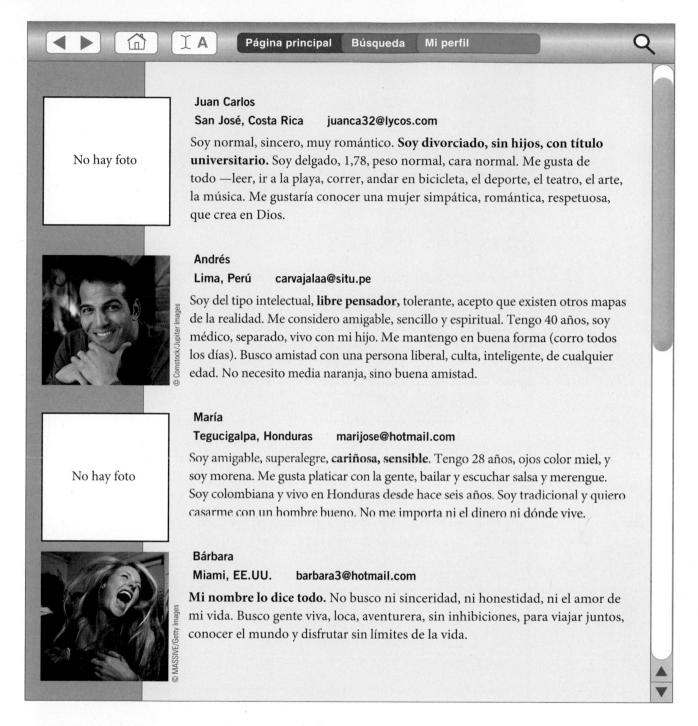

Juan Carlos

San José, Costa Rica   juanca32@lycos.com

Soy normal, sincero, muy romántico. **Soy divorciado, sin hijos, con título universitario.** Soy delgado, 1,78, peso normal, cara normal. Me gusta de todo —leer, ir a la playa, correr, andar en bicicleta, el deporte, el teatro, el arte, la música. Me gustaría conocer una mujer simpática, romántica, respetuosa, que crea en Dios.

Andrés

Lima, Perú   carvajalaa@situ.pe

Soy del tipo intelectual, **libre pensador,** tolerante, acepto que existen otros mapas de la realidad. Me considero amigable, sencillo y espiritual. Tengo 40 años, soy médico, separado, vivo con mi hijo. Me mantengo en buena forma (corro todos los días). Busco amistad con una persona liberal, culta, inteligente, de cualquier edad. No necesito media naranja, sino buena amistad.

María

Tegucigalpa, Honduras   marijose@hotmail.com

Soy amigable, superalegre, **cariñosa, sensible.** Tengo 28 años, ojos color miel, y soy morena. Me gusta platicar con la gente, bailar y escuchar salsa y merengue. Soy colombiana y vivo en Honduras desde hace seis años. Soy tradicional y quiero casarme con un hombre bueno. No me importa ni el dinero ni dónde vive.

Bárbara

Miami, EE.UU.   barbara3@hotmail.com

Mi nombre lo dice todo. No busco ni sinceridad, ni honestidad, ni el amor de mi vida. Busco gente viva, loca, aventurera, sin inhibiciones, para viajar juntos, conocer el mundo y disfrutar sin límites de la vida.

ACTIVIDAD 5 Las combinaciones perfectas

Skimming and scanning

En grupos de tres, miren los anuncios otra vez. Busquen dos personas que se complementen bien y que puedan formar pareja, pensando en:

- qué características comparten
- qué valores comparten
- qué actividades prefieren

Luego, explíquenle a la clase por qué han seleccionado a esas dos personas o grupos de personas.

Personal reactions

ACTIVIDAD 6 ¿A quién prefieres?

Parte A: Individualmente, mira los anuncios y decide:

1. ¿Quién te cae bien? ¿Por qué?

2. ¿Quién te cae mal? ¿Por qué?

3. ¿Qué anuncios te llaman la atención? ¿Por qué?

Parte B: Después, en grupos de tres, comenten y justifiquen sus preferencias: ¿Quiénes les caen bien a todos Uds.? ¿Quiénes no? ¿Por qué? ¿Qué anuncios les llaman la atención?

Brainstorming

ACTIVIDAD 7 Un corazón solitario

Parte A: En parejas, escojan una de las fotos que aparecen abajo y en la página siguiente. Imaginen cómo es la persona, usando las siguientes preguntas como guía.

1. ¿Quién es? ¿Cómo se llama?

2. ¿Qué hace? ¿Dónde trabaja?

3. ¿Cuántos años tiene?

4. ¿Cómo es físicamente?

5. ¿Qué le gusta/encanta hacer en su tiempo libre? (tres actividades)

6. ¿Qué prefiere no hacer? (tres actividades)

7. ¿Cómo es su personalidad? (tres características)

8. ¿Cómo es su pareja o amigo/a ideal?

Using models

Parte B: En parejas, escriban un anuncio para esta persona, usando los detalles de la Parte A. Usen el siguiente anuncio como modelo.

> Soy un hombre de 30 años, delgado, con pelo castaño y ojos marrones. Soy guapo, divertido y cariñoso. En mi tiempo libre juego al tenis, paseo al perro, leo novelas, voy al cine. Me encanta viajar. Deseo conocer a una mujer inteligente, culta y atractiva entre 30 y 40 años. Escríbeme, te contestaré. Vicente, Valencia, España.

Guessing meaning from context

Parte C: Después de terminar el anuncio, intercámbienlo con otra pareja, lean el anuncio de ellos y averigüen a qué foto pertenece.

1

2

3

4   5   6

Cuaderno personal 1-1

Imagina que te sientes muy solo/a y decides poner un anuncio personal en un sitio web. Escribe un anuncio como los que acabas de leer.

Para ver miles de anuncios personales del mundo hispano, ve a la página web **es.match.com**.

✳ Lectura 2: Panorama cultural

ACTIVIDAD 8   Hispanos, latinos y americanos

Activating background knowledge

Antes de leer "La dificultad de llamarse hispano, latino o americano", decidan en parejas cuáles de estos tres términos, *hispano, latino* o *americano,* se pueden usar para describir a una persona de los siguientes países. Luego, escriban una definición de cada término.

México	Francia	Canadá
España	Cuba	Chile
EE.UU.	Brasil	Guatemala

Estrategia de lectura

Identifying Cognates

Spanish and English share the Latin alphabet as well as many words of Latin and Greek origin. By depending on these similar words, or cognates, you will often be able to understand much of any text written in Spanish. Familiar cognates include words like **información, artista, historia,** and **similar.**

ACTIVIDAD 9 Busca los cognados

En la siguiente lectura hay muchos cognados. Busca el equivalente en español de los siguientes términos.

the Caribbean	Latin America	North American
Central America	Latin American	South America
Hispanic	North America	Spanish America
Latin		

ACTIVIDAD 10 La idea general

Parte A: Lee por encima la siguiente lectura y decide cuál de estas ideas representa mejor la idea general.

_____ Es una descripción de tres hispanos: Orlando, Rosa y Rocío.

_____ Es una descripción de la geografía y la cultura hispanas.

_____ Es una exploración de palabras que describen distinciones raciales, culturales y geográficas.

Parte B: Mientras lees, compara tus definiciones de *hispano*, *latino* y *americano* con las que aparecen en el texto. ¿Son iguales o diferentes?

La dificultad de llamarse hispano, latino o americano

El adjetivo **hispano** es más frecuente que **hispánico**.

Orlando es de Buenos Aires, tiene la piel blanca y el pelo rubio. ¿Es hispano, latino o blanco? Rosa es de Venezuela, tiene la piel muy oscura y el pelo negro y rizado. ¿Es hispana o negra? Rocío es de México, es morena y tiene rasgos indígenas. ¿Es mexicana, hispana o indígena?

Al leer el párrafo anterior, se puede ver que los términos *hispano* y *latino* se confunden
5 con otros más bien raciales: indígena, negro, blanco, asiático. Sin embargo, *hispano* y *latino* no se basan históricamente en distinciones de raza sino en distinciones de cultura. *Latino* es un término de significado bastante amplio que denomina a las personas que hablan lenguas romances como el portugués, el español, el catalán, el francés y el italiano, lenguas que tienen su origen en el latín, y por eso también se llaman lenguas *latinas*.
10 Como la cultura y la lengua van íntimamente relacionadas, el término *latino* es tanto cultural como lingüístico. *Hispano* es un término que denomina a un habitante de la antigua provincia romana de Hispania, hoy España, y se usa actualmente para referirse a todas las personas de habla española y su cultura.

indígena americano = Native American

El rumano también es una lengua romance, pero la cultura de Rumania es más bien eslava.

El uso de los nombres *latino* e *hispano* con connotaciones raciales es problemático,
15 ya que hay hispanos blancos, negros, asiáticos e indígenas, y mezclas de estos grupos. En realidad, *latino* empieza como una abreviatura de *latinoamericano*, término que puede incluir no solo a los hispanos, sino también a los brasileños (de habla portuguesa) y a los haitianos (de habla francesa). Por otro lado, puede excluir a muchos habitantes indígenas de Latinoamérica que no hablan español ni portugués sino sus propias
20 lenguas indígenas y que no se consideran latinos.

En los Estados Unidos, **latino = hispano**, aunque pueden tener connotaciones políticas diferentes en algunas comunidades.

Las cuestiones de nomenclatura se extienden también a los términos geográficos. *Latinoamérica* incluye a todos los países de lengua y cultura latinas, mientras que *Hispanoamérica* se compone de los diecinueve países de lengua española y cultura hispana. Otros términos geográficos son *Norteamérica, Centroamérica, Sudamérica* y *el Caribe.* En español, el nombre *América* no se refiere a ningún país, sino al continente que se extiende desde el Ártico hasta Tierra del Fuego. Ya que todo habitante de América es *americano,* muchos dicen que la palabra *americano* no debe referirse solo a personas de los Estados Unidos. Se han buscado, entonces, alternativas como *estadounidense* y *norteamericano.* Sin embargo, no solo las personas de los Estados

Norteamérica = la América del Norte
Centroamérica = la América Central
Suramérica/Sudamérica = la América del Sur

Unidos son *norteamericanas* porque los canadienses y los mexicanos también lo son. Y la palabra *estadounidense,* formal y burocrática, parece forzada en la conversación; así que, por falta de algo mejor, muchísimas personas dicen *americano* cuando se refieren a un habitante de los Estados Unidos.

Estos términos revelan la complejidad geográfica, cultural, racial y lingüística del mundo hispano y, por tanto, es importante entender qué significan. Aun más importante es reconocer que su significado puede variar de un grupo a otro, y en lugares y circunstancias diferentes. ■

ACTIVIDAD 11 Las ideas principales

Hay cinco párrafos en la lectura anterior. Pon un número (1–5) al lado de la descripción que exprese mejor la idea principal de cada párrafo.

_____ los orígenes de *latino* e *hispano*

_____ ejemplos del uso confuso de algunos términos

_____ el uso problemático de *latino* e *hispano*

_____ la importancia de entender los diferentes significados de los términos de identidad cultural

_____ el uso de los términos geográficos para la identificación

ACTIVIDAD 12 Definiciones

Parte A: En parejas, escriban definiciones para las siguientes palabras. Busquen información en la lectura anterior y añadan otra información que Uds. conozcan. Usen expresiones como: **Es un término/adjetivo/nombre que se refiere a…, Es una expresión que denomina (a)…**

1. lenguas romances

2. latino

3. hispano

4. americano

5. hispanoamericano

6. latinoamericano

7. estadounidense

Parte B: Discutan con otra pareja las definiciones. ¿Hay palabras que tengan más de una definición? ¿Existen conflictos entre diferentes perspectivas y definiciones? ¿Por qué? ¿Hay definiciones que sean mejores que otras?

ACTIVIDAD 13 Reflexiones y reacciones

Después de terminar la lectura, lean y comenten las siguientes preguntas.

1. ¿Cómo te identificas tú? ¿Te identificas con una comunidad local, un estado o provincia, una región, una nación, una religión, un grupo étnico? ¿Crees que la gente debe preocuparse por estos términos de identidad? ¿Por qué?

2. ¿Crees que algunas personas en los Estados Unidos se equivocan cuando usan el término *Spanish*? ¿A qué se refieren al usar este término? ¿Crees que un mexicano o un puertorriqueño se siente mal o se enoja cuando alguien lo identifica como *Spanish*? ¿Por qué sí o no?

3. Algunas personas de origen "hispano" o "latinoamericano" en los Estados Unidos se quejan del término *hispano* y prefieren llamarse *latinos*. ¿Por qué?

Cuaderno personal 1-2

En español, ¿prefieres usar *americano/a, norteamericano/a* o *estadounidense* para identificar a una persona que es de los Estados Unidos? ¿Por qué?

✳ Lectura 3: Artículos breves

Estrategia de lectura

Scanning and Skimming

Scanning means searching a text for specific details or pieces of information without paying much attention to other information in the text. For example, when you decide to see a particular movie, you probably scan the film section of a newspaper or website for times and locations. *Skimming* means focusing on just enough features of a text to form a general idea of its content. You are skimming when you first glance over a newspaper article to see if it interests you and merits closer reading. Skimming is similar to scanning, but when you scan you search for specific details since you already know what kinds of information the text contains. Skimming and scanning are often done together.

ACTIVIDAD 14 La primera aproximación

Skimming

Parte A: En parejas, lean el título y los subtítulos, miren el formato y las fotos, y determinen el tema general de la siguiente lectura, "Gente hispana". Digan si la selección es de:

un periódico	*un catálogo*	*un documento oficial*
una carta	*una revista popular*	*una revista literaria*

Parte B: Lee rápidamente los artículos de "Gente hispana" e indica qué descripción corresponde a cada persona famosa. Después, compara tus resultados con los de otros compañeros.

Skimming and scanning

1. _____ actúa en películas, canta y baila.
2. _____ canta música rock y pop y apoya las causas humanitarias.
3. _____ juega al béisbol.
4. _____ escribe cuentos y novelas y defiende la identidad latina.

Parte C: Miren la lectura otra vez y digan de dónde es cada persona.

Scanning

Gente hispana

¡Mujer latina!

Nace en Chicago de madre chicana y padre mexicano, y pasa la infancia entre México y los barrios pobres de Chicago. Más tarde, esta mujer independiente, hija única de una familia con seis hijos varones, rechaza el papel tradicional de la mujer latina. **Sandra Cisneros** se dedica, entonces, a

escribir sobre su vida como mujer latina… ¡en inglés! ¿Por qué? Quizás porque, para ella, escribir significa poder cambiar la opinión que la gente tiene de su comunidad, su sexo y su clase social. En libros como *The House on Mango Street*, *Woman Hollering Creek* y *Caramelo*, Cisneros narra las experiencias de las chicanas y otras mujeres latinas pobres, creando personajes femeninos que triunfan en un mundo de tensión intercultural, pobreza y humillación. Y es muy importante recordar que Cisneros no se considera hispana, sino latina. Según Cisneros, *hispano* es un nombre de esclavo, asociado con los españoles que conquistaron a sus antepasados mexicanos. Para ella, solo *latino* define la orgullosa identidad nueva de los descendientes de los pueblos de América. ∎

Un cantante con corazón

Juan Esteban Aristizábal Vásquez —conocido mundialmente como **Juanes**— se ha convertido en el cantante latino más respetado del mundo. Empieza su carrera en su Colombia natal, cantando y tocando en el grupo de heavy metal Ekhymosis. Luego, decide independizarse y lanza su primer álbum *Fíjate bien*, se-

guido de otros como *Un día normal*, *La vida… es un ratico* y *Juanes MTV Unplugged*, en que mezcla el rock con influencias de la música pop y latina, pero no para de recibir premios Grammy y MTV. Dice que su principal interés en la vida es el amor y esto no es mentira: se ve en la letra de canciones como "La camisa negra" y "Me enamora", en su devoción por su lengua materna —solo canta en español— y en su preocupación por los problemas de las sociedades humanas. De hecho, ha ganado gran fama como un artista especialmente comprometido con las causas humanitarias, organizando conciertos a favor de la paz en Colombia, Venezuela y Cuba, y apoyando organismos que ayudan a las víctimas de las minas antipersonas y del SIDA. Sin lugar a dudas, ¡es un cantante con gran corazón! ∎

En 2005, Juanes fue nombrado como una de las 100 personas más influyentes del mundo. Se dice que Juanes es el cantautor más famoso del mundo de principios del siglo XXI.

Uno de muchos… pero único

José Alberto Pujols Alcántara, conocido como **Albert Pujols**, se considera el bateador más temido del béisbol y uno de los más brillantes jugadores de este deporte. Como tantos beisbolistas, nace en la República Dominicana, y a los dieciséis años viaja con su familia a Nueva York, donde lo reconocen como gran jugador.  En 2001 empieza su brillante carrera con los Cardenales de San Luis. Recibe premios, honores y el "Guante de Oro". Se le reconoce como el jugador más valioso de la Liga Nacional, y en 2011 se coloca con Babe Ruth y Reggie Jackson en el club exclusivo de los "únicos" que han logrado batear tres jonrones en un partido de la Serie Mundial. Hoy, jugando con los Angelinos de Anaheim, disfruta de uno de los contratos más valiosos de la historia del béisbol. En su vida personal, Pujols es reconocido como un hombre franco, determinado y honrado. Es un hombre de gran fe religiosa, amante de su hogar, quien junto con su esposa ha creado la Fundación Familia Pujols para ayudar a niños que tienen síndrome de Down y a familias pobres de la República Dominicana. Por su gran talento, su empeño y su generosidad, podemos decir que Pujols es uno de muchos, pero en realidad… es único. ∎

La reina del espectáculo

Sus orígenes no son nada espectaculares: nace y crece en una familia puertorriqueña que vive en el Bronx de Nueva York. Sus padres le pagan lecciones de canto y baile, pero nada indica que **Jennifer López** va a llegar a la cima del éxito, no solo como actriz, sino también como cantante, bailarina, productora discográfica, diseñadora y productora de televisión.  Llega a la fama internacional al interpretar el papel de Selena, la famosa cantante tejana que muere joven en 1995. Después **"J. Lo."** —como la conocen muchos admiradores americanos— tiene éxitos taquilleros como *La celda*, *Planes de boda* y *Sucedió en Manhattan*. Al mismo tiempo, lanza su carrera de cantante pop con una canción en inglés, "If You Had My Love" y otra en español, "No me ames", que canta con su futuro marido, y luego exmarido, Marc Anthony. Desde entonces, conoce éxito tras éxito y sus impresionantes actuaciones en los conciertos le consiguen millones de fans a través del mundo. Hoy día sigue trabajando como actriz, cantante y bailarina, pero también dedica mucho tiempo a la producción de proyectos de música y televisión. Su influencia es notable y algunos la consideran una de las mujeres más poderosas del mundo: una verdadera "reina del espectáculo". ∎

ACTIVIDAD 15 Detalles y pormenores

Skimming and scanning

Busca la información indicada para cada persona en las lecturas de "Gente hispana".

- lugar de origen
- talentos/profesiones
- intereses o actividades favoritas
- un dato que te llama la atención

ACTIVIDAD 16   Una segunda aproximación

Parte A: En parejas, busquen las respuestas a las siguientes preguntas en la lectura anterior.

Sandra Cisneros: ¿A qué se dedica? ¿Qué escribe? ¿Cuál es su última novela? ¿De qué se queja?

Juanes: ¿Por qué se llama "Juanes"? ¿Dónde nace y crece? ¿Qué tipo de música le gusta tocar? ¿Qué le preocupa en la vida?

Albert Pujols: ¿Qué hace? ¿Qué dicen los demás de él? ¿Cuál es un proyecto importante para él?

Jennifer López: ¿De dónde es? De niña, ¿qué estudia? ¿Por qué se la considera una reina del espectáculo?

Parte B: Busquen las respuestas a las siguientes preguntas en la lectura anterior. Escribe el nombre de cada persona en el espacio en blanco.

1. ¿Quién narra las experiencias de las mujeres latinas? _____

2. ¿Quién rechaza el término *hispano*? _____

3. ¿Quién interpreta el papel de Selena en una película? _____

4. ¿Quién busca combinar diferentes tradiciones musicales en su música? _____

5. ¿Quién tiene uno de los contratos más valiosos de la historia del béisbol? _____

6. ¿Quién es muy dedicado a su familia? _____

7. ¿Quién canta la canción "No me ames" con Marc Anthony? _____

8. ¿Quién organiza conciertos a favor de la paz? _____

9. ¿Quiénes tienen apodo o nombre diferente en inglés? _____

ACTIVIDAD 17   ¿Cómo son?

Parte A: Los siguientes adjetivos se suelen usar para describir a las personas. Piensa en las cuatro personas famosas. Para cada una, escoge tres adjetivos. Justifica o ejemplifica cada adjetivo con algo que es, cree o hace esa persona.

▶ Jennifer López es una persona polifacética, porque sabe actuar, cantar y bailar.

polifacético/a	*obstinado/a*	*generoso/a*
respetado/a	*responsable*	*idealista*
controvertido/a	*creativo/a*	*divertido/a* (fun)
rebelde	*egoísta* (selfish)	*trabajador/a*
decidido/a (determined)	*independiente*	*seductor/a*

Parte B: Ahora escoge tres adjetivos que te describan a ti y justifica o ejemplifica cada adjetivo con algo que eres, crees o haces.

Parte C: Ahora, en parejas, compartan sus adjetivos y ejemplos. ¿Tienen características en común o son muy diferentes? ¿Son similares o diferentes de las cuatro personas famosas?

ACTIVIDAD 18 La descripción de un/a famoso/a

Using models

Parte A: Hay muchas maneras de describir a una persona. ¿Cuáles de los siguientes aspectos aparecen en las descripciones de "Gente hispana"?

______ la edad	______ lo que no le gusta
______ la profesión	______ la familia
______ los gustos	______ la personalidad
______ las metas	______ las actividades preferidas
______ el origen	______ la apariencia física
______ los logros	______ sucesos especiales

Parte B: Ahora, en parejas, escojan a una persona famosa. Pensando en los modelos de "Gente hispana", escriban una descripción de esta persona. ¡Ojo! No mencionen el nombre de la persona, para que después otros estudiantes adivinen su identidad.

Cuaderno personal 1-3

Describe a una persona famosa que admires y sus actividades preferidas. ¿Por qué admiras a esta persona?

Redacción: Reseña de una entrevista

Estrategia de redacción

Reported Speech

The following activities will lead you to write an article based on an interview. In order to do this, you will need to convert direct speech to reported speech. Examine the following examples.

Direct Speech (*estilo directo*)	Reported Speech (*estilo indirecto*)
—Soy bella, elegante y rica.	**Dice que** es bella, elegante y rica.
—¡¡Yo no soy gordo!!	**Insiste en que** no es gordo.

Continúa

Other expressions used to introduce reported speech:

Confiesa que...	**Cree que...**
Cuenta que...	**Explica que...**
Piensa que...	**Le parece que...**
Afirma que...	**Contesta/Responde que...**

ACTIVIDAD 19 Un poco de práctica

Cambia las siguientes frases del estilo directo al estilo indirecto.

1. En realidad me llamo Juan Esteban Aristizábal Vásquez.

2. Empecé a cantar en mi país, Colombia.

3. Adoro mi lengua materna y por eso solo canto en español.

4. Me preocupan mucho los problemas sociales.

5. Quiero ayudar a las víctimas del SIDA.

ACTIVIDAD 20 La entrevista

Trabajando en parejas, uno de Uds. es periodista y la otra persona es una persona famosa. Sigan las instrucciones para su papel. Cuando terminen, cambien de papel.

Periodista

Tienes que escribir un artículo sobre una persona famosa. Por supuesto, necesitas información. Usa el siguiente cuestionario y entrevista a una persona famosa. Consigue toda la información que puedas. ¡Pídele detalles íntimos! Toma buenos apuntes para escribir el artículo.

Persona famosa

Eres una persona famosa (real o ficticia) y te va a entrevistar un/a periodista para un artículo. Contesta sus preguntas detalladamente.

En situaciones formales, se usa **Ud**. y no **tú**.

1. ¿Cuál es su nombre verdadero?

2. ¿Le importa a Ud. si le pregunto su edad?

3. ¿Qué características físicas considera positivas en Ud.?

4. ¿Qué características de su personalidad contribuyen a su fama?

5. ¿Hay aspectos de su personalidad que considera negativos? ¿Cuáles?

6. ¿Cuáles son sus actividades favoritas?

7. ¿Qué piensa Ud. sobre (algún tema)?

8. ¿Qué planes tiene para el futuro?

9. ¿Tiene Ud. algún mensaje para nuestros lectores?

Estrategia de redacción

Defining Audience and Purpose

An effective writer defines and keeps in mind an audience. The audience may be the writer himself/herself, another person, a specific group, or the general public. At the same time, the writer must define and keep in mind a clear purpose. For example, a writer may want to brainstorm or explore ideas, express love, provide information, explain, and/or convince. Defining and considering your audience and purpose will help you decide what to discuss and how to express your thoughts.

ACTIVIDAD 21 El artículo

Defining audience and purpose

Parte A: Estudia la información que tienes sobre la persona famosa. Las respuestas de la entrevista se pueden dividir en cuatro categorías:

- apariencia física
- opiniones y actividades preferidas
- personalidad
- planes

Cada una de estas categorías puede formar la idea principal de un párrafo. Antes de seleccionar y organizar la información que vas a presentar, escoge un público y un propósito de los siguientes.

Público

a. personas de 15 a 24 años

b. tus padres y personas de su generación

Propósito principal

a. informar objetivamente sobre la vida de una persona

b. interesar al público con detalles y chismes chocantes

Debes tratar de incluir toda la información pertinente, pero organizarla y presentarla pensando en las opiniones y preocupaciones de tu público y las necesidades de tu propósito. Ahora, escribe tu artículo.

Parte B: Después de escribir el artículo, muéstraselo a la "persona famosa" que entrevistaste para ver si la información es correcta.

Historias de España

CAPÍTULO 2

See the *Fuentes* website for related links and activities: www.cengagebrain.com

La Ciudad de las Artes y las Ciencias, Valencia

La Sagrada Familia, Barcelona

Mezquita, Córdoba

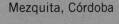

Catedral gótica, Burgos

Sinagoga de Santa María la Blanca, Toledo

Palacio-Monasterio de El Escorial

Teatro romano, Mérida

ACTIVIDAD 1 Los monumentos históricos

Los monumentos históricos de cualquier país reflejan su historia y la influencia de otras culturas. En grupos de tres, miren el mapa, los nombres de los monumentos y las fotos, y la información que aparece abajo. Decidan su fecha de construcción y digan con qué cultura o qué persona/s se asocia cada monumento.

¿Qué?	¿Cuándo?	¿Quién/es?
Mezquita, Córdoba	el siglo XXI (2000+)	los cristianos
Catedral gótica, Burgos	el siglo X (Edad Media)	los romanos
Ciudad de las Artes y las Ciencias, Valencia	el siglo I	el arquitecto Antonio Gaudí
Teatro romano, Mérida	el siglo XIII (Edad Media)	los judíos sefardíes
Palacio-Monasterio de El Escorial	el siglo XX (1882–1926)	los árabes (moros)
Sinagoga de Santa María La Blanca, Toledo	el siglo XVI (1562–1584)	Felipe II, rey de España
La Sagrada Familia, Barcelona	el siglo XIII (Edad Media)	el arquitecto Santiago Calatrava

✳ Lectura 1: Un programa de cine

Estrategia de lectura

Recognizing Chronological Organization

Understanding how a text is organized aids comprehension. One of the most common ways to organize a text is to follow a chronological sequence. Examples of a schematic use of chronological organization include recipes, trip itineraries, schedules, and instructions for putting things together or repairing something. These sorts of texts are often characterized by numbering, or clear divisions between stages or events. Other more fully developed examples include certain types of news reports, histories, short stories, and novels. These last are generally referred to as examples of narrative.

ACTIVIDAD 2 Primera mirada

Mira rápidamente el programa de cine y completa las siguientes oraciones.

1. El programa de cine es para…

_____ la televisión.   _____ un club de cine universitario.

_____ una filmoteca.   _____ un cine comercial.

2. Son películas que tratan de…

_____ la historia del cine español.   _____ la historia de España.

3. Las películas fueron producidas en…

_____ Italia.   _____ España.   _____ Francia.

_____ los Estados Unidos.   _____ México.   _____ Reino Unido.

4. Los idiomas usados en las películas incluyen…

_____ el inglés.   _____ el castellano.   _____ el gallego.

_____ el euskera.   _____ el catalán.

5. Las películas están ordenadas según…

_____ el director y los actores.   _____ las lenguas usadas.

_____ la fecha de producción.   _____ el período histórico de la trama.

ACTIVIDAD 3 El contexto histórico

Mira brevemente la descripción de cada película y decide con qué período se asocia cada película.

la época romana	la época imperial
la Edad Media	la guerra civil española
la época de los Reyes Católicos	la época franquista

ACTIVIDAD 4 El cine histórico

Parte A: En parejas, contesten las siguientes preguntas.

1. ¿Conocen películas que tratan de la historia de su país? Den dos ejemplos.

2. ¿Qué tipos de eventos se narran? ¿Qué tipo de personajes suelen aparecer?

3. ¿Con qué objetivo se hacen películas históricas?

4. ¿Las películas históricas cuentan la verdad o una versión de la verdad?

Parte B: Lee el siguiente programa de cine. Trata de identificar los personajes y los eventos básicos de la trama de cada película.

Ciclo de Cine: Historia de España

Organizado por la Filmoteca Municipal • Proyección: miércoles a sábado, 21–24 de noviembre, a las 20:00

Miércoles

El Cid (1961)

Director: Anthony Mann

Reparto: Charlton Heston, *Rodrigo Díaz de Vivar (El Cid)*; Sophia Loren, *Jimena*

Duración: 182 min

País: Estados Unidos

Lengua: Inglés

Resumen: Esta película épica cuenta la historia —al estilo de Hollywood y Franco— del héroe cristiano de la Castilla medieval. La película cambia muchos aspectos de la leyenda tradicional, pero en lo esencial acierta… por medio de sus acciones, vemos al Cid[1] como el líder cristiano noble, honrado, justo, fiel, generoso y victorioso. El rey lo exilia injustamente, pero el leal Rodrigo acepta esa decisión. Durante largos años de separación, El Cid se mantiene fiel a su querida Jimena. Y cuando conquista el reino moro de Valencia, vuelve a declararse leal vasallo del rey. Al final, demuestra ser el líder de todos al unir a cristianos y musulmanes hispanos contra los invasores almorávides[2]. ■

Jueves

Juana la Loca (2001)

Director: Vicente Aranda

Reparto: Pilar López de Ayala, *Juana*; Daniele Liotti, *Felipe*

Duración: 115 min

País: España

Lengua: Castellano

Resumen: En 1496, Isabel de Castilla y Fernando de Aragón, los Reyes Católicos, casan a su hija Juana de Castilla con Felipe "el Hermoso", hijo del emperador alemán. Es una alianza política, pero Juana se enamora locamente de Felipe. Tienen varios hijos, entre ellos el futuro emperador Carlos V[3], pero Juana se vuelve cada día más celosa a causa de las infidelidades de su marido. Al morirse Isabel en 1504, Juana se convierte en reina de Castilla. Continúan sus ataques de celos, y Felipe intenta declararla demente. Ella se defiende de su marido, pero sigue enamorada de él. Poco después Felipe muere de una fiebre. La reina declara que Felipe solo duerme y viaja por Castilla con su cadáver. Al final, su padre Fernando recupera el control de Castilla y encierra a su hija Juana en el castillo de Tordesillas… ■

Continúa

---

1 "Cid" era adaptación del título árabe *sidi*, que significaba "señor".

2 Los almorávides fueron musulmanes fundamentalistas que invadieron la península en 1086; conquistaron a los reinos moros y también parte del territorio cristiano.

3 Carlos V fue emperador del Sacro Imperio Romano Germánico (Alemania) y rey de España durante la expansión imperial de España (1519–1555).

As you skim and scan this reading, remember that you only need to understand enough to complete assigned activities. Use your existing vocabulary and cognates to understand main ideas, and try to guess the meaning of new words by relying on context.

Viernes

La misión (1986)

Director: Roland Joffé

Reparto: Robert De Niro, *Rodrigo Mendoza*; Jeremy Irons, *Gabriel*

Duración: 126 min

País: Reino Unido

Lengua: Inglés

© WARNER BROS / David Appleby / The Kobal Collection at Art Resource, NY

Resumen: Durante el siglo XVIII, Gabriel, un jesuita español idealista, va al Paraguay para convertir a los indígenas guaraníes al cristianismo. Se enfrenta con Rodrigo, un cazador de esclavos indios, pero este, después de matar a su propio hermano, hace penitencia convirtiéndose en misionero y defensor de los indígenas y las misiones. Gabriel y Rodrigo representan la cara buena del imperio, pero acaban enfrentándose con la cara mala: la realidad económica del imperio y la necesidad de trabajadores y esclavos. Cuando, con el apoyo de la Iglesia, la Corona de España vende el territorio de las misiones a los cazadores de esclavos (representados aquí por los portugueses), los jesuitas y los guaraníes tienen que tomar una decisión angustiosa: obedecer al Papa o resistir con la fuerza. ■

Sábado

El laberinto del fauno (2006)

Director: Guillermo del Toro

Reparto: Ivana Boquero, *Ofelia*; Ariadna Gil, *Carmen*; Doug Jones, *el fauno*; Sergi López, *Capitán Vidal*; Maribel Verdú, *Mercedes*

Duración: 112 min

Países: México y España

Lengua: Castellano

© Picturehouse/courtesy Everett Collection

Resumen: España, 1944, cinco años después del final de la Guerra Civil. Un bando de rebeldes republicanos sobrevive en las montañas, luchando contra las fuerzas fascistas bajo el mando del cruel capitán Vidal. Ofelia, niña joven e imaginativa, viaja a las montañas con su madre Carmen, recién casada con el mismo capitán Vidal. Carmen está embarazada y enferma, y Ofelia se encuentra atrapada en la realidad violenta de su padrastro, quien persigue y tortura a los rebeldes. La niña intenta escaparse al mundo de la fantasía, donde un fauno mitológico le explica que ella es —"en realidad"— la hija de un rey, y para poder volver a ver a su padre el rey, debe sobrevivir a tres tareas peligrosas. Ofelia cumple las dos primeras tareas, pero el fauno se niega a darle la tercera. La niña descubre que la tercera es trágica y hermosa a la vez. El espectador se queda con la duda: en la lucha entre la realidad y la fantasía, ¿quién gana? ■

ACTIVIDAD 5 Personajes y acciones

Después de leer el programa de cine, decidan en parejas a qué película se refiere cada oración. Después, decidan si son ciertas (C) o falsas (F), y corrijan las falsas.

1. _____ El Cid es un musulmán que conquista el reino moro de Valencia.
2. _____ El Cid se mantiene fiel a su esposa Jimena.
3. _____ Juana la Loca se enamora de Fernando de Aragón.
4. _____ Felipe el Hermoso se muere antes de casarse con Juana la Loca.
5. _____ Gabriel y Rodrigo luchan por proteger a los indígenas guaraníes.
6. _____ Gabriel es cazador de esclavos antes de convertirse en misionero.
7. _____ El capitán Vidal lucha contra los fascistas.
8. _____ Ofelia es la hija del capitán Vidal.

ACTIVIDAD 6 ¿Cuál es la trama?

En parejas, hagan un breve resumen de la trama de una de las películas, con tres a seis acciones específicas. Usen adverbios temporales como **al principio, luego, después, finalmente** para completar el resumen. Por ejemplo, para la película *Juana la Loca:*

▶ Al principio, Juana de Castilla se casa con Felipe, el hijo del emperador alemán. Luego…

ACTIVIDAD 7 Reacciones y recomendaciones

Parte A: En parejas, contesten y comenten las siguientes preguntas sobre sus reacciones a las películas.

1. ¿Cuál es la película más interesante para ti?
2. ¿Cuál es la película más triste para ti?
3. ¿Cuál es un aspecto sorprendente para ti?
4. ¿Cuál de estas películas te gustaría ver completa?

Parte B: Imaginen que la clase va a ver una de estas películas. En parejas, decidan cuál de ellas les gustaría ver. Justifiquen su decisión.

Cuaderno personal 2-1

¿Cuál es tu película histórica favorita? Descríbela y explica por qué te gusta.

Lectura 2: Panorama cultural

Building vocabulary

ACTIVIDAD 8 Términos fundamentales

Pon la letra de la definición más apropiada al lado de cada palabra. Puedes usar el glosario que está al final del libro o un diccionario si es necesario.

1. _____ mezclar
2. _____ pueblo
3. _____ lograr
4. _____ enviar
5. _____ declive
6. _____ obra maestra
7. _____ reino
8. _____ pertenecer
9. _____ multisecular

a. grupo étnico o cultural
b. hacer y terminar, realizar
c. mandar
d. una producción artística de gran valor
e. combinar elementos diferentes
f. que dura muchos siglos
g. decadencia, deterioro
h. el territorio de un rey
i. formar parte de un grupo

Interpreting

ACTIVIDAD 9 En voz alta

En parejas, miren las siguientes expresiones y léanlas en voz alta.

a. C = B.C., B.C.E.
d. C. = A.D., C.E.

1. 218 a. C.
2. 409 d. C.
3. 4.000
4. Felipe II
5. 1492, 1810, 1975
6. los siglos XVI y XVII

Predicting, Activating background knowledge

ACTIVIDAD 10 Hablando de historia

El tema de la siguiente lectura es la historia de España. En parejas, hagan una lista de temas y palabras que esperan encontrar en este tipo de lectura. Luego, lean para ver cuántos de estos aparecen.

Brevísima historia de España

La Hispania romana

En el año 218 a. C., los romanos invadieron la península ibérica y crearon su nueva provincia de Hispania. Los seis siglos de dominio romano sobre Hispania vieron la mezcla de los romanos con los pueblos locales, el establecimiento de costumbres y leyes romanas y la adopción casi completa del latín como lengua común. A partir del año
5 409 d. C., el dominio político de Hispania pasó a un pueblo germánico, los visigodos, pero con el tiempo, estos también adoptaron las tradiciones romanas y la lengua latina.

La época de las tres culturas

En el año 711, los moros entraron en Hispania y en solo siete años conquistaron casi toda la península, a la que llamaron Al-Ándalus. Los moros llevaron el islam y todo el esplendor de la civilización árabe del momento: su comercio, arquitectura, literatura,
10 música y sus conocimientos de astronomía, agronomía, matemáticas y filosofía. Estos aportes enriquecieron la cultura hispánica y la europea. Sin embargo, en las montañas del norte, algunos reinos cristianos resistieron el dominio de los musul-
15 manes y empezaron la "Reconquista" de la península. En ese conflicto multisecular, el reino central de Castilla ("tierra
20 de castillos") conquistó la mayor parte de los territorios del sur y, por lo tanto, fue el dialecto de ese reino, el castellano,
25 el que se extendió en las regiones reconquistadas. Aunque la Edad Media fue una época conflictiva, también fue un período
30 de cooperación fructífera. Por ejemplo, bajo el rey castellano Alfonso X el Sabio (1252–1284), musulmanes, cristianos y
35 judíos trabajaron juntos en la famosa Escuela de Traductores de Toledo (siglos XII y XIII), donde

![Vista exterior del palacio de La Alhambra en Granada](Courtesy of José Luis Eoigues)

Vista exterior del palacio de La Alhambra en Granada, monumento de la arquitectura musulmana en España

La península ibérica en el siglo X

Los vascos, del norte de España, fueron una excepción: nunca abandonaron su idioma nativo, el euskera, y muchos vascos siguen hablándolo hoy en día. El euskera no tiene relación con ninguna otra lengua de Europa.

Unas 4.000 palabras del español son de origen árabe: **alfombra, alcalde, alquilar, álgebra, azúcar** y **ojalá,** del árabe "wa ša llâh" = y quiera Dios.

Los judíos tuvieron un papel muy importante en la vida intelectual y económica de la España medieval. Llamaron a España *Sefarad*, y hasta 1492 fue un lugar de refugio para ellos, ya que durante la Edad Media otros reinos como Inglaterra y Francia ya habían expulsado a los judíos.

Continúa

tradujeron del árabe al caste-
40 llano las obras filosóficas y
científicas de los musulmanes.

La península ibérica en el siglo XV

1492

El día 2 de enero de 1492, los
Reyes Católicos Isabel y Fernando conquistaron el último
45 reino moro de Granada. Con
su matrimonio, los reyes ya
habían realizado la unificación
de los reinos de Castilla y Aragón, pero la conquista de Gra-
50 nada les permitió continuar su
unificación política y religiosa de España. Al eliminar a los musulmanes, también decidieron eliminar a los judíos y ordenaron su expulsión o conversión al cristianismo en el
mismo año de 1492. Gracias a su victoria en Granada, los reyes también pudieron finan-
ciar al navegante Cristóbal Colón, cuyo viaje a América abrió un nuevo capítulo en la
55 historia de España: la conquista y colonización del Nuevo Mundo. Fue en esta época que
el castellano, lengua principal de los españoles, empezó a llamarse español, y fue en 1492
que Antonio de Nebrija publicó la primera gramática de la lengua española.

Los judíos expulsados de
Sefarad (España) en 1492
son conocidos aun hoy en día
como los sefarditas.

El imperio español

En el siglo XVI, España creó un gran imperio que llegó a extenderse a otras partes de
Europa, a América y hasta a las islas Filipinas. Las colonias de México y Perú enviaron
60 grandes cantidades de oro y plata, y España se convirtió en la superpotencia de la época.
Pero el dinero se perdió en ruinosas guerras contra los protestantes, como fue el caso
cuando el rey Felipe II mandó la "Armada Invencible" a combatir contra Inglaterra en

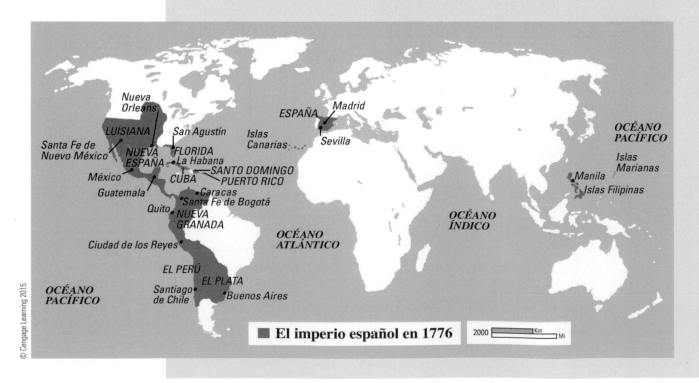

El imperio español en 1776

1588. En el siglo XVII, España entró en un largo declive político y económico. Sin embargo, la época de 1550 a 1650 también fue un momento de magnífica producción
65 artística, y fue durante ese "Siglo de Oro" cuando Cervantes publicó *Don Quijote de la Mancha* y cuando los pintores El Greco y Velázquez produjeron sus obras maestras.

Los fusilamientos en la montaña del Príncipe Pío. *Francisco de Goya, Madrid, Museo del Prado. Este cuadro muestra los fusilamientos, del tres de mayo de 1808, de los españoles que lucharon contra la invasión de Napoleón.*

La independencia

En 1808, el dictador francés Napoleón invadió España. Mientras la nación española luchaba contra Napoleón para conservar su independencia, las colonias españolas de América iniciaron, a su vez, sus propias rebeliones contra la autoridad española. Casi
70 todas las repúblicas hispanoamericanas lograron su independencia entre 1810 (Argentina) y 1828 (Bolivia).

Los españoles lucharon contra Napoleón de 1808 a 1814.

La España moderna

En 1898, España perdió sus últimas colonias de Cuba, Puerto Rico y las islas Filipinas en una guerra con los Estados Unidos, y el imperio español llegó a su fin. El choque fue seguido en el siglo XX por un momento de progreso, cuestionamiento y conflicto. Se
75 estableció una república democrática en 1931, pero esta no duró mucho tiempo a causa de las grandes divisiones que existían entre las diferentes facciones políticas. En 1936, el general Francisco Franco se rebeló contra el gobierno republicano, lo cual inició la guerra civil española que terminó en 1939 con la victoria de Franco y los fascistas. La dictadura de Franco continuó hasta su muerte en 1975. A partir de entonces, España
80 entró en una época de renovación social, política y económica. Actualmente el país es una monarquía constitucional, como el Reino Unido, y desde 1986 pertenece a la Unión Europea. Es una de las democracias más estables del mundo, se beneficia de una cultura dinámica y variada y, a pesar de la crisis económica de los últimos años, sigue teniendo una de las economías más grandes de Europa. ∎

España ahora está dividida en varias regiones autónomas. Cinco de las autonomías son bilingües: Cataluña, Valencia y Baleares (catalán y castellano) el País Vasco (euskera y castellano) y Galicia (gallego y castellano).

Como en muchos otros países, el gobierno español ha tenido que luchar en años recientes contra una crisis de la deuda nacional.

ACTIVIDAD 11   ¿Qué ocurrió ese año?

La lectura menciona muchas fechas clave de la historia de España. Usa el pretérito para decir qué ocurrió en cada año.

▶ 218 a. C. — En el año 218 a. C., los romanos invadieron la península ibérica y crearon la provincia de Hispania.

711	1588	1898
1492	1550–1560	1975
1550–1650	1810–1828	1936–1939

ACTIVIDAD 12   Datos importantes

Indica si cada oración es cierta (C) o falsa (F) según la lectura. Si es falsa, corrígela y lee la parte del texto que contiene la información.

1. _____ El latín, el castellano y el español son tres lenguas diferentes.

2. _____ La cultura y el idioma árabes tuvieron poco efecto sobre la cultura cristiana de la Edad Media.

3. _____ Con su matrimonio, los Reyes Católicos unificaron los reinos de Castilla y Portugal.

4. _____ La conquista de América fue, en cierto sentido, una extensión de la Reconquista medieval de España.

5. _____ El imperio español se convirtió en gran defensor del catolicismo.

6. _____ El imperio español entró en decadencia en el siglo XVII.

7. _____ Goya y Picasso son artistas asociados con el "Siglo de Oro" de España.

8. _____ Los fascistas o franquistas ganaron la guerra civil española.

9. _____ La muerte de Franco representó el principio de una democracia estable en España.

ACTIVIDAD 13   Ironías de la historia

Algunos acontecimientos de la historia pueden parecer irónicos desde una perspectiva moderna. En parejas, expliquen por qué estos eventos pueden considerarse irónicos.

1. Los judíos fueron expulsados de España en 1492.

2. El período de 1550 a 1650 se conoce como el "Siglo de Oro".

3. Las colonias españolas empezaron a luchar por su independencia en 1810.

4. Los Estados Unidos había sido una colonia antes de independizarse, pero convirtió a Puerto Rico y Filipinas en colonias.

5. La guerra civil española terminó en 1939.

ACTIVIDAD 14 Para resumir

Summarizing

En parejas, escojan y adapten palabras de la siguiente lista para terminar este resumen de la lectura.

expulsar	*el siglo XIX*	*perderse*	*mezcla*
Castilla	*sufrir*	*guerra*	*Siglo de Oro*
lograr	*imperio*	*1975*	

La larga historia de España se puede dividir en tres grandes etapas: expansión, decadencia y renovación. En sus orígenes, la cultura española fue el resultado de la ________________ (1) de muchos pueblos y culturas y de la convivencia entre cristianos, musulmanes y judíos en la Edad Media. Esta convivencia terminó cuando los Reyes Católicos ________________ (2) unir los reinos cristianos de ________________ (3) y Aragón; conquistar Granada, el último reino moro, y ________________ (4) a los judíos. La expansión castellana continuó con la creación del ________________ (5) español, que se extendió en Europa, en América y hasta en las islas Filipinas. Las riquezas imperiales ________________ (6) en largas ________________ (7) religiosas, y desde temprano el imperio entró en declive económico, aunque también vio el florecimiento cultural conocido como el ________________ (8). El imperio llegó a su fin durante ________________ (9), con la invasión de Napoleón y la independencia de las colonias americanas. En el siglo XX, España ________________ (10) los trágicos efectos de la guerra civil española y la dictadura de Franco, pero desde ________________ (11) vive un período de renovación social y política.

convivencia = coexistence, living together

Cuaderno personal 2-2

En tu opinión, ¿cuál fue el evento más importante de la historia de España? ¿Cuál fue el acontecimiento más importante de la historia de tu propio país? ¿Por qué?

Lectura 3: Literatura

Estrategia de lectura

Guessing Meaning from Context

When reading, you will often come across words that are unfamiliar to you. In many cases these may be easily understood cognates. In other cases, however, you will need to look at the wider *context* to guess the meaning of unfamiliar words. The parts of a passage that surround a particular word generally limit what that word can and cannot mean. Though you may be tempted to look up each unfamiliar word in the glossary or dictionary, it is often faster and sometimes more helpful to guess the meaning of a word from its context, or even to skip it if it seems unimportant.

ACTIVIDAD 15 Personajes y acciones

Las palabras que están en negrita en las siguientes oraciones aparecen en los cuentos que vas a leer. Lee cada oración y escribe a su lado la letra de la definición de la palabra.

1. _____ **El mercader** fue a vender sus productos y mercancías al mercado.

2. _____ Cuando la mujer oyó el ruido, hizo **un gesto** de sorpresa.

3. _____ El hombre robó el dinero, salió del banco y **huyó** en un coche viejo.

4. _____ **El criado** puso la mesa, sirvió la comida y limpió los platos.

5. _____ A veces los políticos reciben **amenazas** de personas descontentas con sus acciones.

6. _____ Omar está muy triste por **la muerte** de su abuelo.

a. irse rápidamente de un lugar para escaparse

b. una persona que trabaja sirviendo a otra persona (su amo)

c. el fin de la vida

d. palabra antigua para referirse a un comerciante

e. movimiento físico expresivo

f. palabras o acciones que demuestran que una persona le quiere hacer mal a otra

ACTIVIDAD 16 El principio del cuento

Parte A: El principio de un cuento es importante porque muchas veces allí se presenta el conflicto del protagonista. Lee el primer párrafo del cuento, mira el dibujo y después contesta las siguientes preguntas.

1. ¿Se parece el principio al de otros cuentos que conoces? ¿Cuáles?

2. ¿Por qué los cuentos folclóricos empiezan siempre con la misma fórmula?

3. ¿Qué crees que va a pasar en el cuento?

Parte B: Ahora, lee el cuento y busca la moraleja.

BERNARDO ATXAGA *(se pronuncia [a-chá-ga]) es el seudónimo del autor vasco Joseba Irazu Garmendia. Nació en 1951 en Bilbao, España, y ha publicado cuentos, novelas, poesía y libros infantiles. Escribe en euskera, su primera lengua materna, y luego traduce sus obras al español, su otra lengua materna. En 1989 se hizo famoso cuando su novela* Obabakoak *ganó el Premio Nacional de Literatura. En la novela, Atxaga reúne muchos cuentos cortos de varias culturas para hablar del arte de contar historias. Una de sus fuentes es* Las mil y una noches, *obra clásica de la civilización árabe en la que la princesa Scheherazada evita la muerte contando una historia cada noche durante mil noches. El cuento "El criado del rico mercader" pertenece a esta colección. Atxaga lo utiliza en su novela como ejemplo de un cuento bien escrito y para mostrar cómo influyen los cuentos en nuestra manera de pensar, y luego lo reescribe para mostrar cómo nuestra manera de pensar influye en nuestra manera de contar historias.*

El criado del rico mercader
Contado por Bernardo Atxaga

ÉRASE UNA VEZ, en la ciudad de Bagdad, un criado que servía a un rico mercader. Un día, muy de mañana, el criado se dirigió al mercado para hacer la compra. Pero esa mañana no fue como todas las demás, porque esa mañana vio allí a la Muerte y porque la Muerte le hizo un gesto. Aterrado, el criado volvió a la casa del mercader.

5　　—Amo —le dijo—, déjame el caballo más veloz de la casa. Esta noche quiero estar muy lejos de Bagdad. Esta noche quiero estar en la remota ciudad de Ispahán.

10　　—Pero, ¿por qué quieres huir?

　　—Porque he visto a la Muerte en el mercado y me ha hecho un gesto de amenaza.

　　El mercader se compadeció de él
15　y le dejó el caballo, y el criado partió con la esperanza de estar por la noche en Ispahán.

　　Por la tarde, el propio mercader fue al mercado, y, como le había sucedido
20　antes al criado, también él vio a la Muerte.

　　—Muerte —le dijo acercándose a ella—, ¿por qué le has hecho un gesto de amenaza a mi criado?

　　—¿Un gesto de amenaza? —contestó la Muerte—. No, no ha sido un gesto de amenaza, sino de asombro. Me ha sorprendido verlo aquí, tan lejos de Ispahán,
25　porque esta noche debo llevarme en Ispahán a tu criado. ∎

Érase una vez… = Once upon a time there was/were . . .

El pretérito perfecto (*present perfect*), **haber** + *past participle*, se usa en algunas partes del centro de España en vez del pretérito **fue** para referirse al pasado reciente.

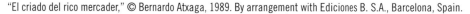

ACTIVIDAD 17　Otra mirada al contexto

Guessing meaning from overall context

Busca las siguientes palabras en el cuento que acabas de leer y escoge el sinónimo de cada una de ellas.

1. (línea 4) aterrado

    a. tranquilo　　　b. preocupado　　　c. sorprendido　　　d. con mucho miedo

2. (línea 5) déjame

    a. abandóname　　b. párame　　　c. regálame　　　d. préstame

3. (línea 6) veloz

    a. lento　　　b. rápido　　　c. bello　　　d. caro

Continúa

4. (línea 14) se compadeció

   a. habló   b. sufrió   c. se puso triste   d. tuvo compasión

5. (línea 24) asombro

   a. sombra   b. depresión   c. sorpresa   d. alegría

Recognizing chronological
organization

ACTIVIDAD 18   Secuencias de acciones

En parejas, decidan si cada oración representa correctamente (C) o no (F) las acciones del cuento. Si no, corrijan la oración.

1. _____ El criado había querido huir a Ispahán antes de ver a la Muerte.

2. _____ El criado ya había visto a la Muerte cuando le pidió el caballo al mercader.

3. _____ El criado ya había aceptado el caballo cuando partió para Ispahán.

4. _____ El mercader todavía no había hablado con el criado cuando fue al mercado.

5. _____ El mercader ya había llegado al mercado cuando vio a la Muerte.

6. _____ El criado no había salido para Ispahán cuando el mercader habló con la Muerte.

Identifying and interpreting
main ideas

ACTIVIDAD 19   El final del cuento

Parte A: Los cuentos tradicionales suelen tener tres partes: principio, nudo y desenlace (el final). En el principio se presenta el problema del protagonista. En el nudo se complica la acción, y en el desenlace se soluciona el conflicto y se enseña una lección. En parejas, analicen y describan los siguientes aspectos del cuento.

1. ¿Quiénes son y cómo son los personajes?

2. ¿Qué pasa en el cuento? ¿Tiene un final sorpresivo o previsible?

3. ¿Dónde y cuándo ocurre la acción?

Parte B: En grupos de tres, comenten las siguientes preguntas.

1. ¿Cuál es la moraleja del cuento?

2. ¿Qué perspectiva o valores refleja y enseña?

3. ¿Están Uds. de acuerdo con la moraleja? ¿Por qué sí o no?

4. ¿Les gusta el cuento? ¿Por qué sí o no?

Skimming and predicting

ACTIVIDAD 20   Una versión moderna del cuento

Parte A: A Bernardo Atxaga no le gustó la visión fatalista de "El criado del rico mercader" y escribió otra versión. En parejas, miren el título y los dos dibujos, y después contesten las siguientes preguntas.

1. ¿Qué implicaciones tiene el cambio en el título?

2. ¿Creen que esta versión termina con un final feliz o un final triste? ¿Por qué?

Parte B: Ahora, lee la nueva versión de Atxaga y piensa en las siguientes preguntas. Después de leer, discutan en parejas las preguntas.

1. ¿Tiene el criado el mismo problema que tiene en la primera versión?
2. ¿En qué línea empiezan a ser diferentes las acciones?
3. ¿Le da Atxaga un final sorpresivo o previsible?

Dayoub, el criado del rico mercader Bernardo Atxaga

É RASE UNA VEZ, en la ciudad de Bagdad, un criado que servía a un rico mercader. Un día, muy de mañana, el criado se dirigió al mercado para hacer la compra. Pero esa mañana no fue como todas las demás, porque esa mañana vio allí a la Muerte y porque la Muerte le hizo un gesto.

5   Aterrado, el criado volvió a la casa del mercader.

—Amo —le dijo—, déjame el caballo más veloz de la casa. Esta noche quiero estar muy lejos de Bagdad. Esta noche quiero estar en la remota ciudad de Ispahán.

—Pero, ¿por qué quieres huir? —le preguntó el mercader.

—Porque he visto a la Muerte en el mercado y me ha hecho un gesto de amenaza.

10   El mercader se compadeció de él y le dejó el caballo, y el criado partió con la esperanza de estar esa noche en Ispahán.

El caballo era fuerte y rápido, y, como esperaba, el criado llegó a Ispahán con las primeras estrellas. Comenzó a llamar de casa en casa, pidiendo amparo.

—Estoy escapando de la Muerte y os pido asilo —decía a los que le escuchaban.

15   Pero aquella gente se atemorizaba al oír mencionar a la Muerte y le cerraban las puertas.

El criado recorrió durante tres, cuatro, cinco horas las calles de Ispahán, llamando a las puertas y fatigándose en vano. Poco antes del amanecer llegó a la casa de un hombre que se llamaba Kalbum Dahabin.

20   —La Muerte me ha hecho un gesto de amenaza esta mañana, en el mercado de Bagdad, y vengo huyendo de allí. Te lo ruego, dame refugio.

—Si la Muerte te ha amenazado en Bagdad —le dijo Kalbum Dahabin—, no se habrá quedado allí. Te ha seguido a Ispahán, tenlo por seguro. Estará ya dentro de nuestras murallas, porque la noche toca a su fin.

25   —Entonces, ¡estoy perdido! —exclamó el criado.

—No desesperes todavía —contestó Kalbum—. Si puedes seguir vivo hasta que salga el sol, te habrás salvado. Si la Muerte ha decidido llevarte esta noche y no consigue su propósito, nunca más podrá arrebatarte. Esa es la ley.

—Pero, ¿qué debo hacer? —preguntó el criado.

30   —Vamos cuanto antes a la tienda que tengo en la plaza —le ordenó Kalbum cerrando tras de sí la puerta de la casa.

Continúa

Mientras tanto, la Muerte se acercaba a las puertas de la muralla de Ispahán. El cielo de la ciudad comenzaba a clarear.

—La aurora llegará de un momento a otro —pensó—. Tengo que darme prisa. 35 De lo contrario, perderé al criado.

Entró por fin a Ispahán, y husmeó entre los miles de olores de la ciudad buscando el del criado que había huido de Bagdad. Enseguida descubrió su escondite: se hallaba en la tienda de Kalbum 40 Dahabin. Un instante después, ya corría hacia el lugar. En el horizonte empezó a levantarse una débil neblina. El sol comenzaba a adueñarse del mundo.

La Muerte llegó a la tienda de Kalbum. Abrió la puerta de golpe y... sus ojos se llenaron de descon- 45 cierto. Porque en aquella tienda no vio a un solo criado, sino a cinco, siete, diez criados iguales al que buscaba.

Miró de soslayo hacia la ventana. Los prime- ros rayos del sol brillaban ya en la cortina blanca. 50 ¿Qué sucedía allí? ¿Por qué había tantos criados en la tienda? No le quedaba tiempo para averiguaciones.

Agarró a uno de los criados que estaba en la sala y salió a la calle. La luz inundaba todo el cielo.

Aquel día, el vecino que vivía frente a la tienda 55 de la plaza anduvo furioso y maldiciendo.

—Esta mañana —decía— cuando me he levan- tado de la cama y he mirado por la ventana, he visto a un ladrón que huía con un espejo bajo el brazo. ¡Maldito sea mil veces! ¡Debía haber dejado 60 en paz a un hombre tan bueno como Kalbum Dahabin, el fabricante de espejos! ∎

All illustrations © Cengage Learning 2015

Guessing meaning from overall context

ACTIVIDAD 21   Detalles del cuento

Después de leer el cuento una vez, escoge el sinónimo de cada expresión indicada. Vuelve a mirar el contexto del cuento si es necesario.

1. (línea 13) Comenzó a llamar de casa en casa, pidiendo **amparo**.

   a. refugio   b. comida   c. dinero

2. (línea 15) Pero aquella gente **se atemorizaba** al oír mencionar a la Muerte y le cerraban las puertas.

   a. tenía miedo   b. se aburría   c. se enojaba

3. (línea 26) No **desesperes** todavía.

   a. te despiertes   b. te pierdas   c. pierdas la esperanza

4. (línea 28) Si la Muerte ha decidido llevarte esta noche y no consigue su propósito, nunca más podrá **arrebatarte**.

   a. perderte   b. llevarte   c. pegarte

5. (línea 44) El sol comenzaba a **adueñarse del mundo**.

   a. ponerse   b. desaparecer   c. salir

6. (línea 51) Abrió la puerta de golpe y… sus ojos se llenaron de **desconcierto**.

   a. confusión   b. música   c. lágrimas

7. (líneas 50–51) No le quedaba tiempo **para averiguaciones**.

   a. para investigar la situación   b. para mirarse más   c. para buscar a otras víctimas

ACTIVIDAD 22   Primero, luego y después

Recognizing chronological organization

Parte A: Pon las siguientes oraciones en orden lógico para formar un resumen del cuento.

_____ Al salir el sol, se vio el reflejo del criado en todos los espejos.

_____ Se encontró con la Muerte, que le hizo un gesto de amenaza.

_____ Dayoub fue corriendo a su amo, el rico mercader, y le pidió el caballo más veloz que tenía para escaparse de la ciudad.

_____ El criado Dayoub fue al mercado de Bagdad para hacer la compra.

_____ Al llegar a Ispahán el criado buscó refugio, pero nadie quiso ayudarlo hasta que llegó a la casa de Kalbum Dahabin.

_____ La Muerte entró con mucha prisa, se equivocó y cogió un espejo en vez de coger al criado.

_____ Kalbum se dio cuenta de que la Muerte ya había llegado a Ispahán y llevó a Dayoub a su tienda de espejos, donde lo "escondió" en el centro de la tienda.

Parte B: Usen las oraciones de la Parte A para escribir un breve resumen del cuento de Dayoub. Usen expresiones y adverbios de tiempo como **un día, por la mañana/noche, luego, antes/después de, enseguida, inmediatamente, de repente, finalmente, tan pronto como, en cuanto,** etc.

Marking sequence with transition words

ACTIVIDAD 23   Los dos cuentos

Identifying and interpreting main ideas

En parejas, comparen los dos cuentos respondiendo a las siguientes preguntas.

1. ¿En qué se parecen o diferencian los cuatro aspectos fundamentales de cada cuento: personajes, acción (principio, nudo, desenlace), lugar y tiempo? Hagan una lista de las diferencias más importantes.

2. ¿Qué cuento tiene un final más interesante? ¿Más pesimista?

3. ¿Qué valores refleja y enseña cada cuento?

4. ¿Qué relación tienen estos dos cuentos con la historia de España?

ACTIVIDAD 24 Una experiencia personal

Se dice que los mejores cuentos tienen un final sorpresivo. En parejas, piensen en una experiencia personal que terminó con una sorpresa y cuéntenle a su compañero/a lo que pasó. ¿Qué les asustó o sorprendió? ¿Qué hicieron Uds.? ¿Los/Las ayudó alguien?

Usa palabras y expresiones de transición como **primero, luego, después** y **de repente** (*suddenly*).

Cuaderno personal 2-3

¿Qué cuento te gustó más? ¿Por qué? ¿Cuál de los dos cuentos refleja mejor tu propia perspectiva sobre la vida?

✣ Redacción: Un cuento

The first important event of a traditional story is often marked with **un día**.

Estrategia de redacción

Marking Sequence with Transition Words

When writing about events or activities that occurred in a particular sequence (as in a short story), transition words can help mark the chronological relationships between the actions. These include:

al principio	at first
primero	first
luego	then; next; later
entonces	then, at that (same) moment
enseguida/en seguida	immediately; immediately afterward
antes	before
antes de eso	before that
después/más tarde	afterward; later
después de eso	after that
por último	finally (*last in a series*)
por fin/finalmente	finally (finally!)
al final	in the end

Use **luego/después** instead of **entonces** when telling a series of actions: **Primero llegó al pueblo, luego/después fue a casa de Kalbum.**

Avoid overusing sequence words. Reserve them primarily for clarification. You can also mark sequence by using verb tenses and time references such as **por la mañana** and **por la tarde** if the time sequence is clear.

Activating background knowledge

ACTIVIDAD 25 Los cuentos y la moraleja

A continuación hay una lista de cuentos folclóricos muy populares. En parejas, adivinen el equivalente de cada título en inglés. Luego, escojan uno de los cuentos y preparen un resumen utilizando expresiones de transición. Después de completarlo, léanselo a la clase para que los demás digan la moraleja o lección moral.

Títulos	
Blancanieves y los siete enanitos	*Los tres cerditos*
Ricitos de Oro y los tres osos	*El ratón de la ciudad y el ratón del campo*
La Cenicienta	*El patito feo*
El nuevo traje del emperador	*La bella durmiente*
Caperucita Roja	

ACTIVIDAD 26 La creación de un cuento original

Writing a story

Parte A: Vas a escribir un cuento original. Escoge una moraleja que te parezca importante y apropiada para tu cuento. La moraleja puede ser tradicional o reflejar un tema moderno como el sexismo, el ecologismo o la alta tecnología.

Once upon a time there was/ were . . . = **Érase una vez… / Había una vez…**

. . . and they lived happily ever after. = … **y vivieron felices y comieron perdices.**

Parte B: Los cuentos folclóricos suelen construirse a base de ciertos elementos tradicionales. Escoge varios de los siguientes para tu propio cuento.

un rey	*una reina*	*un encanto* (spell)
un reino	*un castillo*	*un tesoro*
un príncipe	*una princesa*	*un lobo*
una bruja (witch)	*un brujo/mago* (magician)	*un jorobado* (humpback)
la invisibilidad	*un pájaro que habla*	*una receta* (recipe)
una alfombra mágica	*un lago*	*un sapo* (toad)
una paloma (dove)	*una ventana*	*una serpiente*
un bosque	*una gota de sangre*	*un anillo*
un pez que habla	*un caballo que vuela*	*un dragón*
una llave	*un espejo mágico*	*una torre*
una lámpara mágica	*una espada mágica*	*un árbol con fruta mágica*
un hada madrina (fairy godmother)	*un pozo de los deseos* (wishing well)	

Hada es una palabra femenina que comienza con **a** acentuada. Por tanto se dice **un hada madrina** o **el hada madrina**.

Parte C: Piensa en los acontecimientos de tu cuento y escribe la primera versión. Recuerda que el cuento necesita los siguientes elementos.

- título
- protagonista (el/la bueno/a)
- antagonista (el/la malo/a)
- descripción del contexto o del mundo de los personajes (el lugar, el tiempo)
- trama (una complicación y las acciones siguientes)
- moraleja

Usa expresiones de transición cuando sea necesario.

Actividad 26: La creación de un cuento original. © Cengage Learning 2015. Partially inspired by "Fairytale Update," in Hadfield's Writing Games. Walton-on-Thames, Surry: Thomas Nelson and Sons, 1990.

3 La América indígena: ayer y hoy

See the *Fuentes* website for related links and activities: www.cengagebrain.com

Las ruinas de Uxmal (Yucatán, México), ciudad construida hacia el final de la época clásica de la civilización maya

ACTIVIDAD 1 ¿Qué saben ustedes?

Activating background knowledge

En parejas, miren la foto de la página anterior e intenten contestar las siguientes preguntas.

1. ¿Qué se ve en la foto?
2. ¿Dónde está?
3. ¿Cuándo fue construido/a?
4. ¿Para qué servía?
5. ¿Quiénes lo/la construyeron?
6. ¿Existe esa cultura hoy en día?

Lectura 1: Un artículo de revista

Estrategia de lectura

Using Sentence Structure and Parts of Speech to Guess Meaning

When using context to guess the meaning of unfamiliar vocabulary, you usually focus on the meaning of surrounding words. However, at times it is also useful to focus on the basic sentence structure and its parts. The larger parts of a sentence (subject, verb, object, prepositional phrase) can often be broken down into individual words, which can then be identified with a particular function or part of speech (noun, adjective, verb, adverb). The parts of speech (**las partes de la oración**) include the following:

- **el sustantivo** o **el nombre:** A noun is a person, place, thing, or concept: **el jefe, el parque, la albóndiga, el impresionismo**.
- **el verbo:** A verb refers to an action or state: **subir, correr, estar**. Verbs can be transitive (they take a direct object—**Canto ópera.**) or intransitive (no direct object—**Estoy bien.**)
- **el adjetivo:** An adjective describes (**grande, impresionante, completo**) or limits (**algunos, este, doce**) a noun.
- **el adverbio:** An adverb describes the action of a verb (**despacio, rápidamente, temprano**) or describes the degree of an adjective (**muy, poco, increíblemente**).
- **el artículo:** An article marks the gender, number, and definite or indefinite nature of a noun: **el, la, los, las, un, una, unos, unas**.
- **la preposición:** A preposition identifies the links between other words: **a, con, contra, de, desde, en, entre, hacia, hasta, para, por, sin, sobre, etc.**
- **la conjunción:** A conjunction connects elements within a sentence: **y, o, pero, sino**.
- **el pronombre relativo:** A relative pronoun connects a subordinate verbal clause to another element in the sentence: **que, quien, donde, el cual, el que, etc.**

Continúa

- Identifying parts of speech may give you just enough information to determine the basic relationships within a sentence. Try this sentence written in nonsense Spanish. What information can you safely determine about the words?

El manículo golupeó calamente a Paco en la cloba gara.

Start with the familiar: **El** and **la** mark the nouns **manículo** and **cloba. En** is a preposition and marks off at least **la cloba** as part of a prepositional phrase. **Paco** is a well-known proper noun or name, so the **a** could be a preposition (*to*) or personal **a.** Where's the verb? **Golupeó** looks likely since it follows the first noun (often the subject), ends in the preterit **-ó,** and is followed by an adverb ending in **-mente. Gara** is probably an adjective since it follows a noun and agrees with it in gender and number.

This sort of analysis can be useful in helping you understand difficult passages. Often, in order to get the gist of an idea, it is enough to pick out key verbs and nouns in order to know who is doing what. Then you can read on and clarify these basic ideas, since the natural redundancy of language will often lead to the same concept being repeated or referred to with different vocabulary farther on in the passage.

Determining parts of speech

ACTIVIDAD 2 Las partes de la oración

Determina las partes de las siguientes oraciones que aparecen en la lectura sobre los mayas.

1. Cinco siglos después, su civilización desapareció misteriosamente.
2. Un millón de los actuales habitantes de la región habla un dialecto.
3. Los investigadores acaban de descubrir cuatro nuevos sitios arqueológicos.
4. Los últimos hallazgos clarifican las razones que llevaron a los mayas a abandonar su imperio.

Using parts of speech to guess meaning

ACTIVIDAD 3 Palabras y oraciones

Parte A: Usa el glosario que está al final del libro para determinar el significado y la parte de la oración de cada una de las siguientes palabras.

esclavizar	sequía	alimento
guerrero	sacerdote	hallazgo
sangriento	escasez	incendiado

Parte B: En cada oración, decide la parte de la oración que se necesita para cada espacio en blanco. Después, elige una palabra de la Parte A para completar la oración, adaptando cada palabra al contexto.

1. Normalmente los mayas presentaban _____ como sacrificio a sus dioses, pero en ocasiones especiales ofrecían, en sacrificio, seres humanos.

2. En la religión maya, los _____ eran las personas que hacían los sacrificios para los dioses.

3. Antes se creía que la civilización maya era muy pacífica, pero ahora se cree que era una cultura bastante _____.

4. Algunos _____ arqueológicos han revelado las causas de la desaparición de la civilización maya.

5. Los arqueólogos han encontrado evidencia de que las batallas y las guerras eran destructivas y _____.

6. Los arqueólogos han encontrado edificios _____, lo que demuestra que una táctica de la guerra era quemar los edificios de los adversarios.

7. Muchas veces las culturas indígenas mesoamericanas _____ a los enemigos capturados en las guerras.

8. Los mayas temían las _____ y, por lo tanto, construían muchos templos dedicados a Chac, dios de la lluvia.

9. Después de una sequía o un desastre natural, la gente suele sufrir _____ de alimentos.

ACTIVIDAD 4 Hacia el significado

Guessing meaning from context

Las siguientes oraciones aparecen en el artículo que vas a leer. Determina el significado de las palabras en negrita según el contexto.

1. los arqueólogos abrieron la tierra para **desenterrar** los misterios de una de las civilizaciones más complejas y desafiantes hasta ahora analizadas.

    a. ocultar   b. romper   c. descubrir

2. Sus habitantes se internaron en **la selva** para volver a sus orígenes más primitivos…

    a. el bosque tropical   b. el mar   c. la ciudad

3. … las guerras eran batallas bien **orquestadas,** con la finalidad de conquistar el poder y esclavizar nobles rivales.

    a. musicales   b. organizadas   c. originales

4. … las guerras llevaron a la completa destrucción del pueblo, provocando **un quiebre** en la estructura social.

    a. un colapso   b. un cambio   c. una renovación

5. … Hoy se sabe que ellas [las ciudades mayas] funcionaban exactamente como **una urbe** moderna… Las ciudades eran circundadas por ciudades satélites que albergaban a la población suburbana como artesanos y obreros.

    a. una civilización   b. un estado   c. una ciudad

6. … las **escaramuzas** entre las decenas de ciudades-estado de la región evolucionaron hacia guerras sangrientas que transformaron poderosos centros urbanos en aldeas fantasmas.

    a. distancias   b. comunicaciones   c. pequeñas batallas

ACTIVIDAD 5   La muerte de una civilización

Parte A: La lectura trata de una cultura de América que desapareció. En grupos de tres, contesten las siguientes preguntas.

1. ¿Conocen Uds. algunas culturas desaparecidas?

2. ¿Qué factores podían causar la destrucción de una civilización en el pasado?

la guerra (nuclear)	*la superpoblación*
la conquista	*el hambre*
la destrucción del medio ambiente	*las epidemias y enfermedades*
la pérdida de valores morales	*un desastre natural*
el exceso de riqueza	

Parte B: Mientras lees este artículo de la revista chilena *Qué pasa,* escribe una lista de todas las causas que se mencionan sobre la desaparición de la gran civilización maya. Después, en grupos de tres, comparen sus apuntes para ver si están de acuerdo.

Autopsia de una civilización

Qué pasa (Chile)

Tras años de investigaciones, un grupo de arqueólogos descubre dos nuevos sitios arqueológicos [...] que ayudan a desentrañar el misterio de la desaparición de los mayas.

[...] CON SUS MONUMENTALES ciudades en el medio de la selva y ejerciendo el dominio sobre la mayoría de los pueblos contemporáneos de la región, los mayas vivieron su época dorada a partir del año 250 de la era cristiana.

Cinco siglos después, su civilización desapareció misteriosamente. Sus habitantes se internaron en la selva para volver a sus orígenes más primitivos y dejaron solo las pruebas de su cultura: los templos y pirámides. [...] Aunque un millón de los actuales habitantes de la región habla un dialecto que se desarrolló directamente del lenguaje maya original, el misterio se ha mantenido por décadas. Sin embargo, los últimos hallazgos clarifican las razones que llevaron a los mayas a abandonar su imperio e internarse en la selva en el siglo octavo.

Los investigadores acaban de descubrir cuatro nuevos sitios arqueológicos —dos de ellos intactos— en las montañas al sur de Belice. La lectura de los jeroglíficos hallados muestra que los mayas adoraban luchar. Sus gobernantes se esmeraban en el arte de torturar y matar a los enemigos. Inauguraciones, celebraciones esporádicas y ceremonias

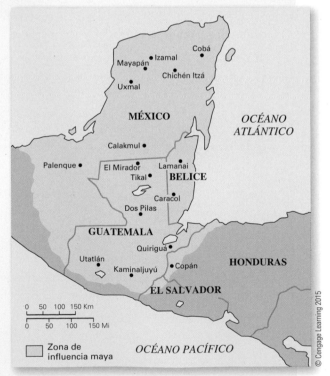

religiosas culminaban siempre con sacrificios rituales. Los estudios del arqueólogo de la Universidad de Vanderbilt, Arthur Demarest, [...] dividen la historia del Imperio en dos períodos: antes y después del año 761 d. C.

En la primera fase, las guerras eran batallas bien orquestadas, con la finalidad de conquistar el poder y esclavizar nobles rivales. "En la segunda etapa las guerras llevaron a la completa destrucción del pueblo, provocando un quiebre en la estructura social", dice Demarest [...] Lo que ocurrió fue una guerra civil, una insurrección tan violenta contra las clases dominantes de nobles y sacerdotes, que toda la cultura entró en crisis.

Sumado a lo anterior, el frágil lazo que representaba la religión se debilitó aún más. Una combinación de desastres naturales contribuyeron a ello, principalmente sequías severas provocadas por la deforestación, y la superpoblación, que elevó las tensiones sociales a niveles explosivos. La tierra ya no producía granos en cantidad suficiente para satisfacer a los sacerdotes y sus ceremonias de abundancia, en las que se quemaban grandes cantidades de alimentos, mientras el pueblo tenía hambre. La organización maya era similar a la de la antigua Grecia. Formaban ciudades-estado, organizadas independientemente y unidas solo por la religión y la lengua, pero con enormes rivalidades. Las ciudades mayas no solo estaban formadas por templos religiosos y por los palacios de la élite. "Hoy se sabe que ellas funcionaban exactamente como una urbe moderna", explica el antropólogo Antonio Porro. "Las ciudades eran circundadas por ciudades satélites que albergaban a la población suburbana como artesanos y obreros". Después de la era clásica, situada alrededor del año 750, las escaramuzas entre las decenas de ciudades-estado de la región evolucionaron hacia guerras sangrientas que transformaron poderosos centros urbanos en aldeas fantasmas. Prueba de ello fueron edificaciones incendiadas, arsenales militares y el aumento de las imágenes guerreras en los monumentos, evidencia encontrada en las ruinas de la ciudad de Caracol, en Belice.

Aunque existe consenso en que una de las principales causas de la decadencia de la civilización maya fue su descontrolado instinto guerrero, ninguno de los investigadores piensa que esa es la única respuesta. Otro factor decisivo para la decadencia fue la superexplotación de la flora tropical, fuente de alimento y protección. Al comienzo de este año, investigadores ingleses analizaron sedimentos depositados en el lago Pátzcuaro, en México, y descubrieron que las antiguas prácticas agrícolas de la zona provocaron altas tasas de erosión del suelo, que no fueron igualadas ni por los invasores españoles.

Al analizar el polen enterrado entre los escombros de Yucatán, arqueólogos norteamericanos concluyeron que no existía flora tropical cerca de las principales ciudades mayas. "El polen encontrado muestra claramente que casi no existían más bosques para explotar", afirma Patrick

En las últimas décadas los investigadores han descifrado la escritura maya. En esta escena, Pájaro Jaguar IV, rey de la ciudad de Yaxchilán, se prepara para una batalla.

Culbert, arqueólogo de la Universidad de Arizona. Desertificación, erosión, destrucción de bosques y hasta acidificación del suelo —problemas, familiares para el hombre moderno— fueron responsables por la declinación de una de las sociedades más organizadas y avanzadas del pasado. Tal vez la guerra y un medio ambiente agotado impulsaron a los mayas a escapar de un mundo adverso que ya no tenía nada que entregar, y donde la única forma de renacer era volver al origen en la profunda selva tropical. ■

"Autopsia de una civilización." Reprinted from *Qué pasa,* Santiago, Chile, August 28, 1993, pp. 44–45. Reprinted with permission of COPESA, Consorcio Periodístico de Chile S.A.

ACTIVIDAD 6   Dos épocas distintas

Según el arqueólogo Arthur Demarest, la vida maya era muy distinta antes y después del año 761. Decide si cada oración describe la situación **antes** (A) o **después** (D) de esta fecha clave.

1. _____ Un ritual importante de la vida eran las batallas bien orquestadas y controladas.

2. _____ Se creaban arsenales militares y se hacían cada vez más imágenes guerreras en los templos.

3. _____ Destruían los bosques, dañaban su medio ambiente y sufrían escasez de comida.

4. _____ Las guerras tenían el objetivo limitado de capturar y esclavizar nobles rivales.

5. _____ Los mayas formaban ciudades-estado que coexistían en relativa estabilidad.

6. _____ Los sacerdotes pedían y quemaban grandes cantidades de alimentos, mientras el pueblo tenía hambre.

7. _____ Las ciudades eran circundadas por ciudades satélites donde vivían los artesanos y trabajadores.

8. _____ Las guerras se hacían con el objetivo de destruir completamente las ciudades rivales.

ACTIVIDAD 7   Las causas de la decadencia

El siguiente párrafo es un breve resumen de las ideas importantes de la lectura. Escoge y adapta una expresión de la lista para cada espacio en blanco.

búsqueda	empezar a	octavo/a	sacrificio
crecer	erosión	pacífico/a	sangriento/a
dejar de	guerrero/a	ritual	

Las investigaciones recientes parecen indicar que la civilización maya era bastante _____ (1). En una primera etapa, sus guerras eran bien orquestadas, parte integral de una sociedad rígida y estable, y servían para obtener víctimas para los _____ (2) rituales. Sin embargo, en el siglo _____ (3), las escaramuzas empezaron a convertirse en guerras _____ (4). Después de cinco siglos de relativa estabilidad, la población ya _____ (5) en exceso y la tierra se había cultivado cada vez más intensamente, llevando a la desforestación. Como resultado, la tierra había sufrido _____ (6) y acidificación, y _____ (7) producir suficientes alimentos, precisamente cuando la población llegaba a su número más alto. Como no había suficiente comida para todos los habitantes, las guerras dejaron de ser un _____ (8) religioso y se convirtieron en una manera de buscar recursos y alimentos. Esta _____ (9) desesperada llevó a la destrucción de la civilización clásica de los mayas.

ACTIVIDAD 8   Los detalles y sus implicaciones

Para entender bien una lectura, es necesario prestar atención a los detalles. En grupos de tres, terminen las siguientes oraciones y justifiquen sus respuestas.

1. Durante el declive de la civilización clásica de los mayas, los españoles...

2. Durante los sacrificios rituales, los sacerdotes les ofrecían a los dioses...

3. El autor opina que los mayas clásicos eran...

4. El autor sugiere que los mayas posclásicos eran...

ACTIVIDAD 9   Un destino misterioso

Uds. son arqueólogos profesionales que han estudiado a los mayas y hablan sobre lo que posiblemente les pasó después de la destrucción de su civilización. En grupos de tres, túrnense para decir cuál creen que fue su destino. Especulen sobre los siguientes aspectos de la cultura maya: la religión, los trabajos, la comida, las ceremonias, las casas, la familia, el arte, la lengua, la arquitectura.

▶   —Es obvio que todos los mayas se enfermaron y se murieron.

  —No es verdad. Los mayas dejaron de construir grandes templos, pero...

Cuaderno personal 3-1

En tu opinión, ¿hay semejanzas entre el destino de la civilización maya y la nuestra? ¿Vamos por el mismo camino?

Lectura 2: Panorama cultural

Identifying parts of speech

ACTIVIDAD 10 Partes relacionadas

La lectura "La presencia indígena en Hispanoamérica" contiene palabras relacionadas con los siguientes verbos. Para cada verbo en infinitivo (por ejemplo, **leer**), busca en el glosario o en un diccionario un sustantivo como **lector** (*reader*) o **lectura** (*reading*), y un adjetivo como **legible** (*legible*) o **leído** (*read*).

Verbo	Sustantivo	Adjetivo
desaparecer		
aislar		
dominar		
establecer		
conservar		
despreciar		

Building vocabulary

ACTIVIDAD 11 Palabras útiles

Después de mirar la lista, completa las oraciones que siguen con las palabras apropiadas.

los antepasados	ancestors
el/la portavoz	spokesperson
el rasgo	trait, feature
la supervivencia	survival
el culto	worship, adoration
la prueba	proof, evidence
autóctono/a	native
el esfuerzo	effort

1. ________________ del gobierno anunció que las negociaciones iban bien.
2. Una de las características de muchas religiones es el ________________ a los antepasados.
3. Un ________________ importante de la cultura norteamericana es la afición a la tecnología.
4. Charles Darwin definió la teoría de la ________________ del más fuerte.
5. Algunos de los ________________ de Juan Ferreira eran españoles, pero otros eran portugueses.
6. El éxito que tiene en su trabajo es ________________ de su talento.
7. La papa y el maíz no se conocían en Europa antes del siglo XVI porque son comidas ________________ del continente americano.
8. A pesar de sus ________________, el presidente no pudo resolver la crisis.

ACTIVIDAD 12 ¿Indígenas o indios?

Últimamente, tanto en Norteamérica como en Centro y Suramérica, ha habido una revaloración del indio; incluso se prefiere usar el término *indígena* en vez de *indio*. En parejas, antes de leer la lectura siguiente, contesten estas preguntas.

1. ¿Cuáles eran algunas de las características negativas que se asociaban con el término *indio* en la cultura norteamericana?

2. ¿Cuáles son algunos aspectos positivos de la cultura indígena que se aprecian hoy día?

3. Actualmente, ¿a qué problemas se enfrenta la población indígena de Norteamérica? ¿Y la de Hispanoamérica?

ACTIVIDAD 13 Las ideas principales

Mientras lees, escribe en el margen una oración que resuma la idea principal de cada párrafo. Después, en grupos de tres, comparen sus apuntes para ver si están de acuerdo.

Presencia indígena en Hispanoamérica

CUANDO CRISTÓBAL COLÓN LLEGÓ al Nuevo Mundo, encontró una tierra habitada por pueblos que llevaban allí más de 30.000 años. Pueblos pequeños alternaban con los grandes imperios azteca e inca. Muy pronto, la conquista española y las enfermedades europeas causaron la desaparición de numerosos pueblos indígenas, la destrucción de las
5 grandes civilizaciones y el establecimiento de la lengua y la cultura españolas en gran parte de América. Sin embargo, no se borró la presencia indígena, la cual sobrevivió en el mestizaje y en la conservación de muchas de sus sociedades.

América mestiza

La unión entre españoles y mujeres naturales de América produjo una nueva población, la de los mestizos, personas que llevaban en las venas una mezcla de sangre
10 europea y sangre indígena. De esta unión racial nacieron nuevas culturas, y el mestizaje llegó a sentirse en todos los aspectos de la cultura. En primer lugar, la lengua española adoptó vocablos de origen indígena, mientras que, a su vez, en la agricultura y la cocina, aparecieron productos y comidas propios del mestizaje. Asimismo, los productos lácteos y el arroz que trajeron los conquistadores se combinaron con
15 maíz, papas, tomate y otras cosechas autóctonas para preparar nuevos y variados platos. Elementos igualmente inseparables se manifestaron en la expresión artística. Para dar un ejemplo, aún hoy en día, la música andina combina instrumentos indígenas, como la flauta, con otros españoles como la guitarra, en tanto que la literatura y las artes plásticas y artesanales de los diversos países muestran la riqueza de
20 la fusión de las culturas.

Pero si la lengua y las costumbres reflejan bien esta fusión, quizás sea la religión una de las pruebas más evidentes del mestizaje. La religión católica, impuesta por los

Continúa

Vocablos del taíno (Caribe):
**canoa, tabaco, maíz, ají,
maní.** Vocablos del náhuatl
(México): **chocolate, tomate,
chile, cacahuate, aguacate.**
Vocablos del quechua
(los Andes): **papa, chino/a**
(= chico/a), **alpaca.**

Un producto muy conocido del
mestizaje es la combinación
del chocolate con el azúcar.

españoles, fue aceptada por los indígenas como un vehículo de su expresión religiosa y las imágenes cristianas se interpretaron como representaciones de sus dioses. Así
25 tenemos a la Virgen de Guadalupe, patrona de México, quien se apareció a un indígena en el lugar donde antes había existido un templo a Tonantzin, diosa madre de los aztecas. Tanto en México como en Guatemala, la celebración católica del Día de los
30 Muertos tomó rasgos indígenas del culto de los antepasados, convirtiéndose hoy en una celebración de gran importancia. Por otro lado, en el Perú, la Virgen María fue asociada con Pachamama, diosa incaica de la tierra y,
35 como tal, se la venera actualmente en muchas comunidades.

Países con una importante población indígena son México, Guatemala, Ecuador, Perú, Bolivia y Paraguay. En estos mismos países el mestizaje suele celebrarse como un aspecto importante de la identidad nacional.

Lo indígena frente a lo mestizo

Aunque en algunos países predomina una cultura mestiza, existen todavía comunidades indígenas que no se consideran parte
40 del mundo mestizo hispanoamericano. Con frecuencia, las naciones de Hispanoamérica han celebrado el pasado indígena, ya que ese pasado ayuda a crear una identidad nacional distintiva. Sin embargo, las
45 sociedades indígenas actuales no se han reconocido de la misma manera. Estas se han mantenido separadas, ya sea viviendo lejos de los centros urbanos o al margen de la sociedad dominante, y solo así han podido conservar lenguas y tradiciones
50 propias. No obstante, el mismo aislamiento físico y cultural que ha permitido su supervivencia también ha impedido su participación en la vida política, económica e intelectual de sus países. A causa de su pobreza y falta de educación, se ha visto a los grupos indígenas como un obstáculo al
55 progreso —el llamado "problema del indio"— y actualmente siguen siendo despreciados por la sociedad dominante.

La conocidísima imagen de la Virgen de Guadalupe (Villa de Guadalupe Hidalgo, México)

© Richard Cummins/Corbis

© Henry Romero/Reuters/Landov

Una joven celebra el Día de los Muertos decorando la tumba de un pariente suyo en el cementerio San Gregorio Atlapulco de la Ciudad de México.

Resistencia y creciente fuerza política de los indígenas

60 No es verdad, sin embargo, que los indígenas siempre hayan aceptado su marginación con docilidad y conformismo, y desde la época colonial ha existido una
tradición de resistencia. Los indígenas andinos recuerdan la oposición del último inca
Túpac Amaru al dominio español. Los de México recuerdan la legendaria lucha de
Cuauhtémoc contra Cortés, además de la más reciente lucha de Emiliano Zapata por
65 defender los derechos de los indígenas durante la Revolución mexicana de 1910.

La Revolución mexicana empezó en 1910.

El espíritu de Zapata inspiró al Ejército Zapatista de Liberación Nacional (EZLN),
que en 1994 inició en Chiapas
una lucha contra el gobierno
mexicano. Los rebeldes
70 protestaron por el continuo
deterioro de su situación
económica y por la poca
atención que en general les
prestaba el gobierno central.

El estado de Chiapas, cerca de Guatemala, está habitado principalmente por grupos mayas.

75   Afortunadamente, en
años recientes han aparecido
iniciativas que buscan
soluciones más pacíficas y
duraderas. Una táctica ha
80 sido ganar el apoyo de la
comunidad internacional, y
en esto nadie ha tenido tanto
éxito como la indígena quiché
Rigoberta Menchú. Menchú
85 huyó de Guatemala en 1981,
en medio de la lucha violenta
entre el gobierno y los
indígenas. En el exilio contó
la historia trágica de su
90 pueblo y en 1992 ganó el
Premio Nobel de la Paz por

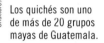

*El escudo nacional de México, adoptado en 1821,
representa una historia azteca, según la cual se
profetizó la fundación de la capital azteca en el lugar
donde vieran un águila, sobre un nopal (cactus),
devorando a una serpiente. Este uso de la historia
indígena ayudó a definir una identidad nacional
mexicana distinta de la de otras naciones.*

Los quichés son uno de más de 20 grupos mayas de Guatemala.

Menchú narra la historia de su vida y del pueblo quiché en su libro *Me llamo Rigoberta Menchú y así me nació la conciencia* (1983).

sus esfuerzos a favor de las comunidades indígenas, convirtiéndose así en portavoz
importante de las comunidades indígenas del mundo.

Otra táctica para mejorar las condiciones de los indígenas ha sido la formación
95 de federaciones de indígenas que defienden sus intereses por medio de una nueva
participación activa en la política de sus países. En el Ecuador, caso ejemplar del
fenómeno, los pueblos indígenas organizaron la Confederación de las Nacionalidades
Indígenas del Ecuador (CONAIE) para combatir la explotación del petróleo y la
destrucción del hábitat natural. El éxito de los indígenas ecuatorianos ha servido de
100 modelo para otros, y desde México hasta Chile nuevos movimientos indigenistas van
ganando influencia. Cada vez hay más representantes indígenas en el gobierno de los
diferentes países, y el indígena aimara, Evo Morales, llegó a la presidencia de Bolivia
en 2005, desde donde lanzó un programa político proindigenista. Además, nuevos
contactos internacionales, como la Cumbre de Líderes Indígenas de las Américas,

Los aimaras representan más del 30% de la población boliviana.

Continúa

El creciente contacto y cooperación entre grupos indígenas se revela en su uso de Internet para divulgar sus programas. (Ve a la página web de *Fuentes* para encontrar enlaces a sitios relacionados con el tema de los indígenas.)

105 han permitido una coordinación mejor organizada de los esfuerzos por proteger sus derechos y culturas. Gracias a todos estos cambios, muchos países han modificado su Constitución para dar mayor protección a los descendientes de sus pobladores originales.

Estos y otros acontecimientos anuncian un cambio importante en las relaciones 110 entre los diversos grupos que componen la población hispanoamericana. Durante siglos, los indígenas tuvieron que aceptar su absoluta subordinación; ahora están recobrando su voz y defendiendo sus culturas. Al mismo tiempo, se están convirtiendo en una fuerza transformadora que tiene que tomarse en cuenta dentro y fuera de América "Latina" 115 durante el siglo XXI. ■

© Martín Alipaz/epa/Corbis

Evo Morales, primer presidente indígena de Bolivia, baila con mujeres aimaras durante la celebración de un ritual andino delante del Palacio de Gobierno en la Paz.

Scanning

ACTIVIDAD 14 Detalles importantes

Después de leer, determina si las siguientes oraciones son ciertas (C) o falsas (F), de acuerdo con la información que aparece en la lectura. Corrige las oraciones que sean falsas.

1. _____ La conquista española no tuvo mucho impacto en los pueblos indígenas de América.

2. _____ Pocos hispanoamericanos llevan sangre indígena en sus venas.

3. _____ El mestizaje ha tenido efecto en muchos aspectos de la cultura.

4. _____ Las comunidades indígenas nunca aceptaron la religión católica.

5. _____ Todavía hoy existen comunidades indígenas separadas de la cultura hispana.

6. _____ Muchos indígenas son pobres y analfabetos.

7. _____ El EZLN atacó a los indígenas por protestar contra el gobierno.

8. _____ El líder político indígena más conocido es Evo Morales.

9. _____ En años recientes, la respuesta principal de los indígenas a su marginación ha sido la lucha armada.

ACTIVIDAD 15 Implicaciones

Las siguientes oraciones representan deducciones o inferencias que se basan en la información del texto anterior. Busca la información que apoya cada inferencia.

1. La conquista española fue bastante violenta.

2. La mayoría de la población mexicana es católica.

3. En Cuba, Costa Rica y Argentina, ya no hay una presencia indígena importante.

4. Muchos mestizos hispanoamericanos tienen vergüenza de su sangre indígena.

5. Para los indígenas modernos, la globalización representa una amenaza y una ayuda.

ACTIVIDAD 16 Comparaciones

Trabajen en grupos de cuatro. Dos personas son indígenas de los Estados Unidos y dos son indígenas de Hispanoamérica. Comparen cómo eran sus relaciones con los europeos, cómo es su vida actual y cuál será su futuro. Temas posibles de discusión: el *mestizaje* o la separación, la comida, la religión, la música, el activismo político. Usen las expresiones:

Me parece que...	It seems to me that . . .
Creo que...	I think that . . .
En mi opinión...	In my opinion . . .
Es decir...	That is . . .
O sea...	That is . . . / In other words . . .
Ud. me dice que...	You're telling me that . . .

Cuaderno personal 3-2

¿Crees que los indígenas pueden defender sus culturas sin integrarse a la cultura dominante? ¿Por qué sí o no?

✳ Lectura 3: Literatura

Estrategia de lectura

Using the Bilingual Dictionary

Reading exposes you to new ideas and new words. As a general rule, the most effi-cient strategy for dealing with unfamiliar words is to try to guess their meaning from the context, or to skip over them if they do not seem important. However, there will be cases when you either need to look up a word in order to understand the passage, or you are simply curious to know more. If you finally decide to use the dictionary, here are some guidelines to help you.

1. Determine the part of speech.
2. Consider the context and try to guess its meaning. This may help you when you look up the word and are presented with numerous possibilities.
3. Look up the word in the Spanish half of a good bilingual dictionary. Be sure to check and compare all the possibilities given. Use the dictionary abbreviations to help you:

   m. masculine noun
   f. feminine noun
   adj. adjective (often given in masculine form)
   adv. adverb
   v. tr. transitive verb
   v. int. intransitive verb
   v. r. (ref., pr. or **prn.)** reflexive verb

4. Scan the entry to see if the word you are looking up is actually part of an idiom. Idioms are included toward the end of an entry.

> Remember that it is not generally a good idea to translate every word in a reading. If you do, you are likely to focus on isolated words rather than the meaning of the words in context. In other words, you may not be able to see the forest for the trees.

> The **pr.** or **prn.** refers to the reflexive pronoun that accompanies reflexive verbs.

Using the dictionary

ACTIVIDAD 17   A buscar palabras

Las palabras en negrita en las siguientes oraciones aparecen en el cuento que vas a leer. Intenta adivinar el significado de cada palabra por el contexto, determina la parte de la oración y después busca la palabra en el vocabulario que sigue o en un diccionario bilingüe. Escribe el mejor equivalente inglés al final de la oración.

1. Después del accidente, la sangre **chorreaba** de la pierna de la víctima. _____

2. Todos los parientes entraron en la casa para despedirse del hombre enfermo, quien estaba ya en su **lecho** de muerte. _____

3. El hombre se presentó muy **confiado** ante el tribunal, pero al final lo condenaron a muerte. _____

4. Cuando la mujer se despertó, se encontró **rodeada** de todos sus amigos._____

5. El prisionero intentó **engañar** a los guardias, pero no logró escaparse._____

6. Los habitantes del pueblo miraban **fijamente** al recién llegado sin decir nada.

   _____

cho·rre·ar I. v. int. to gush, spout, spurt: *chorreaba agua sobre la acera* water was gushing over the sidewalk; *(brotar)* gush out; *(gotear)* to drip, to trickle **te chorrea la nariz** your nose is running; *chorrear de sudor* to drip with sweat. **II.** v. tr. to pour *mi impresora chorrea tinta* my printer is pouring out ink; ANDES to soak; COL. v. r. *chorrearse algo* to steal something.

con·fia·do/a I. past part. of **confiar. II.** adj. *(seguro)* confident: *confiado en sí mismo* self-confident; *confiado en algo* confident of something; *(ingenuo, crédulo)* trusting, naïve, gullible.

con·fiar I. v. int. *(fiarse de)* to trust, to have faith in: *confiamos en Dios* we trust in God; *(contar con)* to rely on, count on *confío en tu ayuda* I'm relying on your help. **II.** v. tr. to put in charge of, to entrust *voy a confiarles mi dinero* I am putting them in charge of my money; to confide *ella me confió un secreto* she confided a secret to me.

en·ga·ñar I. v. tr. to deceive, to lie; to be unfaithful to *mi marido me engaña* my husband is cheating on me; *(estafar, timar)* to cheat, to trick, to swindle; v. r. to deceive oneself **no te engañes** don't fool yourself; v. r. *(equivocarse)* to be mistaken. **II.** v. int. to be deceptive *las apariencias engañan* appearances can be deceiving.

fi·ja·men·te adv. fixedly, firmly: nos miraron fijamente they stared at us; *(ciertamente, con seguridad)* for sure, assuredly; *(intensamente)* intensely.

fi·jo/ja I. past part. of **fijar. II.** adj. fixed, firm, immobile *el cuadro está fijo a la pared* the picture is fixed to the wall, *el precio fijo* the set price; regular *un trabajo fijo* a regular job; permanent *un contrato fijo* a permanent contract; *saber de fijo* to be sure, to know for sure; CHEM. not volatile. **III.** PERU adv. certainly.

le·cho m. *(cama)* bed: *lecho de muerte* deathbed, *un lecho de rosas* a bed of roses; *(fondo)* bed of a river or other body of water: *el lecho del mar* seabed; *(capa)* layer: *un lecho de polvo* a layer of dust; GEOL. *(estrato)* layer, bed: *lecho de roca* bedrock.

ro·de·ar v. tr. to surround, to circle: *rodear ganado* to round up cattle; *(acorralar)* to surround, trap *la policía rodeó el edificio* the police surrounded the building; *rodearse de familia* to surround oneself with family; to take an indirect route around something *tienes que ir rodeando el parque* you have to go around the edge of the park.

ACTIVADAD 18   Con la ayuda del contexto

Guessing meaning from context

Lee bien las siguientes oraciones para determinar el significado de las palabras en negrita.

1. Los hombres buscaban al criminal y por fin lo **apresaron** y lo llevaron a la prisión.

   a. mataron   b. capturaron   c. perdieron

2. El profesor tenía un gran **conocimiento** de la filosofía precolombina.

   a. lo que sabe una persona   b. el grupo de amigos de una persona   c. la conciencia

3. Las plantas suelen **florecer** en la primavera.

   a. perder las hojas   b. morir   c. echar flores

4. Muchos frailes españoles adquirieron un **dominio** sorprendente de lenguas indígenas como el quechua, el náhuatl y las lenguas mayas.

   a. poder sobre alguien   b. capacidad de usar   c. superioridad

5. Los indígenas **se disponían** a empezar la ceremonia cuando llegó el fraile.

   a. se preparaban   b. tomaban decisiones   c. se disputaban

6. El **rostro** impasible de ese hombre molesta a la gente, ya que es imposible saber lo que piensa.

   a. la lista   b. la nariz   c. la cara

ACTIVIDAD 19 La invención de una trama

Parte A: Las siguientes palabras aparecen en el cuento que van a leer. En grupos de tres, digan o adivinen qué significa cada palabra o a quién se refiere cada nombre.

fray Bartolomé	perdido	el sol	el corazón
la selva	el eclipse	chorrear	Guatemala
engañar	el sacrificio	Aristóteles	oscurecerse
el desdén	Carlos V	salvar	prever
España	indígenas	el calendario	astrónomos

Parte B: En parejas, miren la imagen y la lista de vocabulario, y digan qué creen que pasa en el cuento.

Parte C: Trabajando individualmente, y antes de leer el cuento, escribe un párrafo contando brevemente lo que crees que va a pasar en el cuento. Usa de seis a ocho palabras de la lista y subráyalas.

Parte D: Después de terminar tu versión del cuento, lee el cuento original para ver cuántas de tus predicciones son correctas.

© National Musuem of the American Indian, Smithsonian Institution

Representación de un sacerdote maya encontrada en Yucatán (México)

AUGUSTO MONTERROSO *(1921–2003) fue el escritor guatemalteco más importante del siglo XX. Desde muy joven se dedicó a la actividad política, la búsqueda de la justicia y la literatura. En 1944 tuvo que marcharse de su país natal a causa de la difícil situación política, para luego pasar el resto de su vida en México. En el exilio, Monterroso se hizo famoso por su especial cultivo de los minicuentos y tiene fama de haber escrito el cuento más corto de la historia: "Cuando despertó, el dinosaurio todavía estaba allí". Comenzó a publicar sus textos a partir de 1959, cuando salió su colección* Obras completas (y otros cuentos), *en la que apareció "El eclipse", el más conocido de sus cuentos. En este cuento se pueden apreciar algunos rasgos fundamentales de su escritura: el humor negro, la paradoja y el interés en la justicia.*

El eclipse   Augusto Monterroso

CUANDO FRAY BARTOLOMÉ ARRAZOLA se sintió perdido aceptó que ya nada podría salvarlo. La selva poderosa de Guatemala lo había apresado, implacable y definitiva. Ante su ignorancia topográfica se sentó con tranquilidad a esperar la muerte. Quiso morir allí, sin ninguna esperanza, aislado, con el pensamiento fijo en
5   la España distante, particularmente en el convento de los Abrojos, donde Carlos Quinto condescendiera una vez a bajar de su eminencia para decirle que confiaba en el celo religioso de su labor redentora.

Al despertar se encontró rodeado por un grupo de indígenas de rostro impasible que se disponían a sacrificarlo ante un altar, un altar que a Bartolomé le pareció
10   como el lecho en que descansaría, al fin, de sus temores, de su destino, de sí mismo.

Tres años en el país le habían conferido un mediano dominio de las lenguas nativas. Intentó algo. Dijo algunas palabras que fueron comprendidas.

Entonces floreció en él una idea que tuvo por digna de su talento y de su cultura universal y de su arduo conocimiento de Aristóteles. Recordó que para ese día se
15   esperaba un eclipse total de sol. Y dispuso, en lo más íntimo, valerse de aquel conocimiento para engañar a sus opresores y salvar la vida.

—Si me matáis —les dijo— puedo hacer que el sol se oscurezca en su altura.

Los indígenas lo miraron fijamente y Bartolomé sorprendió la incredulidad en sus ojos. Vio que se produjo un pequeño consejo, y esperó confiado, no sin
20   cierto desdén.

Dos horas después el corazón de fray Bartolomé Arrazola chorreaba su sangre vehemente sobre la piedra de los sacrificios (brillante bajo la opaca luz de un sol eclipsado), mientras uno de los indígenas recitaba sin ninguna inflexión de voz, sin prisa, una por una, las infinitas fechas en que se producirían eclipses solares y
25   lunares, que los astrónomos de la comunidad maya habían previsto y anotado en sus códices sin la valiosa ayuda de Aristóteles. ■

"El eclipse" by Augusto Monterroso. Reprinted by permission of International Editors Company, S.L.

ACTIVIDAD 20   Personajes

Scanning

Termina las siguientes oraciones según la información que da el cuento.
Fray Bartolomé era...
Al principio del cuento, fray Bartolomé estaba...
Al final del cuento, fray Bartolomé estaba...
Las personas que rodeaban a fray Bartolomé eran...
Los indígenas eran/estaban...

ACTIVIDAD 21   ¿Qué pasó?

Parte A: Pon las siguientes frases en orden cronológico para formar un resumen del cuento.

_____ Se perdió fray Bartolomé en la selva de Guatemala.

_____ Los sacerdotes esperaron el momento exacto del eclipse, y entonces le sacaron el corazón a fray Bartolomé.

_____ Recordó su juventud en un convento de España y el momento en que había conocido al emperador Carlos V.

_____ El fraile se sentó a esperar la muerte.

_____ Se durmió en la selva.

_____ Como había estudiado la ciencia de Aristóteles, recordó que iba a ocurrir un eclipse solar.

_____ Los sacerdotes mayas reaccionaron tranquilamente, aunque incrédulos, porque ya habían previsto el eclipse y sabían cuándo iba a ocurrir.

_____ Cuando se despertó, estaba en un altar, rodeado de sacerdotes indígenas que preparaban el sacrificio.

_____ Decidió engañar a los sacerdotes mayas y les dijo que iba a causar un eclipse si no lo ponían en libertad.

Parte B: Después de poner los acontecimientos en orden, usa expresiones de transición como **al principio, luego, después, en seguida, por fin** y **al final** para crear un resumen coherente.

ACTIVIDAD 22   Consideraciones y especulaciones

Los cuentos siempre comunican las perspectivas de sus autores, pero también tienen implicaciones no previstas por el autor, al mismo tiempo que nos hacen pensar en cuestiones relacionadas. En parejas, comenten las siguientes preguntas.

1. ¿Cuál es el mensaje que Monterroso nos quiere comunicar sobre los indígenas? ¿Es positiva o negativa su perspectiva de los indígenas?

2. ¿Qué —o a quiénes— representa el personaje de fray Bartolomé? ¿La Iglesia Católica? ¿Los conquistadores? ¿Los españoles? ¿Aristóteles? ¿La cultura y la civilización europeas? ¿Cuál es la perspectiva de Monterroso sobre cada uno de estos grupos?

3. Muchos frailes católicos no tuvieron la mala suerte de fray Bartolomé. De hecho, las comunidades indígenas de Mesoamérica adoptaron la fe católica con gran rapidez. Se ha dicho que esto ocurrió porque el cristianismo y las religiones de los aztecas y mayas compartían una creencia fundamental en la importancia del sacrificio humano. ¿Están de acuerdo?

Cuaderno personal 3-3

¿Crees que es válido hablar de sociedades "primitivas" y sociedades "avanzadas"? ¿Por qué sí o no?

Redacción: Un mito

ACTIVIDAD 23 El origen del ser humano

Listening, Note taking

La literatura empezó en muchas culturas para explicar los orígenes y enseñar los valores, y se transmitía de generación en generación por vía oral. En el *Popol Vuh*, el libro sagrado de los mayas quiché, se cuenta el mito de la creación de los hombres. Así como los mayas, todas las culturas tienen historias que explican el origen de la humanidad. En este país, la tradición judeocristiana es la que mejor se conoce.

la historia = the story; history

Parte A: Ahora tu profesor/a va a contar la historia de la creación de los hombres según el *Popol Vuh.* Escucha y toma apuntes para poder volver a contar la historia después. Usa el siguiente esquema para tus apuntes.

- dos o tres características del mundo que crearon los dioses
- lo que decidieron hacer los dioses después de crear el mundo y por qué
- cómo resultó esta creación
- otra decisión de los dioses
- características de los tres tipos de Hombre y cómo resultó ser cada uno

Características	Resultados
1.	
2.	
3.	

Parte B: Ahora, usando tus apuntes, ayuda a recrear la leyenda con el resto de la clase.

Estrategia de redacción

Using the Bilingual Dictionary

When you write, try to express yourself as much as possible with vocabulary that is already known to you. This will make it easier for you to compose directly in Spanish. Nevertheless, there will be cases when you need to look up specific vocabulary in order to communicate your thoughts. Here are some guidelines to help you better use the dictionary when writing.

1. Determine the part of speech of the word you want. If you need to look up a phrase or idiom, look under the key word or words.
2. Look up the word in the English-Spanish section of the dictionary. Find the equivalents that match the same part of speech. If the word you are seeking is part of an English idiom, it may be listed later in the entry or under another key word. Remember that the Spanish equivalent may be quite different from the English, as in *to be 10 years old* and **tener 10 años**.

Continúa

3. If you find more than one Spanish equivalent, you may need to cross-check each of these in the Spanish-English section of the dictionary.

4. When looking up a verb, determine whether you need to use it as transitive, intransitive, or reflexive, in which case the verb is used with a reflexive pronoun. Read the examples to determine if preposition(s) should be used with the verb. Make sure you do not try to translate English phrasal verbs (such as *to get up, to get off, to get over, etc.*) too literally. Many such verbs have a specific Spanish equivalent that may or may not be accompanied by a preposition.

Using the dictionary

ACTIVIDAD 24 Los equivalentes en español

La palabra *light* tiene varios equivalentes en español. Usa la sección del diccionario que aparece al lado para buscar la traducción española de *light* según el contexto de cada oración.

1. Could you turn on the lights?

2. Have you got a light?

3. Then he saw things in a different light.

4. Priests often light candles during religious ceremonies.

5. They decided to paint the room light blue.

6. Experienced tourists prefer to travel light.

light¹ [lɪt] **I.** s. f. *(the opposite of darkness)* luz **by the light of the moon** a la luz de la luna; *(lamp)* luz **she turned on the lights** encendió las luces; FIG. *to bring to light* sacar a luz, revelar; *to come to light* salir a la luz; *to see a light at the end of the tunnel* ver el final del túnel; *she was the light of his life* era la niña de sus ojos; *(daylight)* luz del día; *(lightbulb)* bombilla AMER. bombillo; *(light switch)* interruptor; *(electricity)* **the light bill** la factura de luz; *(traffic light)* semáforo **they gave it the green light** aprobaron su realización **she ran a red light** se saltó un semáforo en rojo; *(car headlight)* luz, faro; *(street light)* luz, farol, farola, iluminación; *(flame)* fuego, encendedor **have you got a light?** ¿tienes fuego?; *(ray of light)* rayo de luz; *(gleam)* brillo **the light in his eyes** el brillo de su mirada; *(viewpoint)* perspectiva, punto de vista **I hadn't seen the issue in that light** no había visto el asunto desde ese punto de vista; *to see in a different light* mirar/ver con otros ojos. **II.** adj. *(light color)* claro **light green** verde claro; **light-brown skin** trigueño. **III.** v. tr. **lit** [lɪt] o **lighted** encender, prender **he'll light the candles** encenderá las velas; *(to light, to illuminate)* iluminar **we have to light (up) the front of the building** tenemos que iluminar la fachada del edificio; *(to light something on fire)* prender fuego a algo. **IV.** v. int. *(to light up with joy)* iluminarse **her face lit up with a smile** su rostro se iluminó con una sonrisa.

light² **I.** adj. *(lightweight)* ligero, liviano **as light as a feather** ligero como una pluma **as light as air** liviano como el aire **light-footed** ligero de pies **the box is ten pounds lighter now** la caja pesa diez libras menos ahora; *(easy to digest)* **a light meal** una comida ligera; *(easy, not demanding)* ligero, liviano **light exercise** ejercicio ligero **light work** trabajo liviano; *(slight, scanty, of low intensity)* suave, leve **a light breeze** una brisa suave/leve; **a light rain** una lluvia fina; **light traffic** poco tráfico; *(low calorie)* light, bajo en calorías; *(trivial)* ligero, trivial **light conversation** conversación ligera **light reading** algo fácil de leer; *(lighthearted)* alegre; **II.** adv. *to travel light* viajar con poco equipaje.

Using the dictionary

ACTIVIDAD 25 Tu propio mito

Ahora vas a escribir tu propio mito. Primero, piensa en el aspecto del mundo o de la vida que quieres explicar. Luego, haz un esquema de los puntos importantes que vas a desarrollar en la historia con una lista del vocabulario necesario. Usa el diccionario para encontrar nuevas palabras. Luego, escribe el mito, usando palabras de transición y el pretérito y el imperfecto.

África en América: el Caribe

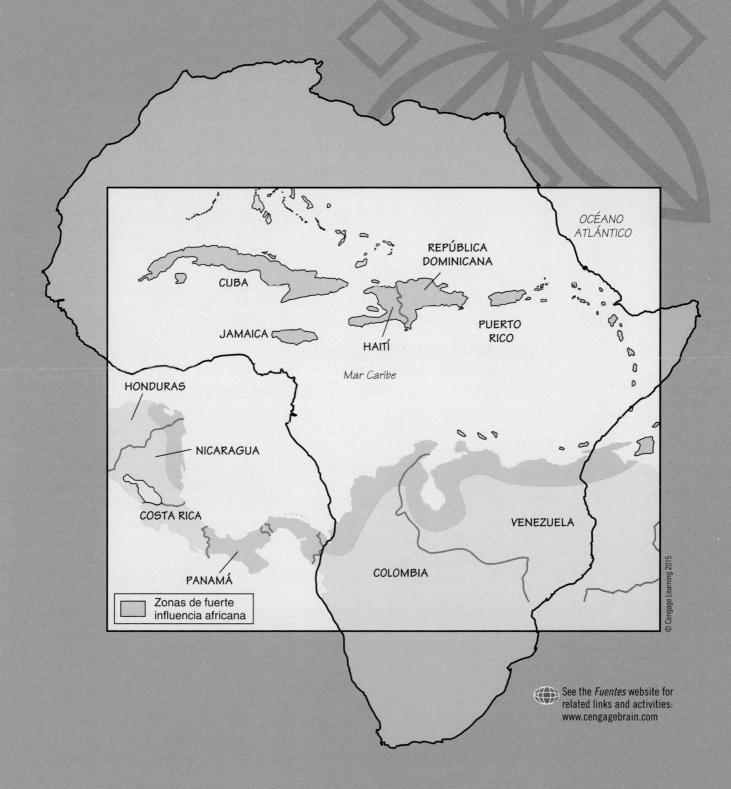

CAPÍTULO 4

OCÉANO ATLÁNTICO

REPÚBLICA DOMINICANA

CUBA

JAMAICA

HAITÍ

PUERTO RICO

Mar Caribe

HONDURAS

NICARAGUA

COSTA RICA

PANAMÁ

COLOMBIA

VENEZUELA

Zonas de fuerte influencia africana

© Cengage Learning 2015

See the *Fuentes* website for related links and activities: www.cengagebrain.com

ACTIVIDAD 1 ¿Qué saben del Caribe?

Trabajen en grupos de tres. Usando sus conocimientos y la información del mapa en la página anterior, lean las siguientes oraciones y determinen cuáles son ciertas (C) y cuáles son falsas (F). Si no están seguros, adivinen.

1. _____ Haití y Jamaica son los únicos países del Caribe que tienen una fuerte influencia africana.

2. _____ La comida caribeña es muy similar a la comida mexicana.

3. _____ La salsa es muy popular en el Caribe.

4. _____ El español es el idioma oficial de todas las naciones caribeñas.

5. _____ Hay grandes comunidades indígenas en las islas caribeñas.

6. _____ En el pasado, había muchas plantaciones con esclavos en el Caribe.

7. _____ La música caribeña no conserva las tradiciones de la música española.

8. _____ En el Caribe, la influencia africana ha sido más importante que la influencia indígena.

❋ Lectura 1: Una reseña biográfica

Estrategia de lectura

Using Syntax and Word Order to Understand Meaning

In the previous chapter, you practiced analyzing sentences in terms of parts of speech. These small units are organized into larger units that are fundamental to the meaning of a sentence.

- **El verbo:** The verb describes an action or state; it may be simple, compound, or linked in a series to form a verb phrase (**frase verbal**) as in **El hijo de Carmen no** ***pudo ir***. All sentences contain either a verb or verb phrase.

- **El sujeto:** Nearly every verb has a subject with which it agrees. A subject may be one word or several: ***El hijo de Carmen*** **no pudo ir**. Remember that the subject is often not explicitly expressed in Spanish. In this case, it is necessary to look at surrounding context to determine the subject. A few verbs have no subject: ***Hay*** **veinte personas aquí**.

- **El complemento directo:** The direct object receives the action of the verb. It can be one word or more as in **Yo vi** ***al hijo de Carmen***. Notice that specific persons or person-like things are introduced by the **a personal**.

- **El complemento indirecto:** The indirect object is the recipient of the direct object or the beneficiary of the action of the verb: **Paco** *le* **dio un libro** *al hijo de Carmen*. Notice in the example that the indirect object is preceded by the preposition **a** and marked redundantly with the indirect-object pronoun **le**.

- **El complemento circunstancial:** This unit tells under what circumstances the action occurs (when, where, how, why) and often begins with a preposition such as **a, con, de, en, hasta, por, para**. **El hijo de Carmen llegó** *a la fiesta* **y se quedó** *hasta las doce*.

If you have problems understanding a sentence, you may want to slow down, analyze the sentence, and figure out *when* or *where who* did *what* to *whom*, while remembering that the subject, verb, and objects are often groups of words. It helps to locate the verb first, determine its number, and look for a subject that corresponds. In Spanish, the subject may appear before the verb (as in English), after the verb, or at the end of the sentence. For example, these two sentences are both true of Celia Cruz and Tito Puente, yet they differ in meaning:

> Conoció Celia a Tito Puente.
> Conoció a Celia Tito Puente.

Can you explain this difference in meaning?

ACTIVIDAD 2   La estructura de las oraciones

Using syntax and word order to understand meaning

En parejas, analicen las siguientes oraciones que van a ver en la lectura sobre la cantante cubana Celia Cruz e identifiquen en cada una si hay sujeto (S), verbo (V), complemento directo (CD), complemento indirecto (CI) o complemento circunstancial (CC). Subráyenlos si aparecen.

1. Esta mujer tiene un significado trascendental en la historia de la música caribeña.
2. En esa época empezaban… el chachachá y el mambo.
3. La salsa empezó en Nueva York en 1967.
4. Toda la música tiene su encanto.
5. Cuando todavía era estudiante, un familiar la inscribió en un concurso radial.
6. Desde hace años ha incluido en ese trabajo a algunos puertorriqueños.

ACTIVIDAD 3   ¡Adivina!

Guessing meaning from context

Lee estas oraciones basadas en el artículo sobre la cantante cubana Celia Cruz y escoge el sinónimo de las expresiones indicadas en negrita.

1. Su carrera profesional empezó cuando ganó el primer lugar en **un concurso** de radio.

   a. un canal   b. un curso   c. una competición

2. La salsa es **el conjunto** de todos los ritmos cubanos mezclados en uno solo.

   a. el grupo musical   b. la conjunción   c. la combinación

3. Los instrumentos de la salsa incluyen instrumentos de cuerda, como la guitarra y **el bajo**.

   a. un tipo especial de tambor   b. un tipo especial de guitarra
   c. un tipo especial de flauta

4. Los arreglos de sus canciones eran **realizados** por un músico cubano.

   a. hechos   b. apreciados   c. financiados

5. Esta música la **tildaban** de callejera, de música cualquiera, sin crédito.

   a. decoraban   b. apreciaban   c. caracterizaban

ACTIVIDAD 4   La palabra apropiada

Lee las siguientes oraciones sobre Celia Cruz y complétalas con una palabra de la lista.

salida	bondad	grabación	encanto
arreglos	significado	cansada	incansable

1. Le gusta mucho esta _____ de la canción. Se oye muy bien.

2. Una canción puede tener muchos _____ distintos, según los instrumentos que se usen.

3. Esa mujer nunca para. Es verdaderamente _____.

4. Celia era honesta, paciente y generosa. Su gran _____ era bien conocida por todos.

5. Después de su _____ de Cuba, Celia se fue a vivir a los Estados Unidos.

6. Su música tiene un _____ especial que sigue atrayendo a la gente aun después de su muerte.

7. Es difícil exagerar el _____ que ha tenido Celia Cruz para la música afrocaribeña.

ACTIVIDAD 5   Los nombres de un icono

Parte A: Mira el título, el primer párrafo y la foto del artículo. Luego, en parejas, hagan una lista de todos los nombres y títulos de Celia y digan qué temas se comentan en el artículo.

Parte B: Mientras lees el artículo, decide cuántos de los siguientes temas se comentan en la lectura.

_____ los orígenes de la salsa

_____ las características de la salsa

_____ los planes de Celia

_____ los orígenes de la música cubana o caribeña

_____ la historia de la carrera profesional de Celia

_____ lo que dicen los críticos de la música de Celia

_____ la relación de Celia con su marido

La Reina Rumba habla de la "salsa"
Norma Niurka • Redactora de *El Miami Herald*

Celia Cruz es algo más que una cantante de "salsa", término que era desconocido cuando empezó su carrera interpretando ritmos que se conocían como la rumba y la guaracha. Aún en vida, se ha convertido en leyenda: *la Reina Rumba, la Guarachera de Cuba, la Reina de la Salsa*.

Admirada por antillanos[1], suramericanos, europeos y estadounidenses, esta mujer tiene un significado trascendental en la historia de la música caribeña. El Olympia de París, el Madison Square Garden de Nueva York, el Palacio de la Salsa en México, han temblado ante esa figura incansable, llena de energía, gracia y bondad, que canta, baila a su aire y despliega una fascinante personalidad escénica. Cuando Celia se iniciaba en el ambiente artístico, en la radio cubana, estaba familiarizada con la guaracha y la rumba; en esa época empezaban a ponerse de moda el chachachá y el mambo.

Celia, embajadora de la música salsa, durante un concierto en Hamburgo, Alemania

© Christian Agustín/Action Press/Zuma Press

"Lo que ahora se llama salsa, en la época en que empecé a cantar era la rumba. La salsa, para mí, es el conjunto de todos los ritmos cubanos metidos en uno solo". Celia tiene sus teorías acerca del surgimiento de la palabra "salsa".

"La salsa empezó en 1967, en Nueva York, yo ya estaba en Estados Unidos. En ese año, estuve en Venezuela, en un programa de Fidias Danilo Escalona, que se llamaba *La hora de la salsa*... Para mí no hubo cambio, yo seguí cantando de la misma forma que he cantado siempre". Celia cita tres cambios en el proceso de rumba a salsa: los instrumentos, los arreglos y una cierta influencia de Estados Unidos. "Los arreglos te dan más oportunidad de desarrollar un número. Cuando grabé 'La bemba colorá' duraba tres minutos, ahora dura diez. Los instrumentos para la salsa son electrónicos. Yo nunca con la Sonora toqué con bajo eléctrico. Antes los pianos eran grandísimos, el pianista necesitaba un camión para él solo. Ahora son electrónicos, pequeños, y se llevan como un violín".

Sus arreglos son realizados por el cubano Javier Vázquez (pianista de la Sonora Matancera), pero desde hace años ha incluido en ese trabajo a algunos puertorriqueños que se han formado en Estados Unidos. Estos, según Celia, han impregnado su música de otros sonidos. "En estos pasajes de arreglos de salsa hay un poco de la esencia del jazz, por haber ellos estudiado aquí, aunque sea música del Caribe. La música cubana no pierde sus raíces, ahí están el bajo, la tumbadora, el bongó y, a veces, la maraca; pero yo a esta música le pondría jazz latino si no tuviera el nombre de salsa". Sin embargo, aclara que no ha cantado jazz ni lo hará.

"En Cuba éramos muy adeptos a oír la música americana. Conocimos muy bien a Ella Fitzgerald y a Count Basie. Toda la música tiene su encanto, pero nunca me interesó cantar ese tipo de música. Si no lo haces en inglés, no sale igual. Si yo hago una guaracha en inglés no me va a salir lo mismo". Con su buen sentido del humor, comenta: "No es lo mismo que en vez de decir ¡Azúca![2], diga ¡*Sugar!*".

1 **antillano** = de las Antillas (las islas del Caribe)

2 Celia solía gritar **¡Azúca(r)!** cuando interpretaba una canción.

Continúa

A pesar de aceptar que entre sus admiradores se encuentran muchos americanos, Celia no es optimista en cuanto al interés del país en la salsa. "Cuesta trabajo entrar un disco de salsa en español en el mercado americano. El idioma es la barrera".

De origen muy humilde, Celia se crio entre catorce primos y hermanos, en una casa que compartía su madre con su hermana y su prima. Cuando todavía era estudiante, un familiar la inscribió en un concurso radial y ese fue el comienzo de una carrera brillante en el campo de la música popular.

Continuó interpretando ritmos afrocubanos y muy pronto se estableció su estilo en la guaracha. Su nombre siempre estuvo asociado a la orquesta La Sonora Matancera, con quien grabó hasta su salida de Cuba, continuando la unión más tarde, en el exilio.

"Si hoy tengo un par de aretes me lo he ganado cantando", dice. "He dado un ejemplo, no solo con mi música, sino porque me he dado a respetar. Esta música la tildaban de callejera, de música cualquiera, sin crédito. Hoy es música de mucho valor, es folclore y es cultura, es una música que todo el mundo respeta. Y yo me he dado a respetar comportándome como una dama. En el escenario canto y bailo, pero cuando me bajo de ahí todos me tienen que respetar". ■

Scanning

ACTIVIDAD 6 La vida de Celia

Determina si las siguientes oraciones son ciertas (C) o falsas (F). Corrige las oraciones falsas.

1. _____ Celia era de familia bastante rica.
2. _____ Celia empezó su carrera musical cantando guarachas y rumbas en los años 50.
3. _____ Celia se hizo famosa solo en Cuba, Miami y Nueva York.
4. _____ Celia nació y vivió en Cuba hasta que se fue a los Estados Unidos.
5. _____ Celia cantaba bien, pero tenía una personalidad difícil.
6. _____ A Celia no le gustaba cantar en inglés.

Scanning

ACTIVIDAD 7 La salsa según Celia

Celia explica la historia de la salsa, dando información y opiniones propias. Lee cada detalle y contesta las preguntas que le siguen.

1. Había cuatro ritmos cubanos que eran populares antes de la salsa. ¿Cuáles eran?
2. Hubo tres cambios que llevaron a la creación de la salsa. ¿Cuáles fueron?
3. Según Celia, existía otro nombre posible para la salsa. ¿Cuál era?
4. La salsa y la música caribeña no entraban fácilmente en los EE.UU. ¿Por qué? ¿Crees que la situación ha cambiado desde la muerte de Celia?

5. La música que cantaba era especial. ¿Por qué?

6. Hubo varios lugares y culturas que contribuyeron a la creación de la salsa. ¿Cuáles fueron?

ACTIVIDAD 8   Una canción de Celia

Discussing music

Parte A: Ahora vas a escuchar una canción de Celia Cruz, típica del Caribe. Primero, mira el siguiente cuadro.

¿Cómo describes esta canción?	
Título: _____	
Marca todas las palabras que reflejen tus reacciones a la canción.	
_____ aburrida	_____ cómica
_____ dulce	_____ monótona
_____ religiosa	_____ sabrosa
_____ sosa	_____ triste
_____ apasionante	_____ desagradable
_____ inspiradora	_____ política
_____ repetitiva	_____ salvaje
_____ trágica	_____ con buen ritmo
_____ bailable	_____ divertida
_____ lenta	_____ rápida
_____ romántica	_____ sensual
_____ tranquila	_____ de mensaje social
Marca todas las frases que reflejen tus opiniones.	
_____ Es demasiado larga.	_____ Quiero escucharla otra vez.
_____ Tiene buen arreglo.	_____ Se la regalaría a un amigo.
_____ Tiene buena letra.	_____ Me gustaría asistir a un concierto.
_____ Tiene una letra tonta.	
Creo que la persona que canta:	
_____ es sincera.	_____ está enojada.
_____ es aburrida.	_____ está enamorada.
_____ está aburrida.	_____ está divirtiéndose.

Parte B: Ahora, en parejas, comparen sus reacciones y digan por qué reaccionaron así. Para conectar sus ideas, usen las siguientes expresiones: **también, además (de)** (*in addition, besides*), **es más** (*what's more*).

Using additive connecting words

ACTIVIDAD 9 Influencias en la música

En la lectura sobre Celia Cruz se dice que la salsa y la música caribeña, en general, muestran gran influencia africana. En grupos de tres, discutan si existe o no esta misma influencia y otras influencias en la música de su país. Den ejemplos concretos y expliquen cómo se manifiestan esas influencias. Piensen en el rock, el jazz, el reggae, etc.

Cuaderno personal 4-1

Muchos músicos respetaban a Celia Cruz tanto por su talento como por su personalidad. ¿A qué músico o cantante respetas? ¿Por qué?

✳ Lectura 2: Panorama cultural

ACTIVIDAD 10 Del contexto al significado

Las palabras en negrita aparecen en la lectura "El sabor africano del Caribe". Adivina el significado de estas palabras según el contexto de la oración.

1. Después de llegar a América, los **esclavos** fueron obligados a vivir en las plantaciones, donde a menudo tenían que trabajar largas horas bajo condiciones muy duras.

   a. miembros de un grupo cultural y lingüístico que predomina en el este de Europa

   b. personas que tienen que trabajar para otras personas

   c. personas bajo el control de otra persona que las ha comprado

2. Un esclavo tenía que hacer todo lo que le ordenaba su **amo**.

   a. persona que está enamorada de otra persona

   b. persona que posee autoridad sobre otras personas, como los sirvientes

   c. un tipo de perro agresivo que se usaba para proteger los edificios

3. Los instrumentos son de variada **procedencia**: el güiro parece ser de origen indígena, pero la guitarra vino de España.

   a. origen　　　　　b. forma　　　　　c. manera de tocar

4. De África se adoptaron todos los instrumentos que marcan el ritmo, todo tipo de **tambores**...

   a. un tipo de instrumento de cuerda

   b. un tipo de instrumento de viento

   c. un tipo de instrumento de percusión

5. El ritmo es **primordial** en la música caribeña, mientras que la melodía ocupa un nivel secundario.

   a. de principal importancia　　　b. de muy poca importancia　　　c. de interés para el especialista

ACTIVIDAD 11   El verdadero significado

Guessing meaning from context, Using the dictionary

Busca las siguientes palabras en la lectura "El sabor africano del Caribe" y trata de deducir su significado según el contexto. Después, usa un diccionario bilingüe o el glosario para determinar si has deducido correctamente. Escribe el significado correspondiente en el espacio en blanco.

1. (línea 9) el sabor _____

2. (línea 14) provenir _____

3. (línea 17) la ascendencia _____

4. (línea 32) comestible _____

5. (línea 51) el culto _____

6. (línea 61) fundirse _____

7. (línea 118) orgullo _____

Estrategia de lectura

Distinguishing Main Ideas and Supporting Details

Texts that seek to inform and explain (as opposed to narratives, which tell stories) are normally organized around a central topic and certain main ideas. The main idea is often the topic of a paragraph, though several paragraphs may also develop one main idea. The body of the paragraph is made up of supporting details. Correctly distinguishing main ideas from supporting details and ideas can greatly improve your overall comprehension of a text.

ACTIVIDAD 12   ¿Idea principal o detalle?

Distinguishing main ideas and supporting details, Skimming and scanning

Lee rápidamente cada párrafo de la lectura para ver cuál de las dos frases es la idea principal del párrafo y cuál es un detalle de apoyo. Luego lee todo el texto sin interrupción para ver la interrelación entre las ideas.

Párrafo 1

    a. la llegada de inmigrantes europeos

    b. la mezcla cultural del Caribe

Párrafo 2

    a. orígenes de la presencia africana

    b. orígenes y definición de *mulato*

Párrafo 3

    a. la comida caribeña como manifestación de la mezcla cultural

    b. el sancocho como ejemplo y símbolo de la mezcla cultural

Continúa

Párrafo 4

   a. el origen de los cabildos

   b. fusión de diferentes tradiciones religiosas en la santería

Párrafo 5

   a. los aspectos africanos e híbridos de la música caribeña

   b. los instrumentos musicales de origen africano

Párrafo 6

   a. la salsa, el reggaetón, el hip hop caribeño

   b. la continuación de la tradición de contacto y mezcla cultural

Párrafo 7

   a. lo distintivo de la cultura caribeña

   b. el sancocho, la santería y el son cubano

El sabor africano del Caribe

La presencia africana no es única del Caribe. Una rica cultura afrohispana florece en las costas del Pacífico de Colombia, Ecuador y Perú, y en menor grado en la costa mexicana del Golfo. Los africanos también tuvieron una fuerte influencia sobre la cultura brasileña.

El tabaco es una planta autóctona de América. La caña de azúcar, de origen asiático, fue llevada a España por los árabes, y los españoles la llevaron al Caribe, donde se convirtió en el producto más importante de la región. El café, originalmente de Etiopía, fue llevado al Nuevo Mundo por los franceses, y en el siglo XVIII se empezó a cultivar en Cuba, Colombia y Brasil.

Solo hubo un breve período de mestizaje antes de la destrucción de los pueblos indígenas. Los indígenas taínos y caribes desaparecieron, pero dejaron contribuciones a la cultura regional: instrumentos musicales, varias comidas y el cultivo del tabaco.

El pueblo yoruba o lucumí era de una región que hoy forma parte de Nigeria y Benin.

AL DECIR "EL CARIBE" ACUDEN a la mente ideas de música, de playas y de sol. Pero el Caribe es mucho más que esto: es un mar y una región cultural de islas y costas, divididas entre muchas naciones y lenguas. No obstante esta diversidad, existe en el Caribe cierta unidad cultural, y en toda la región se notan los efectos de la mezcla racial y cultural
5 de los indígenas con los inmigrantes europeos y los africanos. Los primeros europeos fueron españoles, y aunque después llegaron portugueses, holandeses, ingleses y franceses, el idioma español y la cultura hispana todavía predominan en la región. Pero los europeos no llegaron solos al Caribe; llevaron con ellos esclavos africanos y son estos los que le dieron su sabor especial a la región.

Una inmigración forzada

10 Los colonizadores europeos de la región necesitaban trabajadores para sus plantaciones de caña de azúcar, café y tabaco. Inicialmente usaron a los indígenas caribeños, pero sus comunidades desaparecían a causa de las enfermedades europeas y las duras condiciones de trabajo. Por esa razón, se llevaron esclavos africanos al Caribe, práctica que se mantuvo hasta bien entrado el siglo XIX. Los esclavos provenían mayormente de la cultura yoru-
15 ba y de otras culturas de África occidental. Con el tiempo, la población africana creció enormemente, empezó a mezclarse con la europea y así nacieron los primeros mulatos, personas de ascendencia africana y europea. Esta mezcla racial se vio acompañada de la mezcla cultural en muchos aspectos de la vida, como la comida, la religión y la música.

Sancocho cultural

20 Los esclavos tuvieron que adaptarse a las culturas de los amos europeos. En las colonias españolas, por ejemplo, todos aprendieron español. Sin embargo, lograron mantener algunas tradiciones africanas y con el tiempo, todos los habitantes del Caribe —europeos, mestizos, mulatos y africanos— se vieron afectados por el contacto entre culturas. Se creó una

nueva síntesis cultural, que se ve
25 reflejada en la comida. Aunque la
dieta caribeña contiene productos
autóctonos que consumían los
indígenas, como la malanga y la
guayaba, además de ingredientes y
30 métodos de cocinar de los españoles, los africanos introdujeron
productos comestibles, como el
ñame, los gandules, el plátano y el
banano, y aportaron sus costumbres
35 culinarias como el uso de mucho
aceite y la frecuente mezcla de los
frijoles con el arroz. Un plato que
simboliza bien esta fusión es el sancocho de la República Dominicana
40 y Puerto Rico, que lleva el nombre
de *ajiaco* en Cuba. El sancocho es
una especie de "supersopa" en la
que se combinan productos españoles como carne de res y jamón,
45 con otros americanos, como maíz y

El sancocho, símbolo de la mezcla cultural caribeña, contiene ingredientes tan variados como carne de res, rabo de buey, pollo, jamón, cebolla, pimientos, tomates, tocino, papas, batatas, ñame, yautía, yuca, plátano y mazorcas de maíz.

papas, y otros traídos desde África, como ñame y plátano. En el sancocho, igual que en la
cultura caribeña, se disuelven completamente algunos ingredientes mientras que otros se
mantienen intactos y reconocibles, pero la totalidad es completamente original.

Santos y orishas

La mezcla cultural asimismo se
50 manifiesta en la religión. La santería,
culto muy popular en Cuba, Puerto
Rico y en comunidades cubanas y
puertorriqueñas de los Estados Unidos, es un buen ejemplo. Cuando los
55 africanos entraron en contacto con la
religión católica, notaron elementos
comunes entre los santos católicos y
sus dioses yorubas, los orishas. En
reuniones secretas llamadas cabildos,
60 los esclavos mantuvieron la adora-
ción a los orishas fundiendo sus
nombres y símbolos con los de los
santos. Conservaron ritos africanos y
los mezclaron con otros católicos e
65 incluían música y baile, altares con
flores y comida, oraciones y magia.

Un altar casero de santería dedicado a Babalú Ayé, el orisha que causa y cura las enfermedades, y que se conoce también como San Lázaro, el patrón católico de los enfermos.

Los españoles llamaron santería a esa fusión de ritos y figuras religiosas. Y es tal esa
mezcla, que aun hoy en día, San Lázaro, santo patrón de los enfermos, se funde con

Continúa

Babalú Ayé, el dios que causa y cura las enfermedades; y la Virgen de Regla, patrona de
70 la Bahía de La Habana, es en santería Yemayá, diosa del mar y fuente de la vida.

Percusión, ritmos y bailes

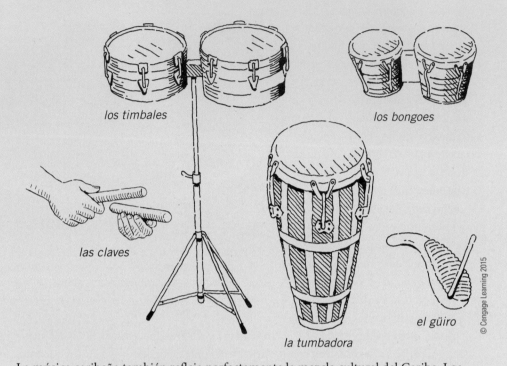

los timbales

los bongoes

las claves

la tumbadora

el güiro

© Cengage Learning 2015

La música caribeña también refleja perfectamente la mezcla cultural del Caribe. Los
instrumentos son de variada procedencia: el güiro y las maracas parecen ser de origen
indígena, mientras que la guitarra proviene de España. De África se adoptaron los instrumentos de percusión, tales como la clave y todo tipo de tambores, que luego se convirtie-
75 ron en batá, bongoes, congas, timbales y tumbadoras. Los tambores establecen el ritmo,
elemento primordial de la música caribeña, en tanto que la melodía tiene un papel secundario. Debido a su fuerte ritmo, la música del Caribe está íntimamente ligada al baile y
cada ritmo se asocia con un baile. Además, las canciones caribeñas conservan tradiciones
poéticas de España, al mismo tiempo que la música juega con la improvisación, tradición
80 que proviene principalmente de África pero que tiene también antecedentes en Europa y
en el jazz estadounidense. Todos estos elementos se encuentran mezclados en ritmos y
bailes como la rumba y el son cubanos, la cumbia colombiana-panameña, la plena puertorriqueña y el merengue dominicano.

Aunque la cumbia se originó
en Colombia, se ha convertido,
con adaptaciones, en uno
de los ritmos y bailes más
populares de los mexicanos y
de muchos argentinos.

Nuevas fusiones y mezclas

85 Gracias a nuevos contactos de culturas, y de igual modo a una revaloración positiva de la hibridez cultural, la tradición de mezcla cultural continúa hoy en día, especialmente en la música. A finales de los años sesenta, por ejemplo, artistas caribeños que habían inmi-

90 grado a Nueva York, como Celia Cruz, Willie Colón, Johnny Pacheco y Héctor Lavoe, comenzaron a desarrollar la salsa, producto de la

95 integración de muchos bailes y ritmos caribeños. De ahí se extendió la salsa por todo el Caribe y artistas como Rubén Blades y Juan Luis Guerra le

100 dieron toques políticos y sociales, mientras otros, por ejemplo Lalo Rodríguez y Gilberto Santa Rosa le dieron toques más románticos. El hip

105 hop estadounidense se ha

Los Orishas, un grupo cubano que mezcla los ritmos tradicionales caribeños con los del hip hop contemporáneo.

extendido por toda Latinoamérica, y agrupaciones como los Orishas, que son de Cuba, combinan el hip hop con la tradición musical afrocaribeña en lo que se puede llamar el hip hop caribeño. En el reggaetón, otro género musical reciente, artistas como El General, Tego Calderón y Calle 13 toman ritmos del "dancehall" jamaiquino y los combinan con

110 otras tradiciones puertorriqueñas, dominicanas y panameñas, para crear una música "puramente" caribeña.

Entonces, ¿qué es el Caribe? Es una cultura y muchas culturas, que se formaron gracias a la mezcla entre indígenas, europeos y africanos, pero son los "ingredientes" africanos los que le dan su sabor singular. Los contactos del pasado se manifiestan en

115 productos culturales como el sancocho, la santería y el son cubano, pero la tradición de mezcla cultural no ha desaparecido. Se siguen produciendo nuevas combinaciones religiosas, culinarias y musicales, como son la salsa, el hip hop caribeño y el reggaetón. Aun más importante, ha surgido un nuevo orgullo que celebra y fomenta el carácter híbrido de las culturas caribeñas. ∎

ACTIVIDAD 13 ¡Datos incorrectos!

Las siguientes oraciones son todas incorrectas. Corrígelas de acuerdo con la información de la lectura.

1. Todas las naciones del Caribe son de habla española.
2. La mayor parte de los esclavos africanos en el Caribe eran del norte de África.
3. Los mulatos son personas de origen indígena y europeo.
4. La comida caribeña es una combinación de contribuciones africanas, asiáticas e indígenas.
5. Los esclavos africanos adoptaron totalmente la religión cristiana.
6. La santería ya no se practica.
7. La melodía tiene especial importancia en la música africana.
8. La tradición de mezcla cultural ha desaparecido del mundo caribeño.

ACTIVIDAD 14 La cultura caribeña

Los términos de la siguiente lista representan detalles y ejemplos de la lectura. Para ver si has entendido bien, haz un mapa mental que refleje la organización de la lectura. Comienza con el siguiente esquema y relaciona cada elemento con la categoría correspondiente.

Elementos			
la rumba	*los cabildos*	*los mulatos*	*el ajiaco*
la malanga	*el sancocho*	*mucho aceite*	*Nueva York*
los esclavos	*la caña de azúcar*	*la improvisación*	*Yemayá*
el merengue	*el bongó*	*el plátano*	*San Lázaro*
el banano	*la salsa*	*Willie Colón*	*el café*
la plena	*el tabaco*	*el ritmo*	*el mambo*
el reggaetón	*Celia Cruz*	*los timbales*	*Juan Luis Guerra*
los yorubas	*la Virgen de Regla*	*las tumbadoras*	*Lalo Rodríguez*
las plantaciones	*los Orishas*		

ACTIVIDAD 15 Tu propia herencia

En parejas, usen el esquema básico de la Actividad 14 para hablar de las tradiciones étnicas y culturales que han influido en sus propias familias. También pueden mencionar otros aspectos, como lenguas o costumbres típicas que se mantienen en su familia.

Cuaderno personal 4-2

¿En qué aspectos reflejan el sureste u otras regiones de los Estados Unidos la cultura del Caribe?

Lectura 3: Literatura

ACTIVIDAD 16 Frases conocidas

Identifying register and genre

El cuento "Habanasis" que vas a leer se basa en una historia muy conocida. Las siguientes frases aparecen en esa historia judeocristiana. Lee todas las frases e identifica el nombre de esa historia o el libro donde se incluye esa historia. Después, escribe una traducción inglesa de cada frase.

1. "En el principio creó Dios los cielos y la tierra".
2. "Que haya luz".
3. "Júntense en un solo lugar las aguas que están debajo del cielo, y descúbrase lo seco. Y así fue".
4. "Y vio Dios que era bueno".
5. "Fructificad y multiplicaos".
6. "Y Dios quedó complacido".

En España, las formas de **vosotros** se asocian con el trato informal, pero en Latinoamérica su uso se asocia más bien con el lenguaje bíblico o literario.

ACTIVIDAD 17 El orden de las palabras

Using syntax and word order to understand meaning

Para entender las oraciones y las historias, es importante poder determinar quién hizo qué. Determina los componentes de las siguientes oraciones: S, V, CD, CI y/o CC.

1. Dios… dijo: "Que haya música".
2. Dijo Dios: "Que haya luna y estrellas…".
3. Le daré buenos compañeros.
4. Dios formó un Taíno de un puñado de arcilla roja.
5. El séptimo día, Dios sonrió.

Guessing meaning from format

Parte A: En parejas, miren el título, las fotos y la primera línea del cuento, y decidan a qué se refiere el título.

Active reading, Identifying tone

Parte B: Mientras lees el cuento, piensa en el tono en que el autor lo ha escrito. ¿Tiene un tono serio, trágico, cómico, irónico, positivo, negativo…?

RICHARD BLANCO *es un poeta cuya historia personal es todo un símbolo de la mezcla cultural. Según el autor mismo, él fue "creado en Cuba, ensamblado en España e importado a los Estados Unidos". Esto significa que su madre, embarazada de siete meses, y su familia se fueron de Cuba al exilio, primero a Madrid, donde nació el poeta en 1968, y después a Nueva York. Blanco también ha vivido en Miami y Washington, D.C. Ha trabajado como ingeniero y poeta, y también se divierte fabricando muebles, tocando el bongó y sacando fotos submarinas. Su primer libro de poemas y cuentos,* City of a Hundred Fires *(1997), recibió muchos elogios, ganó un premio importante y lanzó su carrera como poeta. En 2013 leyó su poema "One Today" durante la segunda inauguración del presidente Obama. El cuento/poema de "Habanasis" es una celebración de Cuba, tierra de origen de su familia.*

Habanasis   Richard Blanco

EN EL PRINCIPIO, antes de que
Dios creara Cuba, la tierra
era un caos, vacía y sin forma, y
sin música. El espíritu de Dios
5 despertó sobre las oscuras
aguas tropicales, y dijo: "Que
haya música". Y se oyó el ritmo
suave de una conga, que comenzó a marcar un uno-dos en
10 lo más profundo del caos.
    Entonces Dios convocó a
Yemayá y dijo: "Júntense todas
las aguas bajo los cielos, y
descúbrase la tierra". Y así fue.
15 La fértil tierra roja Dios la
llamó Cuba, y las aguas las

Las hermosas palmeras de la isla de Cuba

llamó el Caribe. Y Dios quedó complacido, marcando suavemente con los pies el
ritmo de la conga. Después dijo Dios: "Que haya papaya, coco y la masa blanca del

papaya, coco, mango, guayaba = frutas tropicales

coco; malanga y mango en
20 tonos de oro y ámbar; que haya
tabaco y café, y azúcar para el
café; que haya ron; que haya
ondulantes plataneros y guaya-
bos y todo lo tropical". Y Dios
25 quedó complacido y entonces
creó las palmeras —su *pièce de
résistance.*

Dijo Dios: "Que haya luna y
estrellas para alumbrar las noches
30 tropicales sobre Tropicana, y sol
los 365 días del año". Y Dios quedó complacido. Y Dios nombró la
noche vida nocturna, y el día lo
llamó paraíso.

35 Luego Dios dijo: "Que haya
peces y aves de todo tipo".

Y hubo enchilado de cama-
rones, fricasé de pollo y frituritas
de bacalao. Pero Dios quiso algo aun más sabroso y dijo: "Basta. Que haya carne de
40 puerco". Y hubo masitas de puerco fritas, hubo asados, chicharrones y chorizos. Dios
creó los chivos y usó sus pieles para bongoes y batúes; hizo claves y maracas y todos
los cueros habidos y por haber.

Entonces, de un puñado de arcilla roja, Dios formó un Taíno, y lo puso en una
ciudad que llamó La Habana. Luego Dios dijo: "No es bueno que Taíno esté solo. Le
45 daré buenos compañeros". Y así Dios creó la mulata para bailar el guaguancó y el
son con Taíno; el guajiro para cultivar su tierra y su folklore, la santera Cachita para
marcar el compás de su música, y un poeta para elaborar los versos de su paraíso.

Dios les otorgó poder sobre todas las criaturas y todos los instrumentos musicales
y les dijo: "Creced y multiplicaos, comed carne de puerco, tomad ron, tocad música y
50 bailad". El séptimo día, al contemplar los festejos y escuchar la música, Dios sonrió y
descansó de sus labores. ◼

Tradicionalmente se veía una rica variedad de frutas y comida en los mercados de Cuba.

malanga = una raíz similar a la papa o patata

ron = una bebida alcohólica hecha a base de caña de azúcar

pièce de résistance (francés) = lo mejor de todo

Tropicana = club de espectáculos de La Habana

bacalao = un tipo de pescado
chivo = un animal cuya piel o cuero se usa para fabricar tambores
cuero = tambor

Taínos = el pueblo indígena más importante de Cuba
guaguancó y **son** = ritmos y bailes afrocubanos
guajiro = campesino cubano;
Cachita = nombre coloquial de la Virgen de la Caridad del Cobre, patrona de Cuba, asociada en santería con Ochún, orisha del amor y la maternidad

ACTIVIDAD 19   Lo cubano

En "Habanasis" el autor representa lo cubano como una fusión de muchos elementos de origen variado. En grupos de tres, comenten las siguientes preguntas sobre el cuento.

1. ¿Por qué creen Uds. que el autor escogió el título "Habanasis"?

2. Según el cuento, ¿cuáles son los elementos esenciales de Cuba?

3. ¿Cuáles son tres cosas mencionadas en la lectura que se asocian con lo indígena? ¿Con lo europeo? ¿Con lo africano?

4. ¿El autor presenta las cosas y los elementos en el orden en que aparecieron en Cuba (primero lo indígena, después lo español y luego lo africano) o los mezcla libremente? ¿Por qué?

5. ¿Hay algunos elementos que no tienen un solo origen? ¿Hay algunos que se crearon por primera vez en Cuba o el Caribe?

ACTIVIDAD 20   Más allá de lo bonito

El cuento de "Habanasis" es una gran celebración de lo cubano. En parejas, reflexionen sobre su significado al contestar las siguientes preguntas.

1. ¿Por qué o para qué creen que el autor escribió este cuento? ¿Creen que su historia personal influyó en el tono del cuento?

2. ¿Por qué decidió usar como base la historia judeocristiana de Génesis en vez de alguna leyenda de creación africana o indígena?

3. En el cuento el autor nos presenta una imagen de Cuba como un "paraíso". ¿Creen que esta presentación de Cuba está completa? ¿Por qué creen que se enfoca en los aspectos presentados y no en otros?

Cuaderno personal 4-3

¿Cuáles son los elementos o ingredientes fundamentales de la cultura de tu universidad, ciudad o país? ¿Crees que tu universidad, ciudad o país se puede presentar como un "paraíso"?

✻ Redacción: Una biografía

Defining purpose

ACTIVIDAD 21   La biografía y sus elementos

Parte A: En parejas, contesten las siguientes preguntas.

1. ¿Por qué se escriben biografías?
2. ¿Qué tipos de personas se escogen para las biografías?
3. ¿En qué consiste una buena biografía?
4. ¿Qué elementos o tipo de información contiene una biografía? Hagan una lista de cinco elementos.

Parte B: Ahora, en parejas, comparen su lista de tipos de información con la lista de tipos y preguntas que aparece abajo. ¿Creen que hay que incluir más elementos?

Organizing information

1. **Nacimiento:** ¿Dónde nació? ¿Cuándo nació?
2. **Historia de su familia:** ¿Dónde vivió su familia? ¿De dónde era su familia? ¿Qué efecto tuvo (o ha tenido) la historia familiar sobre su personalidad y perspectiva sobre la vida?
3. **Fechas clave:** ¿Cuándo empezó sus estudios? ¿Cuándo se casó/divorció/mudó? ¿Cuándo murió?
4. **Educación:** ¿Cómo influyeron sus estudios en su perspectiva sobre la vida?
5. **Experiencias importantes:** ¿Cómo influyeron sus experiencias en su perspectiva sobre su vida?
6. **Metas y objetivos:** Cuando era joven, ¿qué quería hacer? ¿A qué se dedicó?
7. **Personalidad:** ¿Qué tipo de persona era? ¿Cómo era?
8. **Creencias:** ¿En qué creía? ¿Qué era lo más importante de su vida?
9. **Éxitos:** ¿Qué pudo o quiso hacer en la vida? ¿Qué éxitos o logros tuvo?
10. **Remordimientos:** ¿Qué iba a hacer o quería hacer que nunca pudo hacer? ¿Qué hizo que lamentaba o se arrepintió de haber hecho?

Act. 21: La biografía y sus elementos. © Cengage Learning 2015. Partially based on information contained in Tricia Hedge's *Writing*. Oxford: Oxford University Press, 1988.

Estrategia de redacción

Providing Smooth Transitions

Transition words provide the glue that holds a piece of writing together. Transition words often refer to sequence; however, there are others that can be used to express other types of relations and that can be important for describing and explaining actions in a biography.

así que...	so . . . (*result*)
como resultado	as a result
entonces	so (*logical result*)

Continúa

por eso	that's why
por lo tanto	therefore
sin embargo / no obstante	however
a pesar de (eso)	despite, in spite of (*that*)

Providing smooth transitions

ACTIVIDAD 22   La inmigración y sus consecuencias

Parte A: La biografía de los inmigrantes y de sus descendientes suele estar muy marcada por su historia de inmigración. Por ejemplo, en la Lectura 1, leímos una reseña biográfica de Celia Cruz, para quien el tema de la inmigración tuvo gran importancia. Termina las siguientes oraciones con una expresión de transición apropiada.

1. Celia se opuso a Fidel Castro, _____ decidió abandonar su país y emigrar a los Estados Unidos.

2. Celia salió de Cuba en 1960. _____ ella nunca olvidó su país de origen y lo recordó en casi todos sus conciertos.

3. A diferencia de algunos inmigrantes, Celia no quería salir de su país de origen. _____ conservó una gran nostalgia por Cuba y todo lo cubano durante sus más de cuarenta años en los Estados Unidos.

4. Los antepasados y parientes de Celia eran de origen africano y eran santeros, _____ ella también era santera y cantaba música afrocubana.

Activating background knowledge

Parte B: En grupos de tres, completen las siguientes actividades sobre la biografía y la inmigración.

1. Hagan una lista de inmigrantes famosos (del pasado o del presente) cuya vida es muy interesante para Uds.

2. Escojan una de esas personas. ¿Qué efectos tuvo la inmigración sobre su vida? Den dos ejemplos.

Organizing information

ACTIVIDAD 23   La investigación y la escritura

Ahora escoge a un/a inmigrante y escribe una breve biografía. Puede ser un/a pariente o una persona famosa que hayan identificado en la actividad anterior. Presta atención a las siguientes sugerencias al preparar la biografía.

1. Usa Internet o enciclopedias para encontrar información sobre la persona. Si es un/a pariente que está vivo/a, hazle una entrevista.

2. Decide qué efectos tuvo la inmigración sobre su historia familiar y personal.

3. Decide qué es lo más interesante o lo más importante de su vida.

4. Decide la relación entre sus logros y su experiencia como inmigrante. ¿Tuvo éxito o problemas a causa de ser inmigrante o a pesar de ser inmigrante?

5. Decide qué información hay que incluir en la biografía y qué información se puede excluir, y escribe su biografía.

Latinos americanos

See the *Fuentes* website for related links and activities: www.cengagebrain.com

Estos letreros constatan la presencia latina en la Buford Highway de Atlanta, Georgia. Atlanta tenía muy pocos hispanos en el año 1990, pero en las últimas décadas el tamaño de su población y su importancia han crecido rápidamente.

letrero = sign, poster
anuncio = ad, poster

ACTIVIDAD 1 La visibilidad de los latinos en los Estados Unidos

En parejas, miren y comenten las fotos de la página anterior. Contesten las siguientes preguntas.

1. ¿Qué se ve en las fotos?

2. ¿En qué región y ciudad de los Estados Unidos aparecen? ¿Están colocados fuera o dentro de algún edificio?

3. ¿Qué tipos de organismos o negocios anuncian los letreros?

4. ¿Qué lenguas se usan en los letreros? ¿Qué implicaciones tienen estos usos?

5. ¿Los letreros nos ayudan a comprender algunos aspectos de la vida latina en los Estados Unidos?

6. ¿Ven Uds. letreros como estos en su ciudad o universidad o cerca de ellas? ¿En qué zonas?

✳ Lectura 1: Una entrevista

ACTIVIDAD 2 Palabras y nombres

Busca la definición que corresponde a la palabra o expresión en negrita de las oraciones que siguen. Luego escribe la letra de la definición en el espacio correspondiente. Las palabras en negrita aparecen en la entrevista que vas a leer sobre el espanglish.

1. _____ En el mundo hispano, el diccionario de mayor prestigio es el publicado por la **RAE**.

2. _____ El **lema** de la RAE es "limpia, fija y da esplendor".

3. _____ En el mundo hispano, las obras de **Góngora** y **Quevedo** se consideran ejemplos del buen uso del español.

4. _____ Los estudiantes universitarios tienen fama de usar mucho **argot,** como *uni, biblio* y *facu.*

5. _____ El español se usa cada vez más para el envío de mensajes electrónicos en la **red**.

6. _____ Muchas personas **envidian** a Bill Gates por su dinero y su poder.

7. _____ En las películas tradicionales de Hollywood, las mujeres enojadas les daban **bofetadas** a los hombres "frescos".

a. dos autores del Siglo de Oro de España, famosísimos por su uso elegante del español

b. la Real Academia (de la Lengua) Española, institución oficial fundada en Madrid en 1713 que publica diccionarios y gramáticas

c. un lenguaje muy coloquial y poco prestigioso que cambia rápidamente

d. desear algo que tiene otra persona

e. el sistema de computadoras conectadas por medio de la telecomunicación

f. un golpe en la cara

g. palabra o frase que se identifica o se asocia con un grupo u organización

Estrategia de lectura

Recognizing Symbols, Similes, and Metaphors

When reading, you must be careful not to take everything too literally. Many words and expressions are used for their symbolic potential. A symbol (**un símbolo**) signifies or represents something else, often more powerfully than a direct reference. For example, the skull and crossbones is a visual symbol used to warn of dangerous poisons. Similes and metaphors are comparisons between elements, which are often used with symbolic significance in writing. A simile (**un símil**) is explicit and uses the words *like* or *as* (**como**): *He's as cold as ice.* A metaphor (**una metáfora**) directly equates two elements without the use of *like* or *as: All the world's a stage.* Symbols, similes, and metaphors are used in all types of writing, though they are especially frequent in songs and poetry.

ACTIVIDAD 3 Más allá de lo literal

Activating background knowledge, Predicting

Parte A: En parejas, miren el título y la foto del artículo y comenten las siguientes preguntas.

1. ¿Qué simboliza el título?

2. ¿De qué va a tratar la lectura?

3. ¿Qué opinan del espanglish? ¿Quiénes lo hablan?

4. ¿Conocen algún ejemplo de espanglish?

Parte B: Mientras lees individualmente, subraya las palabras o expresiones que se usan como símbolos, símiles o metáforas.

Active reading, Identifying symbols, similes, and metaphors

"¿Cómo estás you el día de today?"
IMA SANCHÍS • *La Vanguardia*

Entrevista con Ilán Stavans

Nacido en Ciudad de México, Ilán Stavans es profesor en Amherst College, Massachusetts, donde tiene la primera cátedra de spanglish en Estados Unidos.

—*Buenas tardes, señor Stavans.*

—Hallo, gringa. ¿Cómo estás you el día de today?

—*Sin respuesta.*

—Verá, el spanglish no son solo unas cuantas palabras en argot, es un mestizaje verbal entre el inglés y el español, un cruce de dos lenguas y dos civilizaciones. Es una revolución subversiva. ¿Y sabe qué es lo mejor?

—*Pues no.*

—Que el spanglish va más allá de la clase social, la raza, el grupo étnico y la edad. Lo hablan 40 millones de personas.

—*¿Y cuándo empezó a hablarse?*

—En 1848, en el momento en que México le vende por 15 millones de dólares a Estados Unidos dos terceras partes de su territorio con sus pobladores. Luego en 1898 la guerra hispanoamericana arraiga todavía más la cohabitación verbal y cultural.

—*Pero otras lenguas han desaparecido de Estados Unidos.*

—Sí, el alemán, el francés, el polaco, el ruso, el italiano o el yiddish terminaron por desaparecer a partir de la segunda generación de inmigrantes. Sin embargo, el castellano tiene muchísima presencia, hay más emisoras de radio en California que en toda Centroamérica, dos cadenas nacionales de televisión y periódicos de amplia difusión.

—*¿Escriben y hablan en spanglish?*

—Sí, el otro día en un diario puertorriqueño leí: "Una de las actividades favoritas de la región es el jangueo en los malls…"

—*¿Y qué significa?*

Ilán Stavans

—Janguear, que viene del verbo inglés "to hang out", significa pasar el rato, divertirse, perder el tiempo. En su mayoría esas expresiones son adaptaciones literales del inglés, como "llamar pa'tras", que viene de "to call you back"; o "vacunar la carpeta", que significa pasar el aspirador por la alfombra.

—*La RAE no debe estar muy contenta.*

—No, pero es absurdo. ¿Cuál es el español puro y legítimo, el de Góngora y Quevedo? ¿Y quién lo habla en la actualidad? Que el lema de la RAE sea todavía el de "limpia, fija y da esplendor" me parece ofensivo.

—*¿Y cómo lo llevan los americanos?*

—En algunos estados se ha llegado a promulgar la ley English Only, pero EE.UU. es un país bilingüe. La realidad está en la calle y también tiene mucho que ver con los webones.

—¿?

—Los que se pasan todo el día conectados a la red... Pero todos somos webones, la cultura se ha webatizado en los últimos diez años.

—*¿Ciber-spanglish?*

—Sí, un lenguaje que se disemina por todo el mundo. Incluso ustedes hablan de "chatear" en lugar de charlar, del "maus" en lugar del ratón y "printean" en vez de imprimir.

—*¿Y los anglosajones hablan spanglish?*

—En los últimos años muchos lo hablan porque es muy cool.

—*¿Se ha puesto de moda?*

—Muchísimo. Veo que esa palabra la conoce. ¿Conoce coolísimo?

—*Esa ya no.*

Es un mexicanismo. Y los cubanos llaman al traidor "kenedito". El spanglish tiene muchas tipologías según el territorio en el que se desenvuelve; está el dominicanish, el spanglish cubano, el chicano.

—*¿Y hay literatura?*

—Hay novelas escritas en spanglish que tiran 3.000 ejemplares y los poetas nuyorriqueños están empezando a destacar.

—*¿Se convertirá en un idioma?*

—Yo creo que tiene futuro. Hay mucho que escribir y que soñar, y cuando se sueña en spanglish, el sabor de los sueños es distinto, es más divertido porque es un idioma muy imaginativo, muy creativo, muy espontáneo, muy libre, se parece al jazz.

—*¿Y usted? ¿Se ha lanzado a hablar en spanglish?*

—Antes de que me entrara esta pasión por el spanglish tenía la sensación de vivir encerrado en dos prisiones, la del idioma español y la del idioma inglés.

—*Así que estudiaba el spanglish, pero no lo hablaba.*

—Sí, y envidiaba a la generación de mis sobrinas y a mis estudiantes porque hablaban spanglish, pero yo como profesor y como intelectual tenía que mostrar la corbata, el buen corte de pelo, el afeitado...

—*¿Se atrevió?*

—Sí, de repente me lancé y decidí utilizarlo incluso en mis clases, y en ese momento una libertad interior me invadió... Le parecerá una estupidez, pero soy más feliz.

—*¿Difícil atraparlo en un diccionario?*

—Sí, se reinventa continuamente. Yo sé que en el momento en que se publique mi diccionario, el idioma se habrá transformado nuevamente.

—*Pues dígame: a día de hoy, ¿qué se le dice a una mujer para conquistarla?*

—"Oye, yo te lovyu muchísimo", y si no te da una bofetada es que la has conquistado. ■

We la gente de los Unaited Esteits, pa'formar una unión más perfecta, establisheamos la justicia, aseguramos tranquilidá doméstica, provideamos pa'la defensa común, promovemos el welfér, y aseguramos el blessin de la libertad de nosotros mismos y nuestra posterity, ordenando y estableisheando esta Constitución de los Unaited Esteits de América.

¿Se debe usar el espanglish en documentos importantes?

ACTIVIDAD 4 ¿En qué consiste el espanglish?

Parte A: Los expertos dicen que el espanglish consiste en dos tipos de mezcla:

préstamo = borrowing or loan word

- **los préstamos:** palabras o expresiones tomadas de un idioma y usadas en otro, típicamente con cambios de pronunciación y forma. Por ejemplo, el inglés usa varios préstamos del español: *burrito, taco, tapa, patio, plaza, ranch.* Las traducciones literales como *llamar pa'tras* también son préstamos.

cambio de código = code-switching

- **el cambio de código:** la alternancia entre un idioma y otro, entre oraciones, dentro de una oración o con una sola palabra; cada palabra, expresión u oración mantiene su pronunciación y gramática original: "María llegó tarde. *I was really angry.* Siempre está *promising* cosas, pero después *she doesn't follow through*".

En grupos de tres, decidan qué tipo de mezcla se usa en cada ejemplo tomado de la entrevista con Ilán Stavans.

1. ¿Cómo estás *you* el día de *today*?
2. el jangueo en los malls
3. vacunar la carpeta
4. chatear, maus, printear

pa'trás = para atrás = back, backwards

5. llamar pa'trás

Parte B: En grupos de tres, contesten las siguientes preguntas sobre el cambio de código.

1. ¿Por qué no aparecen muchos ejemplos del cambio de código en la entrevista?
2. ¿Qué requiere el cambio de código que no requiere el uso de los préstamos?
3. Muchos dicen que se usa el espanglish porque sus hablantes no saben usar ni inglés ni español. ¿Creen que esto es verdad?

ACTIVIDAD 5 Siete ideas populares

Las siguientes oraciones representan creencias populares sobre el espanglish. Después de leer la entrevista, imagina que eres Ilán Stavans y responde a cada idea.

1. El espanglish no es más que un argot.
2. El espanglish solo lo usan los pobres y los ignorantes.
3. El espanglish es un fenómeno muy reciente.
4. El espanglish se habla igual en todas partes.
5. El español y el espanglish van a desaparecer pronto en los Estados Unidos.
6. El espanglish se habla pero no se escribe.
7. El español siente la influencia del inglés solo en los Estados Unidos.

ACTIVIDAD 6 Diferencias de opinión

Parte A: El espanglish es un tema que inspira reacciones muy fuertes en diferentes personas y grupos. En parejas, comenten las siguientes preguntas.

1. ¿Qué opina la RAE del espanglish? ¿Por qué?

2. ¿Qué opina Ilán Stavans? ¿Cómo se sentía antes de usar el espanglish en sus clases? ¿Cómo se siente ahora? ¿Por qué?

3. ¿Qué opinaban Uds. del espanglish antes de leer la entrevista? ¿Qué opinan ahora? ¿Por qué?

4. ¿Qué opina su profesor/a del espanglish? ¿Por qué?

5. En su opinión, ¿por qué surgió el espanglish? ¿Por qué se sigue usando?

6. ¿El espanglish va a sobrevivir en este país? ¿Por qué?

Parte B: En parejas, completen las siguientes oraciones según la información dada en la entrevista y la información que ha salido durante la discusión en clase.

1. La Real Academia Española les exige a los hispanohablantes que...

2. Ilán Stavans les recomienda a los hablantes que...

3. Nosotros les aconsejamos a los otros estudiantes de la clase que...

4. Nuestro/a profesor/a nos pide que...

Cuaderno personal 5-1

¿Tiene más sentido llamar esta mezcla lingüística *Spanglish*, *espanglish* o *espanglés*? ¿Por qué? ¿Hay otras posibilidades?

✳ Lectura 2: Panorama cultural

ACTIVIDAD 7 La palabra adecuada

Estudia esta lista de palabras y expresiones de la lectura "El sabor latino de los Estados Unidos", y luego completa las oraciones que aparecen en la página siguiente.

el crisol	melting pot
desafiar	to challenge
el desempleo	unemployment
el elenco	cast (of film or TV program)
fomentar	to encourage, to promote
la forja	forge, forging
humilde	humble, modest, lowly
el nivel de vida	standard of living

1. Las series de televisión suelen tener un _____ compuesto de actores que viven cerca del estudio, o por lo menos en la misma región.

2. Aunque _____ ha afectado a gran parte del país desde 2008, es un problema que ha afligido a muchas ciudades del noreste desde los años 70.

3. _____ de una identidad positiva es un objetivo importante de todos los grupos inmigrantes.

4. En los Estados Unidos, la imagen o metáfora dominante para describir o comprender los procesos de asimilación y americanización es _____.

5. El _____ de un individuo, un grupo o un país depende en gran parte de la cantidad de riqueza o dinero que posee.

6. En las comunidades hispanas de los Estados Unidos existen organizaciones para _____ la cooperación y la ayuda mutua.

7. Con frecuencia, los inmigrantes son personas _____, sin mucho dinero ni otras ventajas como estudios avanzados.

8. Los inmigrantes muchas veces _____ las normas culturales de los países adonde llegan.

Activating background knowledge

ACTIVIDAD 8 ¿De quiénes estamos hablando?

Se usan muchos de los siguientes términos en la lectura "El sabor latino de los Estados Unidos". En parejas, definan cada término y digan los idiomas principales que se hablan en cada grupo.

hispanos	hispanoamericanos
latinos	latinoamericanos
mexicanos	mexicoamericanos
chicanos	centroamericanos
norteamericanos	sudamericanos
cubanos	cubanoamericanos
puertorriqueños	nuyoricans
dominicanos	caribeños
guatemaltecos	americanos
españoles	ecuatorianos

ACTIVIDAD 9 ¿Qué saben Uds. de los hispanos?

Activating background knowledge, Active reading

En grupos de tres, contesten y comenten las siguientes preguntas. Luego, lean la siguiente lectura para ver si contestaron correctamente las preguntas 2, 3 y 4. ¿Hay información que les llame la atención?

1. ¿Conocen a algunos hispanos? ¿De dónde son? ¿Qué idioma hablan?

2. ¿En qué partes de los Estados Unidos viven los hispanos?

3. ¿De dónde son los hispanos que viven en los Estados Unidos?

4. ¿Cuándo llegaron los primeros hispanos a los Estados Unidos?

El sabor latino de los Estados Unidos

DESDE NUEVA YORK, Miami, Chicago, San Antonio y Los Ángeles, hasta Savannah, Burlington, Sioux City y Boise, se nota la presencia hispana en los Estados Unidos. En realidad, es una presencia evidente en todo el país, que se expresa en la comida, en la música y el arte; se evidencia en el
5 comercio, la política y el lenguaje. Pero, ¿de dónde viene? Es una presencia que existe desde años atrás, mas en su forma actual, ha llegado con los millones de hispanos o latinos que se
10 han establecido y viven en los Estados Unidos. La mayor parte de ellos han venido de Latinoamérica y el Caribe, y de estos, la gran mayoría habla español. Su presencia ha hecho de los Estados
15 Unidos el quinto país de habla española del mundo, y su llegada en masa ha convertido a los hispanos en el grupo étnico más grande del país, con más de 50 millones de personas de origen
20 hispano. No obstante, es erróneo verlos a todos como miembros de un solo bloque monolítico, ya que no comparten necesariamente ni el mismo origen, ni la misma lengua, ni la misma raza ni la misma identidad.

El Palacio de los Gobernadores de Santa Fe es el edificio público más antiguo de los Estados Unidos. Fue construido en 1610, doce años después de la llegada de los primeros colonos españoles a Nuevo México. Sus descendientes viven todavía en la región.

Courtesy of Donald N. Tuten

La creciente población hispana de EE.UU.: 22.000.000 (1990), 35.000.000 (2000), 50.000.000 (2010), ¿75.000.000? (2020). La población hispana de Canadá: entre 500.000 y 1.000.000 de los 33.000.000 canadienses (2011).

Orígenes de la población hispana

Los primeros hispanos "americanos" fueron mexicanos, descendientes de los primeros colonos españoles, que vivían en los territorios que perdió México durante la guerra de
25 1846. A principios del siglo XX, empezaron a llegar inmigrantes mexicanos que cruzaban la frontera para trabajar en la industria agrícola de California y en la construcción de ferrocarriles. Desde entonces, la inmigración mexicana ha continuado, aunque a partir de los años 60 empezó a dirigirse hacia los grandes centros urbanos que ofrecían más

Continúa

Los cuatro primeros países hispanohablantes en cuanto a población: México, España, Colombia y Argentina. Algunos consideran EE.UU. el segundo país hispanohablante, gracias al gran tamaño de su población latina y los millones de hablantes de español como segunda lengua, pero otros señalan que solo unos 37 millones de latinos usan el español como lengua principal de la casa, lo cual pone a EE.UU. en el quinto lugar.

la guerra de 1846 = the Mexican-American War. La guerra terminó con el Tratado de Guadalupe Hidalgo y les cedió a los EE.UU. los territorios de Texas, Nuevo México, Arizona, California, Nevada, Utah y parte de Colorado.

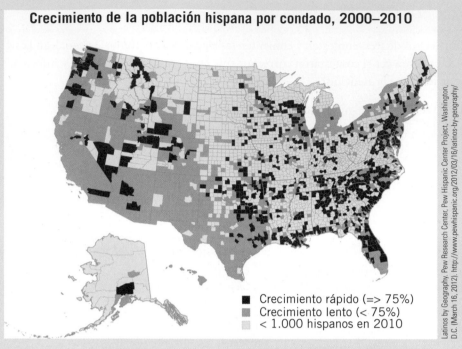

Crecimiento de la población hispana por condado, 2000–2010

■ Crecimiento rápido (=> 75%)
■ Crecimiento lento (< 75%)
□ < 1.000 hispanos en 2010

Latinos by Geography. Pew Research Center, Pew Hispanic Center Project, Washington, D.C. (March 16, 2012). http://www.pewhispanic.org/2012/03/16/latinos-by-geography/

El crecimiento de la población hispana de los Estados Unidos ha sido espectacular en años recientes. Aunque ha habido un aumento importante en el suroeste, Florida, Chicago y Nueva York, donde tradicionalmente han vivido los hispanos, este mapa demuestra que el crecimiento ha sido mayor en otras regiones como el sureste, donde apenas había hispanos hace 25 o 30 años.

Muchos mexicoamericanos nacidos en EE.UU. prefieren llamarse chicanos. Este término también se asocia con una tradición de protesta política.

la guerra de 1898 = the Spanish-American War (between Spain and U.S.)

Desde 1948 Puerto Rico es Estado Libre Asociado. Sus residentes eligen a sus líderes locales y participan en las fuerzas armadas de los EE.UU., pero no votan para elegir presidente de los EE.UU. ni pagan impuestos federales. Sin embargo, si viven en los EE.UU. pueden votar para elegir al presidente. En las elecciones de 2012, por primera vez, más de un 60% de los residentes de la isla votaron por la estadidad, es decir, por convertirse en el estado 51 de los Estados Unidos.

oportunidades de trabajo, salud y educación. Como pasa con otros grupos inmigrantes,
30 muchos de los descendientes de los primeros inmigrantes mexicanos forman ahora parte de la clase media, pero también es verdad que han tenido que luchar contra el racismo y la marginación. Entre tanto, la continua inmigración de grandes números de mexicanos ha convertido a los mexicoamericanos en el grupo hispano más importante de los Estados Unidos.

35   A diferencia de los mexicanos, los puertorriqueños han llegado a los Estados Unidos siendo ya ciudadanos estadounidenses, puesto que la isla de Puerto Rico fue convertida en territorio estadounidense después de la guerra de 1898 y sus habitantes fueron declarados ciudadanos estadounidenses en 1917. Entre 1945 y 1974, ocurrió una migración masiva de puertorriqueños a las ciudades del norte, especialmente a Nueva
40 York, donde se necesitaban trabajadores industriales. Desde entonces, gran parte de las familias inmigrantes puertorriqueñas han llegado a formar parte de la clase media, dispersándose por otras partes de los Estados Unidos, al mismo tiempo que gran número de profesionales puertorriqueños se han extendido por el país. Por otro lado, muchos pobres sin formación profesional se quedaron atrapados en los barrios pobres
45 de Nueva York y otras ciudades después del declive del sector industrial en los años 70. Estos han tenido que luchar contra problemas de pobreza y desempleo, pero a pesar de eso, los "nuyoricans" mantienen una fuerte presencia en la ciudad.

Los cubanos forman el tercero de los tres grandes grupos hispanos. Los primeros inmigrantes cubanos salieron de Cuba después de que Fidel Castro tomó el gobierno

en 1959, llegando a Miami y Nueva York como refugiados políticos. Estos eran en su mayoría miembros de la élite socioeconómica de Cuba, y sus conocimientos y experiencia comercial y profesional los ayudaron a prosperar en los Estados Unidos y a convertir a la ciudad de Miami en la principal capital financiera de Latinoamérica. Después, han llegado otros inmigrantes cubanos que en general han sido de origen más humilde.
55 A pesar de eso, los cubanoamericanos siguen constituyendo hoy en día el único grupo hispano de los Estados Unidos que, por lo general, disfruta de un nivel de vida parecido al de otros americanos de la clase media.

Además de estas tres grandes comunidades, han llegado en las últimas décadas varios millones de inmigrantes de diversos países latinoamericanos. Actualmente no es
60 nada raro encontrarse con dominicanos, colombianos, ecuatorianos, guatemaltecos, hondureños, nicaragüenses y venezolanos. Sus razones de emigrar a los Estados Unidos varían según el país de origen. Los disturbios políticos causaron el éxodo de muchos centroamericanos en los años 80 y 90, pero, por lo general, la oportunidad económica ha atraído a los demás.

La forja de la cultura latina

65 De la vivencia de esos grupos en los Estados Unidos ha surgido una nueva identidad latina que se ve expresada en su variada producción cultural. La salsa, música creada entre los países caribeños y Nueva York, combina ritmos y arreglos de muchos países sin ser de ninguno de ellos. En la literatura, autores como Sandra Cisneros (chicana de Chicago), Achy Obejas (cubana), Tato Laviera (puertorriqueño) y Junot Díaz (domini-
70 cano de Nueva Jersey) publican libros que tratan de las experiencias de los latinos en los Estados Unidos. El arte mural que durante mucho tiempo se asoció solo con México, ahora se ha convertido en medio de expresión no solo de la comunidad chicana sino de otras comunidades hispanas.

Es cierto que la mayoría de los
75 hijos de los inmigrantes aprenden a usar el inglés junto con el español, y que los nietos ya tienen el inglés como primer, y a veces, único idioma (de hecho, los autores latinos más
80 importantes escriben mayormente en inglés). Pero, a diferencia de otras comunidades inmigrantes, los latinos han mantenido muchos elementos de sus culturas latinoamericanas,
85 especialmente el uso del español en gran número de sus comunidades. Esto ha ocurrido por razones diversas: la inmigración de los hispanos es superior a la de cualquier grupo
90 anterior; el número de hispanohablantes y la constante llegada de nuevos inmigrantes fomentan el uso continuo del español; y el avión, el teléfono, la televisión e Internet hacen posible
95 mantener fácilmente el contacto

El arte mural empezó como forma de expresión de la comunidad mexicoamericana, pero se ha extendido a otros grupos latinos. Este mural celebra la vida e identidad puertorriqueñas en el barrio de Humboldt Park en Chicago.

La palabra **barrio** significa "vecindario", pero en los EE.UU. tiene, a veces, la connotación negativa de *ghetto*.

En la actualidad, más del 60% de los hispanos de EE.UU. han nacido en el país.

Durante la toma de posesión del presidente Obama en enero del 2013, el poeta cubanoamericano Richard Blanco recitó el poema inaugural. Él es el primer latino que ha recibido este honor.

Continúa

con la tierra natal, cosa que no ocurría con los inmigrantes anteriores. Además, el concepto del multiculturalismo, que surgió en los años 60, también ha promovido una nueva actitud hacia la diferencia cultural al ver en ella un motivo de orgullo. Todos estos factores han contribuido a mantener vivo el uso del español y una identidad distinta.

La exportación de la identidad latina

100 La cultura latina estadounidense no está realmente separada de las latinoamericanas. En ella se continúan muchas tradiciones, como la celebración mexicana del Día de los Muertos o las fiestas de las quinceañeras celebradas por varios grupos latinos. Pero al mismo tiempo, la cultura latina representa una innovación cul-
105 tural, ya que tiende a combinar y sustituir a las culturas estrictamente nacionales. Por ejemplo, en las universidades norteamericanas, estudiantes de origen nacional
110 muy variado tienden a pertenecer a la Organización de Estudiantes Latinos, y hay cada vez más políticos que se declaran representantes de las comunidades
115 latinas en vez de especificar un grupo en particular.

Además, aunque sea difícil de creer, existe el fenómeno de la "exportación" de la cultura latina
120 estadounidense a Latinoamérica. Esto ocurre, por ejemplo, por medio de la televisión: hoy en día televidentes en Argentina, Colombia, Nicaragua y otros países ven en sus casas programas producidos en Miami,
125 como el show de *Pa'lante con Cristina*, *Sábado Gigante* y telenovelas hechas en español. Algunas de estas telenovelas, como *Tierra de pasiones*, se centran en los problemas de los inmigrantes latinos en los Estados Unidos e incluyen un elenco internacional en el que podemos escuchar mezclas de acentos mexicanos, puertorriqueños, colombianos y cubanos. Un efecto de estas series televisivas es que cada vez más latinoamericanos aprenden a
130 identificarse como "latinos", una identidad que se inventó en los Estados Unidos.

Estados Unidos: tierra de cambios

La importancia de la población hispana en los Estados Unidos es innegable. Ahora que los norteamericanos consumen más salsa mexicana que *ketchup*, se puede decir que los latinos literalmente han cambiado el sabor de la cultura norteamericana. Los hispanos, como tantos grupos anteriores, contribuyen a la cultura de los Estados Unidos, cambiándola al mismo tiempo que se asimilan a ella. Pero también han continuado su larga
135 tradición de mezcla cultural; esos contactos dentro y fuera de los Estados Unidos han creado una nueva identidad latina que parece desafiar la imagen tradicional del crisol americano. ∎

© Willie J. Allen Jr./St. Petersburg Times/ZUMA Press

El chileno Mario Kreutzberger es conocido como "Don Francisco" y es el anfitrión de Sábado Gigante, *el programa de televisión más duradero de la historia. Se emite todos los sábados desde Miami.*

En los Estados Unidos, ha habido tres grandes cadenas de televisión que emiten programación en español: **Telemundo**, que produce y emite muchas series producidas en los EE.UU; **Univisión**, que emite *Sábado Gigante* además de series mexicanas y venezolanas; y **Azteca América**, que difunde series mexicanas. En 2012 se añadió una cuarta cadena importante: **MundoFox**. En julio de 2013, **Univisión** se clasificó como la cadena número uno entre adultos de 18–49 en todos los EE.UU.

ACTIVIDAD 10   Los tres grupos originales

Parte A: Asocia cada uno de los siguientes rasgos o hechos con los mexicanos o mexicoamericanos (M), los cubanos o cubanoamericanos (C) o los puertorriqueños (P).

1. _____ antepasados que estuvieron antes de la expansión de los Estados Unidos

2. _____ la revolución de 1959, refugiados políticos

3. _____ ciudadanos de los Estados Unidos antes de llegar

4. _____ la guerra de 1846

5. _____ la guerra de 1898

6. _____ Miami, una comunidad comercial de gran éxito

7. _____ Nueva York y ciudades norteñas, dispersión de la clase media por los EE.UU.

8. _____ la industria agrícola y los ferrocarriles del suroeste, urbanización posterior

Parte B: En parejas, reconstruyan la historia de los hispanos en los Estados Unidos, usando como base la lista de detalles de la Parte A, además de otra información de la lectura.

ACTIVIDAD 11   Una nueva identidad

En grupos de tres, contesten las siguientes preguntas.

1. ¿En qué sentido es nueva la identidad latina en los Estados Unidos?

2. ¿A qué se debe esta nueva identidad?

3. ¿Cuáles son algunas manifestaciones de esta cultura latina?

4. ¿Creen que va a sobrevivir la cultura latina o representa solo un paso hacia la asimilación total?

5. En su opinión, ¿presenta la cultura latina un desafío para la identidad nacional estadounidense? ¿Un desafío para las identidades nacionales de Latinoamérica?

ACTIVIDAD 12   ¿Americanización?

Parte A: En la historia de los Estados Unidos, la mayoría de los inmigrantes se ha asimilado a la cultura dominante. En parejas, digan cuáles de los aspectos siguientes u otros son los más importantes para mostrar que se es plenamente "estadounidense". Si es posible, usen expresiones como **Se habla…, Se viste…, Se come…, Se maneja…**

la comida (las bebidas)	*tener ciudadanía legal*
la ropa	*tener hijos nacidos en los Estados Unidos*
manejar un carro	*estar casado/a con un/a norteamericano/a*
otras costumbres (¿cuáles?)	*tener padres norteamericanos*
el número de años que lleva en los Estados Unidos	*hablar inglés*
tener pasaporte	*no hablar otro idioma*

Parte B: En parejas, comenten las siguientes preguntas.

1. ¿Es posible ser latino (o chino, coreano, ruso, etc.) y norteamericano al mismo tiempo? ¿Por qué sí o no?

2. ¿Qué significa ser "plenamente (norte)americano"?

3. ¿Es posible definir una identidad latina —diferente de la "angloamericana"— con base en lo que se habla, se come o se viste?

Making inferences

ACTIVIDAD 13 ¿Cómo debe ser?

En parejas, contesten las siguientes preguntas, imaginándose que son de El Salvador y que llegaron a los Estados Unidos a la edad de 13 años.

1. ¿Hablan mejor español o inglés?

2. ¿Se identifican como salvadoreños, hispanos, latinos u otra cosa?

3. ¿Se sienten "americanos"?

4. ¿Qué opinan de la cultura y las personas norteamericanas?

5. ¿Qué opinan de su cultura salvadoreña?

Cuaderno personal 5-2

¿Cómo ves a la sociedad norteamericana, como un crisol, un mosaico o una ensalada? ¿Crees que a largo plazo los latinos van a mantener una identidad distinta o van a asimilarse completamente a la cultura general?

✳ Lectura 3: Literatura

Estrategia de lectura

Approaching Poetry

Poetry is often written to express deep feelings. Relative to prose writing, it is marked by its careful, limited use of vocabulary and powerful use of symbols. Fewer words and more metaphors can make interpretation more challenging and more interesting. Some familiarity with the topic and with basic poetic devices (**recursos poéticos**) can aid comprehension. Many poems are characterized by:

- a rhythmic use of language (**el ritmo**)
- the grouping of words into lines (**versos**), stanzas (**estrofas**), and refrains or repeated lines (**estribillos**)
- the repetition (**la repetición**) of sounds, words, phrases, or structures to emphasize important aspects
- rhyme (**la rima**)
- frequent use of metaphors (**metáforas**) and symbols (**símbolos**)

This poem, actually the lyrics of the famous Mexican song *Cielito lindo*, contains examples of some poetic devices.

"Cielito lindo", una canción basada en parte en un poema del dramaturgo español Lope de Vega, fue escrita en 1882 por el compositor mexicano Quirino Mendoza y Cortés. Se ha convertido en una de las canciones más emblemáticas de México.

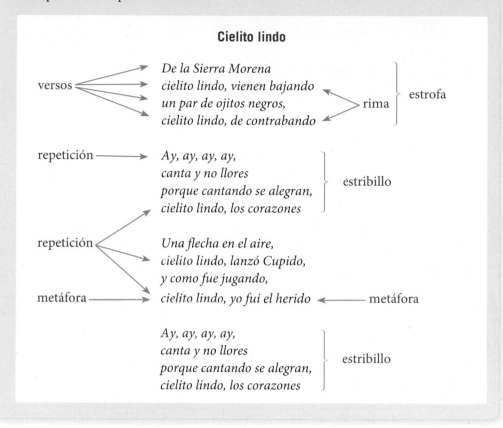

Cielito lindo

versos →
De la Sierra Morena
cielito lindo, vienen bajando
un par de ojitos negros,
cielito lindo, de contrabando ← rima } estrofa

repetición →
Ay, ay, ay, ay,
canta y no llores
porque cantando se alegran,
cielito lindo, los corazones } estribillo

repetición →
Una flecha en el aire,
cielito lindo, lanzó Cupido,
y como fue jugando,
metáfora → cielito lindo, yo fui el herido ← metáfora

Ay, ay, ay, ay,
canta y no llores
porque cantando se alegran,
cielito lindo, los corazones } estribillo

Quirino Mendoza y Cortés, excerpt from song "Cielito lindo" (1882).

ACTIVIDAD 14 Dos poemas bilingües

Activating background knowledge

Los dos poemas que Uds. van a leer fueron escritos por hispanos de los Estados Unidos y hablan de sus experiencias bilingües y biculturales. Teniendo en cuenta esta información, en parejas, hagan una lista de temas, ideas o elementos que piensan que van a aparecer en estos poemas.

ACTIVIDAD 15 Contenido y forma

Approaching poetry

Parte A: Lee los dos poemas "Where you from?" y "Bilingual Blues". Después, en parejas, decidan las semejanzas y las diferencias entre los dos poemas, enfocándose en los siguientes aspectos.

- el origen del/de la poeta: ¿De dónde es?
- su mensaje: temas y sentimientos
- el uso de inglés y español: ¿Por qué se usan los dos? ¿Cuándo se usa cada uno? ¿Cuál domina?
- el tono: enojado, amargado, triste, cómico, juguetón, serio, irónico, nostálgico

Parte B: En parejas, identifiquen los recursos poéticos que emplea cada poema. Busquen por lo menos un ejemplo de cada uno de los siguientes recursos.

	"Where you from?"	"Bilingual Blues"
el estribillo		
la repetición de palabras o expresiones		
la rima o la repetición de sonidos		
el ritmo		
símbolos o metáforas		

Parte C: En parejas, identifiquen las relaciones entre el contenido del poema y su forma. ¿Cómo refleja y refuerza la forma las ideas contenidas en el poema? ¿Es posible separar el contenido y la forma de cada poema?

> **GINA VALDÉS** *nació en Los Ángeles, California, y se crio a los dos lados de la frontera entre los Estados Unidos y México. Estudió en la Universidad de California–San Diego y ha enseñado cursos de literatura chicana y de escritura en universidades a través de los Estados Unidos. En su poesía explora las múltiples barreras que existen entre las personas, las culturas y los países.*

Where you from? Gina Valdés

norteada = affected by the cold north wind

tartamuda = stuttering
mareada = dizzy

zurda = left-handed ("wrong, clumsy")

© 2005 by Earl Cryer/ZUMA Press

Barrera cerca de Tijuana y San Diego que marca la frontera entre México y los Estados Unidos.

Soy de aquí
y soy de allá
from here
and from there
5 born in L.A.
del otro lado
y de éste
crecí en L.A.
y en Ensenada
10 my mouth
still tastes
of naranjas
con chile
soy del sur
15 y del norte
crecí zurda
y norteada
cruzando fron
teras crossing
20 San Andreas
tartamuda
y mareada
where you from?
soy de aquí
25 y soy de allá
I didn't build
this border
that halts me
the word fron
30 tera splits
on my tongue. ■

GUSTAVO PÉREZ FIRMAT *nació en La Habana pero se crio en Miami. Tiene doctorado en literatura comparada de la Universidad de Michigan y enseñó durante muchos años en la Universidad de Duke en Carolina del Norte. Ahora es profesor de la Universidad de Columbia en Nueva York. Además de escribir obras de crítica literaria, se ha dedicado a explorar la vida cubanoamericana a través de la poesía.*

Bilingual Blues   Gustavo Pérez Firmat

Soy un ajiaco de contradicciones
I have mixed feelings about everything.
Name your tema, I'll hedge;
name your cerca, I'll straddle it
5   like a cubano.
I have mixed feelings about everything.
Soy un ajiaco de contradicciones.
Vexed, hexed, complexed,
hyphenated, oxygenated, illegally alienated,
10 psycho soy, cantando voy:
You say tomato,
I say tu madre;
You say potato,
I say Pototo.
15 Let's call the hole
un hueco, the thing
a cosa, and if the cosa goes into the hueco,
consider yourself en casa,
consider yourself part of the family.
20 Soy un ajiaco de contradicciones,
un puré de impurezas:
a little square from Rubik's Cuba
que nadie nunca acoplará.
(Cha-cha-chá) ∎

¡CHA-CHA-CHÁ!

ajiaco = sopa caribeña de muchos ingredientes

cerca = fence

Pototo = personaje cómico del teatro cubano

acoplará = fit together

© Hulton-Deutsch Collection/Cortis

"Bilingual Blues" by Gustavo Pérez Firmat from *Bilingual Blues*. Published by Bilingual Press/Editorial Bilingue, Arizona State University, Tempe, Arizona. Copyright © 1994. Reprinted with permission.

ACTIVIDAD 16 Reacciones personales

En parejas, comenten las siguientes preguntas.

1. ¿Creen que las fotos que acompañan cada poema representan bien sus ideas? ¿Qué otras imágenes visuales se pueden usar para representar cada poema? ¿En qué línea/s se basa su selección?

2. Imaginen que alguien quiere usar uno de los poemas como la letra de una canción. ¿Con qué tipos de música se puede combinar cada poema? ¿Cuál les parece mejor a Uds.?

3. Imaginen que Uds. tienen la oportunidad de conocer a uno de los dos poetas. ¿Cuál les parece más interesante como persona? ¿Qué preguntas sobre el poema tienen para ella o él?

Actividad 16: Reacciones personales. © Cengage Learning 2015. Partially based on information contained on page 36 of Duff, Alan and Alan Maley, *Literature*. Oxford: Oxford University Press, 1990.

ACTIVIDAD 17 Voces dramáticas

Cada poema incluye una variedad de voces: una voz en español, otra en inglés, una voz hispana, otra anglosajona. En grupos de cuatro, hagan una representación dramática de uno de los poemas.

1. Decidan qué voz o voces dice/n cada línea o palabra, y con qué tono se debe leer cada línea o palabra (con alegría, con tristeza, irónicamente, etc.).

2. Asignen cada verso o palabra a una persona o combinación de personas, y practiquen, enfatizando la pronunciación y la expresión.

3. Decidan si los movimientos físicos pueden ayudar a comunicar el significado del poema.

ACTIVIDAD 18 Una identidad desdoblada

Parte A: En cada poema se revela una personalidad desdoblada (*split*) entre diferentes fuerzas culturales. En parejas, compartan sus reacciones a las siguientes preguntas.

¿Se pueden sentir igualmente divididas las personas que no son inmigrantes? ¿Cómo? ¿Cuándo?

¿Te has sentido alguna vez "desdoblado" entre diferentes culturas o fuerzas culturales?

Parte B: Individualmente, escribe un breve poema bilingüe en el que expreses tus sentimientos de desdoblamiento o tus diferentes sentimientos respecto a algún aspecto de la vida. Para hacerlo debes:

• decidir el tema y la idea más importante: se puede expresar en una frase repetida o un estribillo

• escoger una metáfora central para expresar la idea principal y la idea de mezcla: se puede usar una imagen basada en una comida y sus ingredientes

• decidir cómo puedes usar la combinación de inglés y español para expresar diferentes perspectivas y sentimientos

¿Qué símbolo o metáfora representa mejor tus sentimientos sobre tu identidad? ¿Por qué?

✳ Redacción: Una entrevista

Estrategia de redacción

Interviewing

Interviews are the most effective means of finding out what individuals think about a specific topic. A successful interview begins with planning *before* the interview.

1. Decide the main topic(s) of the interview. The topic guides all other decisions. For example, for the interview you will conduct, the main topics are Hispanic cultural identity and Spanish language.
2. Find an appropriate Spanish speaker to interview. Explain to your candidate that the interview is for a Spanish class and what it is about, and politely ask if he or she can participate. Tell him/her that you would like to conduct the interview in Spanish but that some English is acceptable. Arrange a mutually convenient time and place for the interview.
3. Develop a list of questions to guide the interview. Decide if you will use both Spanish and English during the interview. Use open-ended questions whenever possible (yes/no questions lead to short, uninteresting answers).
4. Decide how long the interview should last.
5. Decide if you will take notes, record, or videotape the interview.

During the interview you should keep in mind the following tips.

1. Greet and thank your interviewee politely.
2. Ask one clear question at a time.
3. Listen carefully to your interviewee and be flexible. Ask a few questions that are not on your list in order to get more details, or simply respond appropriately to what is being said.
4. Avoid inappropriate and offensive questions. For example, in the interview you will conduct, do not assume that a person of Hispanic background is an immigrant, and do not ask directly about a person's immigration or residency status.
5. Don't talk about yourself: the interview is about what the other person thinks.

Continúa

After the interview, prepare a written version, keeping in mind the following points.

1. Write up the interview (or at least your notes) as soon after the interview as possible.
2. Decide who your audience is and consider how this should affect your presentation.
3. Think of an interesting title.
4. Decide what parts of the interview are relevant to the topic. Discard those parts that are not.
5. Edit your content. Exclude filler words and sounds such as **este, aahhh, pues...,** **well, um, etc.** Eliminate unnecessary words or comments, but try not to alter the meaning of what the person said. You may need to change the order of actual questions and answers in order to keep the written version short and interesting.

Planning the interview

ACTIVIDAD 19   Quién, dónde, cómo, cuándo

Uds. van a entrevistar a personas hispanas que viven en los Estados Unidos. Las entrevistas deben enfocarse en cuestiones de identidad y lengua. Aunque hay muchas personas hispanas en los Estados Unidos que no hablan español, para esta entrevista deben buscar una persona que hable español. En parejas, respondan a las siguientes preguntas para prepararse.

1. ¿Dónde y cómo se pueden poner en contacto con personas que hablan español?
2. ¿Es necesario grabar la entrevista o es suficiente solo tomar apuntes?
3. ¿Cuánto tiempo debe durar la entrevista? ¿Cuándo se puede hacer?
4. ¿Se puede usar algo de inglés durante la entrevista?

Preparing interview questions

ACTIVIDAD 20   Preguntas apropiadas... e inapropiadas

Es necesario llegar a la entrevista con una lista de preguntas preparadas. En parejas, decidan cuáles de las siguientes preguntas son apropiadas y cuáles no, y expliquen por qué. Una pregunta puede ser inapropiada por ser irrelevante, de poca importancia o por ser (posiblemente) ofensiva.

1. ¿Cómo se llama Ud.?
2. ¿Cuántos años tiene?
3. ¿Tiene familia? ¿Cómo es?
4. ¿De dónde es Ud.? ¿Dónde nació? ¿Cuánto tiempo lleva en los Estados Unidos?
5. ¿Cómo se identifica Ud.? (como hispano, latino, American, americano, mexicoamericano, guatemalteco) ¿Se asocia mucho con otras personas de origen _____?
6. ¿Qué tradiciones culturales conserva de (su país de origen)?

7. Generalmente, ¿habla español o inglés?

8. Cuando Ud. era niño/a, ¿qué lenguas se hablaban en su casa?

9. ¿Prefiere Ud. hablar español o inglés? ¿En qué situaciones habla español? ¿E inglés?

10. ¿Ha tenido Ud. problemas o experiencias positivas por hablar español?

11. ¿Ud. mira la televisión o escucha la radio en español? ¿En inglés?

12. ¿Quiere que sus hijos aprendan a hablar español? (¿Es probable que lo hagan?)

13. ¿Qué opina Ud. del espanglish?

14. ¿Qué aspectos de la vida de este país le gustan más? ¿Menos?

15. ¿Prefiere la vida en los Estados Unidos o en su país de origen?

16. ¿Quisiera hacer un comentario final?

ACTIVIDAD 21   De lo oral a lo escrito

Writing the interview

Después de la entrevista, prepara una versión escrita de la entrevista. Imagina que escribes una entrevista para estudiantes de español. Para hacerlo, piensa en los siguientes aspectos.

1. Decide si tienes mejor información sobre el tema de la identidad o el tema de la lengua. Puedes enfatizar uno de los dos temas.

2. Escribe un título interesante que refleje las opiniones de la persona entrevistada. El título puede ser una cita directa.

3. Decide qué comentarios son más importantes e interesantes. La entrevista escrita no necesita incluir todo lo que se ha dicho en la entrevista oral. Además, es probable que tengas que cambiar el orden de algunas preguntas y respuestas para ayudar a los lectores de tu entrevista escrita.

Dictadura y democracia

FIDELA MOREL
Y
ALBERTO HORACIO
GARCIA

SECUESTRADOS
EL 29 JULIO DE 1976

Una manifestación de las Madres y Abuelas de Plaza de Mayo,
Buenos Aires, Argentina

See the *Fuentes* website for
related links and activities:
www.cengagebrain.com

ACTIVIDAD 1 Las responsabilidades de un gobierno

Parte A: En grupos de tres, numeren las responsabilidades de un buen gobierno según su importancia (1 = la más importante; 11 = la menos importante). Después, decidan qué tipo de gobierno —dictadura o democracia— cumple mejor esas responsabilidades.

a. _____ la distribución justa de los recursos de la sociedad

b. _____ el mantenimiento de una economía estable

c. _____ el control del crimen

d. _____ la protección de los derechos humanos

e. _____ el mantenimiento de los valores dominantes de la sociedad

f. _____ la protección de los derechos civiles

g. _____ la conservación del medio ambiente

h. _____ la adquisición de nuevos recursos o territorios

i. _____ el mantenimiento de relaciones de paz con otros países

j. _____ la protección de la salud de los ciudadanos

k. _____ la defensa de las libertades (de palabra, de religión, etc.)

Parte B: La foto de la página anterior es de las Madres de Plaza de Mayo en Buenos Aires, Argentina. Los hijos de estas mujeres eran, en su mayoría, intelectuales y estudiantes que desaparecieron misteriosamente por protestar contra la junta militar de 1976–1983. Hubo unos treinta mil desaparecidos, la mayoría de los cuales murieron después de ser torturados. Las manifestaciones de las madres y abuelas, que tuvieron lugar los jueves en Plaza de Mayo, ayudaron a poner fin a la dictadura y a restaurar la democracia. ¿Qué responsabilidades de la Parte A no cumplió el gobierno de la junta militar argentina?

Aunque las madres y abuelas dejaron de hacer manifestaciones (los jueves en Plaza de Mayo) en 2006, hoy en día siguen protestando contra la injusticia y mantienen un sitio web: www.madres.org.

❊ Lectura 1: Una reseña de cine

ACTIVIDAD 2 Del contexto al significado

Antes de leer la reseña, escribe la traducción de las palabras en negrita, usando el contexto como guía.

1. _____ Un golpe de estado es la toma del máximo poder político de un modo violento por parte de un grupo poderoso; se llama un **golpe militar** cuando son los militares los que toman el poder.

2. _____ El ladrón sacó una pistola pero no pudo hacerle daño a nadie porque otra persona se la **arrebató** inmediatamente.

3. _____ Los terroristas se llevaron a la mujer del ministro y la tuvieron **cautiva** durante tres meses; solo la soltaron cuando el ministro les pagó 30.000 dólares.

4. _____ Ese hombre fue presidente de la república durante solo dos años, pero gracias a su éxito en promocionar la adopción de nuevas leyes, dejó claras **huellas** de su presencia en la sociedad y la economía de su país.

Continúa

5. _____ Una persona desconocida atacó a nuestro padre con un cuchillo; la **herida** física que recibió se curó en pocos meses, pero no creemos que se cure pronto la herida psíquica.

6. _____ Como no podía localizar al comisario, el **subcomisario** ordenó que los policías detuvieran al delincuente inmediatamente.

7. _____ Toda la información emitida por el gobierno resultó ser falsa: un puro **engaño**.

8. _____ Es fácil **armar un rompecabezas** si empiezas por las esquinas del dibujo que aparece en la caja y después vas organizando las piezas según los colores y diseños del dibujo.

9. _____ La privatización de varias empresas públicas marca un **giro** radical con respecto a la estrategia económica proteccionista de los últimos años.

10. _____ La muerte del dictador causó sentimientos **encontrados** en la población. Por un lado, se alegraban de que terminara la dictadura, pero al mismo tiempo, sentían miedo ante los enormes cambios que vendrían con el fin de la dictadura.

Activating background knowledge

ACTIVIDAD 3   Los filmes políticos

El siguiente artículo es una reseña de una película argentina de contenido político. Las películas políticas suelen personalizar la política, es decir, mostrar los resultados de las acciones o pensamientos de uno o varios individuos en ciertas situaciones causadas por la política del país. Al mismo tiempo suelen enseñar una lección. En parejas, escojan una película de contenido político, describan la/s historia/s que narra y cómo afecta la política a los personajes. ¿Cuál es la moraleja o lección moral de la película? Posibilidades:

Good Night and Good Luck / Buenas noches y buena suerte (2005)

An Inconvenient Truth / Una verdad incómoda (2006)

Charlie Wilson's War / La guerra de Charlie Wilson (2007)

Milk (2008)

Game Change / Cambio de juego (2012)

Skimming and scanning

ACTIVIDAD 4   Un primer vistazo a la reseña

Parte A: Argentina sufrió una dictadura violenta entre 1976 y 1983, durante la cual desaparecieron unas 30.000 personas. La siguiente reseña de una película argentina trata de ese tema. Lee la caja de datos esenciales en la primera parte de la reseña y busca los siguientes datos sobre la película.

Datos esenciales
Director:
Guionista:
Lugar de producción:

Año de producción:	
Actores principales:	
Calificación:	
Opinión oficial del periódico:	

Parte B: Después, lean los dos primeros párrafos de la reseña y contesten las siguientes preguntas:

- ¿Quién es la protagonista de la película?
- ¿En qué época tiene lugar la acción?
- ¿Cuál es el gran dilema con el que se enfrenta?

Cautivos de la mentira

Cautiva (Argentina/2005). Dirección y guion: Gastón Biraben. Actores: Bárbara Lombardo, Susana Campos, Hugo Arana, Osvaldo Santoro, Lidia Catalano. Producción: Raúl Tosso, Primer Plano Film Group. Duración: 117 minutos. Calificación: solo apta para mayores de 13 años.

Nuestra recomendación: hay que verla

Corre el año 1994, y Cristina (Bárbara Lombardo), una joven argentina con quince años recién cumplidos, lleva una vida estable y cómoda en Buenos Aires como hija única de un matrimonio de clase media. A pesar de que las huellas de la dictadura militar son invisibles para Cristina, en el colegio privado donde estudia oye las opiniones encontradas de sus compañeras acerca de lo ocurrido entre el golpe militar de 1976 y la llegada de Alfonsín a la Casa Rosada siete años después. ¿Protege la Constitución a los líderes de la dictadura pasada? ¿O son solo inventos y rumores las historias de desapariciones de hombres y mujeres? Cristina no imagina que su vida va a tomar un giro insospechado muy pronto. Un día, por orden de un juez (Hugo Arana), Cristina es obligada a salir de clase y es llevada a los tribunales donde le revelan que quienes cree son sus padres no lo son

en realidad. Los análisis clínicos son irrefutables: Cristina es hija de una "desaparecida" a la que fue arrebatada apenas nació. Mientras el pueblo argentino celebraba la victoria de su selección en la Copa Mundial de 1978, la historia de Cristina se comenzaba a reescribir violentamente en Olmos. Cristina ya no es Cristina Quadri sino Sofía Lombardi. El subcomisario retirado al que conocía como su

Cristina mira asustada al juez que le revela la verdad sobre sus padres.

padre (Osvaldo Santoro), no solo no es su padre biológico, sino que conocía la verdad de su origen y, más aún, había sido partícipe de la represión.

Continúa

¿Cómo reaccionará Cristina al descubrir que su vida está fundada en el engaño y la barbarie? ¿Será capaz de perdonar a los que, a pesar de quererla como hija biológica, fueron cómplices del engaño? ¿Cómo será la relación con su abuela (Susana Campos), sus tíos y sus primos, de los que hasta hace poco ignoraba su existencia pero que cuya trágica historia está íntimamente ligada a ella? Cristina naturalmente se resiste a su nueva identidad, a su nueva realidad. Empieza odiando al juez y a su abuela biológica por haber trastocado su vida. Llora a solas y se siente "usada" por unos y otros. Poco a poco, no obstante, la joven protagonista va armando el triste rompecabezas de su origen con el dolor que conlleva revivir en ojos ajenos el principio del final. No hay vuelta atrás, la búsqueda del pasado implica el amargo reconocimiento de un pasado inmutable. Las heridas nunca cerrarán del todo.

En su ópera prima, Gastón Biraben nos cautiva con una historia sobre el destino de los hijos de "desaparecidos" vista a través de los ojos de una adolescente que, de la noche a la mañana, es llevada a cuestionar su identidad y a descubrir su verdadero origen. Biraben nos lleva en esta búsqueda con honestidad y crudeza, pero sin atribuir culpabilidades ni caer en el panfleto. Esta es la historia de Cristina y el joven director prefiere no interponerse en el camino. Su tono sobrio y austero hace que el espectador no se sienta extorsionado emocionalmente al presenciar esta experiencia extrema. El cuidadoso y detallado guion, del propio director, hace que la trama trascurra lentamente —sin resultar tediosa— lo cual permite apreciar el proceso natural de reconstrucción de identidad de la protagonista, así como presenciar la eficaz recreación de los primeros años de la posdictadura y el supuesto "punto final" a la investigación de los crímenes. Sostenida por un inmejorable reparto y una acertada música de fondo, *Cautiva* es imprescindible para la recuperación de nuestra memoria colectiva. ∎

Scanning, Making inferences

ACTIVIDAD 5   Eventos clave

Parte A: La reseña de *Cautiva* incluye información que nos permite hacer un resumen de algunos acontecimientos principales de la vida de Cristina/Sofía. Después de leer toda la reseña, pon los siguientes sucesos en orden cronológico y luego, en parejas, comparen sus resultados.

_____ A Cristina le hacen un análisis de sangre que revela sus verdaderos lazos familiares.

_____ Nace Sofía, hija de una mujer "desaparecida" encarcelada en el centro de detención y tortura de Olmos.

_____ Sofía es adoptada secreta e ilegalmente por un subcomisario de policía y su mujer, quienes le dan el nombre de Cristina.

_____ Un día un juez cita a Cristina para decirle que sus "padres" no son sus padres biológicos y que ellos se la arrebataron a su madre biológica.

_____ Cristina cumple los quince años.

_____ Cristina/Sofía conoce a su abuela biológica y a sus tíos y primos.

Parte B: La reseña también se refiere a otros eventos significativos en la vida de Cristina y en la historia de Argentina que ocurren al mismo tiempo que los eventos de la Parte A. En parejas, lean y contesten las siguientes preguntas.

1. ¿Por qué es significativo que Sofía/Cristina nació el mismo día que se celebraba la gran victoria de la selección de fútbol argentina en la Copa Mundial del año 1978?

2. Leyendo entre líneas, ¿es posible adivinar cómo y cuándo murieron los padres de Sofía/Cristina?

3. ¿Qué significa que las huellas de la dictadura son invisibles para Cristina? ¿Qué simboliza esa ceguera (*blindness*)?

> La Copa Mundial de Fútbol es el campeonato de fútbol masculino del mundo. Los equipos son selecciones de jugadores de cada país que compite en el campeonato. La Copa Mundial del 78 tuvo lugar en Argentina y la selección argentina también ganó la Copa en ese año.

ACTIVIDAD 6 Las reacciones de Cristina/Sofía

Scanning, Making inferences

El autor de la reseña pregunta cómo puede reaccionar Cristina/Sofía al descubrir que su vida estaba construida sobre una base de mentiras. Lee cada una de las siguientes oraciones y decide si es cierta (C) o falsa (F) según la reseña. Corrige las falsas y justifica todas con información sacada de la reseña.

1. _____ Cristina acepta inmediatamente que su verdadero nombre es Sofía.

2. _____ Cristina/Sofía no se ve muy afectada por la noticia, por lo menos en la superficie.

3. _____ Cristina agradece al juez que le da la noticia de su origen.

4. _____ Cristina/Sofía dice que se siente "usada" por todos.

5. _____ Cristina/Sofía decide investigar la historia de sus padres biológicos y lo que les pasó.

6. _____ Al final, Cristina acaba rechazando a su abuela y a su familia biológica.

ACTIVIDAD 7 Las reacciones propias

Reacting to reading

Ahora que Uds. han descubierto algo de lo que ocurrió en Argentina entre 1976 y 1983, ¿qué reacciones tienen? En parejas, expresen tres opiniones propias sobre lo que han leído en la reseña (o han visto en la película), utilizando expresiones como las siguientes.

¡Qué pena/lástima que…!	Nos molesta que…	Nos sorprende que…
Lamentamos que…	Tememos que…	Nos alegra que…
Sentimos que…	Estamos tristes de que…	Esperamos que…

ACTIVIDAD 8 Evaluación de la película

Parte A: El/La autor/a de la reseña, emite varios juicios al respecto. Decide si las siguientes oraciones indican correctamente (C) o no (F) sus opiniones y busca las palabras exactas de la autora que justifican tu respuesta.

1. _____ La película muestra el dilema de Sofía/Cristina como vulgar y estereotípico.

2. _____ La película mantiene un ritmo lento pero no demasiado lento.

3. _____ El director critica implacable y enérgicamente, a través de su guion, a todos los que apoyaron la dictadura.

4. _____ La representación de los primeros años después del indulto general y "punto final" es algo problemático.

5. _____ La presentación y el desarrollo del personaje de Cristina es muy bueno.

6. _____ Nadie debe dejar de ver la película.

Parte B: Después de ver la película *Cautiva*, júntense en parejas para comentarla. Cuéntale a tu pareja tu opinión general de la película. Indícale también cuáles son los aspectos más positivos o más problemáticos de la película, como por ejemplo, la actuación, el guion y el mensaje. ¿Estás de acuerdo con los juicios del / de la autor/a? Explícale también por qué piensas así. Luego, escucha los comentarios que te hace tu compañero/a sobre la película.

La ley de Punto Final, promulgada en 1986—Argentina, fue un indulto general que protegió contra cualquier proceso criminal a los oficiales militares que participaron en la dictadura. La ley siguió vigente en la década de los 90, hasta ser declarada nula en 2003.

Cuaderno personal 6-1

Imagina que tú eres Cristina/Sofía al final de la película. ¿Cómo te sientes? ¿Qué vas a hacer?

✳ Lectura 2: Panorama cultural

Estrategia de lectura

Recognizing Word Families

Many words with similar spelling and meaning share a common stem (**la raíz**), which is found in a base word. The base word is usually a shorter form, often a noun or verb but sometimes an adjective. For example: **enfermar, enfermo/a, un enfermo, enfermedad, enfermero/a** form a word family. **Enfermar(se)** (*to get sick*) is a verb and **enfermo/a** (*sick*) is an adjective. Either can be considered the base form for others in this group. **Un enfermo** (*a sick person*) is a noun, as are **una enfermedad** (*an illness*) and **un/a enfermero/a** (*a nurse*). Though each form has a precise meaning, they are all related to the concept of sickness. By combining your knowledge of base forms with information from the context, you can often guess the exact meaning of related words.

Parte A: Mira esta lista de palabras emparentadas (*related*) y decide el significado de cada una. Algunas de sus formas aparecen en la lectura "Política latinoamericana: el camino a la democracia". Si sabes el significado de cada palabra base (la que está en negrita), debes poder adivinar el significado de las otras formas, pero también puedes consultar el glosario o un diccionario.

Adjectives such as **rico** and **desaparecido** can be turned into nouns: **el rico, los desaparecidos.**

Sustantivo	Verbo	Adjetivo
el asesinato / el/la **asesino/a**	asesinar	asesinado/a
la desaparición	**desaparecer**	desaparecido/a
el desarrollo	**desarrollar**	desarrollado/a
la elección	**elegir**	elegido/a
la (in)estabilidad	(des)estabilizar	(in)**estable**
el gobierno / el/la gobernador/a	**gobernar**	gobernado/a
la (des)igualdad	igualar	(des)**igual**
la riqueza	enriquecer(se)	**rico/a**

Parte B: Completa las siguientes oraciones con una forma apropiada de las familias de palabras que aparecen en la Parte A.

1. La _____ económica es una de las causas de la inestabilidad política.

2. Los _____ militares de los años 70 y 80 encarcelaron y torturaron a muchas personas.

3. Se suele decir que el _____ de una tradición democrática requiere tiempo y cierta igualdad social y económica.

4. Decimos que existe un problema de corrupción cuando los miembros de un gobierno usan su posición para _____.

5. El _____ de John F. Kennedy ocurrió en 1963.

6. Entre 1976 y 1983, _____ muchas personas que habían protestado contra la dictadura de Argentina.

7. En el momento actual, casi todos los países latinoamericanos tienen un presidente _____ democráticamente.

ACTIVIDAD 10 La política

Después de estudiar esta lista de palabras que aparecen en la lectura sobre la política latinoamericana, escoge la palabra adecuada para completar cada una de las oraciones.

el caudillo	political or military boss/leader
derechista (de *derecha*)	rightist
exigir	to demand
la guerrilla	group/s of guerrilla fighters
izquierdista (de *izquierda*)	leftist
la jerarquización	hierarchization
la junta	board, council, "junta"
la medida	measure, step
el soborno	bribery, bribe

1. En los parlamentos franceses, los conservadores se sentaban hacia la derecha y por lo tanto se llamaban _____.

2. En el siglo XX los socialistas y los comunistas se consideraban _____.

3. Para evitar la corrupción, es necesario que los ciudadanos _____ una conducta ética por parte de sus representantes políticos.

4. La _____ lucha contra un gobierno establecido por medio de pequeños ataques militares contra las instalaciones del gobierno.

5. El _____ ocurre cuando uno tiene que pagar por servicios o autorizaciones que normalmente no se pagan.

6. Una _____ militar es un grupo de generales u oficiales militares que gobiernan un país.

7. La _____ consiste en una división de la sociedad en varias clases desiguales, con una élite que controla la riqueza y el poder.

8. El aumento de los impuestos y otras _____ implementadas por el gobierno provocaron la ira de los ciudadanos.

9. Los _____ solían ser líderes carismáticos que lograron el poder presentándose como defensores del pueblo o de ciertos grupos del pueblo.

ACTIVIDAD 11 Formas de gobierno

En grupos de tres, contesten y comenten las siguientes preguntas antes de leer el texto.

1. ¿En qué se diferencian estos tipos de gobierno: la monarquía, la democracia, la dictadura?

2. ¿Cuál de estas formas de gobierno es más difícil de establecer? ¿Por qué?

3. ¿Cuál de estas formas de gobierno asocian Uds. con Latinoamérica? ¿Por qué?

ACTIVIDAD 12 Las ideas principales

La siguiente lectura contiene diez párrafos. Para cada párrafo, subraya la oración que resume la idea general o escribe al lado una oración original que resuma la idea general del párrafo.

Política latinoamericana: el camino a la democracia

GOLPES DE ESTADO, dictaduras, revoluciones, violencia e inestabilidad: estas son las nociones que se han asociado con la política latinoamericana durante los dos últimos siglos. Sin embargo, en el siglo XXI, casi todas las naciones de Latinoamérica gozan de presidentes elegidos y de gobiernos democráticos, y se puede afirmar que la extensión general de la
5 democracia representa la nueva tendencia "revolucionaria" de la política latinoamericana.

El porqué de las dictaduras

Aunque la democracia ha sido el ideal de casi todas las repúblicas latinoamericanas desde su nacimiento a principios del siglo XIX, es un ideal que ha tardado mucho en hacerse realidad. Es difícil generalizar sobre todos los países, pero se pueden señalar varios factores que han contribuido a su historia turbulenta. En primer lugar, trescientos años de
10 dominio imperial español impidieron el desarrollo de tradiciones e instituciones democráticas, dejando en cambio una fuerte tradición de control autoritario y patriarcal. La tradición autoritaria se ha manifestado en la figura del caudillo político o líder de un ejército que mantenía la paz social por medio de la fuerza. Otro factor que ha impedido el desarrollo de una tradición estable ha sido la enorme división entre pobres y ricos, com-
15 plicada por el problema racial en algunos países, y la acumulación de riqueza y poder político en manos de pequeñas élites. En tercer lugar, la inseguridad económica ha contribuido a la inestabilidad política, ya que es difícil para un gobierno elegido mantener el orden en momentos de crisis económica.

Estas generalizaciones, sin embargo, solo son más o menos válidas según el país del
20 que se hable. En el siglo XIX, surgieron fuertes democracias en algunos países, como Costa Rica, Chile y Uruguay. En otros, como Paraguay, Bolivia y algunos países de Centroamérica, diversos tipos de dictadura se establecieron como norma desde el momento de su fundación como naciones independientes. En la mayoría de los países latinoamericanos, sin embargo, generalmente ha existido una alternancia entre gobiernos elegidos
25 y gobiernos autocráticos bajo un caudillo o dictador.

La intervención directa de los militares

Un elemento común ha caracterizado a casi todos estos gobiernos: la necesidad del apoyo de las fuerzas militares. El ejército siempre ha tenido gran importancia en los países de la región y su función ha sido no tanto defender al país de enemigos externos como mantener el orden interno. Tradicionalmente, el ejército solo intervenía directamente en la
30 política nacional durante breves períodos para restablecer el orden, pero a partir de 1960, el ejército de varios países suramericanos empezó a tomar el poder y a establecer juntas militares para gobernar de forma relativamente permanente. Esto ocurrió en Brasil, Argentina, Perú, Ecuador, Uruguay y Chile. De estas dictaduras, fueron especialmente sorprendentes las de Uruguay y Chile, países que se reconocían como tradicionalmente

La mayoría de los países hispanoamericanos se independizaron entre 1810 y 1828, aunque Cuba no logró su independencia hasta 1898, y Puerto Rico forma parte de los Estados Unidos desde ese año.

México no encaja bien en estas generalizaciones. Aunque hubo elecciones, durante la mayor parte del siglo XX, el país estuvo bajo el control de un solo partido político, el Partido Revolucionario Institucional (PRI). Esto acabó en el año 2000 con la victoria del Partido Acción Nacional, aunque el PRI ha vuelto al poder con la elección de Enrique Peña Nieto en 2012.

A excepción de Costa Rica, Centroamérica se llegó a conocer por numerosas y largas dictaduras tradicionales, como la de la familia Somoza en Nicaragua (1933–1979).

Continúa

35 democráticos. En Uruguay, los militares tomaron el poder en 1973 para
combatir a grupos revolucionarios
que buscaban el cambio social
radical. En el mismo año, el ejército
40 de Chile, bajo el mando del general
Augusto Pinochet, llevó a cabo un
golpe militar y asesinó al presidente
legalmente elegido, Salvador Allende,
durante un período de disturbios
45 sociales, económicos y políticos. La
dictadura de Pinochet, que duró
dieciséis años, se conoció por su
abuso de los derechos humanos, la
tortura y la desaparición de más de
50 tres mil personas.

*Muchos artistas y cantantes latinoamericanos, entre
ellos la conocida cantante argentina Mercedes Sosa,
lucharon contra los abusos de los derechos humanos
de los años 70 y 80. Sus apasionadas interpretaciones
de canciones de resistencia como "Solo le pido a
Dios" animaron la lucha por la justicia.*

Aún más notorio fue el régimen militar que se estableció en Argentina en 1976. Una
junta militar se apoderó del gobierno durante una crisis política y económica, agravada
por ataques de la guerrilla izquierdista. Durante la campaña de represión y terror del
gobierno contra los disidentes, desaparecieron unas treinta mil personas, muchas de ellas
55 jóvenes estudiantes. Finalmente, en 1983, las protestas de las familias de los desaparecidos,
la pérdida de la guerra de las Malvinas contra Gran Bretaña y una economía en estado de
caos llevaron a la caída de la junta militar.

Las nuevas democracias y sus desafíos

Los años 80 y 90 vieron el retorno de gobiernos constitucionales. Hubo elecciones en casi
todos los países que habían vivido bajo la dictadura y, en gran parte, los militares se
60 alejaron del campo político. Casi la última dictadura en caer fue la de Chile, donde en 1988
se realizó un histórico plebiscito, por medio del cual los ciudadanos rechazaron el gobierno de
Pinochet. El regreso
a la democracia se
debe a las protestas
65 contra la violación
de los derechos
humanos, a la
incapacidad de los
militares para
70 administrar la
economía y también
a la conclusión de
la guerra fría entre
los Estados Unidos
75 y la Unión Soviética.
Al terminar ese
conflicto en 1989,
los Estados Unidos,
que habían temido
80 los movimientos

*El presidente venezolano Hugo Chávez, quien murió en 2013,
fue una figura polémica. Muchos venezolanos lo vieron como un
líder que podía acabar con los privilegios de la élite tradicional y
ayudar a los pobres. Otros lo vieron como un político autoritario y
populista que pretendía acabar con la democracia.*

Las protestas más eficaces
contra la dictadura argentina
fueron las de las Madres y
Abuelas de Plaza de Mayo.

la guerra de las Malvinas
= The Falkland Islands War
(1982)

Las Islas Malvinas no han
perdido relevancia hoy.
En 2013, la presidenta de
Argentina, Cristina Fernández
de Kirchner, volvió a reclamar
la soberanía argentina de
las islas. El gobierno del
Reino Unido no aceptó esta
reclamación.

Después de la vuelta a la
democracia, hubo pocos
intentos de castigar a los
militares por sus abusos
contra los derechos humanos,
aunque es verdad que
algunos fueron juzgados,
como el General Videla,
que fue jefe de la junta
militar en Argentina. Sin
embargo, solo ha sido en los
últimos años que muchos
militares implicados han
sido juzgados y condenados
a la prisión; este ha sido el
caso en Argentina. En Chile
nunca hubo juicio contra el
exdictador Pinochet, quien
también ordenó el secuestro
y desaparición de miles
de personas; a pesar de
esfuerzos internacionales por
detenerlo, Pinochet se murió
libre en 2006.

revolucionarios izquierdistas, no vieron la necesidad de apoyar a gobiernos represivos de
la extrema derecha.

Aunque los países recibieron a la democracia con aclamación casi total, los gobiernos
han tenido que enfrentarse a problemas que amenazan la estabilidad. Desde los años 80,
85 se ha observado un aumento constante en la desigualdad entre pobres y ricos, un factor
que siempre ha sido causa de inestabilidad; y, en las dos últimas décadas, la adopción de
medidas económicas para establecer un mercado competitivo ha empeorado aún más la
situación de los pobres. Entonces, si se presentan disturbios sociales que el gobierno civil
no pueda controlar, es posible que los ejércitos, que todavía tienen poder, estén dispuestos
90 a imponer el orden, o que aparezcan políticos "populistas" que sepan aprovechar la frus-
tración popular para llegar al poder y acabar con la democracia.

De la corrupción a la transparencia

Otro gran desafío al que se enfrenta Latinoamérica es la eliminación de la corrupción. En
toda la región, existe una larga historia de favoritismo y soborno causada por la jerarquización social, en que los caudillos y una élite de grandes familias controlaban los re-
95 cursos y el poder, y quien tenía un cargo político lo usaba para enriquecerse y ayudar a
sus familiares. Para tener éxito, tradicionalmente ha sido más importante tener buenos
contactos que estar bien capacitado y preparado. De esta manera, no se desarrolló el
sentido de responsabilidad cívica necesaria en toda democracia. Sin embargo, en años
recientes, se han creado grupos cívicos que exigen una conducta más responsable de parte
100 de sus representantes elegidos y en los últimos años se han formado nuevos grupos internacionales, como Transparencia Internacional (TI), y otros nacionales, como Fundación
Poder Ciudadano (FPC) en Argentina, que luchan por eliminar la corrupción. La formación de grupos como estos representa un gran cambio cultural, ya que por primera vez los
ciudadanos están exigiendo una conducta responsable por parte de sus representantes.

El favoritismo se ve reflejado en el frecuente uso de las expresiones **tener palanca** y **tener enchufe**, que significan *to have connections*.

Un momento de optimismo e incertidumbre

105 El siglo XXI representa un momento de optimismo e incertidumbre para Latinoamérica.
Por primera vez en su historia, casi todas las naciones gozan de un presidente legítima-
mente elegido, aunque
hay que reconocer que
algunos de ellos disfru-
110 tan de un poder tal vez
excesivo y que la corrup-
ción sigue presentando
un gran desafío. Sin
embargo, si se logra la
115 estabilidad económica
y un mejor nivel de
vida para todos, quizá
la democracia se
establezca como la
120 nueva norma política
de Latinoamérica. ∎

© Thomas Coex/AFP/Getty Images

La renovación política de Latinoamérica se pudo constatar en la quinta Cumbre de las Américas en 2009, donde todos los líderes presentes habían sido elegidos democráticamente. Sin embargo, el golpe de estado que ocurrió poco después en Honduras recordó la relativa fragilidad de la democracia en algunos países.

ACTIVIDAD 13 Datos y detalles

Decide si cada oración es correcta o incorrecta según la lectura y las anotaciones, y evalúa cada oración usando las expresiones **Es cierto que...** o **No es cierto que...** Después corrige todas las oraciones incorrectas con información de la lectura.

> ► —La guerra de las Malvinas ocurrió en 1999.

No es cierto que la guerra de las Malvinas haya ocurrido en 1999. Ocurrió en 1982.

1. La vuelta a la democracia empezó en la década de los años 70.
2. La desigualdad entre ricos y pobres ha sido la única causa del lento desarrollo de la democracia en Latinoamérica.
3. Los caudillos eran figuras autoritarias tradicionales.
4. Durante la mayor parte de su historia, Chile, Uruguay y Costa Rica han funcionado como democracias.
5. Los grupos TI y FPC organizaron una campaña de terror y fueron responsables de la desaparición de unas treinta mil personas en Argentina entre 1976 y 1983.
6. En 1988, los ciudadanos de Chile rechazaron el régimen de Pinochet en un plebiscito histórico.
7. La vuelta a la democracia durante los años 80 y 90 se puede explicar como el resultado de un solo factor: el fin de la Guerra Fría.
8. En la actualidad pocas personas o grupos se preocupan por el problema de la corrupción.

Estrategia de lectura

Distinguishing Fact from Opinion

When reading informational texts, it is easy to assume that all the information is factual or true. However, nearly all texts contain opinions of the author. These are not necessarily flaws, since even in deciding what information to include and what to leave out, the writer expresses an opinion. As a reader you must be alert to this distinction so that you can make decisions about the validity of what is being said. For example, it is a fact that there have been numerous dictatorships in Latin America. However, whether these dictatorships were necessary, good, bad, or counterproductive is a matter of opinion. In this sense, histories are often interpretations that attempt to make sense of sets of observable facts.

ACTIVIDAD 14 Hechos u opiniones

Parte A: En parejas, miren las oraciones de la Actividad 13 ya corregidas y decidan qué ideas describen hechos y cuáles dan opiniones.

Parte B: Ahora, miren las siguientes oraciones y decidan si describen hechos, opiniones o una mezcla de los dos. Luego, si son opiniones, decidan si Uds. están de acuerdo o no.

1. En 1973, el ejército de Chile, bajo el mando del general Augusto Pinochet, asesinó al presidente legalmente elegido, Salvador Allende, durante un período de disturbios sociales, económicos y políticos.

2. A partir de los años 80 hubo elecciones en casi todos los países que habían vivido bajo dictaduras.

3. En 1983, las protestas de las familias de los desaparecidos, la pérdida de la guerra de las Malvinas contra Gran Bretaña y una economía en estado de caos llevaron a la caída de la junta militar de Argentina.

4. En su lucha contra los comunistas e izquierdistas durante la Guerra Fría, los Estados Unidos tuvieron que apoyar muchas dictaduras latinoamericanas.

5. La corrupción es uno de los mayores problemas de los gobiernos latinoamericanos.

6. El nepotismo es una clara señal de corrupción.

7. La libertad de prensa es fundamental para combatir la corrupción.

8. Es evidente que los países latinoamericanos necesitan un poder político central y un líder fuerte.

ACTIVIDAD 15 Desde otra perspectiva

Parte A: En grupos de tres, definan qué son los derechos humanos y decidan si el gobierno tiene la obligación de defenderlos. ¿Qué debe hacer un gobierno para defender los derechos humanos a nivel internacional?

Parte B: Aunque algunos dicen que las relaciones entre los Estados Unidos y los países latinoamericanos están mejor que nunca, no todos están de acuerdo. Hay muchos latinoamericanos que desconfían de la política exterior de los Estados Unidos. Lean la tira cómica y comenten la opinión del artista hacia los Estados Unidos. Según el artista, ¿qué es lo que quieren los Estados Unidos? ¿A Uds. les parece justa o injusta la opinión del artista?

Chenchito   Joaquín Velasco

Chenchito, © Joaquín Velasco

ACTIVIDAD 16 ¿Qué opinan ustedes?

Parte A: En grupos de tres, hagan una lista de tres hechos históricos o políticos comentados en la lectura y expresen sus opiniones.

► —Nos sorprende que no hayan castigado a todos los dictadores como Pinochet.

► —Esperamos que duren las democracias latinoamericanas.

Parte B: En grupos de tres, piensen en algunos hechos históricos o políticos mundiales y expresen sus opiniones. Por ejemplo, el comunismo, el Holocausto, los conflictos de los Balcanes, el genocidio de Ruanda, el 11 de septiembre de 2001, la invasión de Irak, los ataques de piratas somalíes, etc.

► —Dudamos que el comunismo tenga importancia en el futuro.

► —Esperamos que jamás vuelvan a ocurrir incidentes terroristas como el del 11 de septiembre.

Los nuevos "museos de la memoria", que son parte del programa Memoria Abierta, tienen más de veinte sitios en once países de Latinoamérica. Entre ellos se incluyen el Espacio Memoria y Derechos Humanos (ex ESMA) (Argentina), el Museo de la Memoria (Chile), y el Lugar de la Memoria (Perú).

Cuaderno personal 6-2

En la última década se han abierto muchos "museos de la memoria" en los países latinoamericanos que sufrieron dictaduras violentas y violaciones de los derechos humanos. ¿Existen museos parecidos en tu país? ¿Crees que es necesario que se recuerden los eventos trágicos del pasado? ¿Por qué sí o no?

✳ Lectura 3: Literatura

ACTIVIDAD 17 Palabras fundamentales

Las siguientes palabras aparecen en el cuento que van a leer. Usa las palabras para terminar las oraciones.

el baldío	empty land, wasteland
jactarse de algo	to brag about something
la mancha de sangre	bloodstain
el matorral	thicket, bushes, scrubland
el mendigo	beggar
la picana eléctrica	electric (cattle) prod
el puesto de canje	stall or booth for small trades or exchanges
el orificio de bala	bullet hole

1. Los _____ suelen pedir dinero a la gente que pasa por la calle.

2. Los habitantes de Buenos Aires adoran a su ciudad y suelen _____ sus glorias.

3. Muchas personas abandonan cosas inútiles y basura en los _____ de las afueras de la ciudad.

4. El policía, quien había estado en una pelea violenta, tiró su camisa a la basura, ya que tenía varias _____.

5. Aunque uno puede comprar todo tipo de ropa en los grandes almacenes, las personas más humildes tienen que comprar ropa usada en pequeños _____.

6. El vaquero usaba una _____ para obligar a las vacas a moverse.

ACTIVIDAD 18 Familias de palabras

Identifying word families

Busca el significado de la palabra base de estas familias de palabras, y después termina las oraciones con formas apropiadas de cada familia de palabras.

Sustantivo	Verbo	Adjetivo
el calzado	calzar	calzado/a
el consuelo	consolar	consolado/a
el/la enterado/a	enterar	enterado/a
el entierro	enterrar	enterrado/a
el **fin**	finar	finado/a
la quemadura	quemar	quemado/a

Remember that adjective forms can be turned into nouns by adding articles such as **el** or **la**.

1. _____ de la desaparición de su hijo, los padres de Jaime Coretti llamaron inmediatamente a la policía para denunciar el caso.

2. Los padres describieron el físico de su hijo, y declararon que había salido de casa muy bien vestido, con un traje elegante, y bien _____, con unos zapatos de cuero negro.

3. Pocos días después, unos pobres descubrieron un cadáver sin _____ abandonado en un baldío.

4. La autopsia reveló que el _____ era el estudiante universitario Jaime Coretti.

5. Al examinar el cadáver, los médicos descubrieron muchas _____, aparentemente causadas por una picana eléctrica.

6. Los padres de Jaime lloraron mucho, pero a diferencia de muchos padres de "desaparecidos", tuvieron el triste _____ de haber recuperado el cuerpo de su hijo.

ACTIVIDAD 19 Aproximación al texto

Parte A: En grupos de tres, comenten las siguientes preguntas antes de leer "Los mejor calzados".

1. El cuento trata de acontecimientos que ocurrieron durante la dictadura militar de Argentina entre 1976 y 1983. ¿A qué se puede referir el título "Los mejor calzados"? ¿Cómo se traduce "Los mejor calzados"?

2. Miren el texto por encima. ¿Parece ser un monólogo o un diálogo?

3. Lean las tres primeras oraciones. ¿Por qué todos los mendigos tienen zapatos? ¿De dónde provienen?

Parte B: Ahora, lee el texto de "Los mejor calzados". Al leer, trata de contestar las siguientes preguntas sobre el contenido y el tono. ¿De qué trata el cuento? ¿Parece un cuento tradicional? ¿Por qué sí o no? ¿Es cómico, serio, triste, melancólico, irónico, alegre o amargo? ¿Quién es el narrador?

LUISA VALENZUELA *nació en Buenos Aires en 1938. Desde muy joven, trabajó de periodista, colaborando con el famoso diario argentino* La Nación. *Pasó temporadas fuera de Argentina: en Francia escribió su primera novela a los 21 años y en los Estados Unidos, adonde se escapó durante la dictadura militar en Argentina, dictó clases en la Universidad de Columbia y la Universidad de Nueva York entre 1979 y 1989. Luego volvió a Argentina. Los escritos de Valenzuela tratan los temas de la libertad, la censura y la opresión, y critican los aspectos de la sociedad que apoyan esa opresión. Es conocida por su uso de la ironía, juegos de palabras, metáforas, y su preferencia por narrativas que evitan las estructuras claras y el orden impuesto del cuento tradicional.*

Los mejor calzados Luisa Valenzuela

Invasión de mendigos pero queda un consuelo: a ninguno le faltan zapatos, zapatos sobran. Eso sí, en ciertas oportunidades hay que qui-
5 társelo a alguna pierna descuartizada que se encuentra entre los matorrales y sólo sirve para calzar a un rengo. Pero esto no ocurre a menudo, en general se encuentra el cadáver

© Cengage Learning 2015

10 completito con los dos zapatos intactos. En cambio las ropas sí están inutilizadas. Suelen presentar orificios de bala y manchas de sangre, o han sido desgarradas a

latigazos, o la picana eléctrica les ha dejado unas quemaduras muy feas y difíciles de ocultar. Por eso no contamos con la ropa, pero los zapatos vienen chiche. Y en general se trata de buenos zapatos que han sufrido poco uso porque a sus propie-
15 tarios no se les deja llegar demasiado lejos en la vida. Apenas asoman la cabeza, apenas piensan (y el pensar no deteriora los zapatos) ya está todo cantado y les basta con dar unos pocos pasos para que ellos les tronchen la carrera.

Es decir que zapatos encontramos, y como no siempre son del número que se necesita, hemos instalado en un baldío del Bajo un puestito de canje. Cobramos
20 muy contados pesos por el servicio: a un mendigo no se le puede pedir mucho pero sí que contribuya a pagar la yerba mate y algún bizcochito de grasa. Sólo ganamos dinero de verdad cuando por fin se logra alguna venta. A veces los familiares de los muertos, enterados vaya uno a saber cómo de nuestra existencia, se llegan hasta nosotros para rogarnos que les vendamos los zapatos del finado si es que los tene-
25 mos. Los zapatos son lo único que pueden enterrar, los pobres, porque claro, jamás les permitirán llevarse el cuerpo. Es realmente lamentable que un buen par de zapatos salga de circulación, pero de algo tenemos que vivir también nosotros y además no podemos negarnos a una obra de bien. El nuestro es un verdadero aposto-lado y así lo entiende la policía que nunca nos molesta mientras merodeamos por
30 baldíos, zanjones, descampados, bosquecitos y demás rincones donde se puede ocultar algún cadáver. Bien sabe la policía que es gracias a nosotros que esta ciudad puede jactarse de ser la de los mendigos mejor calzados del mundo. ■

Luisa Valenzuela, *Aquí pasan cosas raras*. Copyright © 1975 by Ediciones de la Flor, Buenos Aires, Argentina. Reprinted with permission.

ACTIVIDAD 20 Las palabras del narrador

Guessing meaning from context

Parte A: En el texto el narrador usa otras palabras para expresar todas las ideas que aparecen abajo. Identifica la oración del texto donde el narrador expresa cada idea.

1. Hay muchos zapatos para todos los mendigos y pobres.

2. La ropa no se puede usar, pero los zapatos sí son útiles.

3. Ganan poco dinero vendiendo zapatos a los mendigos y los pobres.

4. Ganan bastante dinero vendiendo zapatos a las familias de los muertos.

5. Buscar y vender los zapatos de los muertos son actos de caridad.

Parte B: Contesta cada pregunta desde el punto de vista del narrador del cuento.

Scanning

1. ¿Por qué los mendigos buscan los zapatos y dejan la ropa?

2. ¿Quiénes son y cómo son los dueños del puesto de canje?

3. ¿Quiénes compran los zapatos? ¿Por qué?

4. ¿Por qué la policía no molesta a los dueños del puesto de canje?

5. ¿Dónde encuentran los cuerpos de los muertos?

6. ¿Quiénes son los muertos?

ACTIVIDAD 21   ¿El narrador o la autora?

Parte A: En parejas, decidan si cada oración expresa una opinión del narrador o de la autora del cuento. Justifiquen sus respuestas.

1. Es bueno que todos los mendigos tengan zapatos.
2. Es trágico que los mendigos lleven zapatos que antes pertenecían a víctimas de la dictadura.
3. Es bueno que se encuentren los cadáveres completos con los dos zapatos intactos.
4. Es horrible que abandonen los cadáveres en los baldíos y matorrales de las afueras de la ciudad.
5. Es una lástima que las ropas tengan manchas de sangre, orificios de balas y quemaduras dejadas por la picana eléctrica.
6. Es bueno que el pensar no deteriore los zapatos.
7. Es bueno que los zapatos no salgan de circulación.
8. Es lamentable que Buenos Aires se pueda jactar de tener los mendigos mejor calzados del mundo.

Parte B: En parejas, comenten las siguientes preguntas.

1. ¿En qué consiste la ironía? ¿Qué oraciones del cuento revelan opiniones que la autora ha expresado irónicamente?
2. ¿Por qué Valenzuela optó por expresar sus ideas irónicamente? ¿Por qué escribió este cuento?

ACTIVIDAD 22   Las reacciones de los lectores

En parejas, comenten los siguientes temas.

1. ¿Cuál es su reacción personal a la realidad revelada en el cuento?
2. ¿Cuál es su reacción personal al cuento como obra literaria? ¿Les gustó o no? ¿Por qué?
3. ¿En qué aspectos del cuento se basa su título? ¿Cuál es otro título posible para este cuento?

Cuaderno personal 6-3

Reflexiona un poco sobre la ironía. ¿La usas tú? ¿Cuándo? ¿Por qué? ¿Asocias su uso con algunas personas o grupos? ¿Por qué crees que a Luisa Valenzuela le gusta usar la ironía?

Redacción: Una reseña de cine

Estrategia de redacción

Reacting to a Film

When critics review films, they may simply describe the plot and characters, as well as give information about the actors. More frequently, a review centers on the critic's opinion of the film and the actors' performances, or its larger importance in relation to society, culture, and politics. In this case, details of the plot are included only to support the declared opinion of the critic. The following words and expressions are useful when discussing films.

la trama	plot
el personaje	character
tener lugar en	to take place in
tratar de	to be about
la escena	scene
el guion	script
rodar una película	to shoot a film
el montaje	editing
el doblaje (doblar)	dubbing (to dub)
la banda sonora	soundtrack
el reparto	cast
el decorado	set (decorations and props)

ACTIVIDAD 23 Análisis de una reseña

Using model texts

Parte A: La lectura siguiente es una reseña que apareció en la revista española *Cambio 16*. Reseña una película clásica del cine argentino, *La historia oficial*. Léela rápidamente (no es necesario entender todas las palabras) y decide cuáles de los siguientes componentes contiene: indicación del género, nombre del director, nombres de guionistas, lugar de producción, actores y papeles, premios recibidos, opinión o evaluaciones del/de la redactor/a, evidencia o justificación de las opiniones.

Parte B: Después, en parejas, contesten las preguntas.

1. ¿Se enfoca esta reseña más en la trama de la película o en la evaluación?
2. ¿Qué críticas positivas y negativas hace el autor? ¿Cómo las justifica?
3. ¿Cómo se puede mejorar esta reseña?

Política a ritmo de tango

La historia oficial, de Luis Puenzo, con Norma Aleandro, Héctor Alterio, Hugo Arana, Guillermo Battaglia, Chela Ruiz. Color. 111 minutos.

Prácticamente desconocida entre nosotros, como el resto de las cinematografías latinoamericanas, la argentina, que a finales del pasado octubre presentó en Madrid una selección de sus últimos títulos, salta ahora a las pantallas comerciales con el que, en aquella semana, alcanzó mayor éxito. Se trata de *La historia oficial,* un hermoso melodrama político, que nos coloca ante el tremendo drama de los desaparecidos durante los años de dictadura, sobre los que, incansablemente, pedían —exigían— información las ya célebres Abuelas de Plaza de Mayo.

Luis Puenzo, que en colaboración con Aida Bortnik es autor del guion, ha desarrollado con inteligencia y mesura —sin temer a la desmesura cuando la ocasión la requería— la bien urdida trama, basando su puesta en escena, fundamentalmente, en la dirección de actores y, sobre todo, en el trabajo de esa soberbia actriz que es Norma Aleandro, galardonada en el último Festival de Cannes. Y, sin ser extraordinaria —hay ciertas lagunas, determinados baches de credibilidad, algún ingenuismo— ha conseguido una obra sólida y en más de una ocasión realmente emocionante.

—César Santos Fontenla

La historia oficial se filmó en 1983 y ha llegado a ser una película clásica.

"Política a ritmo de tango," by César Santos Fontenla. Originally printed in *Cambio 16*, No. 743, February 24, 1986, p. 119. Published with permission from Grupo EIG Multimedia—Cambio 16.

Reacting to films

ACTIVIDAD 24   Las películas del momento

Parte A: En grupos de tres, hagan una lista de las tres o cuatro películas más populares del momento, sobre todo películas con relevancia política.

Parte B: En grupos de tres, escojan una de las películas que Uds. ya han visto. Luego contesten las siguientes preguntas para explicar de qué trata.

1. ¿Quiénes son los personajes principales y cómo son?

2. ¿Qué sucede en la película?

3. ¿Cuál es el tema principal? ¿Hay otros temas? ¿Tiene relevancia política?

4. ¿Cuál es la escena más importante para Uds.?

5. ¿Qué es lo más impresionante de la película?

6. ¿Quiénes son los actores? ¿Cómo son sus actuaciones?

7. ¿Les recomiendan esta película a otras personas? ¿Por qué?

Estrategia de redacción

Using Transitions of Concession

Often when discussing or giving opinions, certain transition words and expressions are particularly useful for acknowledging the validity of another person's points or ideas, while at the same time challenging them.

a pesar de (que)	despite, in spite of
aunque	although, even though
con todo / aun así	still, even so, nevertheless
no obstante	nevertheless
sin embargo	however

A pesar de que la trama es excelente, hay, **sin embargo,** ciertas lagunas que afectan la credibilidad.

ACTIVIDAD 25 A escribir

Writing a film review

Ahora, escribe una reseña de cine. Primero piensa en un posible título interesante que refleje tu reacción a la película. Después, escribe la reseña, empezando con el siguiente formato:

I. Introducción [director/a, año, tema/s, tu opinión general]
II. Breve resumen de la trama
III. Discusión de detalles que apoyen tu opinión
IV. Conclusión con recomendación
V. Título definitivo que debe enfocar bien el tema y captar el interés de los lectores

La crisis ecológica

See the *Fuentes* website for related links and activities: www.cengagebrain.com

Cada año, los agricultores pobres queman grandes extensiones de la selva amazónica.

Activating background knowledge

En grupos de tres, miren la foto de la página anterior y decidan con cuáles de los siguientes problemas se relaciona el tema de la foto.

deforestación o **desforestación**

la deforestación	*la contaminación del agua*
la contaminación del aire	*la contaminación del mar*
la acumulación de basura	*la urbanización excesiva*
la pérdida de la biodiversidad	*la explosión demográfica*
el calentamiento global	

✳ Lectura 1: Artículo de una página web

Estrategia de lectura

Using Suffixes to Distinguish Meaning

Suffixes can help you determine the function and meaning of a word. Certain suffixes are associated with certain parts of speech; for instance, **-ar** is often a marker of a verb infinitive. The following suffixes often mark conceptual nouns (nouns that express a concept), as opposed to a concrete object or an agent.

-miento, -mento	el mantenimiento, el compartimento
-ancia, -encia	la importancia, la influencia
-dad, -tud	la sociedad, la magnitud
-io, -ía, -ia	el desperdicio, la presencia
-(c)ión	la contaminación, la deforestación
-ado/a, -ido/a	el cuidado, la pérdida
-aje	el reciclaje, el porcentaje
-ez	la validez, la honradez

Certain suffixes are generally masculine (**-miento, -aje**) or feminine (**-dad, -tud, -ción**). You can predict the gender of many words if you remember the usual gender of these suffixes.

Some conceptual nouns are the same as the **yo** or **él/ella** form of the related verb.

el comienzo (comenzar)	la mejora (mejorar)

Adjectives may be marked with suffixes such as the following.

-ante, -(i)ente	interesante, creciente
-ado/a, -ido/a	habitado/a, reconocido/a
-dor/a	hablador/a, conservador/a
-ero/a	casero/a, fiestero/a

Some adjectives borrowed from Latin end in **-ico/a** and normally carry the accent on the first syllable preceding the suffix, as in **orgánico/a** and **hermético/a**.

Continúa

Some of these adjective suffixes can also serve as noun suffixes to indicate a noun agent (person or thing as doer of an action).

-ero/a	el/la cocinero/a, el/la ranchero/a
-dor/a	el/la operador/a, el contestador (automático)
-ante, -(i)ente	el/la cantante, el/la dependiente

Two well-known noun suffixes mark movements and their followers.

-ismo	el surrealismo, el ecoturismo
-ista	el/la surrealista, el/la capitalista

Adverbs are often marked with -**mente: rápidamente, precisamente.**

Adverbs ending in -**mente** have an accent when the adjective they derive from has an accent: **rápido** ⟶ **rápidamente.**

Some high-frequency adverbs do not end in -**mente: bien, temprano, mucho, despacio.**

Using suffixes to determine meaning

ACTIVIDAD 2   Palabras con sufijos

Parte A: Usa el glosario o un diccionario para identificar la parte de la oración (sustantivo, adjetivo, etc.) y los significados de cada una de las siguientes palabras que aparecen en la lectura en las páginas 126–127. Identifica la palabra base si la palabra se construye sobre otra.

racionalmente	*contaminante*	*congelador*	*fabricación*
disolvente	*limpieza*	*humedad*	*conciencia*
depuración	*duradero*	*emisión*	*calidad*

Parte B: Ahora, completa las siguientes oraciones con la forma apropiada de una palabra de la lista de la Parte A.

1. El _____ es muy usado como agente limpiador, sobre todo para eliminar residuos de grasa.

2. Es fundamental usar los recursos naturales _____.

3. En muchos países se están controlando cada vez más las _____ de los automóviles.

4. Dado que la temperatura del _____ es muy baja, es recomendable no abrir y cerrar su puerta constantemente.

5. Muchos agentes de _____ contienen sustancias químicas peligrosas.

6. Los gases _____ se escapan de los productos químicos que a menudo se usan en las casas y los lugares de trabajo.

7. Se están investigando métodos para captar la _____ del aire y así obtener agua para el consumo humano.

8. La _____ de papel tiene un gran impacto en los bosques.

9. Una preocupación importante del movimiento ecologista es la protección de la _____ de vida.

10. Todos debemos tomar _____ sobre el cuidado del planeta.

11. El agua que llega a nuestras casas tiene que pasar primero por un proceso de

_____.

12. Las botellas de plástico causan un daño _____ en el medio
ambiente.

ACTIVIDAD 3 Del contexto al significado

Guessing meaning from context

El artículo siguiente, de una página web del Ministerio del Medio Ambiente de Chile, ofrece algunas sugerencias prácticas para proteger el medio ambiente. Busca en los apartados (*sections*) indicados el equivalente español de cada expresión de la lista. Usa tus conocimientos, el contexto, los cognados y los sufijos para escoger la palabra correcta.

Apartado	Expresión (inglés)	Apartado	Expresión (inglés)
1	faucet	16	packaging
2	drain	18	cloth
3	to soap	19	batteries
4	flush the toilet	20	crush
8	light bulb	21	container/bin
10	regular	22	disposable
11	dirt	25	label
12	heating	26	clothing
15	load	30	hybrid

ACTIVIDAD 4 La lectura

Activating background knowledge

Parte A: Antes de leer el artículo sobre las maneras de proteger el medio ambiente, contesta las siguientes preguntas y después comenta tus respuestas con un/a compañero/a de clase.

1. ¿Es muy importante para ti la conservación del medio ambiente o entorno? ¿Por qué sí o no?

2. ¿Haces algo para evitar la contaminación del medio ambiente? Da un ejemplo.

3. ¿Por qué crees que es tan importante este tema para una ciudad como Santiago de Chile?

4. ¿Crees que es necesaria la participación activa de los gobiernos en la creación de conciencia ambiental entre sus ciudadanos? ¿Por qué sí o no?

Parte B: Ahora, lee todo el artículo. Mientras lo haces, apunta tu reacción a cada sugerencia usando la siguiente escala. Guarda tus apuntes para la Actividad 6.

Active reading

a = Ya lo hago.

b = No lo hago, pero me parece buena idea.

c = No lo hago y no me parece útil.

d = No entiendo la idea.

Manual de la Casa Verde

División de Educación Ambiental del Ministerio del Medio Ambiente — Gobierno de Chile

HOY EN CHILE existe mayor conciencia ambiental que hace al menos una década. Nuestros hijos e hijas aprenden en sus colegios, escuelas y jardines a cuidar y proteger el medio ambiente, y cada día más las personas se organizan para luchar por conservar el lugar en que viven, libre de contaminación. Sin embargo, muchas de las buenas voluntades que la gente declara compartir no se expresan en conductas y hábitos en materias de reciclaje, eficiencia energética o consumo de agua, por ejemplo. Como Ministerio del Medio Ambiente estamos promoviendo un salto cualitativo en la conducta de las personas, de tal forma que el cuidado y protección ambiental se convierta en un hábito tan cotidiano como lavarse los dientes.

El Manual de la Casa Verde es una pequeña contribución para que empecemos este cambio de actitud. Aquí encontraremos información sencilla respecto de cómo ayudar a mejorar el planeta, cómo manejar los residuos del hogar, cómo cuidar el agua o cómo ir de compras verdes. Queremos invitarlo a poner en práctica estas pequeñas acciones en su casa, con su familia, con sus amigos y vecinos, y a trabajar juntos por una mejor calidad de vida.

La Comisión Nacional del Medio Ambiente (CONAMA) ha lanzado varios programas para combatir la evidente contaminación del aire en Santiago de Chile.

El agua

1 Al lavar los platos, no deje la llave corriendo.
2 No bote aceite, pinturas, disolventes, productos de limpieza o restos de comida por el desagüe, pues estará dificultando los procesos de depuración del agua.
3 Dese duchas cortas y cierre la llave de la ducha cuando se vaya a jabonar.
4 No tire de la cadena más de lo necesario. Más del 30% del agua que usa en la casa se va por el WC.
5 Aproveche el agua de la lluvia y no riegue si se anuncian precipitaciones.
6 Mejore su suelo para que retenga mejor la humedad.

La energía

7 Prefiera siempre la iluminación natural.
8 Cuando necesite luz artificial, use ampolletas con el mínimo de potencia (no más de 40 watts) y dirigidas al espacio preciso que quiere iluminar.
9 Apague las luces al dejar la habitación.
10 Reemplace ampolletas corrientes por ampolletas eficientes, que ocupan un 80% menos de electricidad y duran hasta 10 años.
11 Mantenga siempre limpias las ampolletas, lámparas y pantallas. A mayor suciedad, menos luz dan.
12 Elija un sistema de calefacción que no contamine o que lo haga lo menos posible. La electricidad y el gas son los menos contaminantes dentro de las energías tradicionales, pero lo mejor es la energía solar para la casa.
13 Use racionalmente la calefacción y el aire acondicionado.
14 Escoja siempre artefactos y electrodomésticos más eficientes.
15 Al lavar la ropa, use carga completa y agua fría, séquela al aire libre cada vez que sea posible.

Los residuos

16 Escoja y compre productos con poco empaque.

17 Deposite directa y correctamente los residuos.
18 Utilice bolsas de tela para las compras.
19 Prefiera pilas recargables.
20 Aplaste las latas de aluminio y deposítelas en el contenedor correcto.
21 No espere acumular muchos envases para llevarlos al contenedor.

Compras verdes

22 Compre productos duraderos, no desechables.
23 Evite empaques excesivos.
24 Compre productos reciclados, pues en su fabricación se usan menos recursos naturales. Consulte las etiquetas para saberlo.
25 Prefiera refrigeradores, congeladores, lavavajillas, lavadoras y secadoras eléctricas con la etiqueta de calificación energética. Esta etiqueta informa del consumo eléctrico y de agua. Deben comprarse aquellos equipos que tengan menor consumo energético.
26 Al elegir su vestimenta es preferible adquirir menos fibras sintéticas, géneros que no se arrugan (pues son tratados con químicos), poliéster y nilón (que se hacen con petróleo).
27 En lo posible, compre productos locales de origen conocido. Mientras menos intermediarios, mejor.

Transporte y movilidad

28 Caminar es saludable para el cuerpo y la mente.
29 La bicicleta es —lejos— el vehículo más saludable y ecológico.
30 A la hora de elegir un auto:
   o Elija modelos económicos en consumo del orden de 20 km/litro.
   o Prefiera un auto híbrido, quemará menos petróleo.
31 Si usa un auto:
   o Úselo en forma moderada y siempre que sea necesario.
   o Manténgalo en buenas condiciones técnicas.
   o Chequee su consumo de combustible y sus emisiones.
   o No es necesario que caliente el motor.
   o Evite en lo posible los horarios y calles de mayor congestión.
   o Intente compartir el uso de su vehículo. Para ir al trabajo, al colegio de los niños, a hacer compras y paseos, invite a sus amigos, familiares o vecinos a ir juntos. ■

División de Educación Ambiental, Ministerio del Medio Ambiente, Gobierno de Chile, excerpt from *Manual de la Casa Verde*. Used with permission.

ACTIVIDAD 5 ¿Para qué sirven?

Making inferences

Parte A: Después de leer, piensa en cinco de las recomendaciones y explica cómo o por qué cada una ayuda a evitar la contaminación del medio ambiente.

Parte B: Escribe los números de las recomendaciones del artículo que se relacionan con la siguiente lista.

Classifying

- ahorrar energía: _____
- evitar la contaminación del agua: _____
- evitar el desperdicio del agua: _____
- combatir la acumulación de basura: _____
- ahorrar dinero: _____
- proteger la salud: _____
- cambiar la cultura y las actitudes hacia el medio ambiente: _____

ACTIVIDAD 6 Un sondeo

Parte A: En grupos de cuatro, pregunten si los miembros del grupo hacen las siguientes actividades mencionadas en la lectura. Indiquen cuántas personas dicen que sí y cuántas dicen que no.

1. Al lavar los platos, ¿dejas correr el agua?
2. ¿Te das duchas breves y cierras la llave cuando te jabonas?
3. ¿Apagas las luces al salir de una habitación?
4. ¿Usas ampolletas eficientes en casa?
5. ¿Usas racionalmente la calefacción y el aire acondicionado?
6. ¿Llevas tus propias bolsas de material reciclable al supermercado?
7. ¿Evitas comprar productos desechables cuando es posible?
8. ¿Compras productos locales cuando están disponibles?
9. ¿Revisas el consumo de combustible de tu auto?
10. ¿Compartes el auto siempre que puedes?

Parte B: En el mismo grupo de cuatro, contesten las siguientes preguntas. Deben entrevistarse y usar los apuntes que tomaron para la Actividad 4.

1. ¿Hay alguna actividad mencionada en la lectura que hagan todos los miembros del grupo?
2. ¿Hay alguna actividad que no haga ninguno de Uds. nunca?
3. ¿Hay alguna actividad mencionada en la lectura que les parezca a Uds. especialmente buena o útil?
4. ¿Hay alguna actividad que les parezca especialmente tonta o inútil?
5. ¿Hay otras ideas que se puedan incluir en esta lista? Piensen en tres.

ACTIVIDAD 7 ¿Tonterías?

En parejas, decidan cuál es la peor sugerencia de la lectura. Después, entre todos, hagan una lista de esas ideas en la pizarra. Cada pareja debe presentar y criticar su selección; los demás deben decir si están de acuerdo o no y por qué.

ACTIVIDAD 8 En nuestra comunidad

En grupos de tres, comenten las actividades y programas ecologistas de su comunidad (universidad, vecindario o ciudad). Hagan las dos listas indicadas, busquen contrastes y después, compartan sus ideas con el resto de la clase.

a. actividades que se hacen ya
b. actividades que se deben implementar

> —Ya reciclamos los periódicos, pero no hacemos nada con otros tipos de papel.

> —Es verdad. Se necesita algún programa que...

¿Haces algo para conservar el medio ambiente y para reducir tu huella ecológica (*ecological footprint*)? ¿Por qué sí o no? ¿Crees que debes hacer más? ¿Por qué? ¿Cuáles son dos o tres cosas que podrías hacer fácilmente?

✳ Lectura 2: Panorama cultural

Estrategia de lectura

Using Prefixes to Determine Meaning

Prefixes in Spanish and English have the same function: they modify the basic meaning of a word. However, unlike suffixes, they cannot change a word's part of speech or sentence function. Many prefixes in English and Spanish share similar or the same forms since they are largely derived from Greek and Latin roots. The following list includes the most common Spanish prefixes and their typical meanings.

Prefix	Meaning	Example
a-, an-	not	anormal, analfabeto
ante-	before	anteayer, anteojos
anti-/contra-	against, counter	antisocial, contraataque
auto-	self	autodefensa, autorretrato
bi-	two	bicicleta, bilingüe
co(m)-	with	copresidente, compadre
de(s)-	not, un-	desaparición, de(s)forestar
eco-	eco-	ecoproducto, ecosistema
extra-	beyond	extraterrestre, extraordinario
i-, in-, im-, ir-	not	ilegal, inaccesible, impenetrable, irreal
mal-	bad, mis-	malintencionado, maltrato
pre-	before	preservación, prever
re-	again; completely	reaparecer; rellenar
sobre-, super-	over, super-	sobrepoblar, superpoblación
sub-	under	subdesarrollo, subrayar

Prefixes can co-occur with suffixes to mark derived forms: **grupo → agrupar, consejo → aconsejar.** The prefixes in some words indicate an altered meaning, which is not predictable from the prefix. For example:

coger to take	→	**recoger** to gather or collect
echar to throw (out)	→	**desechar** to discard, to throw away
perder to lose	→	**desperdiciar** to waste
conocer to know, be familiar with	→	**reconocer** to recognize

Using prefixes and suffixes to determine meaning

Si no conoces algunas de las palabras base, puedes consultar el glosario o un diccionario.

ACTIVIDAD 9   Palabras con prefijos y sufijos

Usa tus conocimientos de los prefijos y los sufijos para determinar el significado de las siguientes palabras de la lectura. Primero, determina la palabra base de cada palabra y escríbela entre los paréntesis. Por ejemplo, la palabra base de *malintencionado* es *intención*. Después, escribe la letra de la definición que corresponde a cada palabra derivada.

1. _____ sobrevivir (_____)

2. _____ el/la ecoguarda (_____)

3. _____ incontrolado (_____)

4. _____ deshielo (_____)

5. _____ el reemplazo (_____)

6. _____ irremisiblemente (_____)

7. _____ desesperadamente (_____)

a. sin posibilidad de remisión o perdón

b. sin control ni límites

c. persona que tiene a su cargo el cuidado del medio ambiente

d. la sustitución de una cosa o persona por otra

e. con necesidad urgente o absoluta, sin otras posibilidades

f. la conversión en líquido de algo congelado

g. continuar vivo después de algún momento, evento o desafío

ACTIVIDAD 10   Hablando del medio ambiente...

Después de estudiar la siguiente lista de vocabulario sacado de la lectura, escoge la mejor expresión para completar cada oración.

las aguas negras	untreated sewage
el campesino	peasant (poor subsistence farmer)
la cantidad	quantity
demandar	to sue
fomentar	to promote, encourage
invertir	to invest
el nivel de vida	standard of living

1. Los habitantes de un país viven mejor cuando tienen un _____ más alto.

2. Las ciudades que no tienen buenas instalaciones para el tratamiento de las _____ pueden llegar a tener serios problemas de contaminación.

3. Una persona o grupo que sufre daño a causa de las acciones de otro puede _____ a este último.

4. El gobierno quiere _____ la reforma del sistema energético y de los sistemas de transporte.

5. Muchos organismos ambientales recomiendan ————————— en nuevas tecnologías de energía renovable.

6. En años recientes muchos ————————— han abandonado la vida rural para trasladarse a las grandes ciudades.

7. La capa de ozono ha sido dañada por el aumento de la ————————— de CFC (clorofluorocarbonos) en la atmósfera.

ACTIVIDAD 11 Los problemas ecológicos

Predicting, Active reading

Parte A: En grupos de tres, hagan una lista de los principales problemas ecológicos que afectan a este país. Luego, pónganlos en orden del más grave al menos grave y justifiquen el orden.

Parte B: Lee individualmente el texto para ver cuáles de estos problemas se mencionan para Latinoamérica. Si encuentras información que te sorprenda, escribe tu reacción en el margen: por ejemplo, **¡Qué horror! ¡Parece mentira! No estoy de acuerdo. ¡Qué bien!** (etc.)

Latinoamérica y el medio ambiente: ¿entre la espada y la pared?

DESDE HACE SIGLOS se ha reconocido la enorme riqueza natural de Latinoamérica: tierra para la agricultura y la ganadería, bosques y madera para la construcción, minerales y petróleo para la industria. Desde el siglo XIX, los líderes latinoamericanos, enfrentados con problemas económicos, una población creciente y grandes números de
5 pobres, han venido afirmando que el futuro de la región está en la industrialización, el desarrollo de las vastas tierras y la explotación de sus recursos naturales. De hecho, la explotación de estas riquezas ha constituido, y sigue constituyendo, la principal esperanza de una vida mejor para los habitantes de Latinoamérica.

Sin embargo, hasta el siglo XX, la geografía casi impenetrable de ríos, selvas y mon-
10 tañas dificultó el aprovechamiento de estas riquezas, convirtiéndolas en una especie de "El Dorado" inaccesible. Pero, en los últimos setenta años, se han invertido enormes cantidades de dinero en proyectos de desarrollo e industrialización, y se han utilizado nuevas tecnologías para llegar a nuevas tierras y explotar sus recursos. Estos esfuerzos han tenido mucho éxito, pero el desarrollo de los recursos ha traído consigo la destrucción del
15 medio ambiente, sobre todo en las selvas y en las ciudades.

Destrucción de las selvas tropicales

Las selvas tropicales constituyen los ecosistemas más extensos de Latinoamérica y su papel en la evaporación del agua y la producción de lluvias es de importancia global. Las selvas cubren un 30% de la región y contienen casi el 40% de todas las especies de vida animal y vegetal del planeta. Más del 50% de los productos farmacéuticos
20 modernos tienen ingredientes derivados de estas especies. Sin embargo, no se detiene la destrucción sistemática de las selvas. Cada año se queman unos cinco mil millones de hectáreas, creando grandes cantidades de gases que contaminan la

Continúa

El mito de **El (hombre) Dorado** se refería originalmente a un príncipe indígena que se cubría de oro, después a una ciudad de oro y, finalmente, a todo un país de fabulosa riqueza, escondido en la selva. Los conquistadores del siglo XVI buscaron **El Dorado** sin éxito.

Las selvas se han llamado "los pulmones de la Tierra" y es verdad que producen mucho oxígeno, pero las algas marinas producen el 90% del oxígeno de la atmósfera.

cinco mil millones = 5.000.000.000

una hectárea = 2,47 acres

atmósfera y contribuyen al calentamiento global, el deshielo polar y la subida en el nivel del mar.

25 La destrucción de la selva amazónica es la más alarmante. La Amazonia cubría originalmente un territorio enorme que se extendía por partes de Brasil, las Guayanas, Venezuela, Colombia, Ecuador, Perú y Bolivia, pero que cada día se encuentra más reducido a causa de la devastación. Las industrias maderera, hidroeléctrica y minera causan gran parte de la deforestación y contaminación de ríos, pero los campesinos

30 pobres también queman los árboles para cultivar la tierra y los rancheros lo hacen para criar el ganado. Después de algunos años, este uso ineficiente deja la tierra tan árida que no se puede usar ni para la agricultura ni para la ganadería. Además, los campesinos dependen de la leña para cocinar, calentarse y sobrevivir, lo cual

35 contribuye también a la destruc-ción de la selva. Se calcula que se ha perdido más de una quinta parte de la selva amazónica y que, si la destrucción continúa, no

40 quedará nada dentro de cin-cuenta o cien años.

© Victor R. Caivano/AP Images

La extracción de oro y otros recursos en el Amazonas acelera la deforestación.

Contaminación de las ciudades

Las ciudades grandes de Latino-américa también sufren de graves problemas ambientales, debido en

45 gran parte a la rápida urbanización de la población. Desde 1950, dece-nas de millones de campesinos se han trasladado a las ciudades en busca de una vida mejor. La ola de

50 migración ha seguido sin pausa, aunque muchos emigrantes acaban viviendo en barrios pobres sin electricidad ni otros servicios. La rápida concentración demográfica en las áreas urbanas ha creado problemas incontrolados de basura, escasez de agua potable, aguas negras y contaminación del aire.

México, caso ejemplar de este fenómeno, es la tercera zona metropolitana más poblada del mundo y una de las más contaminadas. En 1950, tenía unos 3 millones de habitantes,

55 aire limpio y cielos azules. Ya para los años 90, tenía casi 20 millones de habitantes y se enfrentaba con graves problemas ecológicos. Además, el gobierno había triunfado en su campaña de industrialización: existían unas 35.000 fábricas en el valle, de las cuales varios miles se consideraban extremadamente peligrosas para el medio ambiente. Había millones

60 de automóviles que echaban gases a la atmósfera además de docenas de miles de taxis y autobuses viejos e ineficientes. Para colmo, la ubicación de la Ciudad de México en un valle rodeado de montañas atrapaba el aire contaminado y perjudicaba la salud de los habitantes, quienes sufrían con frecuencia de infecciones respiratorias, hemorragias nasales o enfisema.

Reacción de los ecologistas

En años recientes, la destrucción ha provocado una fuerte reacción por parte de los

65 ecologistas de Latinoamérica y del mundo entero. Estos arguyen que no tiene sentido

sacrificar el medio ambiente para mejorar el nivel de vida material, ya que un medio ambiente limpio debe considerarse parte íntegra de un buen nivel de vida. Las críticas ecologistas y la presión de organismos internacionales han llevado a algunos gobiernos a limitar la destrucción y crear innovadores programas ecológicos. Quizás el más conocido
70 es la industria del ecoturismo, que se desarrolló primero en Costa Rica y ahora se ha extendido a otros países de Latinoamérica y del mundo. El ecoturismo permite que la conservación de la naturaleza se base en principios económicos: la compra de tierra para parques y su mantenimiento se financia con el dinero de turistas "verdes", quienes pagan por visitar un lugar natural protegido y contribuyen a su protección. El ecoturismo
75 intenta minimizar el impacto del turismo sobre el medio ambiente, y también fomenta la educación sobre las maneras de salvar el medio ambiente.

Los indígenas: aliados contra la destrucción

Los ecologistas también han encontrado unos aliados inesperados: los habitantes indígenas de las selvas tropicales, quienes sufren directamente de la destrucción y el cambio climático. Con la ayuda de organismos internacionales, los pueblos indígenas se
80 han unido para protegerse. Por ejemplo, en los años 90, varios grupos indígenas del norte del Ecuador demandaron a la petrolera americana Texaco por daños ecológicos, y su éxito sirvió para animar a otros pueblos indígenas a defender la selva amazónica contra la explotación descontrolada. Los indígenas también han empezado a enseñar cómo han vivido y viven ellos en la actualidad con la naturaleza sin destruirla. No sin
85 razón, algunos han llamado a los indígenas los ecologistas más activos de Latinoamérica.

La capital de México y su lucha contra la contaminación

Las ciudades latinoamericanas han sido objeto de esfuerzos por mejorar las condiciones ambientales. Por ejemplo, en 1992 México fue declarada la ciudad más contaminada
90 del mundo, y este triste hecho obligó al gobierno de la capital mexicana a tomar medidas radicales. En un caso que hizo historia, el
95 presidente mexicano cerró una refinería de petróleo que producía el 7% de la contaminación de la ciudad, a pesar de que la acción
100 costó 500 millones de dóla- res y cinco mil empleos en una sociedad que deses- peradamente necesitaba el trabajo. Otras medidas poste-
105 riores han llevado a la elimi- nación del uso de la gasolina con plomo, el uso obligatorio

Se estima que la selva amazónica del Ecuador contiene algunos de los depósitos más grandes de petróleo de Latinoamérica y del mundo. Tanto el gobierno ecuatoriano como muchas empresas multinacionales quieren explotar esos recursos.

Desde 1956 hasta 2012 los taxis "vochos" adornaron las calles del Distrito Federal de México. Una nueva ley ha obligado a su sustitución por nuevos automóviles menos contaminantes y más seguros.

Continúa

del convertidor catalítico y el establecimiento del programa "Hoy no circula", que prohíbe el uso de cada automóvil un día a la semana. Se ha organizado también una
110 policía de "ecoguardas" para sancionar a los que violan las nuevas normas. En el último Plan Verde, se han promovido nuevas líneas de metro, nuevos carriles para bicicletas y autobuses, el reemplazo de todos los taxis y autobuses con modelos menos contaminantes y la construcción de azoteas y fachadas verdes, que son jardines que reducen los gastos en aire acondicionado y conservan el agua en los edificios. También se han
115 establecido programas educativos que buscan cambiar la conducta y la cultura de los habitantes de México. Todas estas medidas han mejorado dramáticamente la situación ambiental del D. F., pero todavía quedan muchos desafíos.

Las medidas implementadas en México se están adoptando a través del mundo hispano. El D. F. de México solo sirve como un ejemplo importante de lo que está ocurriendo en lugares como Santiago de Chile, Bogotá, Lima, Buenos Aires y Madrid.

En el año 2000, la población total de Latinoamérica superó los 500 millones y en el 2050 llegará a los 768 millones de habitantes.

Courtesy ECOCE (Ecología y Compromiso Empresarial)

Estos carteles anuncian una campaña para promocionar el reciclaje de plásticos, otra iniciativa de México para reducir la contaminación del medio ambiente.

En busca de soluciones

Estos logros son positivos, pero todos los expertos
120 afirman que la situación ecológica de Latinoamérica y el mundo entero es cada día peor. La población sigue creciendo y con
125 ella el número de pobres. Como otras regiones del mundo, Latinoamérica parece estar atrapada entre la espada, o la necesidad
130 de proteger el medio ambiente, y la pared, o el deseo de darles trabajo a los pobres y mejorar así el nivel de vida de todos.

135 Tanto los ecologistas como los economistas sugieren que la única solución es buscar un equilibrio entre estas dos necesidades en el llamado "desarrollo sostenible", el cual permitiría la extracción y el uso de recursos naturales sin la destrucción del ecosistema mundial. Nadie sabe si tal sistema puede funcionar, pero pocos dudan que el sistema actual nos está llevando irremisiblemente al desastre. ∎

Scanning

ACTIVIDAD 12 Falsedades

Estas oraciones son todas falsas. Corrígelas de acuerdo con la información de la lectura.

1. Desde el siglo XIX la protección del medio ambiente ha sido una gran prioridad para los gobiernos latinoamericanos.

2. Los esfuerzos por explotar los recursos naturales han tenido poco éxito.

3. La destrucción de las selvas tropicales no es un problema particularmente grave, por lo menos en Latinoamérica.

4. Las industrias maderera, hidroeléctrica y minera causan casi toda la deforestación de la Amazonia.

5. Durante los últimos 150 años, millones de personas han abandonado las ciudades para buscar una vida mejor en el campo.

6. Actualmente, la zona metropolitana de México tiene unos 3 millones de habitantes, aire limpio y cielos azules.

7. Las costas mexicanas son los centros más conocidos del ecoturismo.

8. En su lucha por conservar la selva, los indígenas de la Amazonia han recibido mucha ayuda de las compañías petroleras.

9. Entre 1992 y 2012 se resolvieron la mayor parte de los problemas ecológicos de la Ciudad de México.

10. Es seguro que Latinoamérica va a poder limitar la destrucción del medio ambiente en el futuro.

ACTIVIDAD 13 En busca de soluciones

Making inferences

En grupos de tres, escojan uno de los siguientes dilemas. Imaginen que tienen responsabilidades oficiales y decidan cómo se puede resolver el dilema.

1. Uds. son concejales de la Ciudad de México. La mayoría de las personas creen que las fábricas producen la mayor parte de la contaminación. En realidad, los automóviles producen el 75% de la contaminación. ¿Qué pueden hacer Uds. para animar a los ciudadanos a manejar menos?

un/a concejal/a = alderperson, town council member

2. Uds. son concejales de la Ciudad de México. Las personas de clase media y alta creen que el transporte público es para los pobres. ¿Qué pueden hacer Uds. para animar a más personas a utilizar el transporte público?

3. Uds. son concejales de la Ciudad de México. Hay decenas de miles de taxistas que conducen autos ineficientes que contaminan el aire. Los taxistas no tienen mucho dinero y no lo quieren gastar en automóviles caros. ¿Qué pueden hacer Uds. para mejorar esta situación?

4. Uds. son asesores del presidente del Ecuador. El país necesita mejorar urgentemente su economía para crear más trabajo y ayudar a los pobres. En el este del país existen grandes depósitos de petróleo sin explotar. Sin embargo, los indígenas reclaman estos territorios y no quieren que se exploten los depósitos. ¿Qué pueden hacer Uds. para responder a las necesidades de todos?

asesor/a = advisor

ACTIVIDAD 14 Diferencias y semejanzas

Comparing and contrasting

En parejas, comparen los problemas y soluciones ecológicos de Latinoamérica con los problemas y soluciones del Canadá y los Estados Unidos. Traten de identificar una diferencia importante y una semejanza importante. Piensen en los siguientes temas: tipos de ecosistema, ideas de los ecologistas, impacto de la industria y el desarrollo en el medio ambiente, prioridades sociales y económicas, el desarrollo sostenible.

ACTIVIDAD 15   ¿Cuándo, cuándo?

En parejas, terminen las siguientes oraciones, y otras originales, de forma lógica, según la información del texto o basándose en otra información que sepan Uds.

1. La destrucción de las selvas no va a terminar hasta que...

2. Las industrias minera, maderera, hidroeléctrica, ganadera y petrolera van a preocuparse más por el medio ambiente tan pronto como (en cuanto)...

3. Las ciudades latinoamericanas van a ser más habitables cuando (después de que)...

4. No se va a definir un buen modelo de desarrollo sostenible mientras...

5. Los problemas ecológicos no van a desaparecer mientras (hasta que)...

Cuaderno personal 7-2

¿Cómo te afectan a ti los problemas ecológicos de Latinoamérica? ¿Cómo contribuyes tú a resolver o a incrementar los problemas ecológicos de Latinoamérica?

✳ Lectura 3: Literatura

ACTIVIDAD 16   Una mirada preliminar

Parte A: A continuación aparecen tres obras cortas de Eduardo Galeano que comentan, directa o indirectamente, las maneras de concebir la naturaleza y las acciones consecuentes de la humanidad. En parejas, lean las tres obritas por encima y determinen (a) el tema general de cada una, (b) su género o tipo de texto (por ejemplo: poema, cuento, ensayo, anécdota, epigrama) y (c) su relación con el ecologismo.

Parte B: En parejas, escojan una de las obritas. Léanla y subrayen cualquier palabra o expresión que no entiendan. Traten de adivinar su significado según el contexto y después, individualmente, busquen cada palabra o expresión en las anotaciones marginales o en el glosario.

Parte C: En parejas, discutan el significado del texto y explíquenselo a la clase.

ACTIVIDAD 17   "Fin de siglo": un poema de protesta

En el poema que sigue, el autor Eduardo Galeano expresa sus reacciones a los cambios que han ocurrido en el mundo actual. En parejas, hagan una lista de tres cambios problemáticos del mundo actual. Después, lean el poema individualmente para ver si sus ideas aparecen en el poema.

EDUARDO GALEANO *nació en Uruguay en 1940. Ha sido director de varias revistas y periódicos y sigue trabajando como periodista y autor. Sus libros, especialmente su famosísimo* Las venas abiertas de América Latina, *han sido traducidos a más de veinte lenguas. Es conocido por sus elocuentes y feroces protestas contra la represión política, la injusticia social y la destrucción del medio ambiente —tres problemas que él percibe como íntimamente relacionados— y en sus escritos periodísticos y literarios explora la historia de las ideas que han influido en el pasado y el presente de Latinoamérica, siempre en busca de un futuro mejor.*

Fin de siglo Eduardo Galeano

Está envenenada la tierra que nos entierra o destierra.
Ya no hay aire, sino desaire.
Ya no hay lluvia, sino lluvia ácida.
Ya no hay parques, sino *parkings*.
5 Empresas en lugar de naciones.
Consumidores en lugar de ciudadanos.
Aglomeraciones en lugar de ciudades.
Competencias mercantiles en lugar de relaciones humanas.
No hay pueblos, sino mercados.
10 No hay personas, sino públicos.
No hay realidades, sino publicidades.
No hay visiones, sino televisiones.
Para elogiar una flor, se dice: "Parece de plástico". ∎

envenenada = poisoned; **entierra** = buries; **destierra** = exiles; **desaire** = gracelessness, rudeness

Empresas = Companies
ciudadanos = citizens

públicos = audiences

Eduardo Galeano, "Fin de siglo," *Patas arriba: La escuela del mundo al revés.* Siglo XXI Editores, © 1998. Reprinted by permission of the publisher.

ACTIVIDAD 18 Los símbolos de "Fin de siglo"

Recognizing symbols

Parte A: Galeano establece contrastes entre el pasado y el presente. En parejas, hagan una lista de todos los símbolos de la vida del pasado y otra lista de los símbolos de la vida actual que menciona el autor. Expliquen qué representa o a qué se refiere cada símbolo, e identifiquen los juegos de palabras o repeticiones que usa Galeano para subrayar los contrastes.

Parte B: En parejas, respondan a las siguientes preguntas.

1. ¿Creen que se justifica el pesimismo de Galeano?

2. ¿El poema es solo una queja o intenta hacer algo más?

Parte C: En parejas, piensen en algún cambio social o cultural no mencionado por Galeano y escriban un nuevo verso (*line*) usando el modelo de "No hay X, sino Y". Después explíquenle a la clase por qué les parece importante añadir ese verso.

ACTIVIDAD 19 Hablando de la naturaleza

Parte A: Estudia estas expresiones que aparecen en la próxima obrita de Eduardo Galeano, "La naturaleza está fuera de nosotros". Luego, lee las oraciones y completa cada una con la forma adecuada de la palabra que corresponde.

el pecado	sin
el castigo	punishment
la corteza	bark
desollar	to skin, flay (an animal)
la siembra	sowing, sowing time
la cosecha	harvest
domar	to tame (an animal)
someter	to subdue, subjugate
el paisaje	landscape

1. Aunque se critica mucho la destrucción del medio ambiente, existen muy pocos _____, para las personas y las empresas que lo contaminan y destruyen.

2. Después de cazar a un conejo, hay que _____, ya que no se puede cocinar con la piel.

3. El _____, tan importante en la historia del arte y en el turismo, siempre es un objeto pasivo observado por un sujeto activo.

4. Tradicionalmente, los siete _____ capitales incluían la lujuria, la pereza, la gula, la ira, la envidia, la avaricia y la soberbia, pero no incluían mención alguna de la naturaleza.

5. Es necesario _____ a un caballo antes de poder montarse en él.

6. En el hemisferio norte, los indígenas tradicionalmente hacían la _____ en primavera, ya que las semillas necesitan el calor del verano para germinar y crecer; y recogían _____ al final del verano o en el otoño.

7. Los conquistadores europeos _____ a los pueblos indígenas de América.

8. Algunos pueblos indígenas de América usaban la _____ de los árboles para hacer prendas de vestir.

Parte B: En parejas, piensen en el título "La naturaleza está fuera de nosotros" y contesten estas preguntas.

1. ¿Qué quiere decir para Uds. que "la naturaleza está fuera de nosotros"?

2. Si la naturaleza no "está fuera de nosotros", ¿dónde se encuentra?

3. ¿Qué es la naturaleza?

La naturaleza está fuera de nosotros Eduardo Galeano

En sus Diez Mandamientos, Dios olvidó mencionar a la naturaleza. Entre las órdenes que nos envió desde el monte Sinaí, el Señor hubiera podido agregar, pongamos por caso: "Honrarás a la naturaleza de la que formas parte". Pero no se le ocurrió.

5 Hace cinco siglos, cuando América fue apresada por el mercado mundial, la civilización invasora confundió a la ecología con la idolatría. La comunión con la naturaleza era pecado, y merecía castigo. Según las crónicas de la conquista, los indios nómadas que usaban cortezas para vestirse jamás desollaban el tronco entero, para no aniquilar el árbol, y los indios sedentarios plantaban cultivos diversos y con períodos de descanso, para no cansar la tierra. La civilización que venía a imponer los

10 devastadores monocultivos de exportación, no podía entender a las culturas integradas a la naturaleza, y las confundió con la vocación demoníaca o la ignorancia.

Y así siguió siendo. Los indios de Yucatán y los que después se alzaron con Emiliano Zapata, perdieron sus guerras por atender las siembras y las cosechas de maíz. Llamados por la tierra, los soldados se desmovilizaban en los momentos

15 decisivos del combate. Para la cultura dominante, que es militar, así los indios probaban su cobardía o su estupidez.

Para la civilización que dice ser occidental y cristiana, la naturaleza era una bestia feroz que había que domar y castigar para que funcionara como una máquina, puesta a nuestro servicio desde siempre y para siempre. La naturaleza, que era eterna,

20 nos debía esclavitud.

Muy recientemente nos hemos enterado de que la naturaleza se cansa, como nosotros, sus hijos; y hemos sabido que, como nosotros, puede morir asesinada. Ya no se habla de *someter* a la naturaleza: ahora hasta sus verdugos dicen que hay que *protegerla*. Pero en uno u otro caso, naturaleza sometida o naturaleza protegida, ella

25 está *fuera* de nosotros. La civilización que confunde a los relojes con el tiempo, al crecimiento con el desarrollo y a lo grandote con la grandeza, también confunde a la naturaleza con el paisaje, mientras el mundo, laberinto sin centro, se dedica a romper su propio cielo. ∎

apresada = seized

cobardía = cowardice

verdugos = executioners

grandote = huge

ACTIVIDAD 20 Entonces, ¿qué es la naturaleza?

Distinguishing main ideas and supporting details

Parte A: Después de leer individualmente el pequeño ensayo de Eduardo Galeano, en parejas, contesten las siguientes preguntas sobre el contenido de cada párrafo del texto.

Párrafo 1: Galeano se expresa con ironía intencional en este párrafo. ¿Cómo lo hace?

Párrafo 2: El autor contrasta la relación que tenían los indígenas con la naturaleza con la que tenían los conquistadores europeos con ella. ¿En qué consistía esa diferencia? ¿Qué son los "monocultivos de exportación" y por qué Galeano los considera "devastadores"?

Continúa

Párrafo 3: ¿Quién era Emiliano Zapata? ¿Por qué lo menciona Galeano? ¿Por qué la relación que tenían los indígenas tradicionales con la naturaleza interfería con su éxito político y militar?

Párrafo 4: ¿Por qué Galeano compara a la naturaleza con una "bestia feroz"?

Párrafo 5: Según Galeano, ¿qué tienen en común el deseo de someter a la naturaleza y el deseo de protegerla? ¿Por qué Galeano afirma: "hasta sus verdugos dicen que hay que protegerla"? ¿Cuál es la diferencia entre la naturaleza y el paisaje?

Making inferences

Parte B: En parejas, contesten las siguientes preguntas.

1. Miren la foto que aparece a continuación. ¿Qué elementos de la foto forman parte de la naturaleza y cuáles no? ¿Por qué? ¿Cómo contestaría esta pregunta Galeano?

2. ¿Cómo definiría Galeano a la "naturaleza"? ¿Cómo definen Uds. este término?

3. Si dejamos de pensar en la naturaleza como "fuera de nosotros", ¿cuáles pueden ser los efectos en la vida real?

4. ¿Creen que Galeano idealiza demasiado la relación de los indígenas con la naturaleza?

Casas de un pueblo warao en el delta del río Orinoco, Venezuela

Activating background knowledge

ACTIVIDAD 21 Ventana sobre las ideas de Galeano

Parte A: Galeano ha publicado varios libros que contienen microtextos, los cuales sirven como "ventanas" y que nos permiten conocer las ideas y preocupaciones del autor y pensador. Una de sus ventanas es "Ventana sobre la utopía". En grupos de tres, contesten la siguiente pregunta antes de leer el texto.

¿Qué es o en qué consiste la utopía? ¿Es una idea que tiene influencia hoy día? ¿Cómo?

Interpreting, Speculating

Parte B: Ahora lee el microtexto de Galeano. Recuerda que este autor siempre nos quiere hacer ver las conexiones entre ideas y acciones, y las conexiones entre el pasado, el presente y el futuro. ¿Qué parece pensar Galeano de la "utopía"?

Ventana sobre la utopía

Eduardo Galeano

—Ella está en el horizonte —dice Fernando Birri—. Me acerco dos pasos, ella se aleja dos pasos. Camino diez pasos y el horizonte se corre diez pasos más allá. Por mucho que yo camine, nunca la alcanzaré.

se aleja = moves away

alcanzaré = I will reach

¿Para qué sirve la utopía? Para eso sirve: para caminar. ∎

ACTIVIDAD 22 Hacia la utopía

Making inferences

Después de leer "Ventana sobre la utopía", contesten estas preguntas en grupos de tres.

1. ¿Qué le dice Fernando Birri al narrador? ¿Cómo reacciona este?

2. Este texto aparece en el libro *Úselo y tírelo*, en el cual Galeano comenta y critica la injusticia social y la destrucción ambiental. Entonces, ¿qué relación tiene este texto con el ecologismo? ¿Cuál es el mensaje fundamental que nos quiere comunicar Galeano?

ACTIVIDAD 23 Las tres obritas

Reacting to reading

Después de leer las obritas de Galeano, comenten estas preguntas en grupos de tres.

1. ¿Cuál es tu texto favorito? ¿Por qué?

2. ¿Cuál es el texto menos interesante? ¿Por qué?

3. ¿Creen que crear obras literarias, artísticas (fílmicas, etc.) contribuye a mejorar el mundo? ¿Por qué sí o no?

Cuaderno personal 7-3

Muchos ecologistas afirman que la sociedad moderna necesita un cambio de valores. ¿Estás de acuerdo? ¿Por qué sí o no? ¿Qué valores debemos cambiar?

✿ Redacción: Un reportaje

Estrategia de redacción

Writing a News Report

News reports attempt to summarize the most important facts about an event, person, problem, crisis, or discovery. All news articles include:

- **title:** mentions the most significant information of the article
- **dateline:** place of origin of the report
- **introduction:** answers the questions *what?, who?, when?, where?, why?, how?* The summarization of these points at the beginning of the article allows readers to quickly skim to see if it interests them. The introduction begins by answering the most important or relevant of these questions. Some very short articles amount to little more than this introduction.
- **body:** allows for the development of details in a longer article. The details chosen will depend on the most interesting points in the introduction. Sources of information (**fuentes**) and quotes (**citas**) by experts or involved persons may also be included.
- **conclusion:** recapitulates the main points, emphasizes the overall significance of the issue, and/or includes opinions of the author. Many news articles, however, do not contain a conclusion.

Using a model

ACTIVIDAD 24 El reportaje

Lee el artículo que sigue y busca las respuestas a las preguntas: ¿qué? ¿quién? ¿cuándo? ¿dónde? ¿por qué? y ¿cómo? Identifica si hay introducción, cuerpo y conclusión, y el tipo de información que contiene cada parte.

Indígenas ecuatorianos sientan precedente ecológico mundial

Quito, ECUADOR. Cuatro tribus indígenas de Ecuador sentaron un precedente ecológico a nivel mundial al demandar a la petrolera estadounidense Texaco por unos 1.500 millones de dólares como indemnización por daños y contaminación de grandes áreas del Amazonas ecuatoriano. La demanda, que causó revuelo en la opinión pública mundial, fue presentada el 3 de noviembre en una corte federal estadounidense y se espera que antes de seis meses haya un pronunciamiento judicial.

Pero a pesar de que se acusa a la cuarta compañía petrolera de los Estados Unidos de causar deterioros considerables en la ecología ecuatoriana, Texaco se defiende señalando que no es posible determinar si la "supuesta" contaminación presente en el área se ha generado en una fecha reciente o años atrás.

"Si se descubre ahora que hay gran contaminación en la zona, no se sabe si fue hecha hace un año o ahora", dijo a Reuters Rodrigo Pérez Pallares, representante legal de Texaco en Ecuador.

Indígenas de las tribus Quichua, Secoya y Cofan, habitantes de la Amazonia ecuatoriana, fueron en representación de las etnias afectadas a Nueva York a presentar dos demandas, con las que pretenden demostrar que Texaco vertió desechos tóxicos en los ríos de la región.

"Se vertieron a los ríos de la región oriental del Ecuador alrededor de 4,3 millones de galones (unos 16 millones de litros) diarios de sustancias extraídas de los pozos petroleros, durante 20 años", afirmó Cristóbal Bonifaz, abogado defensor de los indígenas. Todo esto ha provocado, según el mismo representante, que los pobladores de la región no puedan utilizar las fuentes de agua, porque se corre el riesgo de contraer cáncer, o padecer de enfermedades gastrointestinales y respiratorias. ■

ACTIVIDAD 25 A investigar y escribir

Writing a news report

Imagínate que trabajas para un periódico local en español y el jefe de redacción ha pedido más noticias sobre temas ecológicos.

Parte A: Busca información en Internet o en revistas y periódicos en la biblioteca sobre los temas ambientales más importantes del momento. Selecciona un tema que te interese y sobre el cual haya bastante información.

Parte B: Basándote en la información que tienes, contesta las siguientes preguntas antes de escribir el reportaje.

- ¿Qué? ¿Quién? ¿Cuándo? ¿Dónde? ¿Por qué?
- ¿Cuál de estos puntos es más importante? O sea, ¿por qué es importante esta noticia?
- ¿Para qué puntos hay que elaborar detalles?
- ¿Hay otras preguntas que se deban considerar? (¿cuántos? ¿cómo?)

Parte C: Escribe un artículo breve, con título, introducción y cuerpo. Esto se debe hacer en las siguientes etapas:

1. Escribe la primera versión o borrador.
2. En parejas, reaccionen al trabajo del colega de clase. Presta atención especial al título y al contenido.
3. Prepara una versión final, prestando atención especial al vocabulario y la gramática.
4. Entrégale al / a la profesor/a todas las versiones del trabajo.

En busca de seguridad económica

El siglo XXI: Época de mercado libre, competencia y ¿crisis social?

El presidente de Bolivia nacionaliza reservas de gas; ataca el neoliberalismo

TRABAJADORES PERUANOS RECLAMAN MEJORES SUELDOS

Puertas abiertas a la competencia extranjera

UNASUR: Hacia la creación de un mercado unido en Suramérica

Padre sin trabajo roba para dar de comer a su familia

El mercado libre: ¿los ricos más ricos y los pobres más pobres?

CHILE: ¿MODELO DE NEOLIBERALISMO MODERADO?

Después de época de grandes inversiones, empresas españolas corren grandes riesgos

Vuelven a subir desempleo, desigualdad y pobreza con la crisis económica

© Cengage Learning 2015

See the *Fuentes* website for related links and activities: www.cengagebrain.com

ACTIVIDAD 1 Noticias económicas de Latinoamérica

En grupos de tres, lean los titulares y consulten el glosario para buscar los términos que no conozcan. Después, identifiquen:

- dos o tres tendencias reflejadas en los titulares
- dos o tres problemas con que se enfrentan las economías latinoamericanas
- dos o tres datos que les sorprendan a Uds.

✳ Lectura 1: Un artículo

Estrategia de lectura

Dealing with False Cognates

English and Spanish have many cognates or words that have a similar form and meaning: **posible** = *possible*, **generosidad** = *generosity*. As you have learned, recognizing cognates can make reading much easier. However, some words, though of similar form, have slightly or completely different meanings (**falsos cognados**): **asistir a** = *to attend*, **atender** = *to wait on / pay attention*, **embarazada** = *pregnant*. If you encounter an apparent cognate that does not seem to make sense in a particular context, it is likely to be a false cognate. The context may be sufficient to guess the meaning, but, if not, you will need to look up the word in the dictionary.

ACTIVIDAD 2 Falsos amigos

Las siguientes oraciones contienen falsos cognados que aparecen en el artículo "¿Quién es Carlos Slim?". Piensa en el contexto de la oración para adivinar el significado de cada palabra en negrita. Luego, busca la palabra en un diccionario bilingüe o en el glosario para ver si adivinaste correctamente.

1. Durante la crisis económica mundial, muchísimas **acciones** han perdido su valor en los mercados internacionales.

2. Muchas personas de negocios creen que la **inversión** en bolsa es una de las mejores maneras de obtener beneficios futuros y de crear riqueza.

3. El gobierno actual **se comprometió** a solucionar los problemas económicos más urgentes.

4. Se abrió un centro de **asesoría jurídica** en el barrio y muchos de los residentes fueron allí para solicitar ayuda con sus problemas legales.

5. A muchos fumadores les encantan los **puros cubanos**, pero en los Estados Unidos se prohíbe estrictamente comprarlos.

ACTIVIDAD 3 Palabras del empresario

Las palabras en negrita en las siguientes oraciones aparecen en el artículo que vas a leer
sobre Carlos Slim. Lee cada oración y escribe a su lado la letra de la definición apropiada
para la palabra indicada.

a. compañía o negocio

b. propiedad que no se puede trasladar de un lugar a otro, como solares, casas y edificios

c. contrato por el cual una compañía se obliga a pagar las pérdidas o daños que ocurran
a determinadas personas

d. una institución o mercado en que se realizan transacciones de compra y venta de
partes de compañías privadas

e. persona que tiene un negocio o trabaja en él

f. partes en que está dividido el capital de una empresa o corporación y que se compran
y se venden

g. números o cantidades

h. empleo o gasto del capital en aplicaciones que pueden aportar dinero, como las
compañías privadas

1. _____ Algunos dicen que Telmex, la **empresa** telefónica más importante de México,
prácticamente constituye un monopolio.

2. _____ Muchas personas invierten en la **bolsa** con la esperanza de obtener grandes
beneficios monetarios.

3. _____ Hoy en día es importante tener todo tipo de **seguros**; por ejemplo, los seguros
de carro, los seguros de casa, los seguros de vida y los seguros médicos.

4. _____ Han aumentado las **cifras** de la deuda nacional desde que empezó la crisis
económica.

5. _____ Muchos **comerciantes** de la zona han podido mantener sus tiendas abiertas
gracias a la reducción de los impuestos.

6. _____ Los Estados Unidos y España son los dos países con mayores **inversiones** en las
economías latinoamericanas.

7. _____ Las personas que quieren comprar casa tienen que mirar los anuncios de
bienes raíces en los periódicos o en Internet.

8. _____ En septiembre de 2008 Carlos Slim pagó 250 millones de dólares por
9,1 millones de **acciones** de la compañía New York Times.

ACTIVIDAD 4 La expresión exacta

Un equivalente de cada una de las siguientes expresiones inglesas aparece en las oraciones que las siguen. Escribe el equivalente español al lado de cada término en inglés.

fever: _____

in trouble: _____

proof: _____

sign or sample: _____

to surround: _____

to commit oneself to: _____

1. Carlos Slim compró muchas compañías cuando estaban en apuros, las reorganizó y después las volvió a vender, ganando así enormes cantidades de dinero.

2. En Latinoamérica los años 80 y especialmente los 90 vieron una fiebre de privatización de industrias nacionales y liberalización de los mercados.

3. Muchas historias, mitos y rumores rodean a los hombres ultrarricos como Bill Gates y Carlos Slim.

4. Algunos dicen que el casi monopolio de telefonía e Internet que estableció Carlos Slim en México es una muestra de la corrupción, mientras otros lo ven como señal de inteligencia comercial.

5. No se han encontrado pruebas de que ocurrieran actividades ilegales durante la venta de las compañías paraestatales o públicas, que pertenecían al estado mexicano.

6. Después de vender las compañías paraestatales, el gobierno mexicano se comprometió a proteger a los inversionistas de la competencia extranjera por un período de seis años.

ACTIVIDAD 5 Un hombre verdaderamente rico

Parte A: En grupos de tres, hagan una lista de tres a cinco personas ultrarricas del planeta y contesten las siguientes preguntas sobre cada persona.

1. ¿De dónde es?

2. ¿Cuánto dinero o riqueza tiene y en qué se basa?

3. ¿Cómo consiguió tanta riqueza?

4. ¿Cómo creen que sea la vida diaria de esta persona? ¿Cuáles serán sus intereses?

Parte B: Ahora, lee el artículo de la cadena noticiera internacional BBC Mundo para ver cuáles de estas características se ven reflejadas en la vida de Carlos Slim.

¿Quién es Carlos Slim?

MIGUEL MOLINA • *BBC MUNDO*

Su fortuna toca restaurantes, bancos, hoteles, bienes raíces y constructoras de carreteras. Pero también incluye plantas de tratamiento de aguas y plataformas petroleras marinas, minas, metalurgia, museos, computadoras, organizaciones de beneficencia, cigarreras y teléfonos. Sobre todo teléfonos.

Escape

Yusef Salim Haddad era hijo de un cristiano maronita libanés que a principios del siglo XX decidió escapar de la persecución del régimen militar de los turcos otomanos. Yusef y su familia llegaron a México. Era 1902.

En 1911 Yusef se llamaba Julián y era dueño de La Estrella del Oriente, un almacén que le permitió comprar propiedades en el centro de la Ciudad de México y casarse con Linda Helú, hija de otro próspero comerciante libanés.

Su hijo Carlos (que nació en 1940) invirtió dinero por primera vez cuando tenía 12 años y compró 44 acciones del Banco Nacional de México.

"Mi padre me enseñó que no importa cuán grave sea una crisis, México no va a desaparecer, y si tenemos confianza en el país cualquier inversión sólida dará frutos eventualmente", diría tiempo después.

Turbulencia y fortuna

Ese fue el caso de Carlos Slim, quien a los 26 años ya era ingeniero graduado en la Universidad Nacional Autónoma de México, había estudiado en Europa, en Estados Unidos y en Chile, y tenía US$400.000 y una embotelladora de refrescos.

Carlos Slim es la persona más rica del mundo. Aquí, recibe el premio "Hombre del Año" del Consejo Mundial del Boxeo, organismo patrocinado por la Fundación Telmex, que pertenece a Slim.

El siguiente paso fue casarse en 1959 y crear el Grupo Carso (acrónimo de su nombre y el de su esposa Soumaya).

La década de los 70 le permitió extenderse a la bolsa, la banca, los seguros y la administración de fondos de pensiones, y lo vio dar sus primeros pasos en las telecomunicaciones.

Pero todavía era un desconocido para la mayoría de los mexicanos. La turbulencia que vivió México a principios de la década de los 80 le ofreció a Carlos Slim nuevas ocasiones para crecer.

Slim aprovechó lo que se le presentaba y compró baratas empresas en apuros, las hizo ganar dinero y las vendió caras o las conserva.

Compras

Y Slim compró. Phillip Morris México, Bimex, Hoteles Calinda, Reynolds Aluminio, Sanborns, Minera Frisco, General Tire e Inmuebles Cantabria.

Tal vez fue en esos años cuando le preguntaron a Slim cuántas empresas tenía: "No lo sé, no me dedico a contar empresas".

Una década después, México vivió una fiebre de privatizaciones que le ofrecieron la oportunidad de su vida. Entre las paraestatales que el gobierno mexicano puso a la venta estaba Teléfonos de México (Telmex). El Grupo Carso se asoció con France Telecom y Southwestern Bell Corporation de Estados Unidos y compró Telmex.

Al final, Carso, es decir Carlos Slim, se quedó con el control de la empresa porque la ley mexicana prohibía que la propiedad mayoritaria quedara en manos de extranjeros.

Dudas

Pero según los términos de la operación, el gobierno se comprometía a dar a Slim y sus socios un período de gracia de seis años antes de abrir el sector de telecomunicaciones a la competencia.

Muchos sostienen que ese gesto generoso en la venta de Telmex fue muestra de la corrupción que parece haber rodeado los procesos de privatizaciones en México, aunque nadie ha ofrecido pruebas concretas de operaciones ilegales.

De México, Slim extendió su influencia en las telecomunicaciones al resto de América Latina. Su empresa América Móvil tiene una importante presencia en prácticamente todos los países de Sudamérica (con excepción de Venezuela y Bolivia), casi toda Centroamérica, algunos países del Caribe y parte de Estados Unidos.

Filantropía

Pero en las últimas décadas Slim ha concentrado su atención en la filantropía.

En 1996 creó la Fundación Telmex, que apoya proyectos educativos, de salud, de ayuda en caso de desastres, y de asesoría jurídica.

En 1999 fundó el museo Soumaya. Dos años después destinó US$100 millones al rescate del Centro Histórico de la capital mexicana.

En 2008, Slim donó US$100 millones a la Fundación Clinton y el presupuesto de la Fundación Carso maneja US$2.500 millones.

Carlos Slim es rico. Es el hombre más rico del mundo, pero al parecer no tiene jet privado ni residencia de vacaciones.

La leyenda que rodea a personajes como él cuenta que no tiene chofer y su oficina es austera. Le gusta el béisbol, viajar, ver (y sobre todo poseer) obras de arte, los vinos franceses, los puros cubanos.

Rico entre pobres

Para la revista *BusinessWeek*, la vena filantrópica de Slim se explica por la publicidad que ha provocado la fortuna del empresario, "que no se ve bien en un país como México, donde el 45% de la población vive debajo del nivel de pobreza y el producto interno bruto es de poco más de US$8.000 per cápita".

Y como las cifras elevadas escapan a la comprensión del común de los mortales, hay que explicar que si Slim gastara un millón de dólares cada día, sin contar los intereses, se tardaría 185 años en acabarse lo que tiene. Aunque lo que tiene ya no se acaba. ∎

Miguel Molina, "¿Quién es Carlos Slim?," BBC Mundo, 8/11/2007. © BBC 2007. Reproduced by permission.

ACTIVIDAD 6   Datos fundamentales

El artículo da mucha información sobre la figura de Carlos Slim. Prepara una lista de cinco datos importantes de su vida y explica brevemente por qué cada dato te parece importante. Después, en parejas, discutan y justifiquen sus listas.

ACTIVIDAD 7   La línea del tiempo

En grupos de tres, preparen una línea del tiempo con los acontecimientos más importantes de la vida de Carlos Slim, puestos en orden cronológico. Prepárense para justificar la importancia de cada acontecimiento.

ACTIVIDAD 8   Rico entre pobres

En parejas, contesten y comenten las siguientes preguntas.

1. ¿Cómo es posible que Carlos Slim haya acumulado tanta riqueza?

2. ¿Es justo que Carlos Slim en particular sea tan rico? ¿Se aplica igualmente su respuesta a personas como Bill Gates y Warren Buffett? ¿Por qué sí o no?

3. ¿Es justo que cualquier persona en cualquier sociedad tenga tanto dinero cuando otros sufren de pobreza? ¿Cuáles son las ventajas o desventajas de permitir una enorme desigualdad entre los ricos y los pobres de un país?

ACTIVIDAD 9   En años venideros

Después de leer y comentar el artículo, completa las siguientes oraciones sobre el futuro de Carlos Slim y su riqueza. Luego, en parejas, comenten sus ideas.

1. Carlos Slim va a seguir enriqueciéndose siempre y cuando... / con tal de que...

2. El "imperio Slim" va a extenderse a muchos otros países y regiones sin que... / porque...

3. Slim va a continuar sus actividades filantrópicas para que...

4. No va a haber reacción en contra de Slim y su enorme riqueza a menos que...

Cuaderno personal 8-1

En tu opinión, ¿Carlos Slim es un modelo para emular o es mejor evitar que tanta riqueza quede en manos de una sola persona? ¿Por qué?

Lectura 2: Panorama cultural

Estrategia de lectura

Determining Reference

Written texts attempt to link ideas together in the clearest manner possible. In order to refer to a previously mentioned idea or fact, writers use pronouns and connecting words. These include:

subject pronouns (**yo, tú, él, ella, Ud., etc.**)

direct-object pronouns (**me, te, lo, la, etc.**)

indirect-object pronouns (**me, te, le, etc.**)

reflexive pronouns (**me, te, se, etc.**)

demonstrative adjectives and pronouns (**este/a, estos/as, esto; ese/a, etc.**; **aquel/aquella, etc.**)

relative pronouns (**que, quien, lo que, el/la que, lo cual, etc.**)

possessive adjectives and pronouns (**mi, mío, tu, tuyo, etc.**)

These words are the glue that holds together a cohesive text. Understanding what they refer to will increase your comprehension of the text.

ACTIVIDAD 10 ¿A qué se refiere?

Determining reference

Lee las siguientes oraciones de la lectura sobre las economías latinoamericanas. Luego, identifica a qué se refiere cada palabra en negrita.

1. Los gobiernos latinoamericanos pidieron préstamos al Banco Mundial para pagar el petróleo y continuar sus programas de desarrollo, **lo cual** llevó en los años 80 a una seria crisis de la deuda, la inflación y el desempleo.
2. Aunque los programas neoliberales de Pinochet tuvieron gran éxito económico, solo **lo** pudieron lograr a costa de las libertades civiles y humanas.
3. Con el retorno a la democracia en 1989, el gobierno chileno **les** subió los impuestos a los negocios y a los ricos.
4. Y a diferencia de otros países latinoamericanos, en Chile se observó durante unas décadas una nueva aproximación entre pobres y ricos, de **la que** parecía depender la estabilidad del gobierno democrático.
5. ¿Es deseable intentar reproducir el supuesto "milagro" chileno en otros países en vista de la preocupante inestabilidad económica global? Si respondemos que sí, ¿cuál es la mejor manera de hacer**lo**?

ACTIVIDAD 11 Del contexto al significado

Lee cada oración y da un sinónimo en español, una definición en español o un equivalente en inglés para cada una de las palabras en negrita. Estas palabras aparecen en la lectura sobre las economías latinoamericanas. En caso de duda, usa el glosario o un diccionario para confirmar tus respuestas.

1. Ayer los presidentes firmaron un **acuerdo** económico.

2. Los Estados Unidos y Canadá son dos países que **se asemejan** mucho en cultura, lengua dominante y economía.

3. Con el nuevo programa, el gobierno **logró** una gran mejora en el nivel de vida de los ciudadanos.

4. La empresa **pertenecía** a la familia González, pero los nuevos dueños son unos inversionistas japoneses.

5. Todos se quejan de que no hay suficientes casas, pero el gobierno no hace nada para remediar la escasez de **vivienda**.

6. Los países **desarrollados** suelen tener altos niveles de tecnología y grandes recursos financieros.

7. El sistema capitalista depende de la **inversión** de dinero en empresas privadas.

8. Una industria nacionalizada es una industria que pertenece al **estado**.

9. Cuando hay graves problemas de inflación, muchos gobiernos deciden **congelar** los precios.

10. Para evitar la acumulación de **deudas,** hay que reducir los **gastos**.

ACTIVIDAD 12 El mercado libre

Parte A: En la siguiente lectura se discute el desarrollo de las economías latinoamericanas y la importancia del mercado libre para estas economías. En grupos de tres, decidan cuáles de los siguientes términos se asocian con el concepto del mercado libre y expliquen de qué manera. Expliquen también por qué excluyeron algunos términos.

la nacionalización	*la privatización*
las importaciones	*las exportaciones*
la protección del empleo	*la competencia*
la eficiencia	*la protección del salario mínimo*
la mano de obra barata	*las tarifas altas sobre las importaciones*

Parte B: Ahora, lee el artículo. Mientras lees, escribe en el margen tus reacciones a la información: dudas, sorpresas, reacciones contrarias.

Corrientes cambiantes de las economías latinoamericanas

DESDE LOS AÑOS 80, el mundo comercial y laboral latinoamericano se asemeja cada vez más al de los Estados Unidos, Europa y Japón. Se han privilegiado la competencia, el mercado libre y la eficiencia productiva, y se han adoptado técnicas y métodos de administración eficientes. Estos cambios han generado nuevas esperanzas de prosperidad
5 y también nuevas tensiones sociales; estas últimas se han acentuado aumentado en la primera década del siglo XXI, debido a la crisis económica mundial. Para comprender los cambios y sus consecuencias, hay que echar un vistazo al pasado económico de la región.

Dependencia económica poscolonial

El sistema económico poscolonial dependía de la exportación de recursos minerales y productos agrícolas a los países europeos y a los Estados Unidos. Con el dinero
10 obtenido de las exportaciones, los países latinoamericanos importaban de los países más desarrollados productos manufacturados. Este sistema creció entre 1850 y 1930, con grandes inversiones de dinero de Gran Bretaña y los Estados Unidos que permitieron el desarrollo de ferrocarriles, sistemas eléctricos y telecomunicaciones.

© AFP/Getty Images

Trabajadores en una plantación de café, Costa Rica. Desde la época de la colonia, el café ha sido una exportación importante para varias regiones de Latinoamérica.

Búsqueda de la independencia económica

La Gran Depresión de 1929 llevó a la destrucción de las fuentes tradicionales de ingresos:
15 bajaron las exportaciones y desaparecieron las inversiones de capital extranjero. Para remediar esta situación, muchos gobiernos nacionales intentaron independizar sus economías nacionalizando industrias que habían pertenecido a empresas extranjeras y creando mercados domésticos para sus propias industrias y trabajadores. Para proteger las nuevas industrias de la competencia extranjera, se impusieron altas tarifas sobre las importaciones.
20 Estas políticas, aunque promovieron la variedad industrial, crearon nuevos problemas. Las altas tarifas impidieron el comercio internacional, y el control directo por parte del estado resultó ser ineficiente y produjo enormes pérdidas. No obstante, los grandes

Continúa

poscolonial = segunda mitad del siglo XIX y principios del XX

En los años 20, Argentina se convirtió en uno de los diez países más ricos del mundo.

En 1938 México nacionalizó la industria petrolera para obtener mejor control de su economía. Hoy, esta industria sigue sin privatizar por la importancia simbólica que tiene para muchos mexicanos.

En los años 70 y 80 los gastos excesivos de los gobiernos causaron que las tasas de inflación llegaran hasta el 7.000% (Perú) y el 14.000% (Nicaragua).

El neoliberalismo, que favorece un mercado sin restricciones de ningún tipo, se basa en las ideas de Milton Friedman y otros economistas de la Universidad de Chicago. Sus estudiantes implementaron las ideas neoliberales en Chile en los años 70.

problemas no se hicieron visibles hasta los años 70 cuando el precio del petróleo subió dramáticamente. Los gobiernos latinoamericanos pidieron préstamos al Banco Mun-
25 dial para pagar el petróleo y continuar sus programas de desarrollo, lo cual llevó en los años 80 a una seria crisis de la deuda, la inflación y el desempleo. Los bancos interna-cionales y los gobiernos latinoamericanos renegociaron el pago de la deuda, pero los bancos también insistieron en que se hicieran cambios radicales en el sistema económico de los países afectados, cambios que ya se habían implementado en Chile.

Neoliberalismo y el caso chileno

30 Después de 1973, la dictadura militar de Pinochet respondió a la crisis económica apli-cando una serie de medidas neoliberales drásticas. Se congelaron los salarios y se descongelaron los precios y, como resultado, hubo primero inflación y después rece-sión. Se privatizaron bancos, fábricas y empresas que habían pertenecido al gobierno; se eliminaron las tarifas sobre las importaciones y el mercado se inundó de productos
35 extranjeros baratos; las empresas locales tuvieron que adaptarse al nuevo mercado competitivo o declararse en bancarrota. Un tercio de los trabajadores quedó sin trabajo y, como consecuencia, hubo dis-
40 turbios sociales; frente a esta situación, la dictadura usó la represión política y la vio-lencia para controlar a la población.

Sin embargo, después de varios años difíciles, Chile empezó a experimentar un
45 crecimiento económico extraordinario del 6 o 7% anual. Se expandió tanto la diversidad como la cantidad de las expor-taciones, se aumentaron las inversiones extranjeras y la inflación fue reducida a
50 un nivel mínimo. Este éxito, descrito por algunos como "el milagro chileno", fue visto por algunos otros países con graves problemas económicos como el camino de su propia salvación.

© Charles O'Rear/Corbis

La mina chilena de Chuquicamata, la mina de cobre más grande del mundo. La economía chilena ha desarrollado muchas industrias, pero la extracción y la exportación del cobre siguen siendo fundamentales.

Otras organizaciones regionales de libre comercio incluyen MERCOSUR, el Mercado Común del Sur, que es el mayor productor agrícola del mundo y la quinta economía del mundo, la Comunidad Andina de Naciones, el Mercado Común Centroamericano y la Comunidad del Caribe.

TLC = NAFTA (North American Free Trade Agreement)

Mercado libre e integración económica

55 A partir de los años 90, los líderes latinoamericanos abandonaron sus antiguas ideas sobre la independencia económica a favor de una mayor integración en el mercado mundial. Por ejemplo, al igual que Chile, México bajó las tarifas de importación, redujo los gastos gubernamentales, vendió muchas industrias estatales a inversionis-tas privados y fomentó la integración económica con otros países. En 1993 México
60 formó un nuevo mercado con Canadá y los Estados Unidos al firmar el Tratado de Libre Comercio de América del Norte (TLC). Otros países como Chile (2004) y Colombia (2012), además de toda Centroamérica (2006), también han establecido acuerdos similares con los Estados Unidos, y en 2008 los doce países de Sudamérica crearon UNASUR, la Unión de Naciones Suramericanas, que tiene como objetivo
65 principal la creación de un solo mercado libre para toda Sudamérica.

Sin embargo, los logros económicos de estos años llegaron acompañados de la implementación generalizada de "programas de austeridad", los cuales redujeron

drásticamente los gastos en programas sociales y llevaron en muchos países a un aumento de la desigualdad entre ricos y pobres y el deterioro de los sistemas de
70 educación, salud y transporte.

¿Una vía media?

Los problemas de injusticia social han llevado a muchos observadores a rechazar las ideas neoliberales, como por ejemplo, los presidentes Hugo Chávez de Venezuela y Evo Morales de Bolivia, quienes han nacionalizado industrias nacionales. Otros, sin embargo, han argumentado que existe una "vía media" entre la eficiencia del mercado libre que
75 tiende a aumentar la desigualdad entre ricos y pobres, y una política social progresista que tiende a reducir las diferencias. De nuevo, Chile ha sido el país que ha servido en momentos de modelo a los demás. Aunque los programas neoliberales de Pinochet tuvieron gran éxito económico, solo lo pudieron lograr a costa de las libertades civiles y humanas, y pagando un alto precio social al crear desempleo y pobreza. Con el retorno a la democra-
80 cia en 1989, el gobierno chileno les subió los impuestos a los negocios y a los ricos y utilizó el dinero en viviendas, salud y educación. Aumentó también el salario mínimo de los trabajadores y promovió el establecimiento de negocios pequeños. En los primeros tres años, estos programas sacaron a un millón de personas de la pobreza. Lo sorprendente fue que los chilenos también pudieran mantener la salud económica de su sociedad: inflación
85 mínima, presupuesto equilibrado, crecimiento fuerte, alto nivel de inversión extranjera y tasa de desempleo baja. Y a diferencia de otros países latinoamericanos, en Chile se observó durante unas décadas una nueva aproximación entre pobres y ricos, de la que parecía depender la estabilidad del gobierno democrático. No
90 obstante, al iniciar el segundo decenio del siglo XXI, Chile, como el resto del mundo, ha visto amenazada su estabilidad económica y social y, en 2012, se vio que la brecha entre ricos y pobres era una de las mayores de América Latina.

Nuevos desafíos

95 En la actualidad los líderes latinoamericanos se enfrentan a una serie de grandes desafíos. La demidécada de 2003 a 2008 fueron años de gran crecimiento y prosperidad, pero los logros están en peligro desde que comenzó la crisis económica global
100 en 2008. Todavía existe apoyo por el mercado libre, como indica la creación de UNASUR, pero también hay voces que se levantan contra el neoliberalismo, como ha sucedido en Bolivia, Ecuador, Nicaragua y Venezuela, donde gran parte de la población no se
105 benefició de la política neoliberal. Vale preguntarse:
¿Es posible mantener el crecimiento? ¿Es deseable intentar reproducir el supuesto "milagro" chileno en otros países en vista de la preocupante inestabilidad económica global? Si respondemos que sí, ¿cuál es la mejor manera de hacerlo? Y, por último, ¿es la "vía media" la mejor solución para todos? Actualmente, estas son las cuestiones que
110 se debaten y que requieren una pronta respuesta para que todos los latinoamericanos puedan progresar en el mercado global del siglo XXI y alcanzar una vida digna y próspera. ■

La pobreza se limita en parte gracias al dinero que los inmigrantes hispanos en EE.UU. y Europa mandan a sus familiares en sus países de origen. Estas **remesas** suman todos los años miles de millones de dólares y son importantes para las economías de los países adonde llegan.

Hugo Chávez fue el líder latinoamericano más interesado en nacionalizar industrias "estratégicas", como el sector petrolero, el eléctrico, el telefónico y el alimentario, además de los medios de comunicación. Pero no ha sido el único: incluso la presidenta de Argentina, Cristina Fernández de Kirchner, nacionalizó la compañía petrolera YPF, la compañía más grande de Argentina, que hasta 2012 había pertenecido a la compañía española Repsol.

© Diego Guidice/Corbis

Un trabajador supervisa la carga de un barco en el puerto de Buenos Aires, Argentina. La exportación de productos agrícolas ha sido fundamental para la economía argentina, pero con la globalización también ha crecido la exportación de productos industriales.

ACTIVIDAD 13 Detalles y fechas

Indica qué significa cada término y con qué aspecto de la economía se asocia cada fecha, y di por qué es importante en la lectura.

TLC	Años 70	1989
UNASUR	1973	2008

ACTIVIDAD 14 Tres etapas de desarrollo económico

En parejas, busquen una característica, un objetivo y un problema del sistema económico dominante de una de las tres épocas económicas.

1. la época poscolonial
2. la época de independencia económica
3. la época del neoliberalismo

ACTIVIDAD 15 El ejemplo de Chile

Con frecuencia se ha nombrado a Chile como modelo del éxito del neoliberalismo. En parejas, comenten las siguientes preguntas que tratan de Chile y la creación de la "vía media".

1. ¿Ha sido Chile un ejemplo perfecto del neoliberalismo?
2. ¿En qué consiste la "vía media"?
3. ¿Es posible que la "vía media" cree todavía más problemas?
4. ¿Este concepto es importante también para este país?

ACTIVIDAD 16 ¿Cómo votan?

Hay dos candidatos principales en las elecciones presidenciales. Pérez defiende la postura neoliberal y los "programas de austeridad" que limitan drásticamente los gastos del estado. López dice que hay que adoptar "la vía media" que adoptó Chile, proteger más a los trabajadores y estimular la economía. En grupos de tres, decidan por quién vota cada una de las siguientes personas. También es posible que una persona no vote por ninguno de estos dos candidatos.

En muchos países hispanos, los votantes optan por "votar en blanco". Así, ejercen su derecho al voto, protestando las opciones, pero no votan por ningún partido o candidato en particular. El "voto en blanco" se cuenta y es una forma de indicar que están descontentos con sus opciones políticas.

1. Felipe trabajaba en una fábrica que pertenecía al estado, pero privatizaron la fábrica y los nuevos dueños decidieron eliminar muchos trabajos en nombre de la eficiencia. Como se estaban abriendo nuevos negocios y nuevas fábricas cuando perdió su trabajo, empezó con optimismo. Pero ahora hay crisis económica, lleva dos años desempleado y no sabe qué hacer.

2. Consuelo gana un buen sueldo y paga sus impuestos, pero el 40% de todo lo que paga sirve para pagar las deudas del estado y los intereses de esas deudas. Además, todo ese dinero acaba en los Estados Unidos, Canadá, Europa, Japón y, cada vez más, China. Consuelo cree que esto es injusto para su país.

3. Carlos trabaja como cajero en un banco. Su vida no ha cambiado mucho desde la implementación de las medidas neoliberales, pero ahora no hay mucha inflación y él puede ahorrar dinero sin miedo de que este pierda su valor.

Cuaderno personal 8-2

¿Crees que el gobierno tiene la obligación de ofrecer servicios de salud, educación y asistencia pública a los pobres? ¿Crees que el mercado libre es capaz de ofrecer y garantizar todos estos servicios?

Lectura 3: Literatura

ACTIVIDAD 17 Según el contexto

Guessing meaning from context

Las palabras en negrita aparecen en el cuento, "La carta", que vas a leer. Lee las oraciones y después asocia las palabras indicadas con su significado.

a. estampilla que indica que se ha pagado el envío de una carta
b. pintura, dibujo o fotografía de una persona
c. casi sentarse de manera que las nalgas estén cerca del suelo
d. una prenda de vestir que cubre la cabeza y la frente para protegerlas del sol
e. poner juntas dos partes de un papel
f. papel en el cual se envía una carta
g. escribir el nombre en un documento
h. parte inferior de una puerta o entrada
i. que ha perdido el uso de una mano

1. _____ Pablo terminó de escribir la carta y la **firmó**.
2. _____ Luego, **dobló** la carta y la metió en el **sobre**.
3. _____ Antes de cerrar el sobre, metió dentro un pequeño **retrato** suyo: una foto que le habían sacado hacía varios años.
4. _____ Al final, buscó un **sello** y lo puso en el sobre, y salió para la estación de correos.
5. _____ Pablo no quería que nadie lo reconociera, así que se bajó la **gorra** sobre la frente y miró hacia abajo.
6. _____ Cuando Pablo se acercó a la entrada, vio un hombre sentado en el **umbral**.
7. _____ **Se acuclilló** para hablar con el hombre, y este le explicó que era **manco** y necesitaba que alguien le ayudara a escribir una carta.

ACTIVIDAD 18 ¿A quién se refiere?

El cuento que vas a leer contiene una carta. El escritor de la carta se dirige a su destinatario y también habla de otras personas. Antes de leer, determina a qué o a quién se refiere cada pronombre en negrita de las siguientes oraciones.

1. Querida mamá: Como yo **le** decía antes de venirme...

2. Me pagan ocho pesos la semana y con **eso** vivo como don Pepe el administrador.

3. La ropa aquella que quedé de mandar**le**, no **la** he podido comprar.

4. Díga**le** a Petra que cuando vaya por casa **le** voy a llevar un regalito al nene de ella.

5. Voy a ver si **me** saco un retrato un día.

6. ... Su hijo que **la** quiere y **le** pide la bendición, Juan.

ACTIVIDAD 19 En busca de trabajo

Parte A: En parejas, respondan a una de las siguientes preguntas.

1. ¿Has buscado trabajo alguna vez? Describe tu peor experiencia o la de otra persona que no haya tenido éxito en la búsqueda de trabajo.

2. ¿Qué debe o puede hacer una persona que no encuentra el trabajo deseado? ¿Debe aceptar cualquier puesto?

3. ¿Las personas buscan trabajo solo para ganar dinero o el trabajo es importante por otras razones?

Parte B: Ahora lee la primera parte del cuento —"La carta"— para ver quién escribe la carta y qué dice.

JOSÉ LUIS GONZÁLEZ *(1926–1996) nació en la República Dominicana de padre puertorriqueño y madre dominicana. Se crio en Puerto Rico, y siempre se consideró puertorriqueño aunque pasó la mayor parte de su vida adulta trabajando en México. Fue conocido como ensayista, periodista, novelista, y sobre todo, cuentista. Sus escritos se caracterizan por una gran preocupación por los problemas sociales de su época.*

La carta José Luis González

San Juan, puerto Rico
8 de marso de 1947
Qerida bieja:

Como yo le desia antes de venirme, aqui las cosas me van vién. Desde que
5   llegé enseguida incontré trabajo. Me pagan 8 pesos la semana y con eso bivo
como don Pepe el alministradol de la central allá.

La ropa aqella que quedé de mandale, no la he podido compral pues quiero
buscarla en una de las tiendas mejores. Digale a Petra que cuando valla por
casa le boy a llevar un regalito al nene de ella.

10   Boy a ver si me saco un retrato un dia de estos para mandálselo a uste. El
otro dia vi a Felo el ijo de la comai María. El está travajando pero gana menos
que yo. Bueno recueldese de escrivirme y contarme todo lo que pasa por alla.

Su ijo que la qiere y le pide la bendision.
Juan

15   Después de firmar, dobló cuidadosamente el papel ajado y lleno de borrones y
se lo guardó en el bolsillo de la camisa. Caminó hasta la estación de correos más
próxima, y al llegar se echó la gorra raída sobre la frente y se acuclilló en el umbral
de una de las puertas. Dobló la mano izquierda, fingiéndose manco, y extendió la
derecha con la palma hacia arriba.

20   Cuando reunió los cuatro centavos necesarios, compró el sobre y el sello y
despachó la carta. ∎

"La carta" by José Luis González is excerpted from *El arte del cuento en Puerto Rico* by Concha Meléndez. Copyright ©
1961 by Las Americas Publishing Company. Used with permission from Universidad Nacional Autónoma de México (UNAM).

© Cengage Learning 2015

ACTIVIDAD 20 Hablar y escribir en puertorriqueño popular

Parte A: La carta está escrita con muchos errores ortográficos. Algunos de los errores revelan el dialecto hablado de Juan, un hombre pobre que escribió la carta pero que nunca aprendió a escribir correctamente. Estos rasgos incluyen:

- la confusión de la **-r** y la **-l** al final de sílaba, y la pérdida de la **-r** al final de palabra
- la pérdida de la **-d** al final de palabra y de la **-d-** entre dos vocales
- la sustitución de la **e** por la **i** (**e → i**) en sílabas no acentuadas
- la aspiración y la pérdida de la **-s** al final de sílaba: o sea, se pronuncia como **h** en inglés y a veces se pierde completamente
- **para → pa'**

Busca en la carta de Juan un error que refleje cada rasgo dialectal. ¿Hay algún rasgo que no se vea reflejado en la carta? ¿Hay errores no asociados con estos rasgos dialectales?

Parte B: Corrige todos los errores ortográficos de la carta. Después, compara tus correcciones con las de un/a compañero/a de clase.

Estrategia de lectura

Making Inferences

When reading, it is often necessary to read between the lines, that is, to extract information and conclusions that are not explicitly stated. This may include information or beliefs that the author takes for granted, or additional conclusions that may be drawn from the information presented. For example, it is safe to conclude from the preceding reading that the author of the letter has little formal schooling.

ACTIVIDAD 21 La carta de Juan

La carta incluye mucha más información de la que aparece literalmente en el texto. Después de leer, contesta las siguientes preguntas y justifica cada respuesta con información de "la carta". Después, compara tus respuestas con las de otra persona.

1. ¿Quién es Juan? ¿Cómo es? ¿Ha tenido estudios?
2. ¿De dónde es Juan? ¿Dónde vive? ¿Qué tipo de trabajo tiene? ¿Por qué se mudó?
3. ¿Quién es su "vieja"? ¿Dónde vive su "vieja"?

ACTIVIDAD 22   Las acciones de Juan

Los párrafos finales del cuento "La carta" describen cuidadosamente las acciones y los movimientos de Juan. Pon las siguientes acciones en orden cronológico. Después, compara tus respuestas con las de un/a compañero/a de clase, y comenten la importancia de estas acciones para nuestra interpretación de la carta misma.

_____ Extendió la mano derecha con la palma hacia arriba.

_____ Se puso la gorra sobre la frente.

_____ Compró el sobre y el sello y mandó la carta.

_____ Dobló el papel y lo guardó en el bolsillo de la camisa.

_____ Caminó hasta la estación de correos.

_____ Dobló la mano izquierda contra su pecho.

_____ Recibió cuatro centavos.

_____ Firmó la carta.

_____ Se acuclilló en el umbral de una puerta.

ACTIVIDAD 23   La experiencia de Juan

La experiencia de Juan refleja la de muchos campesinos pobres que empezaron a mudarse a las ciudades latinoamericanas después de la Segunda Guerra Mundial (1939–1945). En grupos de tres, comenten las siguientes preguntas.

1. ¿Qué buscaba Juan en la ciudad?

2. ¿Qué encontró?

3. ¿Qué problemas pueden surgir cuando hay millones de personas en la situación de Juan?

Cuaderno personal 8-3

El trabajo y los estudios pueden ser muy importantes para la dignidad personal. ¿Has mentido alguna vez para proteger tu reputación pública y/o tu autoestima? ¿Cuándo? ¿Por qué?

✳ Redacción: El currículum vítae y la carta de solicitud

Using Models

One way to improve your writing is to use examples of texts as models and to imitate their style and/or format. This is frequently done when preparing documents with fixed formats such as formal letters.

Using a model

ACTIVIDAD 24   Un currículum

Parte A: Aunque el currículum vítae tradicionalmente no fue muy importante en Latinoamérica, con el aumento de la influencia comercial norteamericana en la región, se ha extendido el uso del currículum al estilo norteamericano. En grupos de tres, traten de contestar las siguientes preguntas.

- ¿Por qué el currículum vítae es y ha sido tan importante en la cultura comercial y profesional de Norteamérica?

- ¿Por qué creen que el currículum vítae no tuvo tradicionalmente mucha importancia en la cultura comercial y profesional de los países latinoamericanos?

Parte B: Al preparar el currículum propio, generalmente se usa el de otra persona como base y modelo. En parejas, miren el siguiente currículum y observen el vocabulario que se usa y cómo está organizado. ¿Hay otras maneras de organizar un currículum?

Rosa Cunningham-González
67 Chula Vista Road
Los Ángeles, California 50215
(213) 789–2389

Fecha de nacimiento
15 de agosto de 1989
Objetivo profesional
Gerente de ventas y mercadeo
Preparación académica

2011–2013	Universidad de California, Los Ángeles, CA, Maestría
	Especialización: Administración de empresas
2007–2011	Universidad de Georgia, Athens, Georgia
	Licenciatura *magna cum laude*
	Especialización: español e inglés
2003–2007	Las Palmas High School, Los Ángeles, CA, Bachiller

---

maestría o **máster** = master's degree

licenciatura = un título aproximadamente equivalente al *bachelor's degree*

bachiller = high school graduate

Experiencia profesional

2012 (verano)	Ventamundo, S. A., México, D. F.
	Asistente ejecutiva
2009–2011	Toyland, Inc., Atlanta, GA
(veranos)	Vendedora regional

Experiencia adicional

2011–2013	Club de Estudiantes de Negocios, tesorera
2010–2011	Asociación de Estudiantes Latinos, presidenta

Preparación adicional

Conocimientos de Office (Word, Excel, PowerPoint), Photoshop, Illustrator, Dreamweaver, Wordpress

Dominio de inglés, español y portugués

Conocimiento elemental de chino

Becas y premios

2012	Beca Salinas (mejor estudiante del programa)
2011	Phi Beta Kappa (por excelencia académica)

Intereses

Baile popular, música caribeña, navegación

Parte C: Individualmente, preparen el borrador de un currículum propio similar al del modelo. Usen el diccionario o hablen con su profesor/a si necesitan vocabulario específico.

Using a model

ACTIVIDAD 25 Una carta de solicitud

Using a model

Las cartas en español generalmente tienen un formato diferente al de las cartas en inglés y emplean un lenguaje muy formal y formulaico. Mira la carta modelo en la página 164, que es una solicitud escrita para acompañar el currículum vítae anterior, y haz lo siguiente.

1. Identifica los siguientes elementos:

   a. el encabezamiento

   b. el destinatario

   c. el saludo

   d. el cuerpo

   e. la despedida

   f. la firma y la dirección del / de la remitente

2. Identifica las diferencias entre el formato de esta carta y el de una carta en inglés.

3. Identifica el párrafo en el cual aparece la siguiente información.

   a. el puesto deseado y cómo se informó del puesto el/la solicitante

   b. la información más importante del currículum vítae

   c. otros datos no incluidos en el currículum vítae

   d. razón de su interés en el puesto

   e. esperanzas en cuanto al trabajo

   f. las gracias

4. Busca dos ejemplos de lenguaje muy formal o de fórmulas que se usan.

Los Ángeles, 14 de julio de 2013

Sra. María Elena Pérez Pereira
Directora de personal
Juguetes Xochimilco, S. A.
Sagredo 263
Colonia Guadalupe Inn
010020 México, D. F.

In formal letters, it is common not to use the addressee's last name in the greeting.

Estimada señora:

Atentamente me dirijo a Ud. para comunicarle mi interés en el puesto de director de desarrollo de productos en su empresa y para enviarle copia de mi currículum vítae de acuerdo con el anuncio que apareció en la lista de empleos de www.turuco.com (*Turuco México D. F.*) el 1° de julio de 2013.

El reciente mayo pasado me gradué de la Universidad de California en Los Ángeles con maestría en administración de empresas. Tengo gran interés en mercadeo, asignatura que estudié intensamente durante la carrera universitaria.

En cuanto a mi competencia lingüística, domino tanto el español como el inglés puesto que crecí en una familia bicultural y viajé con frecuencia a México durante mi juventud. Domino también el portugués y tengo un conocimiento limitado de chino. Creo que tanto mi experiencia profesional, adquirida en una empresa americana conocida, como mis conocimientos lingüísticos y culturales hacen de mí una buena candidata para el puesto solicitado. Me interesa este puesto ya que su empresa tiene mucho prestigio en este campo y goza de gran éxito en el mercado norteamericano. Creo también que mis capacidades parecen corresponder a sus necesidades.

Le agradecería que me diera la oportunidad de conocerla en persona y de visitar sus instalaciones. Me gustaría hablar con usted tanto de los requisitos del puesto como de las contribuciones que yo podría ofrecer a su empresa.

Agradeciéndole anticipadamente su atención, quedo en espera de su pronta respuesta.

Muy atentamente,

Rosa Cunningham-González

Rosa Cunningham-González
67 Chula Vista Road
Los Ángeles, CA 50215

En español, la dirección del / de la remitente aparece tradicionalmente al final de la carta, debajo de la firma.

Estrategia de redacción

Focusing on Surface Form

Writing involves several stages: generating ideas, focusing on specific ideas, organizing, composing, and, for more formal texts, polishing surface form. Surface form includes physical layout, punctuation, spelling, and use of capital letters. Since it is the first thing the reader notices, it can be very important in determining the reader's initial reaction to a text, its content, and/or the writer. Here are some suggestions for polishing what you write.

1. Make sure that margins are set and maintained.
2. Check punctuation. Though similar in formal Spanish and English, remember: inverted question and exclamation marks must be used in Spanish; commas are not used before **y** or **o** in a series (**rojo, blanco y azul**); use of commas and periods in numbers differs in English and Spanish (*GPA: 3.67* = **Promedio de notas: 3,67** and *2,000 dollars* = **2.000 dólares**).
3. Watch your spelling, including accents. Do not let English influence your spelling of cognates (*professional*/**profesional**) and remember that the use of accents can differ between singular and plural forms (**recomendación/recomendaciones**). Capital letters should have a written accent when required by accentuation rules.
4. The use of capital letters (**mayúsculas**) is more restricted in Spanish. Use capital letters for the first word of a sentence or title (***Cien años de soledad***); for names of people, clubs, organizations, or businesses; compass points (**Norte**), and for abbreviated titles (**Ud., Sr.**). Do not use capital letters for days of the week (**lunes**), months (**enero**), seasons (**primavera**), languages or nationalities (**inglés**), religions (**catolicismo**), compass points when they indicate general direction (**norte**), or adjectives (**católico, canadiense**).

ACTIVIDAD 26   Redacción de la carta

Writing an application letter

Imagina que quieres pasar algún tiempo trabajando en Hispanoamérica para perfeccionar tu español y decides solicitar un puesto de trabajo en el campo de mercadeo.

Parte A: Haz una lista de los datos de tu currículum que quieres enfatizar en la carta de solicitud. Incluye información que te hará un/a candidato/a interesante.

Parte B: Escribe la carta. Incluye información semejante a la de la carta modelo. Decide qué partes de la carta modelo puedes copiar y qué partes tienes que adaptar para personalizar tu carta.

Parte C: Después de redactar el primer borrador, corrígelo pensando en su presentación: el formato, la puntuación y el uso de letras mayúsculas.

Focusing on surface form

Arte, identidad y realidad

Autorretrato en la frontera entre México y los Estados Unidos, 1932, Frida Kahlo (México)

See the *Fuentes* website for
related links and activities:
www.cengagebrain.com

ACTIVIDAD 1 Interpretación del arte

Parte A: En grupos de tres, miren y comenten los cuadros que aparecen en este capítulo, usando las siguientes preguntas.

1. ¿Qué tipo de arte son? (pinturas, dibujos, esculturas, etc.)

2. Expliquen el tema o el mensaje de dos o tres de las obras.

3. ¿Cuáles son las dos que les gustan más? Comparen su contenido o su tema.

Parte B: Muchos artistas usan el arte para explorar su mundo y su propia identidad. El cuadro que aparece en la página anterior fue pintado por la artista mexicana Frida Kahlo durante una visita a Detroit, Michigan. En grupos de tres, miren la pintura y hagan la siguiente actividad usando el vocabulario que aparece a continuación.

la ambigüedad	la explotación	la metáfora
lo arcaico	lo femenino	lo moderno
la bandera	la fertilidad	el pasado
Carmen Rivera	el futuro	el pedestal
el cigarrillo	lo indígena	la tecnología
lo colonial	la inhumanidad	la yuxtaposición
el crecimiento	lo masculino	

Frida Kahlo estaba casada con el artista Diego Rivera cuando pintó este autorretrato; Carmen Rivera era su nombre de casada.

1. Comparen el lado izquierdo con el lado derecho.

2. Expliquen por qué la artista se representa en el centro.

3. Traten de descifrar lo que quiere expresar la artista.

4. Busquen un tema que aparezca en este cuadro y que aparezca también en otro cuadro del capítulo.

✳ Lectura 1: Reseña de un libro

Estrategia de lectura

Recognizing Clauses and Phrases

A characteristic of Spanish writing is the frequent use of long sentences. Understanding the structure of these sentences can help you understand their meaning. Some are simple sentences with a single main conjugated verb; others are compound sentences, which link two shorter sentences, or two independent clauses, with a conjunction such as **y** or **pero: Él pinta muchos cuadros, pero nunca logra venderlos**. Complex sentences are composed of a main clause and one or more dependent clauses. The dependent clause contains a conjugated verb and is introduced by the word **que** for noun clauses, by relative pronouns (**que, quien, el/la cual, etc.**) for adjective clauses, or by adverbial conjunctions (**aunque, porque, para que, como, cuando, ya que, si, etc.**) for adverbial clauses.

Continúa

A good way to analyze complex sentences is to break them down into smaller sentences.

> Los cuadros **que había pintado Elena Climent** se vendieron rápidamente. =
> (1) Los cuadros se vendieron rápidamente
> + (2) Elena Climent había pintado los cuadros

The adjective clause in the preceding example is a restrictive clause; it limits the paintings to those painted by Elena Climent. The information in this restrictive clause is important for determining the grammatical subject. On the other hand, a nonrestrictive clause, set off with commas, adds extra, nonessential information.

> Las naturalezas muertas, **las cuales Climent había pintado el año anterior,** se vendieron rápidamente.

Another important element of Spanish sentences is the **complemento circunstancial**, which allows the inclusion of extra information describing where, when, how, with whom, etc.

> Los cuadros que ella había pintado se exhibieron **en una galería de arte.**
> Los cuadros que había pintado se vendieron **el año pasado.**
> Los cuadros que había paintado se vendieron **por medio millón de dólares** el año pasado.

<table>
<tr><td>Provide contrasting examples of noun clauses and adjective clauses. Noun clause: **La mujer creía que su hija había llegado.** Adjective clauses: **La mujer que yo vi ayer todavía no ha llegado. La mujer con quien hablé ayer no ha llegado. La mujer, quien llegó tarde, no me vio.** Adjective clauses: **Ella llegó tarde aunque nadie lo supo. Ella llegó tarde para que todo el mundo la viera. Como había salido tarde, llegó después de los demás.**</td></tr>
</table>

The **complemento circunstancial** is often equivalent to a prepositional phrase.

ACTIVIDAD 2 Análisis de oraciones

Recognizing clauses and phrases

Mira la lectura sobre Frida Kahlo y su arte y busca un ejemplo de cada tipo de oración.

- una oración simple
- una oración compuesta (dos cláusulas independientes)
- una oración compleja (cláusula principal + cláusula dependiente)
- una oración con complemento circunstancial

ACTIVIDAD 3 Preparación léxica

Building vocabulary

Después de mirar las siguientes palabras sacadas de la lectura sobre Frida Kahlo, escoge una palabra adecuada para completar cada una de las siguientes oraciones.

En algunos países, **el sostén** = bra.

atávico/a	atavistic (related to ancestors' traits, primitive and/or visceral)
atónito/a	astonished, amazed
capacitado/a	qualified
el sostén	support
la varilla	rod, rail

1. Ella sintió un temor _____ al ver las serpientes en el zoológico.

2. La tuvieron que llevar al hospital porque una _____ metálica le había penetrado en el cuerpo.

3. La empresa no me contrató para el trabajo porque no me consideraba _____ para el puesto.

4. Él se quedó _____ al ver la conducta de su amigo borracho.

5. Ella tuvo que trabajar y contribuir al _____ de su familia.

ACTIVIDAD 4 Contextos significativos

Guessing meaning from context

Las palabras **en negrita** en cada oración aparecen en la lectura sobre Frida Kahlo. Lee las oraciones y después asocia las expresiones de la segunda columna con las de la primera.

1. La mujer iba muy **ataviada:** llevaba un vestido negro elegante y collar de perlas.

2. El público se quedó atónito por la **indumentaria** del poeta: llevaba zapatos y ¡nada más!

3. Frida Kahlo dijo que pintaba **autorretratos** porque así llegaba a conocerse mejor.

4. Picasso pintó cientos de **telas** durante su vida.

5. El artista **padeció** una enfermedad grave durante muchos años y murió joven.

6. El nuevo estudiante no se llevaba bien con sus **condiscípulos**, pero se llevaba divinamente con los profesores.

7. La **convivencia** puede resultar difícil si una de las personas no contribuye lo suficiente al bienestar común de la pareja.

8. En mi familia no sabemos nada de leyes y por eso **acudimos** a un abogado.

9. El cocinero se había cortado el dedo y le **manaba** mucha sangre de la herida, pero él siguió su trabajo como si tal cosa.

1. _____ ataviado	a. una pintura de un/a artista hecha por él/ella mismo/a
2. _____ la indumentaria	b. el/la compañero/a de clase
3. _____ el autorretrato	c. el vivir juntos
4. _____ la tela	d. ir al sitio adonde uno debe ir
5. _____ padecer	e. sufrir
6. _____ el/la condiscípulo/a	f. vestido con elegancia
7. _____ la convivencia	g. fluir
8. _____ acudir	h. la pintura, el cuadro
9. _____ manar	i. la ropa

ACTIVIDAD 5 Reacciones e ideas importantes

La siguiente reseña de un libro sobre Frida Kahlo apareció en la revista *Américas*. Mientras lees, apunta en el margen tus reacciones (**¡qué fascinante!, ¡qué raro!, ¡qué horror!, ¡qué locura!, estoy de acuerdo, basura, no comprendo, etc.**). Apunta o subraya también las ideas más importantes.

Frida Kahlo: El pincel de la angustia

ARTÍCULO DE BÁRBARA MUJICA • *AMÉRICAS*

Frida Kahlo, una de las figuras más celebradas de la pintura mexicana y la artista latinoamericana más conocida entre las de su generación, fue la esposa del gran muralista Diego Rivera. *Frida Kahlo: El pincel de la angustia* es una elogiable adición a la creciente lista de publicaciones sobre Kahlo.

La nueva biografía de Martha Zamora, que apareció primero en una edición privada bajo el título *El pincel de la angustia*, contiene más de un centenar de ilustraciones magníficas, incluyendo reproducciones de pinturas de Kahlo, fotografías de la pintora y recuerdos suyos.

Enferma de poliomielitis a los seis años, Frida padeció enfermedades durante toda su vida. Conoció a Diego mientras este pintaba un mural en la Escuela Preparatoria Nacional donde ella estudiaba, pero en esa época Frida estaba enamorada de un condiscípulo y, aunque importunó a Rivera y dejó atónitos a sus compañeros de clase proclamando que adoraría tener un hijo del pintor, en realidad no llegó a conocerlo bien sino varios años más tarde.

A los dieciocho años, Frida sufrió un serio accidente de tránsito en el cual la varilla metálica de un pasamanos penetró en su cuerpo dañándole el útero. Comenzó a pintar durante su convalecencia y, tras recuperarse, debió comenzar a trabajar para ayudar al sostén de su familia. Fue entonces que acudió a Rivera para solicitarle su opinión acerca de su pintura, pues necesitaba saber si estaba o no capacitada para ganarse la vida como artista. Se enamoraron y en 1929, cuando ella tenía 19 años y Rivera 43, se casaron.

Al principio Frida subordinó su trabajo al de Diego. Cuidó de la casa para él y participó en sus actividades políticas, afiliándose al partido comunista y concurriendo a manifestaciones. Durante períodos prolongados pintó escasamente, pero a cierta altura comenzó a dedicar más tiempo a su trabajo y en algún momento se convirtió en una artista importante por derecho propio. Aunque Rivera apoyó su carrera e hizo mucho para que lograra el reconocimiento que merecía, era un hombre con el cual la convivencia resultaba difícil. Además de habérselas con sus enfermedades, Frida tenía que lidiar con el temperamento, las mentiras y los constantes amoríos de su marido. En 1939 Frida y Diego se divorciaron, pero al año siguiente volvieron a casarse.

Las pinturas de Frida, en su mayoría autorretratos, muestran a una mujer angustiada, a menudo con lágrimas en los ojos. Su autorretrato de 1948 la presenta ataviada con un hermoso vestido tehuano: tanto ella como Diego adoraban las artesanías mexicanas tradicionales y Frida vestía casi siempre trajes regionales. En su *Autorretrato dedicado al doctor Eloesser* aparece con un collar de espinas que lacera su piel. Asimismo en su *Autorretrato con collar de espinas y colibrí*, la sangre gotea de las heridas de su cuello.

Las dos Fridas, pintado el año de su divorcio de Diego, consiste en un doble autorretrato que sugiere la dualidad de la artista y su soledad: Frida es la única compañía de Frida. La de la izquierda aparece ataviada con el tipo de indumentaria tehuana preferido por Diego, con el vestido abierto y dejando a la vista su corazón herido. Representa a la Frida que Diego había amado una vez. De un extremo de una vena abierta manan gotas de sangre que caen sobre la falda, y el otro extremo se halla conectado al corazón de una Frida totalmente vestida. Una vena se envuelve en torno al brazo de esta segunda Frida y termina en

Autorretrato con collar de espinas y colibrí, *1940*

Frida Kahlo: El pincel de la angustia, **Martha Zamora.** Traducción al inglés de Marilyn Sode Smith con el título *Frida Kahlo: The Brush of Anguish* (San Francisco, Chronicle Books)

improductiva, una esposa fiel y resignada, y una semiinválida que había llevado una vida triste y recluida. Sin embargo, sus investigaciones sacaron a luz una rebelde amante de las diversiones y dada a la bebida, que tuvo incontables aventuras amorosas, con hombres y con mujeres. Frida viajó intensamente y llevó una vida activa, aparte de la de su marido. Además, pintó muchas más telas que las supuestas originalmente por Zamora.

Aunque la biógrafa insiste en la amplitud de su investigación, el texto contiene escasa información que no aparezca en otras biografías, como la de Hayden Herrera titulada *Frida: Una biografía de Frida Kahlo.* Zamora disipa el viejo mito de la obsesión de Frida con su maternidad frustrada, perpetuado por Bertram Wolfe, biógrafo de Rivera, y por otros. Zamora señala que Frida se sometió a varios abortos, no todos por razones terapéuticas.

un retrato minúsculo de Diego niño, el Diego que alguna vez fue, símbolo del amor perdido.

En su introducción, Martha Zamora explica cómo su concepto sobre Frida se vio alterado por la investigación que requirió la biografía. "Comencé mi trabajo totalmente fascinada por la perfecta heroína romántica, la que sufrió enormemente, murió joven y habló directamente, con su arte, a nuestros temores atávicos frente a la esterilidad y la muerte". Bajo la influencia de las pinturas y los escritos de Frida, en los cuales esta proyectó la imagen de una artista atormentada, vio al principio a su personaje como una artista maravillosa aunque bastante

Las dos Fridas, *1940*

Continúa

Sin embargo, lo mejor del libro de Zamora no es, realmente, el texto, sino las ilustraciones. Escogidas con inteligencia y bellamente reproducidas, las pinturas de Frida cobran vida en estas páginas, y las fotografías de la artista, muchas de ellas tomadas por fotógrafos famosos, revelan en mayor grado que la prosa de Zamora, la pasión y la complejidad de Frida. Aunque Martha Zamora brinda algunas advertencias importantes, en definitiva las imágenes tienen mayor resonancia que las palabras. ■

"Frida Kahlo: El pincel de la angustia" ("Frida Kahlo: The Brush of Anguish") by Martha Zamora. Article by Bárbara Mujica. Copyright © *Américas* magazine. Reproduced with permission of the General Secretariat of the Organization of American States (OAS).

Summarizing

ACTIVIDAD 6   Las partes de una reseña

Una reseña de libro es un resumen parcial y un comentario del mismo. Una buena reseña tiene la información indicada en el siguiente cuadro. Complétalo según la reseña que acabas de leer.

> Título del libro:
> Autor/a:
> Tipo de texto (novela, historia, biografía, etc.):
> Tema:
> Personajes:
> Lugar y época:
> Acontecimientos principales:
> Conceptos/aspectos importantes:
> Comparación con otros textos:
> Evaluación final:

Recognizing chronological order

ACTIVIDAD 7   La vida y el arte

Parte A: Coloca en orden cronológico los siguientes sucesos de la vida de la artista mexicana Frida Kahlo, refiriéndote al texto cuando sea necesario.

_____ Frida acompaña a Diego en sus actividades políticas.

_____ Frida declara que quiere tener un hijo de Diego Rivera.

_____ Frida sufre de poliomielitis.

_____ Comienza a estudiar en la Escuela Preparatoria Nacional.

_____ Frida Kahlo vuelve a casarse con Diego Rivera.

_____ Solicita la opinión de Diego Rivera sobre su arte.

_____ Frida sufre un serio accidente automovilístico.

_____ Frida y Diego se casan por primera vez.

Parte B: En parejas, reaccionen a los sucesos de la vida de Kahlo, incluyendo algunos de la Parte A además de otros que se comentan en la lectura. Usen oraciones como las siguientes.

Reacting to reading

► —Fue trágico que ella tuviera un accidente automovilístico.

► —Me sorprendió que se casara dos veces con Diego Rivera.

ACTIVIDAD 8 Detalles e interpretaciones

Making inferences

En parejas, miren los dos autorretratos que aparecen en la lectura y el que está al principio del capítulo. Expliquen lo que creen que representan algunos detalles de cada retrato.

► —Ella tiene un cigarrillo en la mano. Eso muestra su asociación con la vida moderna.

► —Es probable que haya pintado dos Fridas para mostrar que...

ACTIVIDAD 9 Una compra importante

Analyzing and evaluating

En grupos de tres, imagínense que Uds. son los directores de un museo de arte y han decidido adquirir una obra de la artista mexicana Frida Kahlo. Están en venta tres autorretratos de Frida Kahlo: *Autorretrato en la frontera*, *Las dos Fridas* y *Autorretrato con collar de espinas y colibrí*. Decidan cuál es el cuadro que quieren comprar y después preparen un breve informe para justificar su decisión ante la junta general del museo.

Cuaderno personal 9-1

¿Crees que un/a artista tiene que sufrir mucho para crear grandes obras de arte? Cuando tú sufres, ¿cómo expresas tus sentimientos?

✾ Lectura 2: Panorama cultural

Estrategia de lectura

Dealing with Different Registers

A register is the type of language used in a particular situation. Formal and informal speech are examples of registers: *Good morning, sir.* versus *Hey!*, or **¿Cómo está Ud.?** versus **¿Qué tal?** In the same way that different registers are used in speech, there are different registers in writing. Some expressions and grammatical structures are only appropriate for informal uses, while other expressions and constructions, such as *be*

Continúa

that as it may or thus, may sound unusual in informal situations but appropriate in formal writing and formal speech. Similarly, formal letters in Spanish may begin with **Estimado/a señor/a** and close with **Atentamente**, while a letter to a friend may begin with **Querido/a...** and end with **Besos**. Authors generally use the register expected in the kind of text they are writing. For example, legal writing uses many legal terms, and academic writing is characterized by formal language. On the other hand, a creative writer of literature can break such conventions for rhetorical or artistic effect.

Register is also marked by grammatical differences. For instance, in the following reading, the title and several subtitles do not appear with initial articles, although their use is normal in other contexts. The removal of the article marks those bits of text as titles, and also marks a more formal style. Longer, more complex sentences are also typical of formal registers of written language.

Dealing with formal registers

ACTIVIDAD 10 El registro académico y artístico

Las siguientes expresiones formales aparecen en la lectura "Realidad y arte en Latinoamérica". Decide cuál es el sinónimo de cada expresión y escribe la letra en el espacio correspondiente. Usa el diccionario solo para confirmar tus decisiones.

1. _____ a la par con
2. _____ el advenimiento
3. _____ adinerado/a
4. _____ de antaño
5. _____ autóctono/a
6. _____ didáctico/a
7. _____ empero
8. _____ el motivo (arte)
9. _____ occidental
10. _____ primordial
11. _____ pujante
12. _____ sea como fuere
13. _____ la vanguardia
14. _____ la yuxtaposición

a. con vigor
b. propio o natural de un lugar
c. acción de poner una cosa junto a otra
d. juntamente, al mismo tiempo
e. rasgo característico que se repite en una obra
f. lo que precede o va delante
g. fundamental
h. la llegada
i. que enseña
j. rico
k. del pasado
l. del oeste
m. no importa cómo sea
n. sin embargo

Sea como fuere = be that as it may; **fuere** = futuro del subjuntivo de **ser**. Actualmente, solo se usa en ciertas expresiones hechas.

ACTIVIDAD 11 ¿Por qué el arte?

Parte A: En grupos de tres, antes de leer, comenten las siguientes preguntas.

¿Cuáles son los temas y motivos más frecuentes del arte?
¿Por qué o para qué se crea el arte?

Parte B: Mientras lees, escribe en un margen tus reacciones personales (por ejemplo, **interesante, imposible, ¿¡qué?!, ¿por qué?, confuso**), y escribe en el otro margen (o subraya) las ideas y los detalles más importantes. Estos apuntes te pueden ayudar a discutir la lectura en clase y a preparar un buen bosquejo.

Realidad y arte en Latinoamérica

La expresión artística latinoamericana se reconoce actualmente como una fuerza pujante y vital a nivel mundial. A pesar de los problemas y las contradicciones políticas y económicas de la región, las manifestaciones artísticas de Latinoamérica han sido ricas y diversas, y se han desarrollado siempre en íntima relación con las historias, las
5 sociedades y las culturas regionales. Especialmente desde el siglo XX, las artes latino-americanas han creado voces y tradiciones que se han difundido contrastando con las de Europa y los Estados Unidos, a la vez que participan en un diálogo artístico y cultural con esas sociedades, diálogo que es cada vez más fructífero gracias al avance de los medios de comunicación y a la
10 globalización.

Fuerzas culturales del arte latinoamericano

¿Cómo se caracteriza el arte latino-americano? Es una pregunta difícil de contestar, pero se pueden señalar diversas fuerzas culturales, íntimamente ligadas,
15 que durante siglos han tenido una influencia particularmente marcada sobre el arte y la cultura latinoamericanos: la Iglesia católica, la conquista y colonización españolas, las monarquías española y
20 portuguesa, las culturas indígenas y africanas, la civilización occidental, el aislamiento geográfico y psicológico de la región y la visión fantástica del mundo. Y es importante señalar que el arte no solo
25 responde a estas fuerzas, a menudo criticándolas, sino que también contribuye

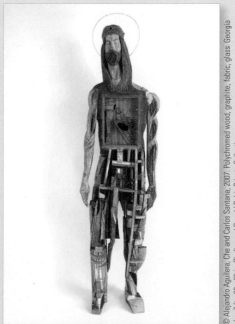

Che y Carlos Santana, *2007*, Alejandro Aguilera González (Cuba-EE.UU.)

Continúa

a crear y definirlas, como en el caso de la Iglesia católica.

Iglesia católica

La Iglesia católica ha sido un factor
30 primordial en el desarrollo histórico y cultural latinoamericano. Por un lado, muchos consideran que ha provisto unidad, estabilidad social y una visión coherente del mundo,
35 mientras que otros ven su función como un medio de opresión, que refuerza los roles sociales tradicionales y limita la libertad individual. Sea como fuere, el papel
40 predominante de la Iglesia se refleja de una manera u otra en el arte de toda la región, el cual abarca desde los temas netamente religiosos, como en las obras didácticas y
45 espirituales que adornan las iglesias, hasta la sátira y la crítica religiosa.

Conquista y colonización

A semejanza de la Iglesia, la conquista y la colonia han dejado

Hay que soñar en azul, *1986, Arnaldo Roche Rabell (Puerto Rico)*

Sueño de una tarde dominical en la Alameda, *1947–48, Diego Rivera (México)*

una huella indeleble en la conciencia latinoamericana y en su arte. En países como
50 México, donde se mezclaron las razas y predomina la población mestiza, el arte ha repre-
sentado la explotación de los indígenas y de los pobres por parte de los conquistadores de
antaño y de la clase adinerada y los grandes terratenientes de hoy. El tema de esta
subyugación, de la lucha por la propia identidad política y social y del orgullo de la
tradición indígena ha encontrado su expresión artística en el muralismo, arte mexicano
55 por excelencia. Las obras de los tres grandes muralistas de principios del siglo XX, Diego
Rivera, José Clemente Orozco y David Alfaro Siqueiros, y las de otros artistas contemporáneos, no solo reflejan la realidad de la vida mexicana sino que constituyen una
declaración pictórica social, económica y política accesible a un pueblo que era en gran
parte analfabeto.

Monarquías y autoritarismo

60 A la par con las clases dominantes y la jerarquía tradicional de la Iglesia, las monarquías
española y portuguesa dejaron un legado de autoritarismo y paternalismo en Latinoamérica. Y aunque el artista latinoamericano, por lo general, se ha abstenido de atacar
directamente a un líder específico, a menudo ridiculiza al ejército, a las opresivas
dictaduras militares y a los jefes y caciques políticos con una sátira aguda y letal.

Culturas indígenas y africanas

65 La herencia de las culturas indígenas y africanas también ha desempeñado un papel de
suma importancia en la evolución del arte latinoamericano. El arte autóctono que antes se
despreciaba, empezó a admirarse desde que floreció el movimiento de "vanguardia" de
principios del siglo XX. Poco a poco, la belleza y autenticidad de las artes indígenas y
africanas fue penetrando e influyendo en la obra de artistas contemporáneos. Especial-
70 mente en países con numerosa población indígena como Guatemala, México y los países

Continúa

de la región andina, el orgullo de la herencia precolombina es una reafirmación de la identidad cultural tanto del artista como de su pueblo. Los motivos humanos y animales, las representaciones tomadas de los ritos religiosos y las expresiones de la naturaleza, unen al artista a sus raíces indígenas o, en el Caribe, africanas.

Relación con la civilización occidental

75 Empero, es importante reconocer que, a pesar de la influencia de estas tradiciones, el artista latinoamericano se ha formado 80 dentro del contexto de la civilización occidental. Ser latinoamericano es ser el producto de herencias indígenas, africanas y 85 europeas que forman identidades distintas a las tradicionales de Europa. El artista latinoamericano conoce sus tradiciones y 90 funciona dentro de ellas, pero a la vez, y hoy más que nunca, también funciona dentro de las exigencias del mundo 95 contemporáneo y es parte activa de la comunidad artística internacional.

La familia presidencial, *1967, Fernando Botero (Colombia)*

Como resultado, sus obras reflejan esas variadas influencias. A menudo, la religión, el indigenismo y las tradiciones van mano a mano con el materialismo, la tecnología, la sociedad de consumo y la globalización que dominan el mundo moderno. No obstante, el 100 peso de las culturas y economías europeas y norteamericana ha llevado a los artistas latinoamericanos a reaccionar contra ellas y a intentar definir una identidad propia y separada de esas culturas extranjeras. Algunos han echado mano de las artesanías del pueblo, incorporando elementos indígenas en pinturas o murales, sobre todo en países como México, mientras que en países como Chile y Argentina, donde la población 105 indígena es muy pequeña, usan telas, muñecas o vasijas de fabricación tradicional y motivos autóctonos en las obras de arte.

Aislamiento

A pesar de su íntima relación con la civilización occidental, el arte latinoamericano a menudo refleja y refuerza cierta sensación de aislamiento, tanto geográfico como psicológico. La abrupta geografía de grandes montañas, ríos caudalosos y selvas 110 impenetrables mantuvo a muchas partes de Latinoamérica extremadamente aisladas hasta el advenimiento de la aviación a principios del siglo XX. Por otra parte, las guerras

fronterizas entre países vecinos han alimentado cierta sensación de separación. Pero en el mundo
115 contemporáneo, caracterizado por las comunicaciones instantáneas, este aislamiento va más allá del que demarcan los límites geográficos: es el aislamiento
120 íntimo del individuo que habita el mundo moderno, un mundo que algunos ven como deshumanizado por la mecanización, la tecnología y la globalización.

Colombia, *1976, Antonio Caro (Colombia)*

Visión fantástica de la realidad

125 Todo artista se enfrenta con una realidad y responde a ella en su creación artística. Los artistas latinoamericanos, a su vez, tratan en sus obras aquellos temas sociales, políticos y culturales que han forjado sus realidades y sus identidades. Sus países de origen son países ricos en recursos, pero un gran sector de la población vive en la pobreza. Son países donde la inestabilidad política ha sido un fenómeno de la vida diaria; donde la relación de
130 opresor-oprimido continúa entre descendientes de conquistadores y conquistados o esclavos. Esta realidad, a veces percibida como absurda y fantástica, ha sido la fuente de inspiración para artistas que utilizan a menudo imágenes fantásticas para representarla.

Cada uno en su casa, *2007, Ignacio Iturria (Uruguay)*

Bien se sabe que el uso de imágenes fantásticas en el arte no es
135 nada nuevo ni exclusivo de Latinoamérica. La fantasía ha sido, por ejemplo, un elemento esencial del surrealismo europeo, pero sigue las normas de una corriente articulada
140 y metódica. Lo fantástico latinoamericano, en cambio, surge espontánea e intuitivamente de la imaginación y la realidad; nace de culturas, religiones, historias y
145 geografías ricas y contradictorias, y del choque de la perspectiva práctica y racional occidental con la realidad compleja, conflictiva y a veces absurda de Latinoamérica.
150 Lo fantástico, que ha llegado a ser casi sinónimo del arte y la literatura latinoamericanos, se manifiesta en

Continúa

la distorsión, la inserción de elementos absurdos en escenas "normales" y la yuxtaposición inesperada de elementos muy diferentes.

Aportes singulares

Entonces, ¿en qué consiste el arte latinoamericano? Es, sin duda, el conjunto de creaciones artísticas singulares que aportan los artistas latinoamericanos a sus naciones, al continente y al mundo entero. Sus obras surgen del diálogo con diversas fuerzas culturales y reflejan la vivacidad y originalidad de sus propias culturas e identidades. Sin embargo, especialmente desde el siglo XX, los artistas latinoamericanos se han esforzado por cuestionar y criticar los valores y las perspectivas tradicionales abriéndose al mundo y a nuevas experiencias. De esta manera su obra artística no solo es el reflejo de la realidad y cultura establecidas, sino que ayuda a crear nuevas y variadas perspectivas y a transformar realidades. ∎

Ojo de luz, *1987, Oswaldo Viteri (Ecuador)*

ACTIVIDAD 12 Conceptos y corrientes

Parte A: En grupos de tres, asocien los términos de la segunda columna con una o más de las fuerzas culturales de la primera columna. Justifiquen sus respuestas, e indiquen si la asociación se hace de forma explícita o implícita en la lectura.

Fuerzas culturales	Términos y conceptos
la Iglesia católica	*cosas de fabricación tradicional*
la conquista y colonización españolas	*imágenes tomadas de ritos religiosos*
las monarquías española y portuguesa	*el muralismo*
las culturas indígenas y africanas	*la tecnología y la sociedad de consumo*
la civilización occidental	*la opresión y la subyugación*
el aislamiento geográfico y psicológico	*la unidad y estabilidad social*
la visión fantástica	*la yuxtaposición de elementos inesperados*

Parte B: En grupos de tres, expliquen por qué ha sido o es importante cada una de esas fuerzas culturales. Vuelvan a mirar la lectura si es necesario.

ACTIVIDAD 13 Crítica de arte

Parte A: En parejas, miren las reproducciones que acompañan la lectura y el cuadro de Frida Kahlo que aparece al principio del capítulo. Identifiquen rápidamente el tema/los temas de la lectura que se ven reflejados en cada obra y justifiquen su identificación con detalles de las obras.

> ► —El cuadro *Ojo de luz* refleja la conquista, la colonización y la formación de una jerarquía que excluyó a las masas...

Parte B: En parejas, escojan uno de los cuadros y preparen una breve presentación oral. Su presentación debe incluir una descripción de los elementos principales del cuadro y una interpretación detallada del mismo. Usen la voz pasiva para presentar el cuadro.

> ► —El cuadro *La familia presidencial* fue pintado por el colombiano Fernando Botero en 1967. Creemos que este cuadro muestra...

ACTIVIDAD 14 La obra maestra

En grupos de tres, imagínense que han sido seleccionados para juzgar las obras de una exposición de arte: "Arte latinoamericano: Entre la realidad y la fantasía". Uds. los jueces tienen que escoger la obra maestra de entre las diez mejores (las diez que aparecen en este capítulo). También tienen que justificar su selección, considerando aspectos como la calidad artística, la importancia del tema, la reacción del público y la originalidad. Elijan a un/a portavoz para informar al público (la clase) sobre su selección.

El arte (música, literatura) muchas veces refleja una reacción a la sociedad y a los valores dominantes. ¿Crees que el arte pueda afectar o cambiar la sociedad? Explica por qué.

✳ Lectura 3: Literatura

Activating background knowledge

ACTIVIDAD 15 Hablando de novelas

El cuento que vas a leer, "Continuidad de los parques", trata de un hombre que lee una novela. En parejas, háganse y contesten las siguientes preguntas sobre las novelas.

1. ¿Qué tipos de novelas te gustan más: históricas, policíacas, de amor, de fantasía, de ciencia ficción?
2. ¿Qué novela has leído últimamente?
3. ¿Cuál es la trama (*plot*) de la novela?
4. ¿Quiénes son los protagonistas o los personajes (*characters*) principales?
5. ¿El autor supo describir o "dibujar" bien a los personajes? ¿Eran verosímiles?
6. ¿Fue más interesante la lectura del primer capítulo o del último capítulo? ¿Por qué?
7. ¿Dónde y cuándo leíste la novela? ¿Por qué la leíste?
8. ¿Te gustó la novela? ¿Se la recomendaste a alguien?

Building vocabulary, Predicting

ACTIVIDAD 16 El principio del cuento

Parte A: En el cuento que van a leer, un hombre está terminando la lectura de una novela. Para comprender el cuento, es importante visualizar al personaje principal y su situación al principio del cuento. En parejas, miren el siguiente vocabulario y contesten las preguntas que aparecen a continuación.

desgajar	to pull away from, separate from
de espaldas a la puerta	with his/her back to the door
el estudio	study, library
la finca	farm; estate
el mayordomo	butler
el parque de los robles	oak grove
el respaldo del sillón	the back of the armchair
retener	to retain; to hold back

rodear	to surround
el sillón de terciopelo verde	green velvet armchair
los ventanales	large windows

1. ¿Qué imagen se forman Uds. al mirar la lista?

2. ¿Cómo es el hombre que lee la novela: rico, pobre, elegante, culto, joven, viejo?

3. ¿Dónde está el hombre?

4. ¿Qué relación pueden tener palabras como **rodear, desgajar** y **retener** con la lectura de una novela?

Parte B: Ahora lee la primera parte del cuento hasta la línea 16. Después, en parejas, respondan a las siguientes preguntas.

Skimming and scanning

1. ¿Qué hace el hombre antes de entrar en su estudio?

2. ¿Qué acciones, objetos y elementos del cuento están representados en el dibujo que aparece al principio del cuento?

ACTIVIDAD 17 ¿La trama de la novela?

Building vocabulary, Predicting

Parte A: La segunda parte del cuento —que empieza en la línea 16— revela la trama y los personajes de la novela que está leyendo el hombre. En parejas, miren la siguiente lista y escriban tres oraciones que describan posibles eventos de la novela.

la alameda	tree-lined lane
el/la amante	lover
anochecer; al anochecer	to get dark; at nightfall (**noche**)
atardecer; al atardecer	to grow dim; at dusk, evening (**tarde**)
la cabaña	cabin
la caricia; acariciar	caress; to caress
la coartada	alibi
entibiar	to grow warm, tepid (**tibio**)
la escalera	stairway
ladrar	to bark
lastimado/a	hurt, injured
latir	to beat (*heart*)
el peldaño	step (*of a porch or stairs*)
el puñal	dagger
receloso/a	suspicious, apprehensive
rechazar	to reject

Continúa

Parte B: Ahora, lee individualmente la segunda parte del cuento para ver si algunas de las hipótesis son correctas. Intenta leer sin preocuparte por palabras desconocidas y sin buscar más palabras.

JULIO CORTÁZAR *(1914–1984) fue uno de los autores más conocidos del "boom" de la literatura latinoamericana del siglo XX. Nació y pasó la primera parte de su vida en Argentina, especialmente Buenos Aires, y a partir de 1951 vivió en París. Toda la vida y toda la obra de Cortázar se caracterizaron por el rechazo de la realidad cotidiana, de las cosas normalmente aceptadas, de la injusticia social. Hoy en día se le reconoce como uno de los maestros del cuento fantástico latinoamericano. "Continuidad de los parques" salió en 1956 en su colección de cuentos* Final del juego.

Continuidad de los parques
Julio Cortázar

H ABÍA EMPEZADO a leer la novela unos días antes. La abandonó por negocios urgentes, volvió a abrirla cuando regresaba en tren a la finca; se dejaba interesar lentamente por la trama, por el dibujo de los personajes. Esa tarde, después de escribir una carta a su apoderado y discutir con el mayordomo una cuestión de aparcerías
5 volvió al libro en la tranquilidad del estudio que miraba hacia el parque de los robles.

© Cengage Learning 2015

Arrellanado en su sillón favorito de espaldas a la puerta que lo hubiera molestado como una irritante posibilidad de intrusiones, dejó que su mano izquierda acariciara una y otra vez el terciopelo verde y se puso a leer los últimos capítulos. Su memoria retenía sin esfuerzo los nombres y las imágenes de los protagonistas; la ilusión nove-
10 lesca lo ganó casi en seguida. Gozaba del placer casi perverso de irse desgajando línea a línea de lo que lo rodeaba, y sentir a la vez que su cabeza descansaba cómodamente en el terciopelo del alto respaldo, que los cigarrillos seguían al alcance de la mano, que más allá de los ventanales danzaba el aire del atardecer bajo los robles. Palabra a palabra, absorbido por la sórdida disyuntiva de los héroes, dejándose ir hacia las
15 imágenes que se concertaban y adquirían color y movimiento, fue testigo del último encuentro en la cabaña del monte. Primero entraba la mujer, recelosa; ahora llegaba el amante, lastimada la cara por el chicotazo de una rama. Admirablemente restañaba ella la sangre con sus besos, pero él rechazaba las caricias, no había venido para repetir las ceremonias de una pasión secreta, protegida por un mundo de hojas secas
20 y senderos furtivos. El puñal se entibiaba contra su pecho, y debajo latía la libertad agazapada. Un diálogo anhelante corría por las páginas como un arroyo de serpientes, y se sentía que todo estaba decidido desde siempre. Hasta esas caricias que enredaban el cuerpo del amante como queriendo retenerlo y disuadirlo, dibujaban abominable- mente la figura de otro cuerpo que era necesario destruir. Nada había sido olvidado:
25 coartadas, azares, posibles errores. A partir de esa hora cada instante tenía su empleo minuciosamente atribuido. El doble repaso despiadado se interrumpía apenas para que una mano acariciara una mejilla. Empezaba a anochecer.

Sin mirarse ya, atados rígidamente a la tarea que los esperaba, se separaron en la puerta de la cabaña. Ella debía seguir por la senda que iba al norte. Desde la senda
30 opuesta él se volvió un instante para verla correr con el pelo suelto. Corrió a su vez, parapetándose en los árboles y los setos, hasta distinguir en la bruma malva del cre- púsculo la alameda que llevaba a la casa. Los perros no debían ladrar, y no ladraron. El mayordomo no estaría a esa hora, y no estaba. Subió los tres peldaños del porche y entró. Desde la sangre galopando en sus oídos le llegaban las palabras de la mujer:
35 primero una sala azul, después una galería, una escalera alfombrada. En lo alto, dos puertas. Nadie en la primera habitación, nadie en la segunda. La puerta del salón, y entonces el puñal en la mano, la luz de los ventanales, el alto respaldo de un sillón de terciopelo verde, la cabeza del hombre en el sillón leyendo una novela. ■

Julio Cortázar. "Continuidad de los parques", *Final del juego*. © Herederos de Julio Cortázar, 2013. Reprinted by permission of Agencia Literaria Carmen Balcells, S.A.

ACTIVIDAD 18 El estilo literario

Dealing with different registers

Parte A: Cortázar emplea un registro normal al principio y al final del cuento, pero emplea un registro muy literario en las secciones centrales del cuento. Vuelve a leer el cuento e indica en la página siguiente cuáles de las descripciones en lengua cotidiana del segundo grupo (a–g) corresponden a las citas literarias del primer grupo (1–7). Indica también la línea del cuento donde aparece cada expresión citada del primer grupo.

Continúa

1. _____ ... dejándose ir hacia las imágenes que se concertaban y adquirían color y movimiento...

2. _____ ... en la bruma malva del crepúsculo...

3. _____ El puñal se entibiaba contra su pecho, y debajo latía la libertad agazapada.

4. _____ ... más allá de los ventanales danzaba el aire del atardecer bajo los robles...

5. _____ Un diálogo anhelante corría por las páginas como un arroyo de serpientes...

6. _____ Admirablemente restañaba ella la sangre con sus besos...

7. _____ ... atados rígidamente a la tarea que los esperaba...

a. se veía por las grandes ventanas que el aire se movía entre los árboles

b. pensando cada vez más en los personajes y las escenas bien descritos de la novela

c. detenía la sangre con sus besos

d. tenía el cuchillo en la chaqueta y pensaba en la libertad que les traería a él y a su amante la muerte del marido

e. los amantes hablaban rápida y ansiosamente del asesinato que habían planeado en secreto

f. pensando solo en lo que tenían que hacer

g. en la niebla que al atardecer parecía de color violeta pálido

Parte B: En parejas, digan cuáles son las características del estilo literario que emplea el autor.

Recognizing chronological order

ACTIVIDAD 19   Las imágenes del cuento

Parte A: Después de leer la segunda parte del cuento, que empieza en la línea 16, pon las siguientes imágenes en orden. Escribe un número (1–7) debajo de cada dibujo, indica las líneas exactas a las que corresponde cada imagen, y apunta dos o tres palabras que demuestran la relación.

Illustrations © Cengage Learning 2015

_____   _____   _____

_____   _____   _____   _____

Parte B: En parejas, decidan cuál es la última escena del cuento y cuál es la última escena de la novela. ¿Qué importancia tiene esta escena?

Explaining

ACTIVIDAD 20   ¿Ficción o realidad?

En parejas, contesten las siguientes preguntas sobre el significado del cuento.

1. ¿Qué significa el título? ¿Pueden pensar en otro título para el cuento?
2. ¿En qué momento de la historia se dan cuenta Uds. de que pasa algo raro?
3. ¿Conocen Uds. otros cuentos, novelas o películas en los que se mezclen la realidad y la ficción?
4. ¿Qué quería Cortázar que pensáramos después de leer este cuento?
5. ¿En qué sentido es este cuento un ejemplo de literatura "latinoamericana"?

Cuaderno personal 9-3

¿En tu vida hay o ha habido momentos en los que la realidad parece ficción, o la ficción parece realidad? ¿Cuándo?

❋Redacción: Un ensayo

Estrategia de redacción

Writing an Essay

In this and following chapters, you will have the opportunity to practice writing different types of essays. An essay usually consists of three or more paragraphs, in which you present, develop, and defend your ideas on a particular topic. The essay is

Continúa

normally structured into three main parts: an introduction, in which you present the topic, explain its importance, and give a thesis—a clear and concise explanation of the main idea; the body, in which you develop the thesis and provide specific evidence to support it; and a conclusion, in which you summarize main points and consider possible further implications.

Several strategies are often employed by effective writers to develop the body of their essay. Examples and definitions of unfamiliar terms can help your reader follow your ideas. Descriptions of people, places, or particular elements may also be appropriate, and sometimes the narration of a short anecdote or event can help to support your thesis. You may also choose to break down certain ideas into their component parts, compare and contrast elements or ideas, look for causes and effects, or argue for a particular course of action. Any of these strategies can also serve as the organizational backbone of an essay. For example, in describing a work of art you may briefly describe and analyze its different elements, or you may compare and contrast similar but different works of art.

Points to consider while composing your essay:

- Keep your audience in mind when writing, whether your instructor, classmates, or some other group. How will they react to what you are saying? Is your style appropriate to them? What objections will they present to what you say?
- Keep your thesis in mind. Is discussion in the body pertinent to the thesis?
- Make up a title. It can be either informative or imaginative, but it must reflect the main idea of the essay. In any case, it should pique the reader's curiosity.
- Keep in mind a working title. It will help keep you on track, but change it if your ideas change.

Estrategia de redacción

Analyzing

Analysis is a way of thinking and organizing that requires the division of something into its component parts or aspects. The study of the parts may allow better understanding of a complex whole.

Nearly anything can be analyzed: the structure of an atom, a human being, a work of art, or a short story. First you must decide the parts, elements, or aspects to which the object of analysis can be reduced. Then you must describe the parts and look for relationships between them, allowing your own insights and other information to guide you. For example, key elements of a short story would include the protagonist, the narrator, the setting, etc. Analysis often leads to classification, or the grouping of specific parts or aspects into new categories. For example, **Lectura 2** includes a breakdown of certain cultural influences or forces on the development of visual art in Latin America.

You can use the results of your analysis as the basis of organization of an essay. In a short essay you will have to isolate the most important elements and limit discussion to how they lead to a clearer understanding of the object under study.

ACTIVIDAD 21   El análisis de una obra de arte

Analyzing a work of art

Para poder escribir un ensayo sobre una obra de arte, es necesario analizarla para llegar a una comprensión profunda de la obra. En parejas, miren el cuadro de Frida Kahlo que aparece al principio del capítulo y consideren los siguientes aspectos. Traten de describir cada uno.

1. FORMA: ¿Qué tipo de obra es: pintura, dibujo, mural, *collage,* fotografía, escultura?

2. ESTILO: ¿La obra se parece a otras obras que conoces o es completamente diferente? ¿La obra pertenece a un estilo histórico como el surrealismo o rechaza cualquier estilo convencional? ¿Cuáles son los rasgos clave de ese estilo?

3. CONTEXTO HISTÓRICO: ¿Cuándo y dónde fue creada la obra? ¿Qué relación puede existir entre la obra y el contexto geográfico, histórico, político, social y/o cultural de su producción?

4. ARTISTA: ¿Quién es el/la artista? ¿Conoces otras obras de este/a artista? ¿Qué sabes o puedes descubrir sobre él/ella? Busca una biografía. ¿Cómo influye la biografía del/ de la artista en tu interpretación de la obra?

5. ELEMENTOS Y COMPOSICIÓN: ¿Cuáles son los elementos importantes? ¿Cómo son y qué importancia tienen las formas, los colores, la luz, el espacio? ¿Hay variedad, contrastes o unidad de diseño? ¿Hay equilibrio y simetría o una distribución asimétrica? ¿Qué implicaciones tienen estas características para la interpretación de la obra?

6. CONTENIDO: ¿Qué símbolos hay? ¿Qué quería comunicar el/la artista por medio de estos símbolos y este cuadro?

7. EVALUACIÓN PERSONAL: ¿Cómo te sientes al contemplar esta obra? ¿Qué reacciones o recuerdos personales evoca en ti la obra? ¿Te identificas con el/la artista? ¿Te gustaría tener esta obra en tu casa para poder verla todos los días? ¿Aprecias la obra más o menos después de haberla estudiado?

ACTIVIDAD 22   Una obra de arte

Focusing on a topic, Gathering information

Vas a escribir un ensayo analítico sobre una obra de arte. Antes de escribir, debes escoger una obra específica y hacer investigación.

Parte A: Con toda la clase, haz una lista de artistas hispanos cuyas obras se pueden estudiar en un ensayo.

Parte B: Fuera de clase, haz una investigación en Internet para encontrar una obra de uno de estos artistas. Decide qué obra quieres estudiar.

Parte C: Busca información detallada sobre la obra de arte en enciclopedias, revistas, libros o en Internet. Toma apuntes de la información artística o biográfica que te pueda ayudar en la interpretación de la obra.

Parte D: Determina qué aspectos de la obra y su historia son más importantes para su interpretación, y decide también qué aspectos no hay que comentar. Formula una interpretación general de la obra basada en tu análisis de los detalles de la obra y su historia.

ACTIVIDAD 23   A escribir

Parte A: Escribe el primer borrador del ensayo, basándote en tus decisiones de la Actividad 22. Incluye expresiones de transición y asegúrate de incluir lo siguiente:

- un título interesante que presente o se refiera al tema del ensayo y despierte la curiosidad en los lectores
- una introducción que identifique la obra y que declare tu tesis o interpretación general de la obra
- una discusión de los detalles y símbolos que justifiquen tu interpretación
- una conclusión que resuma tu perspectiva de la relación entre los detalles y tu interpretación general de la obra

Parte B: Ahora, en parejas, intercambien los ensayos. Dense consejos sobre el contenido e interés del título, la introducción, el cuerpo y la conclusión.

Parte C: Individualmente, escriban la segunda versión pulida, incorporando los cambios recomendados en la Parte B y revisando para asegurarse de que haya:

- organización clara
- transiciones buenas y claras
- gramática y ortografía correctas
- vocabulario apropiado

Lo femenino y lo masculino

See the *Fuentes* website for related links and activities: www.cengagebrain.com

© Jose Luis Pelaez Inc/Blend Images/Jupiter Images

Una reunión de trabajo, Bogotá, Colombia. En el mundo hispano, las mujeres cobran cada vez mayor protagonismo en los negocios, la política y otros aspectos de la vida pública.

ACTIVIDAD 1   ¿Lo femenino y lo masculino?

En grupos de tres, respondan a las siguientes preguntas que tratan de las categorías
"femenino" y "masculino".

- ¿Son diferentes los hombres y las mujeres? ¿En qué sentido?

- ¿Existen las mismas diferencias entre los sexos en todas las culturas? Den ejemplos.

- ¿A qué factores o causas se deben las diferencias?

✳ Lectura 1: Un ensayo

ACTIVIDAD 2   ¿Cuál es la palabra?

Las palabras en negrita aparecen en la lectura "El lenguaje es sexista" que vas a leer.
Después de estudiarlas, úsalas en las oraciones que les siguen.

la carga; cargado/a	load; loaded
consagrar	to consecrate, establish
cotidiano/a	everyday, daily
el disparate	foolish remark, nonsense
estar en entredicho	to be questionable or in doubt
fijar la norma	to fix/set the norm or standard
el/la filólogo/a	specialist in the study of linguistics and/or literature (**filología**)
el género	grammatical or sexual gender
grato/a	pleasant, welcome
el prejuicio	prejudice
sea/n...	be it . . . /be they . . .
suprimir; la supresión	to suppress, eliminate; suppression, elimination
tal o cual	such and such

1. En general, las instituciones que publican los diccionarios y las gramáticas deciden
   qué formas son correctas, o sea, _____ de la lengua.

2. Los _____ en contra de una perspectiva se pueden revelar por
   medio de las acciones y de las palabras.

3. En los países hispanos, los _____ son estudiosos que se dedican a
   entender el uso de la lengua hablada y escrita.

4. Después del _____ que dijo el ministro, toda la política de su
   partido _____.

5. Todas las personas —_____ hombres o mujeres, ricos o
   pobres— deben tener igualdad ante la ley.

6. A muchas mujeres les es muy _____ que existan organizaciones que se preocupan por el uso de un lenguaje menos sexista.

7. En años recientes, cada vez más sociedades intentan _____ el uso de palabras racistas, sexistas y homófobas en el discurso público.

8. Algunas personas creen que es simplemente cortés que los hombres les abran las puertas a las mujeres, mientras que otros ven este acto como _____ de sexismo.

9. Hoy en día se hace con frecuencia una distinción entre el sexo, que se ve como un fenónemo biológico, y el _____, que se ve más bien como un fenómeno cultural.

10. ¿Qué factores llevan a los estudiosos a aceptar o no _____ palabra de la lengua hablada y coloquial en la lengua escrita?

11. La Real Academia Española es la institución que _____ el uso de nuevas palabras en el discurso público, sea en la prensa, la radio, la televisión o Internet.

12. En la vida _____ la gente no suele preocuparse mucho por el uso correcto de las palabras.

Activating background knowledge

ACTIVIDAD 3   La fijación de la norma

El artículo que vas a leer comenta el tema del sexismo lingüístico en el español y también la reacción a este tema de varios miembros de la Real Academia Española (RAE). La RAE fue fundada por el rey de España en 1713 para fijar la norma lingüística del español, o sea, para determinar qué formas son correctas y cuáles son incorrectas. Ahora todos los países hispanohablantes, incluso los Estados Unidos, tienen su propia academia de la lengua española, y todas colaboran con la RAE en la producción de diccionarios y gramáticas. Ahora bien, en el mundo anglohablante, no existe ninguna academia de la lengua inglesa. Pensando en esta información, comenten las siguientes preguntas en grupos de tres.

1. En el mundo anglohablante, ¿quiénes deciden las formas correctas e incorrectas del inglés?

2. ¿Es importante fijar una norma, o sea, saber qué formas son correctas y cuáles son incorrectas? ¿Por qué?

3. ¿Cómo se decide si una forma es correcta o incorrecta? Por ejemplo, ¿es correcta la palabra *bling* en el inglés escrito? ¿Se puede escribir la palabra *separate* como *seperate*? ¿Por qué sí o no?

Activating background knowledge

ACTIVIDAD 4   El sexismo en el lenguaje

La cuestión del sexismo en el lenguaje se ha discutido tanto en el mundo hispanohablante como en el mundo anglohablante. En parejas, respondan a las siguientes preguntas.

- ¿Cuáles son algunos de los cambios que se han aceptado en inglés? Den ejemplos de lenguaje no sexista.

- ¿Creen que estos cambios han mejorado la situación de las mujeres norteamericanas? ¿Por qué?

- En su opinión, ¿existen problemas parecidos en español? Den ejemplos.

Estrategia de lectura

Identifying Tone

The tone of a text reveals the writer's attitude toward the topic, and it is also used to influence a reader's reaction to a text. Tone is expressed through word choice and content, and can reveal feelings or judgments such as sincerity, joy, praise, hope, anger, shame, regret, bitterness, criticism, humor, and irony. Some texts strive to maintain an objective tone as a means of persuading readers to accept the ideas presented. Identifying the tone or tones of a text allows you to interpret it more fully.

Active reading, Identifying tone

ACTIVIDAD 5   Ideas y tonos

Ahora Uds. van a leer individualmente el artículo "El lenguaje es sexista". El artículo fue escrito por la periodista Tereixa Constenla para el periódico español *El País*, pero también incluye citas de varios expertos conocidos. Lee el texto para comprender las ideas básicas y decide cuáles son los problemas fundamentales que menciona. Mientras lees, decide también:

- si la autora escribe con tono enojado, sincero, mesurado, irónico, crítico y/u otro
- si el tono afecta tu reacción a las ideas del artículo

Ten cuidado de no confundir el tono de las opiniones de los expertos citados (como Javier Marías) con el tono de la autora.

El lenguaje es sexista. ¿Hay que forzar el cambio?

Tereixa Constenla • El País

La palabra "miembra" es una incorrección. No figura en el diccionario de la Real Academia Española, que fija la norma. Proferirla es una "estupidez", según Javier Marías. Pocas veces un error gramatical —con o sin intención— desató tales diatribas contra una miembro del Gobierno como le ha ocurrido a Bibiana Aído, la primera ministra de Igualdad de la historia de España.

El feminismo y la gramática española no se llevan bien. Viene de antiguo. "El lenguaje está creado por el hombre, para el hombre y tiene como objeto el lenguaje del hombre", sostiene la filóloga Pilar Careaga. Las mujeres se quejan de que no existen si no son nombradas, o que sólo figuran de forma peyorativa en un sistema lingüístico creado en sucesivas etapas de la historia en las que lo femenino no pintaba nada. La igualdad es tan reciente como que las españolas lograron el derecho a votar en 1931, mientras que los varones lo obtuvieron por vez primera en 1890. Los guardianes de la lingüística lo encuentran absurdo. "No tiene sentido pensar que la gramática está contra los hablantes... en las lenguas romances el masculino es el término no marcado", tercia el académico Ignacio Bosque.

¿Se puede decir "miembra"? Ya quedó dicho que no, que la RAE considera al sustantivo "miembro" como un nombre común en género, esto es, un término ambidiestro, que sirve para

La ministra de Igualdad de España, Bibiana Aído, causó revuelo cuando se refirió en un discurso ante el Congreso a "los miembros y miembras" de la Comisión de Igualdad.

Sin embargo, lo de miembras disgusta hasta a las miembros. "Me parece increíble que una ministra tenga tan poco rigor, lo encuentro ridículo y negativo. La Academia no inventa, es un notario", sostiene Ana María Matute, la única escritora que pertenece a la institución, donde el 93% son hombres.

"No cambiaría con más mujeres en la RAE. ... Lo importante es dar igualdad de oportunidades y que los puestos se hagan en condiciones de igualdad", asevera el académico Ignacio Bosque.

Distinta es la opinión de Pilar Careaga: "Cambiaría con el 50% de académicas. ¿Es que Almudena Grandes y Maruja Torres son peores que Javier Marías o Arturo Pérez-Reverte?".[1] Para la filóloga, el crédito de la institución está en entredicho por decisiones actuales y por exclusiones históricas.

La última persona en ingresar en la RAE ha sido el escritor Javier Marías. Días antes, publicó un artículo en este periódico que tituló: "No esperen por las mujeras". Y decía así: "Es absurdo, además de dictatorial, que diferentes grupos —sean feministas, regionales o étnicos— pretendan, o incluso exijan, que la RAE incorpore tal o cual palabra de su gusto, suprima del diccionario aquella otra de su desagrado, o 'consagre' el uso de cualquier disparate o burrada que les sean gratos a dichos grupos".

Ante palabras cargadas de prejuicios, Eulalia Lledó no propone la supresión, sino la incorporación de una nota pragmática aclaratoria. El diccionario recoge las palabras que la sociedad crea, pero también consagra los usos lingüísticos correctos. "La RAE debería haberse puesto a la cabeza y no ir detrás del proceso de cambio que vivimos. Las palabras tienen que estar al servicio de las personas y no al revés", considera Antonio García, fundador de la Asociación de Hombres por la Igualdad de Género.

El sexismo del lenguaje comenzó a combatirse a nivel internacional a partir de la primera Conferencia Mundial sobre la Mujer, celebrada en México en 1975. No es exclusivo de las lenguas latinas. "Hay parámetros sexistas y androcéntricos universales, pero en cada lengua se manifiestan de distinta manera", indica Lledó.

unas y otros (las miembros, los miembros). Un transformista que se feminiza o masculiniza según el contexto. Claro que no siempre fue así. Hasta 2005, la palabra "miembro" era considerada por la Academia un epiceno, un nombre asexuado, sin femenino ni masculino, como "víctima", "bebé" o "criatura". Conclusión: las cosas cambian.

Hay filólogas, con años de experiencia en el estudio del sexismo en el lenguaje, que sí defienden el uso de la palabra "miembras". "¿Era incorrecto decir abogada antes de que la palabra estuviese en el diccionario de la RAE?", interpela retóricamente Eulalia Lledó. "No", contesta, "la corrección en la lengua no es un valor absoluto. Y no veo nada en contra de la corrección de la palabra miembra".

El Instituto de la Mujer, en su proyecto nombra.en.red, una base de datos para promover la escritura en femenino y en masculino, acepta la clasificación del diccionario de la RAE. Pero no exclusivamente: "No podemos ignorar que son cada vez más las hablantes a las que les gusta denominarse miembras, en contra del criterio de la Academia. Entre las alternativas que sugerimos, se cuentan también aquellas que consideran la posibilidad de que la palabra miembro pase a ser de doble género, femenino y masculino".

---

[1] Grandes, Torres, Marías y Pérez-Reverte son escritores españoles contemporáneos.

Continúa

Incluso el inglés, citado a menudo como un ejemplo libre de carga sexista, ha recibido la presión de movimientos sociales en los setenta y los ochenta para eliminar prejuicios. Deborah Cameron, profesora de Lengua y Comunicación en la Universidad de Oxford, pone el ejemplo de la palabra *fireman* (bombero), gestada a partir de la palabra *man* (hombre), que ha sido reemplazada con el término *firefighter*. Cameron advierte de que los vocablos sexistas perviven en distinto grado en el lenguaje cotidiano y en los periódicos. Y concluye: "Las instituciones pueden legislar sobre el lenguaje, pero las reformas sólo funcionan si la mayoría de los hablantes las aceptan. La gente nunca consulta a las autoridades antes de abrir la boca". ∎

Tereixa Constenla, "El lenguaje es sexista. ¿Hay que forzar el cambio?", *El País*, 14 Jun 2008. Used with permission.

Scanning

ACTIVIDAD 6 Afirmaciones de la periodista

La periodista Tereixa Constenla proporciona información básica sobre el sexismo en el lenguaje. Las siguientes oraciones se refieren a ideas expresadas por la periodista. Sin embargo, cada oración contiene información equivocada. Para cada una, identifica el problema y corrígelo.

1. La palabra *miembra* aparece en el Diccionario de la RAE desde 2005.

2. En España las mujeres ganaron el derecho a votar en 1890.

3. Las mujeres se quejan del uso tradicional del género gramatical femenino para referirse a las mujeres.

4. La RAE no permite que se diga *las miembros*.

5. Hoy la palabra *miembro* se considera un epiceno (sin femenino ni masculino), como *la persona, la víctima* o *la criatura*, que se refieren tanto a hombres como a mujeres.

6. El sexismo del lenguaje solo ha empezado a combatirse en la última década.

7. El inglés es una lengua libre de carga sexista.

Scanning and summarizing

ACTIVIDAD 7 ¿Qué dicen los expertos?

Parte A: En el artículo se cita a varios expertos sobre el lenguaje. Estos expertos son:

- Javier Marías, autor y miembro de la Real Academia Española (RAE)

- Pilar Careaga, filóloga y especialista en el lenguaje no sexista

- Ignacio Bosque, filólogo, especialista en gramática española, miembro de la RAE

- Eulalia Lledó, filóloga, experta en el sexismo en el lenguaje

- Ana María Matute, escritora y miembro de la RAE

- Antonio García, fundador de la Asociación de Hombres por la Igualdad de Género

- Deborah Cameron, filóloga inglesa y profesora de la Universidad de Oxford

Repasa la lectura y da un breve resumen de lo que afirma cada experto o experta respecto al sexismo en el lenguaje y también cómo cada uno/a justifica su postura. Presta atención a citas directas (entre comillas) e indirectas o resumidas.

comillas = " "

Parte B: En parejas, decidan qué expertos/as están de acuerdo con las siguientes ideas.

Reacting to reading

- el uso de innovaciones como *miembra*
- el activismo de la RAE en la eliminación del lenguaje sexista

Después, decidan con qué expertos o expertas están más de acuerdo Uds. y justifiquen sus reacciones.

ACTIVIDAD 8   ¿Sexismo en el lenguaje?

Making inferences

En parejas, discutan su opinión de los siguientes casos lingüísticos. ¿Pueden afectar negativamente la actitud o forma de pensar de una persona? ¿Se debería cambiar alguno para actualizarlo y evitar el sexismo? ¿De qué manera lo cambiarían?

1. Si hay 79.999 mujeres en un estadio y solo un hombre, uno se refiere al conjunto con el pronombre *ellos*.

2. La expresión *el hombre* se usa para referirse a la humanidad, que incluye tanto varones como mujeres, mientras que *la mujer* se refiere solamente a las mujeres.

3. A los hombres de cualquier edad se les trata de *señor* mientras que las mujeres pasan de *señorita* a *señora* al casarse (o al envejecer).

4. Una mujer suele referirse a su esposo como *mi marido* y un hombre a su esposa como *mi mujer*.

5. En algunos países, entre ellos España, la mujer que se casa, aunque no cambia de apellido, sigue usando como primer apellido el de su padre y como segundo el de su madre.

ACTIVIDAD 9   El idioma y las ideas

Stating and defending opinions

Los argumentos de muchos feministas a favor de un lenguage menos sexista se basan en la idea de que el idioma puede influir en nuestra manera de pensar. Sin embargo, la manera de cambiar cada lengua es distinta. En grupos de tres, comenten las siguientes preguntas y justifiquen sus reacciones.

1. En inglés existe una fuerte tendencia por evitar toda referencia al género/sexo (como en *chair, firefighter, businessperson*), mientras que en español existe una fuerte tendencia hacia la clara indicación del género/sexo (como en *abogado/a, presidente/a* y *miembro/a*). ¿Cuál de estas maneras de cambiar la lengua será mejor para evitar el sexismo en el lenguaje?

El uso de *miembra* ya se ha aceptado entre algunos feministas latinoamericanos.

2. ¿Creen que los hispanohablantes seguirán el camino del inglés y empezarán a evitar la referencia al género/sexo? ¿Por qué sí o no?

3. ¿Creen que la gente de habla española aceptará estos cambios si se implementan?

Cuaderno personal 10-1

¿Desaparecerá el lenguaje sexista en el futuro? ¿Por qué sí o no? ¿Importa?

✻ Lectura 2: Panorama cultural

ACTIVIDAD 10 Términos necesarios

Estudia la siguiente lista de vocabulario de la lectura "Hombre y mujer en el mundo hispano contemporáneo" y luego completa las oraciones con las palabras y expresiones adecuadas. Adapta las formas al contexto de cada oración.

abnegado/a	self-sacrificing
alejar	to distance, to keep away from
el cargo	post, administrative position
cuidar (de)	to take care of, to look after
desafiar	to challenge; to defy
luchar	to struggle, to fight
negar	to deny
la reclusión	seclusion
sumiso/a	submissive
superar	to overcome; to outnumber

1. El padre de José Luis era un hombre _____: estaba dispuesto a hacer cualquier cosa para que sus hijos fueran felices.

2. Paco y Eugenia nunca han tenido mucho éxito profesional, a lo mejor porque son demasiado _____ y, por eso, nadie les hace caso.

3. El matrimonio Ramos era muy tradicional: el Sr. Ramos trabajaba y mantenía a la familia, mientras que la Sra. Ramos _____ la casa y de sus hijos.

4. Mercedes siempre _____ las normas tradicionales de conducta femenina: no usa maquillaje, nunca lleva falda y se niega a cocinar.

5. Las dos trabajan en el mismo lugar, pero Carmen es recepcionista mientras que Gloria ocupa un alto _____ en la empresa.

6. El padre trabajaba mucho ya que _____ por ganar cada vez más dinero, pero su ausencia lo _____ de su esposa y de sus hijos.

7. La mayoría de los países democráticos le _____ el voto a la mujer hasta el siglo XX.

8. La familia Estrada es rarísima; no hablan con nadie y viven en una _____ casi total.

9. En el mundo político y comercial, el número de hombres que ocupan altos cargos suele _____ al número de mujeres.

Activating background
knowledge

La siguiente lectura discute el machismo y otras ideas relacionadas con las sociedades hispanas.

Parte A: En grupos de tres, respondan a las siguientes preguntas.

1. En las culturas tradicionales ha habido siempre una diferencia entre las responsabilidades del hombre y las de la mujer. ¿Cuáles son algunas de esas diferencias? ¿Por qué han existido?

2. ¿Qué es el machismo? ¿Hay ejemplos de machismo en la sociedad de su país? ¿Qué implicaciones tiene el machismo para las mujeres?

3. ¿Qué es el feminismo? ¿Uds. se consideran feministas? ¿Por qué sí o no?

Parte B: Mientras lees, subraya o apunta la idea general de cada párrafo.

Active reading

Hombre y mujer en el mundo hispano contemporáneo

¿Es posible la verdadera igualdad entre las mujeres y los hombres? Este es un tema particularmente candente en el mundo hispano, donde la tradición ha enfatizado las diferencias entre hombre y mujer. En toda sociedad tradicional se tiende a asociar a la mujer con la casa y la vida privada, mientras que se asocia al hombre con la vida pública y
5 los aspectos políticos, económicos y militares. Sin embargo, las culturas hispanas se han diferenciado de otras culturas, especialmente las del norte de Europa, por cierta polarización del papel ideal del hombre y el de la mujer.

Ideales diferentes: Marianismo y machismo

Las raíces de las diferencias en el papel de la mujer y el del hombre se pueden encontrar en la historia de España y sus dos grandes religiones, el islam y el cristianismo católico.
10 El islam fue la religión de los moros, quienes estuvieron en España durante casi ocho siglos. Como seguidores del islam, los moros llevaron a España costumbres que requerían la segregación de los sexos y la reclusión de la mujer. Ciertos aspectos de estas tradiciones sobrevivieron en la España cristiana, y más que en otros países europeos, las mujeres debían permanecer detrás de las rejas y paredes del hogar.

15   La herencia árabe poco a poco se fue mezclando con el marianismo, el culto cristiano a la Virgen María como imagen de la mujer perfecta, y se fue formando así un nuevo conjunto de ideales de conducta femenina. La mujer que emulaba a la Virgen creía que su meta en la vida era aceptar su situación y su destino. Como buena mujer, tenía que proteger su virginidad y los valores morales de la sociedad; como buena
20 esposa, tenía que cuidar de la casa y las necesidades del marido y aceptar sus decisiones; como buena madre, tenía que cuidar a sus hijos y sacrificarse por ellos. En suma, ser "buena" significaba ser pura, sumisa, paciente y abnegada. Las normas de conducta

Continúa

femenina tenían su complemento mas-
25 culino en lo que se llama actualmente "machismo". El hombre debía ser fuerte, domi-nante, independiente
30 y, a menudo, rebelde. Tenía la responsabilidad de mantener y proteger a la familia por medio de sus actividades
35 en la vida pública. Asimismo, debía proteger su honor y el de su familia contra las ofensas de los demás.

Un escaparate de abanicos. Además de su evidente función práctica, en la cultura española los abanicos también tenían funciones sociales: las mujeres los usaban para taparse el rostro y, por medio de un código especial, para comunicar mensajes a los hombres.

Ventajas y desventajas del marianismo y del machismo

40 Los dos modelos de conducta tuvieron un gran impacto en la vida de los habitantes de España e Hispanoamérica. Los dos se complementaban y proporcionaban ciertos beneficios tanto para los hombres como para las mujeres. Al hombre le daban mayor autoridad y libertad, a la vez que lo obligaban a ser responsable y cortés y a tratar a las mujeres con respeto. A la mujer le daban un sentido de superioridad y autoridad moral
45 dentro de la familia. De hecho, son muchos los ejemplos de mujeres matriarcas en las grandes familias hispanas.

A su vez, la polarización entre lo masculino y lo femenino presentaba desventajas. Aunque el machismo, por su parte, tendía a alejar emocionalmente al padre de sus hijos, las grandes desventajas de este doble sistema afectaban mayormente a las muje-
50 res, quienes no tenían control sobre su vida: legalmente, se consideraban menores de edad, dependientes del padre o el marido; hasta el siglo XX, se les negaba la educación y el voto; y solo podían salir de casa si iban acompañadas. La rigidez con la que la socie-dad juzgaba a la mujer hacía cualquier transgresión muy peligrosa: la mujer o era pura y buena o pasaba a ser una "perdida". Por consiguiente, los hombres solo estaban
55 obligados a proteger a las mujeres de su propia familia, mientras que a las demás las veían a menudo como meros objetos sexuales.

Presencia actual de ideales tradicionales

En la actualidad, estas ideas polarizadas no han desaparecido totalmente. Sus manifes-taciones son numerosas, dejando mucha libertad para el hombre y una vida más restrin-gida para la mujer. Por lo general, se sigue apreciando al hombre fuerte, independiente
60 y protector, alabando su hombría, aunque se usa el término "machista" con connota-ción negativa para criticar al hombre que abusa de sus privilegios. Igualmente, todavía se sigue viendo el cuidado del hogar y la familia como la responsabilidad de la mujer, incluso cuando trabaja fuera de casa. Sin embargo, también es verdad que hoy en día se va perdiendo la aceptación de estas limitaciones y se va abriendo paso a cambios
65 radicales.

hombría = *manliness*. El término suele tener una connotación positiva.

Llegada del feminismo

La ruptura del sistema de valores tradicionales se debe a varias causas. En primer lugar, han llegado las ideas feministas de Europa y los Estados Unidos, sobre todo
70 desde los años 70 y 80, cuando los feministas lucharon por sus derechos y se unieron en contra de las dictaduras de la época y a favor de la democracia. En Hispanoamérica, la influencia de las ideas
75 feministas ha sido mayor entre las mujeres de las clases media y alta: estas pueden estudiar y adoptar ideas progresistas y suelen disfrutar de más tiempo para desarrollarse profesionalmente. De hecho, hoy
80 en día, las mujeres latinoamericanas alcanzan casi los mismos niveles de educación que los hombres, y en algunos países, como Colombia, Venezuela, Argentina y Costa Rica, los superan. Por
85 tanto, no es raro encontrar mujeres que ocupen altos cargos en los negocios y el gobierno. Sin embargo, por lo general, la mujer solo encuentra empleos inferiores a los del hombre, y este todavía gana
90 aproximadamente un 17% más que ella.

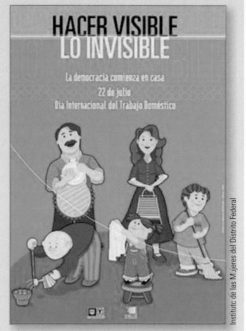

Un cartel del Instituto de la Mujer del Distrito Federal (México), que anuncia una campaña por la igualdad de los sexos dentro de la familia.

En la España actual, económica y culturalmente integrada a la Unión Europea, las mujeres ocupan una posición semejante a la de las mujeres del resto de Europa y los Estados Unidos. España ha servido como un modelo para muchos feministas latinoamericanos.

En Latinoamérica, las mujeres de las clases media y alta disfrutan de más tiempo porque suelen tener empleadas domésticas de clase obrera que limpian la casa y cuidan a los hijos.

Situación de las mujeres pobres

Las mujeres pobres y las de clase obrera no han adoptado necesariamente el feminismo de la clase media, pero todas han tenido que luchar con una difícil situación económica. Muchas de ellas salen a trabajar por necesidad, puesto que o no tienen marido o este no gana lo suficiente para mantener solo a la familia. Las mujeres pobres tienden a aceptar
95 el cuidado de la familia como su mayor responsabilidad; pero para cumplir con este deber, tienen que desafiar los límites tradicionales trabajando fuera de casa. Un número considerable de mujeres pobres han podido abrir sus propios negocios gracias a la intervención de organismos internacionales, como Acción International en Colombia, u organismos estatales, como Banmujer en Venezuela, que ofrecen programas de
100 educación y ayuda para la obtención de préstamos para pequeños negocios. Según dirigentes de Acción International, no son los hombres sino las mujeres, encargadas del bienestar de sus familias, quienes más asisten a las clases, aprenden a llevar un negocio y reciben los préstamos.

En otro plano, la preocupación tradicional de las mujeres hispanas por el bienestar
105 de su familia las ha llevado a la protesta política. Por ejemplo, las Madres y Abuelas de Plaza de Mayo, quienes protestaron contra la dictadura militar de Argentina, tuvieron éxito gracias a la autoridad moral que tenían como madres.

Las mujeres ocupan ahora más del 40% de los puestos de trabajo en Latinoamérica.

Continúa

El aborto se ha legalizado solo en Cuba, Puerto Rico, el Distrito Federal de México y Uruguay (en 2012), pero se sigue debatiendo en toda Latinoamérica, donde ocurren más de cuatro millones de abortos ilegales cada año.

Algunos de estos nuevos organismos incluyen el Servicio Nacional de la Mujer (Chile), el Instituto Nacional de las Mujeres (México), el Instituto Nacional de la Mujer (Costa Rica; Venezuela).

Otras presidentas latinoamericanas: Mireya Moscoso (Panamá 1999–2004) y Violeta Chamorro (Nicaragua 1990–1997), quien fue la primera presidenta de una nación americana.

Cambios legales y políticos

A través del panorama social latinoamericano actual, la presión combinada de mujeres y un número creciente de hombres está llevando al cambio de las normas sociales y
110 legales. Desde 1990 se han aprobado nuevas leyes que castigan la violencia contra las mujeres y desde 2004 el divorcio es legal en todos los países hispanoamericanos. Además, se han establecido oficinas y ministerios gubernamentales "de la mujer", que sirven para facilitar la cooperación entre grupos feministas, organizar programas de ayuda para mujeres pobres y fomentar cambios sociales y políticos que favorecen la
115 igualdad de los sexos. Uno de los cambios políticos más importantes ha sido el establecimiento de cuotas de mujeres en los partidos políticos; los sistemas de cuotas han tenido un éxito espectacular en algunos países, como Argentina (donde un 40% de los congresistas son mujeres), Costa Rica (37%), Perú (27%) y Ecuador (26%). Además, varias mujeres, como Michelle Bachelet en Chile, Cristina Fernández de Kirchner en
120 Argentina y Laura Chinchilla en Costa Rica, ocupan o han ocupado el cargo de presidenta de sus respectivas naciones.

Nuevas oportunidades

Es difícil generalizar sobre el papel actual de los sexos en las culturas hispanas ya que en gran parte depende del país, de la clase social y de las propias creencias del individuo. Lo que sí se puede afirmar es que la mujer
125 de hoy tiene oportunidades que su madre nunca tuvo. La familia y los papeles tradicionales de mujer y hombre siguen teniendo una resonancia fuerte, pero parece seguro que en
130 los años venideros será cada vez más normal ver a las mujeres participando plenamente en la vida pública de sus países y a los hombres en el cuidado de la familia y de la casa. ∎

Michelle Bachelet fue elogiada internacionalmente por su trabajo como presidenta de Chile entre 2006 y 2010. Después sirvió como directora de ONU Mujeres (UN Women), *un nuevo organismo que lucha por la igualdad de las mujeres. Comenta Bachelet: "La igualdad de género tiene que ser una realidad vivida".*

© Alexander Nikolaev/PhotoXpress/ZUMA Press

ACTIVIDAD 12 Una historia de polarización

Scanning and summarizing

Vuelve a mirar las dos primeras partes de la lectura que tratan del marianismo y el machismo, y termina las siguientes oraciones.

1. El ideal tradicional de conducta femenina tenía sus orígenes en...

2. Ese ideal de conducta femenina obligaba a la mujer a...

3. Asimismo, el ideal de conducta masculina obligaba al hombre a...

4. Este sistema presentaba ciertas ventajas y desventajas para el hombre, ya que...

5. El sistema tenía algunas ventajas para la mujer, puesto que...

6. Sin embargo, las desventajas para la mujer eran predominantes, ya que...

7. Se ve que las ideas tradicionales todavía influyen en la gente porque...

ACTIVIDAD 13 Un mundo de cambio

Scanning, Making inferences

En parejas, comenten las siguientes preguntas sobre la segunda parte de la lectura.

1. ¿Entre qué grupos han tenido más éxito las ideas feministas? ¿Por qué?

2. Se ha dicho que algunas mujeres son "feministas accidentales", o sea, mantienen valores tradicionales pero en realidad sus acciones promueven el feminismo. ¿Hay ejemplos de "feministas accidentales" en la lectura? ¿Cuáles son?

3. Se ha mejorado mucho la posición de la mujer hispana en los últimos años. Den tres ejemplos de mejoras en la educación, el trabajo, las leyes y/o la política.

4. ¿Qué generalización se puede formular sobre la posición de la mujer en el mundo hispano contemporáneo?

ACTIVIDAD 14 El *show* de Cristina

Cristina Saralegui es una conocida presentadora en las cadenas de televisión en EE.UU. y se ha convertido en la Oprah Winfrey de las comunidades hispanas de los Estados Unidos.

En dos grupos grandes, hagan los papeles de tradicionalistas y no tradicionalistas en un programa de televisión. Uds. deben discutir cuestiones relacionadas con el papel de los hombres y el de las mujeres. Elijan a un/a animador/a (Cristina o Cristóbal), quien debe usar las siguientes preguntas para empezar la discusión.

1. ¿Vivían mejor los hombres antes del feminismo?

2. ¿Por qué algunas mujeres se niegan a llamarse feministas?

3. ¿Una mujer puede tener una carrera profesional sin ser feminista?

4. ¿Es posible ser feminista y también ser femenina?

5. Si somos iguales, ¿por qué los hombres no llevan falda y maquillaje?

6. Si somos iguales, ¿por qué las mujeres todavía tienden a cuidar de la casa, incluso cuando trabajan?

7. ¿Dejarías de trabajar si tu esposa/o te mantuviera? (*a hombres y mujeres*)

¿Cómo cambiaría tu vida si fueras una persona del sexo opuesto?

✳ Lectura 3: Literatura

Note that **idioma** (*language*) and *idiom* (**modismo**) are false cognates.

Estrategia de lectura

Watching Out for Idioms

An idiom (**modismo**) is an expression, often based on an earlier metaphor, whose meaning is different from that of the individual words that compose it. Idioms are very frequent in conversation and literature. Like false cognates, they often will appear to make no sense in a given context if interpreted literally. For example, **tomarle el pelo a alguien** means *to pull someone's leg*. If you encounter what appears to be an idiom, you should first try to guess the meaning from context. If this fails and the expression seems important, decide which word is most important in the expression and look it up in the dictionary. Remember that idioms are usually included at the end of most dictionary entries.

Watching out for idioms

ACTIVIDAD 15 Modismos

Las siguientes expresiones en negrita aparecen en la crónica "El difícil arte de ser macho" que vas a leer. Lee cada oración y adivina un equivalente en español o inglés para cada una. Si tienes dudas, busca la expresión en el diccionario o el glosario.

1. Se ha debatido mucho la relación entre el pensamiento y el lenguaje sexista, pero todavía no se **ha dicho la última palabra**.

2. El jefe de esa compañía es muy exigente: siempre quiere más, más, más. Los pobres empleados **no reciben tregua**.

3. Si quieres tener éxito en un trabajo y subir de rango, tienes que **ser el uno**.

valga = presente del subjuntivo de **valer**

4. **¡Válgame Dios!** ¡Si vuelvo a oír una pregunta más voy a explotar!

Busca el significado de cada verbo en el glosario o en un diccionario. Después, termina cada oración con un verbo, un sustantivo o un adjetivo relacionado.

Sustantivo	Verbo	Adjetivo
la comprobación	comprobar	comprobado/a
el reventón	reventar	reventado/a
el arreglo	arreglar	arreglado/a
el desgaste	desgastar(se)	desgastado/a
la (auto)exigencia	exigir	exigido/a
la duración	durar	duradero/a

1. En las sociedades modernas, muchas personas se _____ demasiado a sí mismas, y como resultado su salud se deteriora.

2. Los científicos suelen _____ experimentalmente sus ideas.

3. El pobre hombre estaba tan frustrado y cansado que murió con el corazón _____ .

4. Tuvieron problemas con las luces de la casa, así que llamaron a un electricista para hacer unos _____ .

5. Una larga enfermedad puede provocar el _____ del cuerpo.

6. No hay mal ni bien que cien años _____ .

Las palabras y expresiones en negrita de las siguientes oraciones aparecen en la lectura "El difícil arte de ser macho". Lee cada oración y escoge el equivalente en inglés de cada expresión en negrita.

a. to do, to make real, to achieve

b. to intend, to aim to

c. to cause, to bring

d. to give oneself the luxury of

e. to run the risk

f. lazy, slack

g. widow

h. proud

i. exploits, feats

1. _____ El exceso de trabajo puede **acarrear** muchos problemas de salud.

2. _____ Las personas que fuman mucho **corren el riesgo** de contraer cáncer.

Continúa

a mí me toca = it's my turn to . . ., I have to . . .

a mi modo de ver = in my view, the way I see it

de ningún modo = (in) no way

3. _____ A mí me toca trabajar todo el tiempo, pero quisiera **darme el lujo de** hacer un viaje largo por el Caribe.

4. _____ Muchos jóvenes **pretenden** llegar a ser médicos.

5. _____ A mi modo de ver, una persona siempre debe sentirse **orgullosa** después de hacer un buen trabajo.

6. _____ Muchos jóvenes sueñan con hacerse jugadores profesionales de fútbol o béisbol, pero pocos **realizan** sus sueños.

7. _____ Al abuelo le encantaba contar las grandes **proezas** que realizó cuando era joven.

8. _____ El jefe le dijo al empleado que trabajara más, pero aclaró que no quería insinuar de ningún modo que el empleado fuera **vago**.

9. _____ Muchas **viudas** se quedan completamente solas y no tienen quien las ayude a mantener la casa ni a hacer los arreglos.

Activating background knowledge, Anticipating

ACTIVIDAD 18 La vida del macho moderno

Parte A: La siguiente lectura habla de la situación de los hombres en la sociedad moderna. El texto es una *crónica:* un tipo de artículo de periódico que combina el periodismo y la literatura y en el que el autor o narrador comenta la vida actual. En parejas, comenten las siguientes preguntas antes de leer.

En el mundo actual, ¿es más difícil ser mujer o ser hombre? ¿Por qué? ¿Qué factores afectan la respuesta?

Identifying the audience

Parte B: Ahora, en parejas, miren el título y los dos primeros párrafos y contesten las siguientes preguntas.

1. ¿Parece serio o irónico el título? ¿Por qué?

2. ¿Cuál es el público de esta crónica? ¿Cómo lo saben Uds.?

3. ¿A qué se refiere el autor cuando dice que no quiere "abandonar la fiesta"?

Identifying tone

Parte C: Ahora, lee toda la crónica, y trata de determinar si el autor/narrador es machista o no. Piensa también en el tono del texto. ¿Tiene un tono sincero, triste, irónico o...?

PEDRO JUAN GUTIÉRREZ *nació en Cuba en 1950. Desde entonces, se ha dedicado a explorar la vida, trabajando en diferentes ocasiones como vendedor de helados, cortador de caña, contrabandista, soldado, pintor, escultor y periodista. También es autor, un autor a quien le gusta asomarse por la ventana y observar todo lo que le rodea, para recrearlo y comentarlo en sus libros, cuentos y crónicas. Su obra más conocida es* Trilogía sucia de La Habana. *La siguiente crónica es un buen ejemplo de su estilo aparentemente directo y sencillo.*

El difícil arte de ser macho
Pedro Juan Gutiérrez

ESTÁ COMPROBADO ESTADÍSTICAMENTE que los hombres morimos antes que las mujeres. Mire a su alrededor y lo comprobará. En los viejos matrimonios usualmente el hombre muere y la mujer lo sobrevive, en ocasiones hasta veinte años.

Siempre me ha inquietado eso por la sencilla pero contundente razón de que a
5 mí me toca morirme primero y abandonar la fiesta.

De ningún modo deseo que las mujeres mueran primero. Válgame Dios. Pero tal vez los hombres pudiéramos intentar durar un poquito más, porque lo cierto es que la fiesta comienza a ponerse buena cuando uno tiene sesenta años más o menos.

Es decir, cuando uno ya se jubila, los hijos al fin dejaron de ser horriblemente
10 adolescentes, ya uno tiene serenidad y experiencia para disfrutar los placeres más simples y cotidianos de la vida, porque a esa edad ya nadie aspira a las proezas de todo tipo que pretendió realizar o realizó entre los veinte y los cincuenta y pico.

Confieso que llevo años pensando en el asunto y, por supuesto, he hablado mucho del tema con la gente más diversa. Al parecer todo el mundo coincide en que
15 el hombre se desgasta más. El hombre moderno se exige demasiado a sí mismo y por eso se acarrea los infartos y lo demás.

Hay otra hipótesis en boga, de carácter bioquímico: la mujer está mejor preparada genéticamente que el hombre. Y puede ser. En definitiva, la mujer es una maravillosa fábrica de vida.

20 Por ahora los científicos no dicen la última palabra. Pero me inclino a pensar que en el asunto puede haber un poco de bioquímica y mucho de desgaste excesivo y autoexigencia del hombre.

Creo que es un problema de organización de la sociedad moderna. No sólo en el Tercer Mundo. Hasta en Europa y Norteamérica —que supuestamente van delante—
25 sucede lo mismo: el macho no recibe tregua. Desde que nace hasta que muere le inyectan en la cabeza que "el hombre es el sostén de la familia", que "el hombre es el que tiene que traer la comida a la casa", y que "los machos no lloran", que "los hombres tienen que ser fuertes y valientes, nada de cobardía".

A mi modo de ver ahí está el origen del problema. Es muy difícil ser macho:
30 tienes que ser físicamente fuerte, no puedes llorar, siempre tienes que poseer dinero en el bolsillo, sexualmente tienes que ser el uno, porque ese es un campo muy competitivo para algunas mujeres.

No te puedes dar el lujo de estar un día triste, alicaído, depresivo. En la casa debes ser además de buen padre y esposo, carpintero, plomero, albañil, mecánico,
35 electricista, etc., o corres el riesgo de que te acusen de inútil y vago.

En fin, conozco mujeres que una vez viudas se arrepienten de todo lo que le exigieron al marido a lo largo de su vida y hasta tienen complejo de culpa porque el hombre murió con el corazón reventado.

Una vecina, de 68 años, es irremediablemente peor. Perdió al marido hace unos
40 meses y me confiesa que a veces lo invoca para reprocharle que se murió sin arreglarle unas ventanas y sin reparar y pintar algunas paredes descascaradas. "Un hombre que sabía hacer de todo, y por vago me dejó sin terminar de hacer esos arreglitos". Parece un chiste, pero juro que es rigurosamente cierto. Espero que ella no lea esta crónica.

Continúa

Así las cosas, hay que dejar que las mujeres asuman cada día más responsa-
45 bilidad, y no creernos tan importantes. Y digo responsabilidad pensando en grande:
hasta dejarles el gobierno de las naciones. Que asuman todo el poder. En definitiva,
los hombres gobernando durante siglos hemos acarreado al mundo guerras, hambre,
miseria, contaminación y todo tipo de problemas e insensateces. Así que no debemos
estar orgullosos porque nos ha salido bastante mal.

50   Hay que aprender de ellas. Yo por lo menos cada día aprendo más de las mujeres
que me rodean y trato de ser menos macho y más hombre. ■

Pedro Juan Gutiérrez, "El difícil arte de ser macho," from *Cuentos de la Habana Vieja*. Ediciones del Bronce, 1999. Reproduced
with permission of the author.

Distinguishing fact from
opinion

ACTIVIDAD 19   Realidades y perspectivas

Las siguientes oraciones resumen ideas claves de la crónica "El difícil arte de ser macho".
En parejas, decidan si cada idea representa un hecho o una opinión. Después, digan si
están de acuerdo o no con cada opinión y por qué.

1. Los hombres suelen morir antes que las mujeres.

2. La fiesta (la vida) comienza a ponerse buena cuando uno tiene sesenta años más o
   menos.

3. El hombre moderno se exige demasiado a sí mismo y por eso se acarrea los infartos.

4. La mujer está mejor preparada genéticamente que el hombre.

5. Desde que nace hasta que muere, el hombre aprende que "el hombre es el sostén de la familia" y que "los machos no lloran".

6. En la casa el hombre debe ser buen padre, esposo, carpintero, plomero, albañil, etc., o corre el riesgo de que lo acusen de inútil y vago.

7. Es muy difícil ser macho.

8. Las mujeres deben asumir el poder y el gobierno de las naciones ya que los hombres solo han acarreado guerras, hambre, miseria, contaminación...

ACTIVIDAD 20 ¿Hombre o macho?

Making inferences

En parejas comenten las siguientes preguntas, y piensen en las implicaciones de las respuestas.

1. ¿Cómo será el narrador? ¿Cuántos años tendrá? ¿Cómo lo saben?

2. ¿Cuál es el público de esta crónica? ¿Los hombres, las mujeres o los dos? ¿Cómo lo saben? ¿Qué implicaciones tiene este hecho?

3. ¿Qué opina el autor/narrador de las mujeres? Consideren las siguientes citas:

   a. "El hombre moderno se exige demasiado a sí mismo".

   b. "... sexualmente tienes que ser el uno, porque ese es un campo muy competitivo para algunas mujeres"

   c. "En la casa debes ser además de buen padre y esposo, carpintero, plomero, albañil, mecánico, electricista, etc., o corres el riesgo de que te acusen de inútil y vago".

   d. "... la mujer es una maravillosa fábrica de vida"

   e. "Que [las mujeres] asuman todo el poder. En definitiva, los hombres gobernando durante siglos hemos acarreado al mundo guerras, hambre, miseria, contaminación..."

4. ¿Es "machista" el autor/narrador? ¿Por qué sí o no?

ACTIVIDAD 21 Nuevas condiciones

Making inferences

En grupos de tres, terminen las siguientes oraciones pensando en la lectura y la discusión de las actividades anteriores.

1. Los hombres vivirían más tiempo si...

2. Si las mujeres asumieran el poder y el gobierno de todas las naciones, entonces...

3. El autor/narrador cambiaría de opinión si...

Cuaderno personal 10-3

En tu opinión, ¿las diferencias entre los hombres y las mujeres se basan en la biología, en la cultura o en las dos? ¿Por qué?

❋ Redacción: Un ensayo

Estrategia de redacción

Comparing and Contrasting

Whenever you analyze two or more items and look for similarities or differences between them, you compare and contrast. When you make choices, you are comparing and contrasting, and when learning, you often compare and contrast new information with information you already know. Comparing and contrasting are ways of thinking that can be used in all types of writing, but can also serve as a way of organizing your writing. If you are looking at two different objects, you may talk about first one object and then the other (**comparación secuenciada**) or you may compare and contrast both objects point by point (**comparación simultánea**). The following outlines show these two basic types.

Tema: Papeles del hombre y de la mujer en un programa de televisión

Comparación secuenciada	Comparación simultánea
I. Los hombres	I. Características personales
A. características personales	A. mujeres
B. temas de conversación	B. hombres
C. ocupaciones	II. Temas de conversación
II. Las mujeres	A. mujeres
A. características personales	B. hombres
B. temas de conversación	III. Ocupaciones
C. ocupaciones	A. mujeres
	B. hombres

In a comparison and contrast essay, you may choose to emphasize either similarities or contrasts or to emphasize the description of unfamiliar items over familiar ones. Using transition expressions to mark comparisons and contrasts will also help you improve the style and clarity of your writing.

Comparación

al igual que / a semejanza de	just like, as
de la misma manera/forma, del mismo modo	in the same way
parecerse a	to resemble
ser similar/parecido/semejante a	to be similar to
tan (+ *adjetivo*) como	as (*adj.*) as
tanto A como B	both A and B

Contraste	
a diferencia de	unlike
diferenciarse de	to differ from
en cambio	on the other hand, instead
en contraste con	in contrast to/with
más/menos (+ *adj./sustantivo*) **que**	more/less/fewer (*adj./noun*) than
por un lado...	on the one hand . . .
por otro lado / por el otro...	on the other hand / on the other . . .
sin embargo / no obstante	however

ACTIVIDAD 22 La televisión y el género

Analyzing

Parte A: Se ha estudiado mucho la representación del hombre y de la mujer en la televisión, ya que este es el medio de comunicación que los niños y adultos ven con más frecuencia. En grupos de tres, comenten las siguientes preguntas.

1. ¿Cuáles son las cinco series de televisión más populares del momento?
2. ¿Cuáles de estos programas presentan a hombres y mujeres?
3. ¿Cuáles de estos programas tienen un público de hombres y mujeres?
4. ¿Cuál de estos programas sería más útil para hacer una comparación del papel de la mujer y el del hombre?

Parte B: En los mismos grupos de tres, escojan un programa que todos conozcan y hagan un análisis pensando en los siguientes aspectos. Decidan cuáles de los siguientes aspectos se pueden analizar en una comparación del papel del hombre y el papel de la mujer.

1. el número de personajes masculinos frente al número de personajes femeninos
2. la cantidad de diálogo: hombres frente a mujeres
3. los temas de conversación de los hombres en comparación con los de las mujeres
4. el número de personajes simpáticos/antipáticos: hombres frente a mujeres
5. el número de éxitos o problemas personales que tienen los hombres y las mujeres
6. las ocupaciones de los hombres y de las mujeres
7. los gustos y las características personales de los hombres y de las mujeres

Parte C: Ahora, hagan una lista de tres conclusiones que pueden sacar de su análisis de los diferentes aspectos de este programa. Las conclusiones deben considerar las implicaciones del análisis, además de los cambios que resultarían de una representación más (o menos) igualitaria de los sexos.

▶ —Si las mujeres tuvieran trabajos menos tradicionales, entonces el programa tendría una influencia más positiva sobre las personas que lo ven.

ACTIVIDAD 23 La redacción del análisis

Parte A: Repite los pasos de la Actividad 22 y después escribe una oración de tesis para tu ensayo. Luego, haz una lista de aspectos de la serie de televisión que vas a analizar y comparar, como en el bosquejo que aparece en la Estrategia de redacción de las páginas 210–211. Piensa también en una conclusión —o varias— que se pueda sacar del análisis comparativo.

Parte B: Trabajando individualmente, prepara el primer borrador del ensayo. Incluye título, introducción con oración de tesis, cuerpo con detalles tomados del análisis y conclusión o conclusiones.

Actos ilegales

See the *Fuentes* website for related links and activities: www.cengagebrain.com

© Jhony Olivares/AFP/Getty Images

Un soldado destruye armas confiscadas a los "narcos" o traficantes de drogas, Distrito Federal, México. Según las cifras del Ministerio de Justicia mexicano, el 90% de las armas confiscadas a los narcos provienen de los Estados Unidos.

Activating background knowledge

ACTIVIDAD 1 Causas, efectos y soluciones

La siguiente lista incluye cinco de los problemas de delincuencia con los que se enfrentan los países latinoamericanos y muchos otros países del mundo. En grupos de tres, determinen para cada problema por lo menos una causa, un efecto y una solución. Luego, compartan sus ideas con el resto de la clase.

- el tráfico de drogas
- los atracos y robos de casas
- los asesinatos
- el crimen organizado
- el soborno y la corrupción en el gobierno

Lectura 1: Un editorial

Building vocabulary

ACTIVIDAD 2 A propósito de las drogas

Antes de leer el editorial publicado en la versión digital del diario peruano *El Comercio*, asocia cada una de las palabras o expresiones de la primera columna, las cuales aparecen en el artículo, con la palabra o expresión correspondiente de la segunda. Usa tus conocimientos de gramática, cognados y raíces para adivinar. Consulta el vocabulario o un diccionario solo cuando sea necesario.

1. ____ el estupefaciente	a. caso de incomprensión o mala interpretación
2. ____ el empresario	b. hacer mención de algo o alguien
3. ____ el malentendido	c. calamidad, desastre
4. ____ despenalizar	d. sustancia narcótica
5. ____ traer a colación	e. aspirar a, intentar
6. ____ pretender	f. miedo
7. ____ abordar	g. manera de considerar un asunto
8. ____ el flagelo	h. persona que dirige una empresa
9. ____ el temor	i. tratar o emprender un asunto difícil
10. ____ el enfoque	j. quitar el carácter castigable, legalizar

Activating background knowledge

La Comisión incluyó los expresidentes César Gaviria (Colombia), Ernesto Zedillo (México), Fernando Henrique Cardoso (Brasil), además de otras figuras conocidas: Kofi Annan, los escritores Mario Vargas Llosa y Carlos Fuentes y los funcionarios estadounidenses Paul Volcker y George Shultz.

ACTIVIDAD 3 Efectos de la prohibición

En 2011, la Comisión Global de Políticas de Drogas, compuesta de varios expresidentes y personas notables de Latinoamérica, declaró su rechazo a la "Guerra contra las drogas" y su apoyo a despenalizarlas. En 2012, el nuevo presidente conservador de Guatemala, Otto Pérez Molina, anunció su apoyo a la legalización de las drogas. El editorial que ustedes van a leer comenta las efectos de la prohibición y los posibles efectos de la legalización. Antes de leerlo, en parejas, hagan una lista de dos o tres problemas que causa el uso ilegal de las drogas. Luego compartan sus ideas sobre la mejor solución: la prohibición continuada, la legalización parcial o la legalización total.

Estrategia de lectura

Annotating and Reacting to Reading

Taking notes on important or interesting ideas can aid you in organizing and understanding a reading. You can use notes on information contained in the reading to
guide your studying and to prepare outlines. Emotional reactions and doubts can be
used as prompts to discuss and ask questions about difficult parts of the reading.
Note-taking is most useful when done methodically, so you should develop a method
that is comfortable for you. One possibility is to record notes on content to the left
and more personal reactions to the right, while underlining important unfamiliar
vocabulary and highlighting significant details.

You can write in the margins
of the text if space allows. If
not, take notes on a separate
sheet of paper.

ACTIVIDAD 4   Efectos y reacciones

Active reading, Annotating
and reacting

Mientras lees el siguiente editorial, subraya los posibles efectos de la legalización y apunta
en el margen o en otra hoja tus reacciones (**¡qué fascinante!, ¡qué raro!, ¡qué locura!, no
estoy de acuerdo, no comprendo, etc.**) a detalles específicos del editorial.

Legalicemos las drogas

Juan Carlos Hidalgo • El Comercio

*Otto Pérez Molina, de Guatemala, se ha convertido
en el primer presidente en ejercicio en proponer legalizar las drogas como mecanismo para combatir el narcotráfico. Su propuesta merece el apoyo de los demás
presidentes latinoamericanos.*

LA PROHIBICIÓN DE LAS DROGAS ha sido
un fracaso. En EE.UU. el porcentaje de la población mayor de 12 años que consume estupefacientes ha aumentado de 5,8% en 1991–93 a
8,9% en el 2008 (equivalente a 21,8 millones de
individuos). Según la última Evaluación Nacional
sobre la Amenaza de las Drogas del Departamento
de Justicia, "el abuso de varias de las principales
drogas ilícitas, incluyendo la heroína, la marihuana
y la metanfetamina, parece estar aumentando,
especialmente entre los jóvenes". No hay duda de
que la prohibición no ha detenido el consumo en
el principal mercado mundial.

Y en tanto haya demanda por drogas en
EE.UU. habrá oferta. La pregunta es si dicho
negocio debería estar en manos de empresarios
legales —como el alcohol y el tabaco— o en las de
criminales violentos. La prohibición ha optado
por la segunda opción, con las consecuencias por
todos conocidas: en México la guerra contra las
drogas ha costado la vida de más de 50.000 personas en los últimos cinco años. En Centroamérica,
el narcotráfico es responsable de alrededor del
60% del crimen, y ha colocado a países como
Honduras, Guatemala, El Salvador y Belice entre
los más violentos del mundo. En Sudamérica, los
recursos del narcotráfico han servido para finan-
ciar a grupos terroristas como las FARC en Colombia o Sendero Luminoso en el Perú.

A pesar del claro fracaso de la prohibición,
muchos malentendidos abundan sobre la legalización. El principal argumento contra ella es el
temor de que aumente el consumo de drogas.
Pero la legalización no implica aprobarlo o incen-
tivarlo. De hecho, la experiencia de Portugal, país
que despenalizó el consumo de todas las drogas en

Continúa

Un hombre participa en una protesta contra la violencia ocasionada por los traficantes de drogas y la estrategia militar de represión que no ha conseguido impedirla ni controlarla. Cuernavaca, México

el 2001 y no experimentó un aumento del consumo, nos demuestra lo equivocado del argumento. Más bien, en Portugal se triplicó el número de adictos que buscan tratamiento, lo que permitió enfrentar mejor la drogadicción al tratarlos como pacientes en vez de como criminales.

Asimismo, al argumentar contra la legalización se suele traer a colación imágenes de violencia y crimen, cuando en realidad estos son causados por la prohibición. Más bien, disminuirían significativamente una vez que el mercado negro de las drogas desaparezca. No hay que olvidar además que existe una diferencia importante entre consumo y abuso de drogas, tal como existe una diferencia entre consumo de alcohol y alcoholismo. No todo consumo se convierte en drogadicción.

Finalmente, es importante aclarar que la legalización no pretende resolver el problema de la drogadicción ni los males sociales asociados, los cuales es mejor abordar desde un enfoque de salud pública y no criminal. Lo que la legalización pretende es eliminar los efectos negativos de la prohibición antes señalados. La legalización no es una solución al "problema de las drogas". La drogadicción continuará siendo un flagelo. Pero así como la prohibición del alcohol resultó ser un enfoque equivocado al problema del alcoholismo, de igual forma la guerra contra las drogas ha sido un enfoque errado al problema del abuso de las drogas. ■

Juan Carlos Hidalgo, "Legalicemos las drogas," from *El Comercio*, April 6, 2012. Used with permission of the author. Juan Carlos Hidalgo is a Policy Analyst on Latin America at the Cato Institute's Center for Global Liberty and Prosperity.

Scanning, Reacting to reading

ACTIVIDAD 5   Juan Carlos Hidalgo y la prohibición

Parte A: Juan Carlos Hidalgo, analista de asuntos latinoamericanos para el Instituto Cato, nos presenta su punto de vista sobre la polémica cuestión de la despenalización de las drogas. En parejas, lean cada una de las siguientes afirmaciones y decidan si reflejan bien (Cierto) o no (Falso) las creencias de Hidalgo. Justifiquen sus respuestas citando evidencia del texto.

1. _____ La prohibición de las drogas ha podido bajar el número de usuarios de las drogas ilícitas en EE.UU.

2. _____ La prohibición ha fomentado la violencia en muchas partes de Latinoamérica.

3. _____ La despenalización llevará a un aumento en el consumo de la droga, pero esta no es una preocupación de suma importancia.

4. _____ La legalización fomentará más violencia que la prohibición.

5. _____ Existe un paralelo exacto entre la relación entre el consumo de alcohol y el alcoholismo, y la relación entre el consumo de drogas y la drogadicción.

6. _____ La legalización resolverá el problema de la drogadicción.

7. _____ La drogadicción no es un problema criminal sino de salud pública.

Parte B: Decidan si están de acuerdo o no con lo que cree Hidalgo, y digan por qué. Háganse preguntas como: ¿Y a ti qué te parece esta idea? ¿Qué opinas sobre esta idea? Responde con frases como: Desde mi punto de vista…, a mi modo de ver…

ACTIVIDAD 6 Posibilidades en el pasado, presente y futuro

Making inferences

Parte A: Juan Carlos Hidalgo sugiere que los problemas ocasionados por la prohibición internacional de la droga han empeorado desde principios de los años 90. En esa época se lanzaron varias campañas internacionales a favor de la legalización, pero no tuvieron éxito. En grupos de tres, contesten las siguientes preguntas.

¿Qué habría pasado si se hubiera legalizado la droga internacionalmente en los años 90?
¿Qué habría pasado si EE.UU. hubiera legalizado la droga pero México no?
¿Qué habría pasado si México hubiera legalizado la droga pero EE.UU. no?

Parte B: Indiquen cómo habría reaccionado a la legalización internacional la mayoría de los miembros de los siguientes grupos.

los policías
los jueces
los padres de familia
los aduaneros
los dueños de negocios
los estudiantes universitarios

aduaneros = customs officers

Parte C: Es posible que las nuevas campañas a favor de la legalización tengan éxito. Pensando en esta posibilidad, completen la siguiente oración:

Si ahora mismo se legalizara la droga internacionalmente, entonces…

Parte D: En el futuro, es posible que la prohibición se mantenga, que se despenalice el consumo de algunas drogas o que se despenalice el consumo de todas las drogas. También es posible que se efectúen estas políticas internacionalmente o solo en algunos países. Pensando en estas posibilidades, contesten la siguiente pregunta:

¿Qué habrá pasado dentro de 30 años?

ACTIVIDAD 7   ¿Qué es una droga?

El autor del artículo no especifica las drogas a las que se refiere. En grupos de tres, decidan cuáles de las siguientes sustancias se deben prohibir o legalizar. Expliquen por qué.

el café	el alcohol	la coca	el crack
el tabaco	la marihuana	la cocaína	la metanfetamina

ACTIVIDAD 8   El consumo, la cárcel y los conocidos

Las personas muchas veces tienen diferentes reacciones al consumo de drogas por parte de desconocidos y el consumo de drogas por parte de personas conocidas. En grupos de cuatro, compartan sus reacciones a las siguientes preguntas.

1. ¿Conocen a alguien que consuma o haya consumido drogas?

2. ¿Creen que esa persona merece estar en la cárcel? ¿Por qué sí o no?

Cuaderno personal 11-1

¿Estás a favor o en contra de la legalización de las drogas? Justifica tu respuesta.

❋ Lectura 2: Panorama cultural

ACTIVIDAD 9   Palabras clave

Las palabras indicadas en las oraciones son de la lectura "Modernización, globalización y delincuencia en Latinoamérica". Asocia cada palabra indicada en negrita con su equivalente de la lista que aparece a continuación.

a. *to take for granted*

b. *crime*

c. *standard*

d. *characteristic of a region*

e. *to take root*

f. *seed*

g. *narcotic*

h. *government employee or civil servant*

i. *bribe*

j. *holdup, robbery*

1. _____ Decir la verdad no es **delito**.

2. _____ El problema de la violencia criminal **ha echado raíz** en las sociedades en vías de desarrollo.

3. _____ Algunas personas **dan por descontado** el derecho de llevar armas; otras lo disputan.

4. _____ Los **patrones** de conducta no se pueden mantener sin un sistema de sanciones y castigos.

5. _____ La violencia criminal es **endémica** en algunas sociedades en vías de desarrollo.

6. _____ Los **estupefacientes** suelen impedir la percepción clara de la realidad.

7. _____ La **semilla** de la delincuencia está en la enorme desigualdad entre los muy ricos y los muy pobres.

8. _____ El policía fue despedido por aceptar múltiples **sobornos** que se valorizaron en más de cien mil dólares.

9. _____ En principio, la obligación de todo **funcionario** es servir a los ciudadanos del país.

10. _____ Los **atracos** y robos son comunes en ese barrio de la ciudad.

ACTIVIDAD 10 Delitos y crímenes

Activating background knowledge

Parte A: En grupos de tres, hagan una lista de tipos de delincuencia que son problemas en la sociedad de su país. Después, decidan cuáles son los dos problemas principales.

Parte B: Al leer el artículo sobre la delincuencia en Latinoamérica, apunta en los márgenes la idea general de cada párrafo y tus reacciones a esas ideas. Después, vuelve a leer todo el artículo con más cuidado para asegurarte de que entendiste bien la idea principal de cada párrafo.

Active reading, Annotating and reacting

Modernización, globalización y delincuencia en Latinoamérica

Latinoamérica, al igual que otras regiones del mundo, tiene una larga tradición de violencia, mas en el pasado esta se ha caracterizado principalmente como violencia política, es decir, la represión de gobiernos dictatoriales y los movimientos que utilizaban la lucha armada en contra de dichos gobiernos. Sin embargo, en las últimas décadas, la
5 violencia ha dejado de ser una lucha por ideales sociales y políticos para convertirse en una violencia asociada con la delincuencia. Esta violencia, que se ha convertido en una de las principales preocupaciones de los gobiernos y del público, se debe, en gran parte, a los efectos de la modernización y la globalización.

Continúa

mas = pero

Causantes generales de la delincuencia

Aunque parezca irónico que la
10 violencia criminal aumente
precisamente cuando la violencia política disminuye, en realidad el aumento de la delincuencia es en parte un efecto
15 normal de los cambios sociales
y económicos que afectan a
América Latina. Por una parte,
la vuelta a la democracia ha
eliminado la dura represión
20 que era típica de las dictaduras.
Por otra parte, los países
latinoamericanos pertenecen al
grupo de países "en vías de
desarrollo", es decir, los que
25 han participado en los procesos
de industrialización, urbanización y globalización, pero
que se encuentran en una
situación de tensión entre la
30 sociedad tradicional y la
sociedad plenamente
modernizada.

Más de un cuarto de la población urbana latinoamericana, 111 millones de personas, reside en tugurios o villas miseria como esta en Caracas, Venezuela.

Los procesos de modernización implican profundos cambios en la sociedad. Para
empezar, los campesinos abandonan el campo, donde la mecanización de la agricultura
35 y la globalización comercial los deja sin trabajo y se trasladan a buscarlo a las ciudades
industrializadas. Como resultado de la migración en masa, se crean grandes urbes
densamente pobladas. Los efectos más agudos de esta rápida urbanización son la
pérdida de influencias estabilizadoras, como las viejas relaciones íntimas de la familia
extendida y su sustitución por nuevas relaciones menos fuertes. La familia deja de
40 ejercer un control directo sobre las acciones del individuo y pierde influencia en la
formación de los valores personales de la juventud.

Estos cambios se han producido en varios países de Latinoamérica en el espacio de
solo cinco o seis decenas de años, al mismo tiempo que la población urbana ha crecido
con una rapidez alarmante. En las afueras de las grandes ciudades en que viven muchos
45 de los recién llegados, se han creado enormes villas miseria, donde a menudo los habitantes no tienen ni agua corriente ni electricidad. El contraste entre su situación y la de
las clases acomodadas, enorme en muchas partes de Latinoamérica, ha contribuido a
alimentar la semilla de la delincuencia. En la ciudad, los campesinos suelen abandonar
su tradicional fatalismo al encontrar una nueva ética de consumo y materialismo. Es
50 decir que, en vez de resignarse a su pobreza como lo hubieran hecho anteriormente,

Según la ONU, Latinoamérica es la región del mundo con mayor desigualdad de ingresos. El 20% de la población más rica tiene en promedio un ingreso per cápita casi 20 veces superior al ingreso del 20% más pobre. Es más, entre 1990 y 2009 la desigualdad creció en Colombia, Paraguay, Costa Rica, Ecuador, Bolivia, República Dominicana, Argentina y Guatemala.

luchan por obtener y consumir más. A menudo, les es imposible alcanzar una vida mejor por medio del trabajo,
55 y el delito se ofrece como la ruta más directa hacia la adquisición de bienes materiales. Es así que han aumentado tanto los delitos contra
60 la propiedad —robos y atracos— como los crímenes contra la persona —asaltos y asesinatos.

La corrupción

Un tipo de delito endémico en
65 las sociedades que se encuentran en vías de desarrollo es la corrupción que existe en el gobierno. En Latinoamérica hay dos motivos principales de esta corrupción. En primer lugar, lo que actualmente se considera corrupción se daba por descontado en las socie-
70 dades tradicionales. Un funcionario con acceso al poder tenía la obligación de usar sus privilegios para ayudar a parientes y amigos, ya que la familia extendida era la unidad social y económica más importante. Con la democratización actual, sin embargo, ha surgido mayor necesidad de adoptar y proteger patrones de conducta que no permiten tal personalismo. En segundo lugar, la situación económica inestable de muchos países
75 limita el sueldo de los funcionarios, quienes se ven obligados a buscar ingresos en forma de regalos, contribuciones o sobornos. De todas formas, las protestas en contra de la corrupción están echando raíz en Latinoamérica y muchos gobiernos están tomando medidas para resolver el problema.

El narcotráfico

El narcotráfico es la forma más perniciosa de criminalidad que azota a Latinoamérica.
80 Ha crecido a la par con la globalización comercial y los avances de las tecnologías del transporte y de la comunicación, pero depende fundamentalmente de la demanda de estupefacientes por parte de los países desarrollados, donde la cocaína se ha establecido como una droga de moda por la cual los consumidores pagan precios exorbitantes. Este consumo insaciable fomenta la producción, el transporte y la distribución de la droga.
85 El clima de los países andinos de Bolivia, Perú y Colombia se presta al cultivo de la coca, planta autóctona de la región que fue cultivada por los incas. Ahora, cientos de miles de campesinos pobres abandonan otros cultivos para dedicarse a esta cosecha más rentable. Se transporta la coca a laboratorios clandestinos en Colombia donde se transforma en cocaína y luego el producto acabado se transporta para vender en otros
90 países del mundo, especialmente los Estados Unidos y Canadá.

Continúa

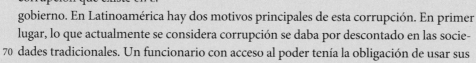
Estas elegantes rejas protegen una casa hondureña contra posibles robos, al mismo tiempo que marcan la división que existe entre ricos y pobres.

En México, el soborno que exige un policía o un funcionario se llama **mordida** (*bite*).

El consumo de cocaína se ha estabilizado en los EE.UU. desde los años 90, pero sigue creciendo en Europa y otras partes del mundo, incluso Latinoamérica. A nivel mundial, el mercado ilegal de cocaína tenía un valor de más de 80.000 millones de dólares en 2012.

La coca es un cultivo tradicional de los indígenas de Perú y Bolivia, quienes la mastican para poder soportar largos días de trabajo. En el altiplano peruano y boliviano, es frecuente servir té de coca a los turistas, ya que esa bebida los ayuda a acostumbrarse a las grandes alturas. En 2013 la ONU admitió la legalidad de masticar la hoja de coca en Bolivia.

La comercialización de la cocaína requiere una organización internacional a gran escala. Durante los años 80 y 90, los grandes carteles colombianos se conocieron por su riqueza, poder y violencia, y dominaron todos los aspectos del proceso. Hoy día, sin embargo, los carteles colombianos son más pequeños, más numerosos y más especia-
95 lizados. Estos "carteles bebé" se dedican principalmente a la compra de coca en los Andes, la producción de la cocaína y su transporte a Centroamérica y México, mientras que los nuevos carteles mexicanos, cada vez más grandes, se dedican a hacer llegar la mayor parte de la droga a los consumidores norteamericanos. El tamaño relativamente pequeño de los carteles colombianos los hace más difíciles de localizar y, por lo tanto,
100 más difíciles de eliminar, mientras que las enormes cantidades de dinero que manejan los carteles mexicanos les permiten sobornar a políticos y fomentar la corrupción. Cuando los sobornos no funcionan, recurren a los asesinatos de políticos, policías y periodistas que intentan denunciar o impedir sus actividades. Aunque el ejército mexicano ha luchado por eliminar los carteles desde 2006, ha tenido poco éxito a causa de la
105 riqueza y el tamaño de los carteles.

Los gobiernos latinoamericanos han intentado luchar contra estas amenazas, pero algunos se encuentran relativamente impotentes; a veces sus presupuestos ni siquiera llegan a la altura de los ingresos de los carteles. Desde los años 80 los Estados Unidos han mantenido una "guerra contra la droga" en Latinoamérica, mandando equipo
110 militar y miles de millones de dólares para destruir los campos de coca y para luchar contra los carteles. No obstante, estos esfuerzos no han logrado reducir la demanda y el consumo en los Estados Unidos y otros países, y mientras estos existan, habrá
115 personas dispuestas a arriesgarse para enriquecerse. Por tanto, algunos líderes, como el expresidente de México Ernesto Zedillo, sugieren que la
120 única manera de eliminar la violencia de los carteles, que dependen de la venta de drogas ilegales, es por medio de la legalización y regulación
125 gubernamental del mercado de drogas.

La extensión de las pandillas

Otro fenómeno nefasto que se asocia con la globalización es la extensión de las pandillas de
130 jóvenes o "maras" en Centroamérica, sobre todo en El Salvador, Guatemala y Honduras. Es de sorprender que algunos de estos grupos

En 1990 los carteles colombianos mataron a tres candidatos presidenciales. Desde el año 2000, los carteles mexicanos y centroamericanos han matado a más de 140 periodistas que han informado sobre las actividades de los narcotraficantes.

El consumo de drogas en Latinoamérica siempre ha sido bastante menor que en otros países del mundo. Sin embargo, en años recientes ha subido el consumo de drogas como la cocaína. En los países andinos, una droga barata, la pasta básica de cocaína (PBC), ha hecho estragos entre los jóvenes más pobres. La PBC o "basuco" es un producto intermedio del proceso de producción de la cocaína, que produce efectos similares a los del *crack*.

Un miembro de la pandilla M18 de El Salvador. Los miembros de las pandillas o maras se pueden identificar por su uso evidente de armas, tatuajes y grafitis.

© AP Photo/Edgar Romero

135 tuvieron su origen en los Estados Unidos. Durante los disturbios políticos de los años
80, muchos salvadoreños y otros centroamericanos se refugiaron en los Estados Unidos, pero en los años 90 las autoridades norteamericanas empezaron a deportar a jóvenes que habían entrado en el mundo de las pandillas, especialmente en Los Ángeles, y
se habían convertido en delincuentes. Al volver a sus países de origen, llevaron consigo la
140 cultura de las "maras", y allí reclutaron a muchos nuevos miembros, debido en parte a la
impotencia de las autoridades locales y la falta de oportunidades de trabajo para los jóvenes.
Hoy se calcula que hay más de setenta mil miembros de las maras; representan una verdadera plaga no solo para Centroamérica, sino también para México, los Estados Unidos y
Canadá, donde se dedican a la prostitución, los robos, los asesinatos, y el contrabando de
145 drogas y armas.

En busca de soluciones

Es fácil reconocer el impacto nocivo de la delincuencia y la violencia criminal, pero no
hay acuerdo en cuanto a la forma de combatirlo. Por un lado, hay muchos que abogan
por leyes y castigos más duros, y en el caso del narcotráfico, de un endurecimiento de
la "guerra contra la droga". Por otro lado, hay quienes arguyen que es más importante
150 atacar los causantes fundamentales de la delincuencia, especialmente la gran desigualdad entre ricos y pobres y la falta de oportunidades educativas y laborales para los
jóvenes pobres. Lo más probable es que solo por medio de una combinación de estos
métodos será posible encauzar las sociedades latinoamericanas hacia un futuro de
mayor paz y prosperidad. ■

Estrategia de lectura

Outlining

An outline (**bosquejo**) is a plan showing the relationship between main topics and
supporting ideas. A good outline can both help your understanding of a reading and
serve as a check that you have understood a passage. Use the notes you take while
reading as a starting point and try to sort the ideas by their relative importance. In
traditional outlining, the most important ideas are usually listed with Roman numerals
(I, II, III, etc.), lesser ideas are listed with capital letters (A, B, C, etc.) under each
Roman numeral, and details may be listed with Arabic numerals (1, 2, 3, etc.), small
letters (a, b, c, etc.), or small Roman numerals (i, ii, iii, etc.).

ACTIVIDAD 11 Un bosquejo

En parejas, vuelvan a mirar la lectura y preparen un bosquejo. Pueden usar los subtítulos que aparecen en la lectura y/o los términos que aparecen abajo, además de otros. Cada párrafo o idea principal se debe incluir en el bosquejo, pero el bosquejo debe reflejar bien la organización general y la relativa importancia de las ideas. Después, comparen su bosquejo con el de otra pareja.

> *las pandillas*
>
> *soluciones para la violencia criminal*
>
> *la corrupción*
>
> *los mayores problemas de delincuencia y criminalidad*
>
> *la lucha contra el narcotráfico*
>
> *las villas miseria y sus efectos*
>
> *el narcotráfico*
>
> *el cambio de la violencia política a la violencia criminal*
>
> *el consumo de drogas en Latinoamérica*
>
> *el impacto de los procesos de modernización y globalización*
>
> *el sistema de distribución y los carteles*
>
> *el sistema de producción y transporte de la droga*
>
> *la rápida urbanización demográfica*

ACTIVIDAD 12 Datos y detalles

Lee las siguientes oraciones e indica si son ciertas o falsas según la lectura. Corrige las falsas.

1. _____ El aumento rápido de la violencia criminal es un fenómeno relativamente reciente en Latinoamérica.

2. _____ Los campesinos se trasladan a las ciudades porque allí tienen trabajo garantizado.

3. _____ Las villas miseria son comunidades de pobres que se encuentran en zonas rurales.

4. _____ Los campesinos que se trasladan a las ciudades mantienen sus valores tradicionales.

5. _____ En parte, lo que hoy se percibe como corrupción es el resultado de una actitud que enfatizaba las obligaciones familiares.

6. _____ La demanda mundial por la cocaína ha bajado desde el año 2000.

7. _____ Los centros de producción de la cocaína son Bolivia y Perú.

8. _____ Irónicamente, muchas de las pandillas o "maras" de Centroamérica tuvieron su origen en los Estados Unidos.

ACTIVIDAD 13 Los delincuentes

En parejas, describan el papel que desempeñan los siguientes grupos en relación con cada tipo de delincuencia comentada en la lectura (los delitos y crímenes, la corrupción, las drogas).

los pobres urbanos	*los funcionarios*	*los jóvenes urbanos*
los campesinos	*los narcotraficantes*	

ACTIVIDAD 14 Soluciones hipotéticas

En grupos de tres, comparen los problemas de violencia criminal que existen en Latinoamérica con los de los Estados Unidos. ¿Qué semejanzas y diferencias existen? Después, escojan uno de estos problemas y terminen la siguiente oración.

Este problema ya habría desaparecido (o disminuido) en Latinoamérica / los Estados Unidos si...

ACTIVIDAD 15 En el año 2050

En grupos de tres, discutan qué se habrá hecho o qué habrá ocurrido en el año 2050 con respecto a cada uno de los siguientes problemas sociales en este país, en Latinoamérica y en el mundo: ¿Se habrá solucionado o eliminado? ¿Habrá aumentado o disminuido su frecuencia? ¿Se habrá legalizado? Justifiquen sus respuestas.

▶ —Para el año 2050 (no) se habrá eliminado la corrupción porque...

la corrupción	*el terrorismo*	*los secuestros*
el narcotráfico	*el consumo de drogas*	*los asesinatos*
las pandillas	*los robos*	*las violaciones*
los atracos		

Cuaderno personal 11-2

¿Quiénes tienen la responsabilidad del narcotráfico: los países consumidores o los países productores? Justifica tu respuesta.

✳ Lectura 3: Literatura

Building vocabulary

ACTIVIDAD 16 Las armas y su uso

En la historia "La escuela del profe Pérez" que vas a leer, un niño aprende a llevar y usar armas. Estudia la siguiente lista de palabras y expresiones relacionadas con el uso de las armas, y después, termina las oraciones que aparecen a continuación con una expresión apropiada.

el manejo de armas	use or operation of firearms
portar armas	to carry or bear arms
la culata	butt of a revolver
la bala	bullet
el tiro	shot; bullet
disparar; el disparo	to fire, shoot; shot
desarmar	to dismantle, take apart
el blanco	target
cargar; descargar	to load; to unload
el polígono de tiro; hacer polígono	firing range; to practice on a firing range
apuntar; la puntería	to aim; aim
el puntaje	score or point total

Polígono de tiro no es una expresión frecuente; *campo de tiro* es más común en el mundo hispanohablante.

1. En la tienda de armas, el dependiente le explicó al cliente cómo se meten _____ en el revólver.

2. En general, solo los policías pueden _____ en lugares públicos, pero en algunos lugares los individuos pueden solicitar una licencia especial.

3. El ladrón sacó una pistola y después se oyeron tres _____ .

4. En el curso sobre el manejo de armas, aprendieron a _____ el revólver Smith & Wesson 38 y a nombrar todas sus partes, como el tambor, la culata, etc.

5. Para mejorar nuestra puntería, fuimos a un _____ para practicar.

dar en el blanco = to hit the target

6. Durante las prácticas, las personas que no daban en el blanco, lógicamente recibían el peor _____ .

ACTIVIDAD 17 Más palabras y expresiones

El autor del texto que vas a leer utiliza un vocabulario muy variado para describir acciones y emociones. Lee cada oración y usa el contexto para determinar el mejor equivalente en inglés de la palabra **en negrita**.

1. _____ La mujer sintió un **escalofrío** al ver al muerto delante de ella en la calle.

2. _____ Los niños estaban encantados con la historia que les contaba la maestra y se quedaban sentados y calladitos como **ostras**.

3. _____ Las madres a menudo **acarician** a sus hijos.

4. _____ El general les dijo: "Levántense, señores", y todos los oficiales **cumplieron** la orden en seguida.

5. _____ Con frecuencia las películas de terror **amedrentan** a los niños pequeños.

6. _____ Ese señor se enoja por cualquier cosa; tiene muy **mal genio**.

a. *to terrify*
b. *oysters*
c. *to carry out*
d. *to caress*
e. *shiver*
f. *bad temper*

ACTIVIDAD 18 De la infancia a la delincuencia

Parte A: Las personas no nacen delincuentes; por lo tanto hay que preguntarse cómo llegan a la delincuencia. En grupos de tres, discutan las siguientes preguntas.

- En su opinión, ¿cómo y por qué entran las personas jóvenes en el mundo de la delincuencia?

- ¿Creen que a los delincuentes les gusta su vida? ¿Por qué sí o no?

Parte B: En el fragmento de la novela *Sangre ajena* que van a leer, se nos cuentan las experiencias de un niño, Ramoncito Chatarra, en una "escuela" de Colombia en la época de los grandes carteles. Antes de leer toda la historia, lee el título del fragmento y el primer párrafo y contesta las siguientes preguntas. Después, lee toda la historia y apunta las ideas y las acciones más importantes en el margen.

Active reading, Identifying tone, Annotating and reacting

¡Ojo! Busca las ideas importantes. No es necesario buscar todas las palabras en el diccionario.

1. ¿Quién es el "profe Pérez"?

2. ¿Qué indica la forma abreviada *profe*?

3. ¿Quién narra: Ramoncito Chatarra o el profe Pérez?

4. ¿De quién son la mayoría de las ideas expresadas en el primer párrafo?

5. ¿Cuál es el tema general?

6. ¿Cuál es el tono del párrafo: serio, inocente, irónico o triste?

ARTURO ALAPE *es el seudónimo del colombiano Carlos Arturo Ruiz. Nació en Cali en 1938 y murió en 2006. Desde los años sesenta su obra se concentró en el análisis de la violencia en su país. A causa de sus opiniones abiertamente declaradas acerca de los problemas políticos y económicos del país, Alape recibió muchas amenazas de muerte. Debido a esto, el autor vivió muchos años fuera de Colombia. La lectura siguiente proviene de la novela* Sangre ajena, *que fue publicada en el año 2000. Esta novela está basada en las entrevistas de Alape con un joven que fue sicario de niño a finales del siglo XX. Alape convierte la vida del niño en una novela testimonial que nos permite entender cómo los jóvenes pobres se sienten atraídos por el mundo del narcotráfico y la criminalidad. Su protagonista se llama Ramoncito Chatarra.*

sicario = (hired) hitman

Sangre ajena: "La escuela del profe Pérez" Arturo Alape

DIJO EL PROFE PÉREZ que con él íbamos a aprender el manejo de armas, que saldríamos de la escuela
5 diestros en su conocimiento y manejo. Las armas debíamos utilizarlas no para matar muñecos, en principio, sino para amedrentar al tipo que
10 debíamos tumbar en su negocio o que no quisiera soltar a las buenas la guita que tuviera en el bolsillo.

diestro = skillful, adroit

tumbar = to knock down

guita = cash (*colloquial*)

Un revólver Smith & Wesson

Debemos o deben disparar y matar en casos especiales cuando la vida de ustedes
15 esté en peligro. Las armas no deben portarse para hacer demostraciones públicas ante mujercitas... Quien haga una exposición güevona por ahí en cualquier sitio de mala muerte, mala suerte porque de inmediato saldrá del grupo y pagará muy caro su propio error.

güevón/güevona = stupid, dumb (*very vulgar term in Colombia*); **sitio de mala muerte** = godforsaken place

a cabalidad = exactly

Y todos, ostras silenciosas aprobando sus palabras. Hizo que cada uno cogiera un
20 Smith & Wesson 38 largo, pidió que lo acariciáramos... Cumplimos a cabalidad la orden: hasta besos en la culata le dimos. Nos dio un plano del revólver y él mismo lo cargó con proyectiles, giró el tambor, descargó los proyectiles y fingió disparar contra cada uno de nosotros. Yo sentí un escalofrío comiéndome las tripas. Nos familiarizamos con el fierro: que tiene un tambor, que se abre de esta manera, que por dentro tiene tantos
25 tiros, que los tiros se meten así, cómo se limpia, qué instrumentos se deben utilizar en su limpieza, cómo se engrasa. Jugamos con el fierro, nos hicimos sus amigos...

giró el tambor = he spun the drum

fierro = "piece," gun

Pérez sí que era un profesor rebueno, no como esas cuchas histéricas que nos tocó soportar en clases junto a Nelson, en la escuela de Bogotá. Cómo es la vida de curiosa: ahora Nelson sí era un estudiante de verdad, muy aplicado, no le perdía
30 detalles a las explicaciones de los profes de la escuela. Eso sí, muy buenos maestros, un poco atravesados por el mal genio... pero chéveres para enseñar. Veía que Nelson aprendía con velocidad y locura cualquier cosa que le pusieran sobre la mesa. Yo tenía ciertas dificultades en los dedos, pero hacía lo posible para no retrasarme en nada. Nelson me repetía las explicaciones de los maestros en la noche. No le perdía
35 detalle a sus palabras...

Luego de aprender con la paciencia de gusano de seda a sacarle las balas, los casquillos y saber cómo se limpia el proveedor y cómo se desarma la pistola, era justo, más que justo, que tuviéramos el premio y estímulo por lo aprendido. Que nos dieran la más querida y amada noticia, de que un día ya pudiéramos totear esas joyas
40 de armas. Ordenados y callados con el alma escondida por la emoción, los cinco entramos detrás del profesor al subterráneo donde se hacía polígono: al fondo había unos cuadros con un blanco en la mitad y círculos crecientes que sirven para señalar los puntajes. Entramos y el profesor Pérez, con su voz conocida dijo, todos los disparos hay que meterlos en el círculo del centro, ése es el círculo de la muerte...
45 Aprendimos a tomar respiración, a detenerla para calmar el pulso, cerrar el ojo izquierdo y apuntar con el arma correspondiente, revólver, pistola y metralleta. Cuando hice mi primer disparo, pensé o sentí que todo mi cuerpo se había ido detrás del proyectil para indicarle el punto de mira y quedé aturdido por el resultado: había disparado por fuera del foco. Seguí; a medida que iba equilibrando el pulso con la
50 respiración, me di cuenta que mejoraba la puntería... Esa noche dormí plácidamente, pensaba en la vida que tendría en adelante, con mi nueva compañía: una pistola bien asegurada en la pretina. Soñé que hacía polígono contra los ojos quietos de una tarántula que venía en línea directa hacia mis ojos: disparaba y disparaba y la maldita pollona continuaba caminando, muy lenta y segura de su aguijón ponzoñoso... ■

cuchas = old ladies

mal genio = bad temper

totear = to explode, blow up, "fire"

aturdido = bewildered, confused

pretina = belt, waistband
maldita pollona = damned "little chicken"; aguijón ponzoñoso = poisonous sting

Arturo Alape, "La escuela del profe Pérez," in *Sangre ajena*. Seix Barral, 2000. Reprinted with permission of the Estate of Arturo Alape.

ACTIVIDAD 19 La escuela de armas

Identifying main ideas

Termina cada una de las siguientes oraciones de acuerdo con el contenido de la historia.

1. Según el profesor Pérez, las armas no deben usarse para matar inocentes, sino...

2. Durante la clase los estudiantes estaban silenciosos pero...

3. El profe Pérez no quería que solo miraran el Smith & Wesson, sino que...

4. Había buenos profesores en la escuela, aunque...

5. Al principio, los cinco chicos de la clase no podían usar las armas como...

6. Nelson, el hermano de Ramoncito, había encontrado una escuela donde...

7. Todos los chicos aprendieron cómo...

ACTIVIDAD 20   Las reacciones de Ramoncito

Ramoncito revela directa e indirectamente sus reacciones al programa de entrenamiento y sus implicaciones para su vida. Busca evidencia en la historia que apoye (o no) cada una de las siguientes oraciones.

1. Ramoncito estaba muy contento con la "escuela" y sus profesores.
2. Nelson tenía interés y talento para el manejo de las armas.
3. Ramoncito estaba preocupado por su propio uso de las armas.
4. Ramoncito sentía gran ambivalencia hacia su futuro.

ACTIVIDAD 21   Si las cosas hubieran sido diferentes

La vida de Ramoncito representa la de muchos jóvenes pobres que no ven más salida que una vida de delincuencia. En parejas, completen las siguientes oraciones para imaginar cómo habría sido su vida si las cosas hubieran sido diferentes.

1. Si Ramoncito Chatarra hubiera nacido en una familia de clase media o alta, entonces...
2. Si los "profesores" hubieran sido buenos de verdad, entonces...
3. Si Ramoncito no hubiera aprendido a manejar las armas, entonces...
4. Si Ramoncito se hubiera llamado Ramón, entonces...

Cuaderno personal 11-3

¿Hasta qué punto crees que los delincuentes son responsables de sus acciones? ¿Tienen la libertad de escoger otro camino en la vida o son más bien víctimas de sus circunstancias sociales? Justifica tu respuesta.

✸ Redacción: Un ensayo

Estrategia de redacción

Analyzing Causes and Effects

In this chapter you have been reading about causes and effects, for example, the causes of criminal violence and the possible effects of drug legalization. Analyzing cause and effect is both a way of organizing thoughts and a means of organizing writing. It is a useful strategy to employ when you need to answer the question *Why?* The discussion of a cause automatically assumes an effect and vice versa, but in writing, one of these two aspects may become the focus. In **Lectura 1,** Juan Carlos Hidalgo discusses the possible effects of just two causes: drug prohibition and drug legalization. On the other hand, **Lectura 2** looks at many causes for one broad phenomenon, a rise in crime.

Using cause and effect as a basis for your writing requires clear thinking on your part. Think about the following points before writing.

1. Determine whether you want to analyze the causes of an event or phenomenon, its effects, or both. Make a list of the points you want to discuss.

2. Distinguish clearly between causes and effects or indicate where this is difficult to do. For example, is violence on television a cause or an effect of increasing violence in society?

3. Avoid the assumption that one event causes another simply because one precedes the other; there may be no causal relation. For example, a change in curriculum at a school is followed by a gradual fall in test scores, but other factors besides the change in curriculum, such as broader changes in society, may have actually caused the fall in test scores.

4. Finally, be aware that it is not possible to fully explain many phenomena. The number of potential causes is in reality infinite, and you should limit yourself to speculation about those that are most important or immediate, or to those for which you have the most compelling arguments.

The following expressions are often useful for discussing causes and effects.

a causa de (que), debido a (que)	because of, due to
causar, provocar, producir	to cause
conducir a, llevar a	to lead to
deberse a (que)	to be due to
el factor; la causa, el motivo	factor; cause
el porqué de	the reason for/why
por + *infinitivo / sustantivo*	because of, for
por consiguiente, por eso, por lo tanto	therefore
porque + *verbo conjugado*	because
por esta razón / por este motivo	for this reason
una razón por la cual	one reason why
ya que, puesto que, como	since
así que / de modo que	thus, so
como consecuencia, como resultado	as a consequence, as a result
el resultado	result
resultar de	to result from
tener como/por resultado	to result in

ACTIVIDAD 22 Fenómenos y causas

Parte A: La siguiente lista incluye temas candentes o importantes en muchos países hoy en día. En grupos de tres, escriban oraciones sobre algunos de los fenómenos asociados con estos temas.

▶ —Cada vez hay más (menos) personas que consumen drogas.

el consumo y tráfico de drogas	el número de cárceles y prisioneros
el crimen violento (asesinatos, asaltos, violaciones)	la pena de muerte
el crimen organizado	la violencia en los medios de comunicación
el terrorismo	

Parte B: Escojan uno de los fenómenos y hagan una lista de causas posibles. Usen las sugerencias de la Estrategia de redacción para discutir qué causas son posibles. Luego, de las que queden, decidan cuáles son más importantes y cuáles menos importantes.

ACTIVIDAD 23 La redacción

Vas a redactar un ensayo para explicarles a tus compañeros las causas del fenómeno social escogido en la Actividad 22B.

Parte A: Escribe el título y la introducción de forma que presenten el tema general. Si tu público no conoce bien el fenómeno social que vas a tratar, tendrás que incluir evidencia, como estadísticas o comentarios hechos por expertos, para demostrar su existencia y su importancia.

Parte B: Basándotc cn tu lista de causas importantes, decide si vas a enfocarte en una o varias causas en el cuerpo de tu ensayo. Presenta evidencia para apoyar cada causa.

Parte C: Escribe la conclusión haciendo un resumen de las causas presentadas y considerando otra vez la importancia del tema y otras implicaciones.

Cruzando fronteras

CAPÍTULO 12

Una señora de Salamanca, España, recoge a una estudiante de intercambio norteamericana que va a vivir con ella y su familia.

© Donald N. Tuten

See the *Fuentes* website for related links and activities: www.cengagebrain.com

Activating background knowledge

ACTIVIDAD 1 El contacto entre culturas

Parte A: La globalización es un fenómeno del mundo actual que trae consigo un creciente nivel de contacto entre personas de diferente origen cultural. En grupos de tres, hagan una lista de dos o tres factores que contribuyen al aumento del contacto entre diferentes culturas. Después, digan por lo menos un aspecto positivo y un aspecto negativo de ese contacto. Justifiquen sus respuestas.

estudiante de intercambio = exchange student

Parte B: En la foto de la página anterior, una estudiante de intercambio norteamericana llega a España. En grupos de tres, hagan una lista de tres o cuatro tipos de diferencia cultural que ella pueda encontrar en su nuevo país. Luego, hagan una lista de las ventajas de viajar a otros países y conocer otras culturas.

Lectura 1: Un ensayo

Building vocabulary

ACTIVIDAD 2 Recuerdos de Daniel

Las siguientes oraciones describen las experiencias de un estudiante de intercambio norteamericano en Colombia. Completa cada oración con una expresión apropiada de la lista que sigue.

meter la pata = to put one's foot in it
metedura de pata (*España*) = **metida de pata** (*Latinoamérica*)

botar	to discard, throw away
despedirse de	to say good-bye to
dominar (una lengua)	to speak (a language) well
enterarse de (algo)	to find out about (something)
extrañar	to miss
una metedura de pata	a faux pas
mudarse	to move, change residence
pegar	to hit
reprender	to scold; to correct (*someone's behavior*)
saludar	to greet, say hello to

1. El programa de intercambio estuvo muy bien organizado y Daniel ____________________ de su destino —Cali— y de su familia anfitriona —los Valderrama— un mes antes de irse.
2. Cuando llegó a Cali, su familia anfitriona lo estaba esperando en el aeropuerto. Aunque no sabía español, Daniel ____________________ a cada miembro de la familia con una frase que había memorizado: "Mucho gusto en conocerle".
3. Daniel se dedicó a aprender muy bien español. Su mejor profesor era su hermanito de ocho años, que lo ayudaba con la pronunciación de la erre y lo ____________________ cuando conjugaba mal los verbos.
4. Durante los primeros meses, Daniel tuvo algunos problemas con la lengua. Por ejemplo, pasó dos meses exclamando "¡Estoy tan embarazado!" ¡Qué ____________________!

embarazada = pregnant

5. Daniel lo pasaba muy bien en Cali, pero le pidió a su madre que le mandara mantequilla de maní JIF porque también _____ a su familia y su vida en los Estados Unidos.

6. Después de seis meses, Daniel _____ de su familia de Cali y _____ a Bogotá para conocer otra región del país.

7. Al final del año, Daniel había acumulado muchos libros, fotos y otros recuerdos. No quería _____ nada, así que tuvo que comprarse una maleta nueva para llevar todas las cosas.

8. Después de su año en Colombia, Daniel _____ bastante bien el español.

ACTIVIDAD 3 ¿Estudiar en el extranjero?

Activating background knowledge

Parte A: En parejas, háganse las siguientes preguntas.

1. ¿A ti te gustaría estudiar en el extranjero? ¿Dónde? ¿Por qué sí o no?

2. Si eres (o si fueras) norteamericano/a de origen latino/hispano, ¿te gustaría estudiar en algún país hispanohablante? ¿Por qué sí o no?

Parte B: Ahora, lee individualmente la siguiente historia de un estudiante latino y sus experiencias interculturales dentro y fuera de los Estados Unidos. Al leer, decide si las experiencias de Hugo reflejan o no tus ideas, y apunta tus reacciones en los márgenes.

Active reading

HUGO APARICIO *estudió en la Universidad de Emory, donde se especializó en biología y español. Después estudió medicina en la Universidad de Pennsylvania. El siguiente texto contiene sus reflexiones sobre la experiencia de crecer y vivir en contacto con diferentes culturas.*

Este texto auténtico refleja el español que habla Hugo Aparicio. Se nota la influencia de diferentes variedades del español y también del inglés.

Una educación intercultural
HUGO JAVIER APARICIO

"¿NO ES QUE YA SABES HABLAR ESPAÑOL?"

¡Cuántas veces he escuchado esta pregunta! Mientras mis amigos se especializaron en la universidad con asignaturas como ingeniería, ciencias políticas o negocios, yo decidí concentrar mis estudios en la lengua española. Al enterarse de mi concentración, algunas personas respondieron con una mezcla de incredulidad e indignación —"¡Pero eres *hispano*! ¿Para qué te sirve estudiar español?"

Soy latino y he hablado español toda mi vida, pero la situación no es así de sencilla.

Nací en La Paz, Bolivia, pero cuando tenía tres años mi familia inmigró a los Estados Unidos y nos establecimos en Lexington, Kentucky. Años después, durante el octavo curso de escuela primaria, falté a un día de clases para visitar Frankfort, la capital de Kentucky. El próximo día, les conté a mis compañeros que mis padres se habían naturalizado y que yo, como hijo, también me había

Continúa

convertido en ciudadano estadounidense. Al oír esto, estaban completamente sorprendidos. Se habían olvidado que yo no había nacido en Kentucky y que no había sido americano toda mi vida.

Y yo siempre tenía un dilema cuando alguien me preguntaba "¿de dónde eres?". Tenía una variedad de respuestas posibles:

1. "Soy de Bolivia", decía yo. "Ese país", a veces respondían, "es ahí al lado de Honduras, ¿no?"

2. "Soy sudamericano". "¡Wow!" decían, "tu inglés está perfecto".

3. "Soy de Kentucky". "Qué extraño", respondían, "¿un latino en Kentucky?"

Más interesante, quizás, es cómo me identifican personas de diferentes partes del mundo. En los Estados Unidos usualmente piensan que soy mexicano. En América Latina, notan mi acento e inmediatamente creen que soy gringo. En Europa, me identifican como americano porque hablo inglés y porque llevo pantalones cortos y una gorra de béisbol.

Sin embargo, esta ambigüedad de identificación y mi deseo de mejorar mi uso del español me empujaron a aprender más sobre los países que había dejado como niño.

Cuando llegué a la universidad decidí que era importante dominar el español, así que empecé mis estudios de la lengua. Al principio fue fácil leer los textos y añadir a la discusión en clase, pero pronto reconocí mis defectos. Por falta de una comprensión de la gramática y la sintaxis, no sabía cómo escribir bien. Encima, no podía entender vocabulario más avanzado de lo que había hablado en la casa. Tuve que aprender mucho esos primeros años, pero al mismo tiempo yo estaba sumamente interesado en aprender más sobre las culturas hispanas.

La experiencia durante mi carrera que más me abrió mis ojos fue la oportunidad de ir a España como estudiante de intercambio. Descubrí, durante mi tiempo ahí, muchas diferencias importantes entre la gente del mundo hispanohablante y entre los Estados Unidos y Europa.

Estudié ese semestre en la Universidad de Salamanca, una antigua y prestigiosa institución, fundada en el año 1218. Además, durante mi estancia, me quedé con una familia española para sumergirme completamente en la cultura del país. Fue interesante vivir y estudiar en el extranjero, siendo ya en mi propio país (los Estados Unidos) una persona del extranjero.

La transición a la cultura española no debería haber sido difícil, en vista de que había crecido hablando la lengua en mi casa y aprendiendo sobre las diferentes culturas de mi familia en Sudamérica. Sin embargo, los países hispanohablantes no son todos lo mismo. Había visitado Bolivia y Ecuador, donde vive mi familia en Sudamérica, pero visitar a España fue una experiencia distinta.

Tuve que adaptarme desde el primer día. Cuando primero conocí a mi *señora*, la madre de la familia con la que yo iba a quedarme, le saludé con solo un beso en la mejilla. Siendo latino, yo estaba acostumbrado a dar solo un beso cuando saludaba a mis amigas y familiares. Es costumbre en España, al conocer a alguien, dar y recibir dos besos, pero yo me olvidé varias veces de esta convención. Cada vez que

Courtesy of Hugo Aparicio

Hugo Aparicio, durante una excursión a la ciudad española de Segovia. Detrás de él se ven los arcos del acueducto romano.

cometí esta metedura de pata, mi señora me reprendió, aunque con paciencia y humor.

Entre las culturas que yo conocía, había siempre que tomar en cuenta las diferentes convenciones sociales. La distancia entre tú y la persona con quien hablas, por ejemplo, variará de un país al otro. Por un lado, la gente española y latina, incluyendo mi familia en Kentucky, se acercan mucho cuando hablan y no tienen miedo del contacto físico. Por otro lado, muchos americanos están incómodos con estas transgresiones del espacio personal; si tratas de dar un beso a una americana, cuando recién la estás conociendo, es muy posible que te pegue.

Vi durante mis viajes que la cultura latina ponía mayor importancia en la conexión de familia. En la casa de mi señora vivía casi toda la familia, aunque algunos de los hijos ya se habían graduado de la universidad. Reconocí algo semejante en la casa de mis parientes en Ecuador, donde vive mucho de la familia extendida bajo un techo. Esto no ocurre en los Estados Unidos, donde me parece que los niños están botados del hogar al cumplir los 18. Sin embargo, esta tradición en España está cambiando, visto que la generación joven se está mudando de los pueblos para encontrar trabajo en las ciudades o donde hay turismo. La hija de mi señora, por ejemplo, está contemplando mudarse a la costa para encontrar mejor trabajo.

Adaptarme a las diferentes culturas, al final, no fue tanto trabajo como fue siempre usar el español y tratar de entender las diferencias lingüísticas entre España y América Latina. Primeramente, noté que muchas palabras en mi vocabulario no correspondían a las cosas en España: llegamos *conduciendo* el *coche*, no *manejando* el *carro*; escribía mis trabajos en el *ordenador*, no en la *computadora*; yo me despedía de la gente con *ciao*, pero ellos siempre me decían *adiós*. Ciertamente, la lengua que hablaban, el *castellano*, no era el *español* que yo usaba.

Además, yo había aprendido a hablar usando *usted* y *ustedes*, pero me hicieron comprender en mi casa adoptiva que estas formas son demasiado formales con familia, que es casi un insulto usarlas con gente que conoces bien. Lentamente, empecé a hablar con la forma de vosotros, aunque mis padres se reían cuando decía por teléfono, "Y vosotros, ¿cómo estáis?"

Después de un semestre muy divertido, mi familia en Kentucky ya me echaba de menos (en español boliviano: me *extrañaba*). Tuve que regresar a los Estados Unidos, pero ya me había educado no solo en las costumbres y el idioma de otra cultura, sino también en las diferencias y semejanzas que yo reconocía entre mis propias culturas.

Ahora estoy acostumbrado a cómo mi identidad está cambiando continuamente. Para diferentes grupos, entre diferentes culturas, soy algo distinto. Esto me encanta, ser boliviano, americano, latino e indoeuropeo. Reconozco que soy afortunado por tener tanta riqueza de cultura, lengua y experiencias.

Sudamérica. Los Estados Unidos. España. En estos lugares he recibido una educación entre y dentro de múltiples culturas. Al notar las diferencias entre ellas y tratar de comprender los hábitos, las costumbres y las peculiaridades de los países que visité, he podido cambiar mis ideas sobre el mundo y sobre mí mismo. De hecho, estas experiencias han sido las más ricas de mis años de universidad. ■

Courtesy of Jose Luis Boigues

Desde hace siglos, la Plaza Mayor ha servido como eje de la vida social de la ciudad de Salamanca, sede de la universidad más antigua del mundo hispano.

"Una educación intercultural" by Hugo Javier Aparicio. Used with permission.

ACTIVIDAD 4 ¿Qué dijo Hugo?

En parejas, contesten las siguientes preguntas sobre la lectura.

1. ¿Dónde nació?

2. ¿Cuándo inmigró a los Estados Unidos?

3. ¿Por qué les sorprendió a sus amigos saber que no había sido siempre ciudadano?

4. ¿Cuándo se convirtió en ciudadano de los Estados Unidos?

5. ¿Cómo se identifica Hugo? ¿Cómo lo identifican los demás?

6. ¿Adónde fue Hugo como estudiante de intercambio?

7. ¿Por qué la *señora* reprendía a Hugo?

8. Cuando Hugo fue estudiante en España, ¿qué semejanzas descubrió entre la cultura española y la de su familia? ¿Entre la cultura española y la norteamericana?

9. ¿Qué diferencias descubrió entre la cultura española y la boliviana? ¿Entre la cultura española y la norteamericana?

10. ¿Por qué la experiencia fue valiosa para Hugo? ¿Qué efectos tuvo sobre él?

ACTIVIDAD 5 ¿Por qué será?

Hugo hace varias generalizaciones sobre las culturas que él conoce. En grupos de tres, lean estas generalizaciones y traten de explicar las razones de cada fenómeno descrito.

1. Los norteamericanos suelen guardar mayor distancia física cuando hablan con otra persona.

2. Los norteamericanos suponen que los hijos deben irse de la casa de los padres a partir de los 18 años.

3. Los bolivianos y ecuatorianos usan las formas de *usted/ustedes* con mucha más frecuencia que los españoles.

4. España, Bolivia y Ecuador tienen diferentes maneras de hablar español.

ACTIVIDAD 6 Comparando experiencias

Muchas personas deciden estudiar en el extranjero. En grupos de tres, digan si Uds. han tenido experiencia en el extranjero o si han conocido a algún estudiante de intercambio o una persona extranjera que viva en los Estados Unidos. Después, háganse las siguientes preguntas.

1. Si tú estudiaras en un país hispanohablante, ¿qué aspectos de tu experiencia serían diferentes de la de Hugo?

2. ¿Has tenido confusión o algún malentendido causado por una diferencia entre dos culturas? ¿Cuándo y por qué surgió? ¿Aprendiste algo de la experiencia?

3. ¿Conoces a otra persona que haya tenido confusión o algún malentendido causado por una diferencia entre dos culturas? ¿Cuándo y por qué surgió? ¿Aprendió esa persona algo de la experiencia?

Cuaderno personal 12-1

¿Te gustaría estudiar en el extranjero? ¿Por qué sí o no? ¿Adónde irías y por qué?

Lectura 2: Panorama cultural

ACTIVIDAD 7 Palabras necesarias

Building vocabulary

Las palabras de la lista aparecen en la lectura "Abriendo nuevos horizontes" que vas a leer. Míralas y después completa las oraciones que siguen con la forma apropiada de una palabra de la lista.

ajeno/a	of others, of another
la alfabetización	literacy teaching and learning
la conferencia	lecture, talk
la destreza	skill
laboral	related to work, labor
la pasantía	internship
el/la principiante	beginner
sanitario/a	related to health (**sanidad**)
la sutileza	subtlety

1. Hay muchos estudiantes universitarios que hacen una ________________ durante un verano o un semestre en negocios latinos, en oficinas de corporaciones multinacionales o en agencias de medios de comunicación (como CNN en Español).
2. Hay muchos tipos de profesionales ________________, como médicos, enfermeros, farmacéuticos/farmaceutas, fisioterapeutas y técnicos.
3. Los estudiantes que optan por estudiar en el extranjero pueden adquirir muchos conocimientos y experiencia que serán de gran valor tanto en su vida personal como en su vida ________________.
4. Para perfeccionar sus ________________ comunicativas, todos los estudiantes de español deben usar y practicar la lengua tanto como sea posible, dentro y fuera de clase.
5. Las personas que salen para vivir en el extranjero tienen que comparar los valores propios con los valores ________________ hasta llegar a una nueva síntesis de valores.
6. En el estudio de idiomas, los verdaderos ________________ solo saben manejar un vocabulario muy limitado y frases memorizadas.

7. Hay estudiantes universitarios que sirven como tutores en programas de
_____, en inglés o español, organizados por las escuelas y otros
organismos de ayuda a los inmigrantes.

8. En las universidades norteamericanas, los departamentos y programas de español
suelen invitar a estudiosos y expertos para dar _____ sobre
cuestiones de lengua, cultura, sociedad, política e historia del mundo hispano.

Activating background knowledge

ACTIVIDAD 8   Por qué seguir con el español

Muchos estudiantes como ustedes se preguntan si deben seguir estudiando español
después de terminar el nivel intermedio. En parejas, hagan una lista de tres motivos que
justifican la continuación del estudio del español y de las culturas hispanas.

Activating background knowledge, Making predictions

ACTIVIDAD 9   ¿Cómo seguir adelante con el español?

La lectura que vas a leer comenta las muchas maneras en que uno puede seguir conociendo
la lengua española y las culturas hispanas. Antes de leer, en grupos de tres, hagan una lista
de por lo menos tres maneras de seguir adelante con el uso del español y el conocimiento
de las culturas hispanas.

Abriendo nuevos horizontes: la lengua española y el mundo hispano

En este libro se han presentado al estudiante aspectos fundamentales de la lengua
española y las culturas hispanas y latinas, aunque queda mucho más por descubrir.
Pero, ¿cómo se puede lograr mayor conocimiento y mayor apreciación lingüística y
cultural? En realidad, las oportunidades son innumerables y existen varios medios de
5 lograr este objetivo.

Opciones inmediatas

En primer lugar está el uso continuo de la lengua y el contacto con la cultura. Esto se
logra, en parte, siguiendo cursos avanzados de español, asistiendo a conferencias,
leyendo textos originales como los de este libro y relacionándose con hispanohablantes de la comunidad universitaria para adquirir nuevas y variadas destrezas lingüísticas
10 y perspectivas culturales. Por otra parte, la tecnología ha abierto oportunidades insos-
pechadas de contacto inmediato, visual y auditivo, con diversos aspectos de la vida de
cualquier país: televisión, películas, videos, música, blogs y revistas que tratan de todos
los aspectos de la vida diaria. Utilizando Internet, podemos encontrar reportajes —y
reacciones a estos— de incontables periódicos y otros sitios noticieros del mundo
15 hispano. Asimismo, a través de las redes sociales, está a nuestro alcance establecer
contacto directo y casi instantáneo con los hispanos de otras naciones.

En este libro se han incluido textos periodísticos, académicos y literarios.

Es fácil consultar periódicos famosos como *La Nación* de Argentina, *El País* de España y *El Universal* de México.

Sitios que permiten las conexiones directas incluyen salas de chat, blogs y Facebook.

Participación en las comunidades locales

Un gran beneficio de aprender un idioma global como el español es la posibilidad de participar en la vida de las comunidades latinas donde uno vive. Y, hoy en día, las universidades ofrecen oportunidades para que los estudiantes formen parte de esas
20 comunidades locales, en lo que se llama "el aprendizaje a través del servicio". Este servicio se realiza haciendo una pasantía o algún tipo de trabajo voluntario que puede llevarse a cabo en hospitales, centros culturales, negocios latinos, o participando en celebraciones culturales y mucho más. En dichos programas de servicio comunitario —alfabetización,
25 salud, educación cívica, entre otros— los universitarios contribuyen a las comunidades locales
30 al mismo tiempo que aprenden por medio de su contacto con los miembros de estas,
35 estableciendo una alianza mutuamente beneficiosa.

Algunos prefieren menor énfasis en el servicio (*service-learning*) y mayor énfasis en la colaboración mutuamente beneficiosa entre las comunidades latinas locales y las comunidades universitarias, en lo que se conoce en inglés como *community-engaged learning*.

Ventajas de los estudios en el extranjero

Estas y muchas más oportunidades están
40 al alcance del universitario que desee continuar en contacto con el

Muchas universidades participan en programas que ayudan a los inmigrantes y a sus hijos. Este universitario de Chicago va a una escuela local dos veces por semana para ayudar a los niños con sus deberes en matemáticas, inglés y español escrito.

español. Sin embargo, una de las experiencias personales y profesionales más transfor-
45 madoras de la vida de cualquier individuo y que marcará de manera indeleble su futuro, es la oportunidad de hacer estudios en el extranjero. Las universidades ofrecen numerosos programas de intercambio en países de habla española. A diferencia del turista que solo ve superficialmente la nueva cultura, el estudiante de intercambio se sumerge en la vida y las costumbres del país. El impacto es aún mayor cuando vive con una familia o
50 en una residencia universitaria con estudiantes locales.

Las ventajas de estudiar en el extranjero son incontables. En primer lugar, combinando las clases y el uso constante del idioma, el estudiante desarrolla rápidamente la destreza lingüística. De hecho, un principiante absoluto puede mantener largas conversaciones en español después de solo seis semanas de estudio intensivo. Y los que llegan
55 con conocimientos previos alcanzan altos niveles de competencia lingüística.

Continúa

Una chica costarricense charla con una estudiante de los Estados Unidos durante un "intercambio", cuando hablan media hora en español y media hora en inglés para enseñar cada una su propia lengua y aprender la de la otra.

La segunda gran ventaja del estudio en el extranjero es poder desarrollar la competencia cultural, es decir, el 60 conocimiento de valores y prácticas de las culturas hispanas, como el aprecio y respeto por la familia, el papel de la hospitalidad o las acti- 65 tudes hacia la política, el dinero y las muchas facetas de cualquier sociedad. Y a medida que adquiere conocimiento y desarrolla la aceptación de 70 costumbres locales en cuanto a la comida, el uso del tiempo y las normas de conducta, el estudiante comienza a comprender la historia local y la cultura popular: música, baile, deportes, televisión y la tecnología. Pero la competencia cultural va íntimamente ligada a la competencia lingüística y no pueden desarrollarse 75 aisladamente. Por esta razón es esencial aprender las normas culturales de la conversación, aquellos detalles sin los cuales un diálogo resulta culturalmente incompleto. Son estos pormenores como la corta distancia física entre los interlocutores de habla española y el grado de formalidad en el tratamiento de otros: *tú, vos, vosotros, usted,* etc. Pero estas sutilezas varían de un país a otro. Así, al expresar un deseo, un español 80 puede decirle a un camarero sin ofenderlo: "Me vas a poner una cerveza"; en tanto que un colombiano opta quizás por usar una expresión mucho más formal: "¿Podría Ud. servirme una cerveza?" Puntos finos del lenguaje que reflejan concepciones locales de cortesía, y solo se aprenden participando en la vida cotidiana.

Al observar y experimentar a diario las idiosincrasias de la lengua y la cultura, el 85 estudiante desarrolla el sentido de tolerancia y aceptación de los valores ajenos, y comienza a apreciar el mundo desde una perspectiva más amplia que lo lleva a reevaluar sus propias creencias y valores, e incluso, la imagen que tenga de sí mismo. Cuando regresa a casa, llega mejor preparado para enfrentarse a nuevas situaciones —aun laborales—, elegir entre opciones y tomar decisiones, ya sea en relación con miembros 90 de comunidades propias o con personas de diferente origen. Es importante notar aquí, que los estudiantes latinos de los Estados Unidos reciben un beneficio adicional. Muchos crecen en familias donde se mezclan el español y el inglés de manera informal, y a menudo, el uso del español en público va acompañado de cierta "vergüenza". Estudiar en el país de origen de su familia o en otro país hispano les ayuda a nutrir su autoestima 95 cuando descubren y valoran su rica herencia cultural y la riqueza de la lengua de sus antepasados. Considerando todas estas ventajas, es lamentable, entonces, que ¡solo un 4% de los estudiantes universitarios de los Estados Unidos opten por estudiar en el extranjero!

Antes de ir al extranjero

Ahora bien, antes de embarcarse en un programa de estudios en el extranjero, el aspirante
100 debe hacerse ciertas preguntas. "¿Estoy suficientemente preparado para beneficiarme de
esta experiencia en este momento?" tiene que ser la primera. Es cierto que para la mayoría
de universitarios existe algún beneficio, pero es esencial consultar con profesores y admi-
nistradores de la universidad antes de tomar una decisión definitiva.

La segunda pregunta de relevancia es cuál es el mejor momento para realizar este
105 intento y cuál es el período de tiempo más apropiado. No existe una respuesta exacta,
pero es común hacerlo durante el tercer año de estudios, aunque puede ser durante
cualquier momento de los estudios universitarios. ¿Y la duración? Existen programas de
un año académico, un semestre o trimestre, o programas de verano. Y hasta un programa
de cuatro a seis semanas puede tener gran impacto en la formación académica y la vida
110 del estudiante.

Una pregunta de suma importancia, sin duda es, ¿cuál es el destino más apropiado
para cada individuo? Mucho depende de los intereses personales. Los países hispanos se
caracterizan por cierta hospitalidad y receptividad hacia los extranjeros, lo cual facilita la
integración del estudiante. De los países hispanohablantes, los preferidos por los estudiantes
115 norteamericanos suelen ser España, México, Costa Rica, Argentina, Chile y Ecuador.
No se deben descuidar, además, los intereses personales: Costa Rica para quienes están
interesados en el medio ambiente; México o Ecuador si se desea apreciar la vida de
comunidades indígenas; y si el estudiante es latino, posiblemente prefiera ir al país de
origen de su familia, donde podrá impregnarse de la cultura materna. Existen, asimismo,
120 programas que enfatizan el español para los negocios o que preparan a los profesionales
sanitarios. Y una consideración final, pero no menos importante, es que si el estudiante
desea recibir créditos para su título universitario debe investigar primero los programas
que ofrece su propia universidad; participar en ellos facilita los trámites de transferencia
de créditos académicos.

Despedidas y deseos

125 Después de un intento de presentar un panorama de las culturas y sociedades hispanas
y latinas y de los fundamentos de la lengua española, hemos llegado al término de este
libro. Abrigamos la esperanza de haber despertado un nuevo interés, un nuevo deseo de
ir más allá, de cruzar nuevas fronteras y abrir nuevos horizontes que descubran la variada
riqueza del mundo hispano. Sea esta la continuación de un viaje lingüístico y cultural,
130 ya iniciado, y el comienzo de una visión y comprensión más amplias del rico mundo de
la lengua española y sus culturas. ■

Los autores de *Fuentes: Lectura y redacción*

Los estudiantes que optan
por estudiar en el Cono
Sur —los países de Chile,
Argentina y Uruguay— deben
recordar que en el hemisferio
sur, generalmente, el año
académico va de febrero a
noviembre.

De todos los estudiantes
norteamericanos que estudian
cada año en el extranjero,
un 9% optan por España,
mientras un 15% prefieren un
país latinoamericano.

ACTIVIDAD 10   Las maneras de seguir adelante

Parte A: Después de leer, haz una lista de todas las maneras sugeridas para seguir adelante con el aprendizaje del español y el conocimiento de las culturas hispanas.

Parte B: Después, en parejas, comenten y contesten las siguientes preguntas:

¿Cuáles de estas posibilidades les parecen más/menos interesantes? ¿Por qué?
¿Cuáles de estas posibilidades les parecen más fáciles/difíciles de hacer? ¿Por qué?

Estrategia de lectura

Summarizing

A summary includes the most important information from a reading. It can be a good study aid because it goes beyond notes and outlines by bringing out important relations between ideas. To prepare a summary, start with notes you make while reading and with an outline of the material. If you are summarizing an informative or argumentative text, you should make the thesis of the text the first sentence of your summary. Each paragraph or main idea may then be summarized with one sentence, or you may opt to reorganize the information in order to present it more succinctly. Use transition expressions to help point out the relations between ideas, and restate the material in your own words, since this will deepen your understanding and permit greater concision.

ACTIVIDAD 11   Las ventajas de estudiar en el extranjero

Parte A: La lectura presenta varias ventajas de estudiar en el extranjero. Haz una lista de todas estas ventajas.

Parte B: Trabajando en parejas, decidan si están de acuerdo con todas las ventajas sugeridas y expliquen por qué. Después, decidan si hay otras ventajas no comentadas en la lectura y expliquen su decisión.

ACTIVIDAD 12   Las preguntas sobre el estudio en el extranjero

Parte A: La lectura presenta una lista de preguntas que un estudiante debe hacer o hacerse antes de participar en un programa de estudio en el extranjero. Haz una lista de estas preguntas. Después, decide si hay que hacer otras preguntas también y añádelas a tu lista.

Parte B: Decide cómo contestarías tú todas esas preguntas.

Parte C: En parejas, compartan y comparen sus listas de preguntas y también sus respuestas a esas preguntas.

Parte D: Toda persona que quiera estudiar en el extranjero debe hablar con otras personas que ya lo han hecho. Por lo tanto, entrevista a alguien que haya estudiado en el extranjero. Pregúntale adónde fue, qué aprendió, qué le gustó más/menos, qué le sorprendió más y si lo volvería a hacer y por qué. Después, comparte lo que aprendiste con la clase.

Summarizing

ACTIVIDAD 13   Un resumen general

En parejas, usen sus apuntes y los resultados de las actividades 10, 11 o 12 para hacer una lista de la tesis en el primer párrafo y después, en cada párrafo, la idea principal. Después, convierte cada idea en una oración y escribe un párrafo conciso, utilizando también expresiones de transición para unir las oraciones independientes en un párrafo cohesivo y coherente.

Researching

ACTIVIDAD 14   ¿Qué ofrece nuestra universidad?

Casi todas las universidades patrocinan actividades y recursos que favorecen continuar el estudio del español y de las culturas y sociedades hispanas. Trabajando en grupos de tres, busquen información sobre los siguientes aspectos en su universidad:

- clases de español enfocadas en la competencia comunicativa y/o las culturas y sociedades hispanas o latinas

- grupos o clubes sociales que fomentan el uso del español o la exploración de las culturas y sociedades hispanas o latinas

- eventos o conferencias sobre el español y las culturas y sociedades hispanas o latinas

- programas que fomentan el aprendizaje a través del servicio o el aprendizaje en colaboración con las comunidades latinas locales (fuera de la universidad)

- programas de estudio en el extranjero que se enfocan en la lengua española y las culturas hispanas

Cuaderno personal 12-2

Si pudieras pasar un año estudiando en cualquier lugar del mundo, ¿adónde irías? ¿Por qué?

❊ Lectura 3: Un artículo

Building vocabulary

ACTIVIDAD 15   Palabras claves

Las siguientes oraciones contienen palabras en negrita que aparecen en la lectura
"La identidad y los McDonald's". Después de leer cada oración, decide qué término en
inglés corresponde mejor a cada palabra en negrita, y pon su letra en el espacio en blanco.

Un multimillonario (*billionaire*)
colombiano es el dueño de
las 1.775 franquicias de
McDonald's en Latinoamérica
y el Caribe.

1. _____ Los terroristas **atentaron** contra el restaurante de McDonald's.

2. _____ Todos quedaron **aliviados** al descubrir que la amenaza había sido una falsa alarma.

3. _____ McDonald's, KFC y Starbucks tienen muchas **franquicias** en todas partes del mundo.

4. _____ La comida de Taco Bell no es comida mexicana auténtica; es más bien una versión **apócrifa**.

5. _____ Esa mujer siempre grita en la calle; todos dicen que está **chiflada**.

6. _____ España y México están **vinculados** por una lengua común.

7. _____ Tenía tanta hambre que **se tragó** tres hamburguesas seguidas.

8. _____ El hombre casi **atropelló** al niño que salió corriendo a la carretera, pero pudo frenar a tiempo y no ocurrió nada.

9. _____ Muchas personas elogian su **propia** cultura y desprecian las culturas **ajenas**.

a. *apocryphal, inauthentic*

b. *crazy*

c. *franchise*

d. *linked, bound*

e. *of another*

f. *own*

g. *relieved*

h. *to assault, attack, commit an outrage against*

i. *to run over*

j. *to swallow*

Activating background knowledge

ser americano/a = to be American

el ser americano = being an American / the American being; compare **el ser humano** = human being

ACTIVIDAD 16   La identidad norteamericana

Todos nosotros tendemos a categorizar a los extranjeros según ciertas características este-
reotípicas nacionales. En parejas, escriban una definición de lo que significa para Uds. la
expresión "ser americano/a".

Estrategia de lectura

Increasing Reading Speed

If you want to increase reading speed, you must learn to decide how carefully to read
any particular text. Slow readers often believe they must read and understand every
word. Though this is sometimes necessary, a quick first reading can help you see the
broader context and facilitate later, closer readings. Some suggestions:

1. On a first reading, focus on understanding broad meaning and allow yourself to skip or only semi-comprehend some words.

2. Use your eyes efficiently. Many slow readers allow their eyes to wander back repeatedly to words they have just read without improving comprehension. Try to move your eyes over each line in smooth sweeps from left to right.

3. Read in short phrases rather than words. The brain absorbs information several words at a time, so read chunks or groups of words rather than individual words. Though there are no hard and fast rules for these groupings, they are often closely related by meaning: a noun plus its modifiers, a prepositional phrase, or a verb and its complements.

ACTIVIDAD 17 El lector eficiente

Increasing reading speed

Parte A: Divide el primer párrafo de la lectura "La identidad y los McDonald's" en frases cortas, manteniendo juntas las palabras que tienen alguna relación de significado. Luego, compara tus divisiones con las de un/a compañero/a.

Active reading

Parte B: Lee cada párrafo de la lectura tan rápido como puedas, leyendo en frases cortas sin volver atrás. Al final de cada párrafo, apunta en el margen la idea general del párrafo. Después, vuelve a leer todo el artículo con más cuidado para asegurarte de que entendiste bien la idea principal de cada párrafo.

> **CARLOS ALBERTO MONTANER** *nació en La Habana, Cuba, en 1943. Reside en Madrid desde 1970. Es escritor y periodista, y ha sido profesor universitario en diversas instituciones de América Latina y los Estados Unidos. Varias decenas de diarios de América Latina, España y los Estados Unidos recogen desde hace treinta años su columna semanal. La revista española* Cambio 16 *lo ha calificado como el columnista más leído de lengua española, y una colección de sus ensayos se puede encontrar en el sitio web de* Firmas Press. *El siguiente artículo explora los problemas que surgen de los intentos de definir una identidad nacional.*

La identidad y los McDonald's
Carlos Alberto Montaner

HACE UNOS AÑOS el francés José Bové, líder de los antiglobalizadores, saltó a las primeras páginas de los periódicos cuando intentó destruir un McDonald's. No se trataba de un problema de odio a las calorías, sino de patriotismo. Le parecía que el restaurante norteamericano, con sus emblemáticos arcos amarillos, era una amenaza
5 a la identidad de su país. Y no era la suya una conducta excéntrica: poco antes, y por

Continúa

razones parecidas, Jack Lang, el ministro de Cultura de Francia, le había declarado la guerra al cine estadounidense con una pasión similar a la que la Academia Francesa entonces ponía en combatir los americanismos que penetraban en el idioma.

Pero ni siquiera estábamos ante una moda venida de Francia. En España escu-
10 ché razonamientos parecidos cuando la empresa Disney se debatía entre crear un parque infantil en París o cerca de Barcelona. Mickey Mouse, aparentemente, atentaba contra algo que tenía que ver con la esencia de España. Los empresarios norteamericanos finalmente se decidieron por París y los nacionalistas culturales españoles respiraron aliviados, aunque se perdieron dos millones de turistas anuales y
15 quince mil puestos de trabajo permanentes.

En Estados Unidos, curiosamente, tienen otra visión mucho más inteligente de las influencias extranjeras. Es verdad que el músculo empresarial norteamericano, para furia de los antiglobalizadores, ha creado en México 270 franquicias de McDonald's, pero, mientras tanto, sin una sola protesta, en Estados Unidos existen 6.000 Taco
20 Bell en los que se expende una versión apócrifa y menos picante de la cocina popular mexicana. Simultáneamente, florecen las cadenas de co-
25 mida japonesa, china, vietnamita, italiana o de cualquier lugar del planeta que tenga algo que ofrecer al incansable paladar estadounidense.

30 La paradoja consiste en que mientras medio mundo lucha contra la influencia americana, como si peligrara la identidad nacional, los nor-
35 teamericanos absorben y metabolizan todas las influencias extranjeras, modificando constantemente y sin miedo

Uno de los muchos restaurantes McDonald's de México, donde se siente cada vez más la influencia comercial y cultural norteamericana.

el propio perfil del país, sin perder un minuto en la absurda definición y defensa
40 del "ser americano", entre otras razones, porque esa criatura, como el *big foot* de California, nunca ha podido ser encontrada.

A nadie, con la excepción de unos cuantos racistas chiflados, se le ocurre definir cuál es la esencia del *homo americanus* y dedicarse a proclamar sus virtudes o a defenderlo de los rasgos culturales o de los usos y costumbres de otros
45 pueblos. Por el contrario, deambulan por el país casi 300 millones de personas, procedentes de todos los rincones de la tierra, coloreadas por todas las posibles combinaciones de acentos y dosis de melanina, frágilmente vinculados por las

instituciones, la historia y los intereses, quienes libremente eligen el modo de
buscar la felicidad según les indican sus preferencias y su sentido común.

50   Intuitivamente —porque ni siquiera existe un debate nacional— esa actitud es
la que ha permitido que los inmigrantes europeos trajeran el gran cine, los ale-
manes de la Bauhaus le colocaran su esbelto acento arquitectónico a New York, o
los músicos caribeños —con Paquito D'Rivera a la cabeza— introdujeran o potencia-
ran el jazz latino en el hambriento oído de una sociedad que con el mismo apetito
55 musical se traga a los Beatles británicos que al bossa nova de los brasileros. En
suma, el fundamento en que descansa el país es muy simple: el americano, como
idea platónica, como abstracción, no existe. El americano es un ser dinámico, en
constante evolución, que sabe que su asombrosa vitalidad no es la consecuencia de
las virtudes de una incontaminada cultura primigenia, sino de la capacidad para
60 adoptar y adaptar un talento ajeno que inmediatamente pasa a ser propio. Es el
genio del mestizaje cultural y no la exclusión lo que engrandece a la nación.

Es bueno que así sea. Hay pocas actividades más peligrosas que definir el ser
nacional. Ese es el punto de partida de todos los fascismos. La Alemania de los
nazis no comenzó con Adolfo Hitler,
65 sino con el nacionalismo cultural, la
Kulturkampf impulsada por Bismarck
medio siglo antes. Cuando los grupos
dominantes de una sociedad definen
el perímetro sagrado de la cultura
70 propia, inevitablemente acabarán
atropellando a quienes parcialmente
escapan o disienten de esa definición.
Cuando orgullosamente creen haber
identificado el arquetipo nacional,
75 molde y modelo del ciudadano perfecto, lo que realmente están haciendo es condenar a la muerte o a la
marginalidad a quienes se diferencian de esa peligrosa construcción. El
80 horror del holocausto no solo descansaba en un monstruoso prejuicio sobre
la supuesta naturaleza de los judíos,
sino en la idealización del arquetipo
germano, suma y resumen de todas

Este letrero multilingüe del estado de
California refleja un esfuerzo por incluir a
todos los ciudadanos americanos en el proceso
democrático.

85 las virtudes y talentos. Se empieza, traviesamente, por tirarles piedras a los cristales
de los McDonald's. Se acaba creando campos de exterminio. ■

"La identidad y los McDonald's" by Carlos Alberto Montaner. Reprinted by permission of Firmas Press.

ACTIVIDAD 18 Según Montaner

Las siguientes oraciones deben expresar la idea principal de cada párrafo. En parejas, decidan si son ciertas o falsas, y corrijan las falsas.

1. _____ Para algunos franceses, los McDonald's, el cine norteamericano y las palabras de origen norteamericano se convirtieron en una amenaza a la identidad francesa.

2. _____ A diferencia de los franceses, los españoles reaccionaron muy bien cuando la compañía Disney propuso el establecimiento de Euro-Disney en España.

3. _____ Las influencias extranjeras no presentan ningún problema para la cultura norteamericana.

4. _____ La paradoja consiste en que mientras McDonald's vende una versión auténtica de la comida americana, Taco Bell vende una versión no auténtica de la comida mexicana.

5. _____ Solo a algunos chiflados se les ocurre intentar definir la esencia de la identidad americana.

6. _____ Lo que caracteriza a los Estados Unidos como nación es el mestizaje cultural, del cual existen numerosos ejemplos.

7. _____ El horror del holocausto se basó principalmente en el prejuicio contra los judíos.

ACTIVIDAD 19 Un resumen

Parte A: En parejas hagan una lista de los conceptos y términos más importantes de la lectura. Después, escriban una oración de tesis que resuma el argumento principal de la lectura. Luego, preparen un bosquejo de un resumen y compartan su resumen con la clase en voz alta.

Parte B: Escribe individualmente un breve resumen del ensayo de Montaner.

ACTIVIDAD 20 Reacciones y análisis

En parejas, comenten las siguientes preguntas.

1. ¿Están de acuerdo con la tesis principal de Montaner? ¿Por qué sí o no?

2. ¿Creen que Montaner tiene razón o se equivoca con respecto a su interpretación de la cultura norteamericana? Den ejemplos y justifiquen su opinión.

3. ¿Creen que Montaner idealiza demasiado la cultura de los Estados Unidos? ¿Hay contraejemplos que demuestren que su perspectiva es una sobregeneralización?

ACTIVIDAD 21 Un debate

Defending a position

Montaner dice que los americanos aceptan las diferencias culturales sin problema y sin debate. Otros sugieren que la aceptación se convierte en intolerancia y rechazo cuando los americanos se sienten amenazados por diferencias culturales que ven como "demasiado fuertes", como es, a menudo, el caso con la inmigración e influencias latinas. En grupos de tres, busquen evidencia y desarrollen argumentos a favor de uno de estos puntos de vista o en contra de él. Apunten sus ideas y, después, presenten sus ideas a la clase.

Cuaderno personal 12-3

¿Crees que los extranjeros tienen una perspectiva más objetiva de una cultura que no sea la suya? ¿Qué ventajas o desventajas tiene un extranjero cuando tiene que interpretar y entender una cultura?

Redacción: Un ensayo

Estrategia de redacción

Defending a Position

When you declare your opinion on a topic, you must be ready to defend your position. Ideally, you can also convince others to share your views. In order to defend your position, you must garner facts that will support it, such as examples, statistics, statements by authorities, or even personal experiences. However, facts can lead to very different opinions on a specific issue, depending on your broader values and beliefs. The best way to convince your readers of the validity of your position is by showing them that, if they hold the same values and beliefs as you do, then the logical position to take is the one you are defending. Strategies such as the ones you have already practiced can help you build your argument: narrating, describing, analyzing, comparing and contrasting, looking at causes and effects, and hypothesizing. Acknowledging opposing points of view and maintaining a reasonable tone can also make the reader more willing to accept what you have to say.

ACTIVIDAD 22 Defensa de una postura

Parte A: En grupos de tres, miren la lista y decidan qué diferencias de opinión pueden surgir con respecto a cada tema.

- la inmigración (a los Estados Unidos, Canadá o Europa)
- el movimiento *English Only* en los Estados Unidos
- la llegada de inmigrantes indocumentados
- la globalización (¿homogeneización?) económica y/o cultural
- las cuotas que favorecen a las minorías étnicas y raciales

Parte B: Escojan un tema de la lista que les parezca importante. Primero, definan la polémica. ¿Por qué hay desacuerdo? Luego, adopten una postura y hagan una lista de argumentos a favor de esta postura y otra lista de contraargumentos, o sea, argumentos a favor de la postura opuesta. Traten de explorar el tema en un tono moderado y objetivo.

Parte C: Escojan los mejores argumentos de su lista y decidan qué tipo de evidencia se necesita para apoyar cada argumento. Luego, miren los contraargumentos y decidan si es necesario mencionar alguno de estos. De ser así, tendrán que refutar el argumento o mostrar que no es muy importante.

ACTIVIDAD 23 La redacción

Vas a escribir un ensayo para convencer a los demás miembros de tu clase del valor de tu postura.

Parte A: Escribe una introducción en la que demuestres, con datos o ejemplos, que el asunto o la polémica existe, y en la que la oración de tesis presente claramente tu postura.

Parte B: Basándote en las ideas de la Actividad 22, escribe el cuerpo de tu ensayo presentando argumentos específicos y evidencia para apoyarlos.

Parte C: Escribe la conclusión en la que resumas tus argumentos y tu tesis. Puedes elaborar un poco: ¿Qué pasará en el futuro? ¿Qué deben hacer las personas que asumen esa postura?

Spanish-English Vocabulary

This vocabulary includes both active and passive vocabulary found throughout the chapters. The definitions are limited to the context in which the words are used in the book. Exact or reasonably close cognates of English are not included, nor are certain common words that are considered to be within the mastery of a second-year student, such as numbers, articles, pronouns, and possessive adjectives.

The gender of nouns is given except for masculine nouns ending in **-1, -o, -n, -e, -r,** and **-s** and feminine nouns ending in **-a, -d, -ión,** and **-z.** Adjectives are given only in the masculine singular form.

The following abbreviations are used in this vocabulary.

adj.	adjective	*pl.*	plural
adv.	adverb	*p.p.*	past participle
f.	feminine	*prep.*	preposition
irreg.	irregular verb	*sing.*	singular
m.	masculine		
n.	noun		

A

abanico folding fan
abarcar to include, span
abastecer to supply
abierto (*p.p. of* **abrir**) open
abnegado self-sacrificing
abogar por to advocate; to plead for
abordar to tackle, deal with
abrazar to embrace, hug
abreviatura abbreviation
abrigar to shelter, harbor, keep warm
abrumador *adj.* overwhelming, crushing
abstenerse *irreg.* to abstain
aburrir to bore
acabar to finish, complete; ~ **con** to put an end to; to finish with; ~ **de** (+ *inf.*) to have just (done something)
acariciar to caress
acarrear to cause; to bring
acaso *adv.* perhaps, maybe; **por** ~ by chance; **por si** ~ just in case
acción action; stock share; *pl.* stock
acechar to lie in wait for
aceite oil
aceituna olive
acelerar to accelerate
acercarse to come near, draw near
acertar (ie) to guess right; to hit the target
acoger to welcome, receive
acomodado well-off, well-to-do
aconsejar to advise
acontecimiento event
acoplar to fit together
acostarse (ue) to go to bed
actitud attitude
actuación performance
actual *adj.* present-day, current
actualidad: en la ~ nowadays, at the present time
actuar to perform; to act upon/as
acuclillarse to squat down

acudir to come, come up
acuerdo agreement; **de** ~ **con** in accordance with; **estar de** ~ to agree
además in addition; besides
adentro within; inside
aderezarse to adorn oneself
adinerado wealthy, well-off
adivinar to guess
adjudicar to award
adobo seasoning
adormilado sleepy, drowsy
adquirir (ie, i) to acquire
aduanero customs officer
aducir *irreg.* to bring forward; to offer as proof
adueñarse to take possession of
adulterado adulterated, made impure
advenimiento *n.* coming, advent
advertencia warning; observation
advertir (ie, i) to warn, notify
afán *n.* desire, urge
afinado *adj.* in tune; tuned up
afinar to tune; to tune up
afligido distressed, grieved
afligir to afflict, trouble
afrontar to confront, deal with
afueras *f. pl.* outskirts
agarrar to grab, grasp
agazaparse to crouch down; to hide
aglomeración built-up area
agonizar to be dying
agotado exhausted; spent
agradecer to thank; to be grateful
agregar to add
agrupar to group, assemble
aguas negras *f. pl.* untreated sewage
agudo acute; sharp; witty
aguijón sting (*of a spider or insect*)
águila *f.* (*but* **el águila**) eagle
ahorrar to save

aire: al ~ **libre** outdoors
airoso graceful, elegant
aislado isolated; insulated
aislamiento isolation; insulation
aislar to isolate; to insulate
ajado creased, wrinkled
ajeno of another; not one's own
ají *m.* bell pepper; chili pepper
ajiaco a Caribbean stew containing a varied mix of ingredients
alabar to praise
alameda tree-lined lane
alarido *n.* howl, scream
alba *f.* (*but* **el alba**) dawn
albañil bricklayer, mason
albergar to give shelter to; to house
albóndiga meatball
alcance: al ~ **de** within reach of (*the hand, the eye*)
alcanzar to reach; to manage to; to succeed in
alegrar to cheer; to brighten up
alejar to distance; to keep away from; **alejarse** to move away
alentar (ie) to encourage, cheer on
alfabetización literacy teaching and learning
alfiler *n.* pin
alfombrado carpeted
alguien somebody, someone
aliado *n.* ally
alianza alliance, union
alicaído *adj.* drooping, weak; downcast, depressed
alimentar to feed
alimenticio nourishing; nutritional; related to food
alimento *n.* food
aliñado spiced; prepared
alistar to enlist, enroll; **alistarse** to get ready

aliviado relieved

aliviar to relieve

allanar to smooth, level

alma *f.* (*but* **el alma**) soul

almacenar to store

almorávides *m. pl.* Almoravids (*Islamic dynasty*)

alpinismo mountain climbing

alrededor around

altivez arrogance, haughtiness

alto *n.* stop sign, traffic light; *adj.* high

altura height; stage

alumbrar to light, light up

amante *m./f.* lover

amargado embittered

amargo bitter

ambicioso ambitious

ambiental environmental

ambiente atmosphere, environment

ambos both

amedrentar to scare, frighten, terrify; to intimidate

amenaza threat

amenazar to threaten

amigable friendly

amistad friendship

amo *n.* master, boss

amorío love affair, romance

amparo *n.* protection, shelter

ampliar to extend, enlarge

amplio wide, full; broad

amplitud extent, size

ampolleta lightbulb (*Chile*)

anfitrión host

anglohablante *adj.* English-speaking; *n. m./f.* English speaker

angloparlante *adj.* English-speaking; *n. m./f.* English speaker

angustia anguish, distress

angustiarse to be distressed; to grieve

angustioso distressed; distressing

anhelante *adj.* yearning, longing

animar to cheer up; encourage; to inspire; to animate

anochecer to get dark; **al ~** at nightfall

antaño *adv.* long ago

antecedente *adj.* previous, preceding; antecedent *m. pl.* record, history

antepasado ancestor

anteponer *irreg.* to place in front of; to prefer

anterior *adj.* previous

antes before; **~ de eso** before that; **cuanto ~** as soon as possible

antiguo former; ancient

antillano *adj.* West Indian, from the Antilles (Caribbean islands)

anuncio personal personal ad

apagar to put out; to turn off

aparcería share-cropping, tenant farming

aparecer to appear

apariencia física outward physical appearance

apartado section

apellido surname

aplastar to crush

aplicado hardworking, diligent

apócrifo *adj.* apocryphal, not authentic

apoderado *n.* attorney, agent

apoderarse de to seize power, to take over

apodo nickname; alias

aportar to bring, contribute

aporte contribution

apostolado apostolate

apoyar to support

apoyo *n.* support; **~ en línea** online support

aprecio esteem, appreciation

apresar to capture, arrest, seize

aprobar (ue) to approve

aprovechamiento good use, development

aprovechar to make good use of; to make the most of

apuntar to take notes; to point out; to aim, point (*a gun*)

apuntes *m. pl.* written notes

apuro: en ~ in trouble

árbol tree

archivo file (record); filing; archive

arcilla clay

arco arc; arch

arena sand

argot *m.* slang

arma *f.* (*but* **el arma**) weapon; **~ de fuego** firearm, gun

armar to arm; to assemble

arraigar to take root; to become established

arrancar to start (*a car*); to start moving, get going

arrancón sudden starting (*of a car*)

arrasador *adj.* devastating, destructive

arrasamiento leveling, destruction

arrebatar to snatch, seize

arreglo *n.* arrangement; repair

arrellanarse to stretch out, make oneself comfortable

arrepentirse (ie, i) to repent, regret

arriesgar to risk; **arriesgarse** to take a risk

arroyo stream

arrugado wrinkled

arrugar to wrinkle

artesanía crafts, handicrafts

articulado *n.* article (*of a proposal or bill*)

arzobispo archbishop

asado *adj.* roast or roasted; *n.* roast

asar to roast; **~ a la parrilla** to grill, broil

ascendencia ancestry, origin

asegurar to make sure; to insure

asemejarse to be like, resemble

asesinar to murder; to assassinate

asesinato *n.* murder

asesino murderer

asesor advisor, consultant

asesoría advice; **~ jurídica** legal advice

aseverar to assert

así so, thus; **~ que** so, thus

asiduo assiduous; frequent

asignatura subject; course

asimismo *adv.* likewise, in like manner

asistir a to attend

asomar to show, stick out; to lean out

asombrado astonished, amazed

asombro *n.* astonishment, amazement

aspirante candidate, applicant

asunto issue, affair, matter

asustado scared, frightened

atado tied

atardecer to grow dim; **al ~** at dusk, evening

ataviado dressed up

atávico atavistic

atemorizar to frighten, scare

atender (ie) to wait on; to pay attention

atentar to assault, attack; to commit an outrage against

aterrado terrified, horrified

aterrador terrifying, fearful

atónito astonished, amazed

atraco holdup, robbery

atrás behind; back

atravesado shot through; crossed by

atravesar (ie) to cross; to pass through

atreverse to dare

atrevido daring; insolent

atropellar to run over

aturdido bewildered, dazed, confused

audaz daring, audacious

aumentar to increase

aumento *n.* increase

aun even

aún still, yet

aunque although, even though

aurora *n.* dawn

ausencia absence

autóctono *adj.* native, indigenous

autoexigencia self-demand, demand(s) made of oneself

autopista motorway, freeway

autorretrato self-portrait

ave *f.* (*but* **el ave**) bird

aventurero *n.* adventurer; *adj.* adventurous

averiguación investigation, inquiry

averiguar to investigate, ascertain; to find out, look up

azar *n.* chance; accident

azotar to lash; to whip

azúcar *m./f.* sugar

B

bacalao codfish

bache pothole; rough spot

bachiller *m./f.* high school graduate

bahía bay

bajar to lower; to go down; to bring, take down

bajo *adj.* low, short; *prep.* under; *n.* bass (guitar)

bala bullet; **orificio de ~** bullet hole

baldío empty land, wasteland

banca banking industry

bancarrota bankruptcy

banda sonora   soundtrack
bandera *n.*   flag
barbarie *f.*   barbarity, cruelty
barrera   barrier
barriada   quarter, district; slum area
barrio   neighborhood, quarter; ghetto
bastante   enough, quite, rather; quite a lot
bastar   to be enough
basura   trash, garbage
batata   sweet potato
beca   scholarship, grant
bencina   benzene, gasoline (*Chile*)
beneficencia   social welfare; charity
bendición   blessing
bicarbonato   baking soda
bienes *m. pl.*   goods; ~ **raíces**   real estate
bienestar   well-being, welfare
bizcocho   sponge cake
blanco *n.*   target
bofetada *n.*   slap
boga: en ~   in vogue
bolsa   bag; stock exchange, stock market
bombero   firefighter
bondad   goodness, kindness
borde   edge
borrador   rough draft
borrar   to erase
borrón   blot or stain left by an erasure
bosque   woods; forest; jungle
bosquejo *n.*   outline
botar   to discard, throw out
brebaje   brew, concoction
brillar   to shine
brindar   to offer; to present
brocha   paint brush
bruja   witch
brujo   wizard, sorcerer
bruma   mist, fog
brusco   sudden, abrupt; rude
buena: a las ~   willingly
buey *m.*   ox
bufar   to snort
burrada   stupid thing; *pl.*   nonsense
busca: en ~ de   in search of
buscar   to seek, to look for
búsqueda *n.*   search

C

cabalidad: a ~ *adv.*   exactly, perfectly
cabaña   cabin
caber *irreg.*   to fit; to be possible
cabildo   town council
cabo *n.*   end; **al fin y al ~**   finally
cacique   chief; political boss
cacofonía   cacophony, discordant repetition of sound
cadáver   corpse
cadena   chain; television network; **producción en ~**   production-line assembly; **tirar de la ~**   to flush a toilet
caer(se)   to fall, fall down; **caerle bien**   to be to the liking of

caída *n.*   fall
cajero   cashier, teller
calefacción   heating
calentamiento   heating, warming
calentar (ie)   to warm; to heat up
calidad   quality (*of a product*)
calificar   to describe
califont   hot water heater (*commercial name, Chile*)
callejero *adj.*   pertaining to the streets
calzado *adj.*   wearing shoes; *n.* footwear
calzar   to shoe, provide with shoes
camarero   waiter (*Spain*)
camarón   shrimp
cambiante   changing
cambiar   to change; ~ **de papel**   to switch roles
cambio de código   code-switching
camino   path, road, way
camión cisterna *m.*   fire engine
campaña *n.*   campaign
campesino   peasant
campo   field; country, countryside
candente *adj.*   red-hot; burning, important
canje *n.*   barter, exchange
cantante *m./f.*   singer
cantidad   quantity
caos   chaos, confusion
capacitado   qualified
capaz   capable, able
capricho   caprice, whim
cárcel *f.*   prison, jail
carga *n.*   load; charge
cargado   loaded
cargar   to load
cargo   important position
caribeño *adj.*   Caribbean
caricia *n.*   caress
caridad   charity
cariñoso   loving, affectionate
carrera   area of study; career; race
carretera   highway
cartel   poster; drug cartel
cartón   cardboard; carton
casero *adj.*   homestyle, home-loving
casi   almost
casquillo   bullet case, cartridge
castaño *adj.*   chestnut brown
castigar   to punish
castigo *n.*   punishment
caudaloso   swift, large; abundant
caudillo   leader; tyrant; political boss
causa: a ~ de (que)   because of, due to
causar   to cause
cautiverio   captivity
cautivo   captive
cazador   hunter
ceguera   blindness
celos *m. pl.*   jealousy
celoso   jealous
centenar *n.*   a hundred (*of something*)
cerca *n.*   fence
cerdo   pig; **carne de ~**   pork

chacra   small farm
charlar   to chat, talk
chaya de ducha   showerhead (*Chile*)
chequear   to check (*esp. L. Am.*)
chévere   great, fantastic
chicharrón   pork rind
chiche *adv.*   easily
chicotazo *n.*   lash, swipe
chiflado   crazy
chimenea   fireplace; chimney
chino *n.*   kid, youngster; *adj.*   Chinese
chisme   piece of gossip
chistar   to say a word; to speak
chivo   goat
chocante *adj.*   shocking
chofer *n.*   chauffeur
choque *n.*   crash, shock; clash, conflict
chorizo   pork sausage
chorrear   to gush; to drip
cicatriz *n.*   scar
cifra   figure, number, numeral
cima   peak, summit
circundado   surrounded
circundar   to surround
ciudadano   citizen
clarear   to clear up; to become lighter
clave *f.*   key; clue
coartada   alibi
cobardía   cowardice
cobrar   to charge; to receive; ~ **vida**   to come alive
cobre   copper
cocina   cooking; kitchen; stove
código   code
colación: traer a ~   to mention, bring up
colega *m.*   colleague
colegio   private school; college (*in some countries*)
colibrí *m.*   hummingbird
colmo: para ~   to cap it all
colocar   to place
comadre   neighbor (*fam.*); midwife
combustible *n.*   fuel
comerciante *m./f.*   merchant, storekeeper
comestible   edible, food-related
cómico *adj.*   funny
comillas *pl.*   quotation marks
comisario   police captain, superintendent
como   like, as; since; ~ **consecuencia**   as a consequence; ~ **resultado**   as a result; ~ **si tal cosa**   as if nothing had happened; **tener ~ resultado**   to result in
compadecerse de   to pity, be sorry for
compañero   companion, friend, workmate
compartir   to share
competencia   competition; competence
complacido   pleased, satisfied
complejo   complex
cómplice   accomplice
componer *irreg.*   to compose; **componerse de**   to be composed of
comportamiento   behavior
comportarse   to behave
comprobar (ue)   to confirm; to check

comprometerse to commit oneself

compuesto *n.* compound

concejal alderperson, town council member

concentración concentration; gathering, meeting, rally

concertar (ie) to arrange, set up

concurrir to converge, meet; to concur

concurso contest

condiscípulo fellow student

conducir *irreg.* to lead; to drive; ~ **a** to lead to

conducta behavior

conferencia lecture, conference

confiado trustful, confident

confiar en to trust, have faith in

confundir to confuse, to mix up; **confundirse** to make a mistake

congelar to freeze

conjunto set, collection, whole; musical group, band

conmover (ue) to move; to touch emotionally

conocer to know; to meet

conocido well-known

conocimiento knowledge

conquistar to conquer

consagrar to consecrate, establish

consecuencia consequence, result; **como** ~ as a consequence

conseguir (i, i) to get, obtain; to attain, achieve, succeed in

consejo council; advice

conservación conservation

conservado preserved

conservar to keep, preserve; to conserve

consolar (ue) to console, comfort

constatar to confirm, verify

constructora construction company

consuelo solace; consolation

consumo *n.* consumption; use (*of drugs*)

contados *pl. adj.* few

contaminación pollution

contaminante *adj.* polluting; *n.* pollutant

contar (ue) to count; to tell

contenedor container, bin

contrabando *n.* smuggling

controvertido controversial

contundente *adj.* forceful, convincing, overwhelming

conversador *adj.* talkative, chatty; *n.* conversationalist

convivencia "living together"; term describing the coexistence of Christians, Jews, and Moslems in medieval Spain

convocar to call, summon, convene

copal resin, incense

coraje courage

cordura good sense; sanity

correo *n.* mail

correr to run; ~ **el riesgo** to run the risk

corriente *adj.* common, current; *f.* trend, tendency

cortador de caña sugar cane cutter

cortés courteous, polite

corteza *n.* bark (*of a tree*)

cortometraje short film

cosa thing; **como si tal** ~ as if nothing had happened

cosecha *n.* harvest

costumbre *f.* custom, tradition

cotidianidad *n.* everyday life, "everydayness"

cotidiano *adj.* everyday, daily

crecer to grow

creciente *adj.* growing, increasing

crecimiento growth

creencia belief

creíble believable

creído conceited

crepúsculo twilight, dusk, dawn

criada servant, maid

criado *n.* servant; (*p.p. of* **criar**) raised

crimen violent crime; murder

crisol melting pot

crónico chronic

cruce crossing

crudeza crudity, rawness

cruzar to cross

cuadro box, table, chart; painting, picture

cualidad quality (*virtue, talent*)

cualquier any

cuanto antes as soon as possible

cubeta pail, bucket

cucha old woman (*Colombia*)

cuenca basin

cuenta: darse ~ **de** to realize

cuento story

cuerdo *adj.* sane

cuerno horn

cuero leather; drum skin

cuidar (de) to take care of, look after

culata butt of a revolver or shotgun

culminar to culminate

cultivo cultivation of land, farming

culto *n.* worship, adoration; *adj.* cultured, educated

cumplir to carry out, perform, fulfill; ~ **con** to carry out, fulfill

cura *m.* priest; *f.* cure

D

dama lady

dañar to damage, harm

dañino harmful, destructive

daño *n.* damage

dar to give; ~ **de comer** to feed; ~ **por descontado** to take for granted; **darse cuenta de** to realize; **darse el lujo de** to give oneself the luxury of

dato piece of information; **datos** *m. pl.* data

deambular to roam about

deber *n.* duty

deberse a (que) to be due to

debidamente properly, duly

debido: ~ **a (que)** due to, because of

debilitar to weaken, enervate

decidido determined; decided

declive *n.* decline

decorado *n.* set (*decorations and props*)

degustación action of tasting

dejar to leave; to lend; to let, allow

delgado thin

delincuencia crime

delito crime, offense

demandar to sue

demás: los ~ the others, the rest

demasiado *adv.* too; *adj.* too much, too many

demente crazy, insane

denominar to name, denominate

denunciar to report, denounce

depósito warehouse

depuración treatment, purification

derechista *m./f.* rightist

derechos humanos *m. pl.* human rights

derrocar to overthrow, topple

derrumbar to overthrow; to throw down; **derrumbarse** to collapse

desafiante challenging, defiant

desafiar to challenge, defy

desafío *n.* challenge

desagradable unpleasant

desagrado *n.* displeasure

desagüe *m.* drain

desaire gracelessness, rudeness

desangrarse to bleed profusely

desaparecer to disappear

desaparecido *adj.* disappeared; *n.* missing person

desarmar to dismantle, take apart

desarrollado developed

desarrollar to develop

desarrollo *n.* development; **en vías de** ~ developing (e.g., *nation*)

desatar to untie; to trigger, unleash

descampado *n.* empty, abandoned ground

descargar to unload

descarnado raw, harsh

descascarado chipped

desconcierto confusion

desconfiar to distrust

descongelar to unfreeze

descontado: dar por ~ to take for granted

descrito (*p.p. of* **describir**) described

descuartizar to carve up; to tear apart

descuidar to overlook; to neglect or disregard

desde since, from

desdén disdain

desdoblamiento splitting

desechable disposable

desechar to discard; to throw away

desechos waste, garbage

desempeñar to carry out; to fulfill; to play (*a part*)

desempleo unemployment

desenfadado free, uninhibited, casual

desenlace denouement, conclusion

desenterrar (ie) to dig up
desentrañar to unravel, disentangle
desenvolverse (ue) to evolve, unfold
deseo: pozo de los ~ wishing well
desesperadamente desperately
desesperar to despair, lose hope
desfilar to march, parade
desgajar to pull away from, separate from
desgarrado torn, ripped
desgastar to wear away
desgaste *n.* wear and tear; erosion
deshacer *irreg.* to undo; to dissolve
deshielo melting, thawing
desmesura excess, lack of restraint
desollar (ue) to skin, flay (*an animal*)
despachar to dispatch, send
despacio *adv.* slowly
despedir (i, i) to emit; **despedirse de** to say good-bye to
despenalizar to decriminalize
desperdiciar to waste
desperdicio *n.* waste
despiadado inhuman, merciless
desplegar (ie) to unfold, unfurl; to display
despreciado despised
despreciar to scorn, despise
desprecio scorn; contempt
desproporcionado out of proportion
después afterward, later; **~ de eso** after that
destacar to stand out
desterrar (ie) to exile
destinar to allocate; to assign
destinatario addressee
destino destination; placement, posting
destreza skill
detalle detail
detenerse *irreg.* to detain; to stop
detenido *adj.* detailed; thorough; arrested
deterioro deterioration; damage
deuda debt
diario *n.* daily newspaper; *adj.* daily
dictadura dictatorship
diestro skilled, skillfull, adroit
diferenciarse de to differ from
difundir to disseminate, spread
difusión diffusion; broadcasting
dirigente *n. m./f.* leader
discutir to discuss; to argue
disentir (ie, i) to disagree, differ
disfrutar de to enjoy
disminuir to lower, diminish
disolvente *n., adj.* solvent
disolver (ue) to dissolve; to destroy
disparar to fire, shoot
disparate foolish remark, nonsense
disparo shot
disponerse *irreg.* to get ready
disponible available
dispuesto willing; ready
distinto different; distinct
disyuntiva alternative, choice; dilemma
divertido *adj.* fun, entertaining

doblaje dubbing (*of a film*)
doblar to dub; to fold; to bend; to turn
doloroso painful
domar to tame (*an animal*)
dominante dominant
dominar to dominate, to master; **~ una lengua** to speak a language well
dominical Sunday
dominio authority, control
dopaje doping
dorado golden
dosis *f.* dose, dosage
drogata *m./f.* drug addict (*slang*)
ducha *n.* shower (*bathroom*)
dueño owner, landlord; master of the house
duradero lasting, long-lasting
durar to last

E

echar to throw, toss; **~ de menos** to miss; **~ mano de** to make use of; **~ pie atrás** to back out/down; **~ raíz/raíces** to take root; **~ un vistazo** to take a look at
ecología ecology
ecologismo environmentalism
ecologista *n. m./f.* environmentalist
eficacia *n.* effectiveness; efficiency
egoísta *adj.* selfish
eje axis; center
ejemplar copy (*of a book*)
ejemplificar to exemplify
ejercer to practice, perform; to exercise, wield
electrodomésticos *n. pl.* appliances
elegir (i, i) to elect; to choose, select
elenco cast
elogiable praiseworthy
elogiar to praise
el porqué de the reason for, the reason why
embarazada pregnant
embarcar to embark, to embark upon
embargo: sin ~ however
embotelladora bottling company or plant
emisora radio station
emitir to emit; to broadcast
empaque *m.* packaging
empeño determination
empeorar to worsen
empero *conj.* but; yet; however
emplazar to place; to erect on a site
empleado *n.* employee
emprendedor enterprising
emprender to undertake; to start
empresa company, firm, business
empresario businessperson; entrepreneur
empujar to push
enamorar to win the love of a person; **enamorarse** to fall in love
encajar to fit; to insert; to fit in
encantar to delight, charm

encanto *n.* enchantment; magic spell
encarcelar to put in jail
encargado *adj.* in charge
encauzar to channel, direct
encender (ie) to light; to light up; to turn on
encerrar (ie) to lock up
enchilado shellfish stew (*Cuba*)
enchufe plug, socket; **tener** (*irreg.*) **~** to have connections
encima on top, above; **por ~** superficially
encontrado *adj.* conflicting, opposite, contradictory
endémico endemic, characteristic of a region
enfatizar to emphasize
enfermar(se) to get sick
enfermedad illness
enfermero *n.* nurse
enfermo *adj.* sick, ill
enfoque *m.* focus, approach
enfrentamiento clash, confrontation
enfrentarse (a/con) to deal (with), confront
engañar to deceive; to cheat on
enganchado hooked
enganchar to hook
engrandecer to enhance
engrasar to grease, lubricate
enjabonar to soap, lather up
enloquecer to drive crazy; to delight; **enloquecerse** to go crazy
enojarse to get angry
enredarse to get tangled up
enriquecer to enrich; **enriquecerse** to get rich
ensayo essay; rehearsal
enseguida at once, immediately
ensuciar to dirty; to pollute
ente entity
enterado informed
enterarse de to find out about
enterrar (ie) to bury
entibiar to grow warm/tepid
entorno setting; environment
entre between; among
entredicho: estar en ~ to be questionable or in doubt
entrega delivery; installment
entregar to deliver, hand over, hand in
entrevista interview
entrevistado *adj.* interviewed; *n.* interviewee
entrevistador interviewer
entrevistar to interview
envase package; packaging, wrapping
envenenamiento poisoning
envenenar to poison
enviar to send
envidia *n.* envy
envidiar to envy
envío dispatching; shipment
envoltura *n.* wrapping
envolver (ue) to wrap; **envolverse en** to get wrapped up in

epiceno epicene (*a word with only one gender, like* **la víctima**, *which applies to males and females*)
época time, period, age
equilibrado balanced
equivocado mistaken
equivocarse to be wrong
esbelto graceful; slender
escalera stairway
escalofrío *n.* chill, shiver
escamotear to snatch away, make vanish
escaparate shop window
escaramuza skirmish
escarbar to investigate, delve into
escasamente scarcely
escasez shortage, lack
escaso scarce; very limited; ~ **de** short of
escena scene
escenario stage, setting; situation, scenario
escénico *adj.* pertaining to the stage
esclavizar to enslave
esclavo *n.* slave
escoger to choose
escombros *m. pl.* rubble, debris
escondite hideout
escudriñar to investigate, scrutinize
esforzar(se) (ue) to strive, make an effort
esfuerzo *n.* effort
esmerarse to do one's best; to shine
espada sword; **entre la ~ y la pared** between a rock and a hard place
espaldas: de ~ a with one's back to
especialmente specially, especially
especie *f.* species; sort, type
especificar to specify; to define
esperanza *n.* hope
espigar to glean; to collect
espina thorn
espumarajo foam, froth (*from the mouth*)
estabilizar to stabilize
estable *adj.* stable
establecer to establish
establecido established
establecimiento establishment
estado state, condition; national state, government; ~ **civil** marital status; **golpe de ~** coup d'état
estancia *n.* stay
estanco tobacco shop
estrago devastation
estrella *n.* star
estrenar to show or wear for the first time
estribillo refrain (*of a poem*)
estridente strident, shrill
estrofa stanza, verse
estudio *n.* study, library
estudioso *adj.* studious; *n.* scholar
estufa heater; ~ **a leña** wood stove
estupefaciente *n.* narcotic
etapa stage, phase
etiqueta *n.* label
evitar to avoid
evolucionar to evolve, develop

excluir to exclude; to expel
exhibir to exhibit, display
exigencia demand, requirement
exigente *adj.* demanding
exigir to demand, require
éxito success
exitoso successful
expectativa expectation
expender to sell
explotación exploitation, development
explotar to exploit; to explode
extender (ie) to extend, expand
extranjero *adj.* foreign; *n.* foreigner; **al / en el ~** abroad
extrañar to miss
extraño *adj.* strange; foreign

F

fabricante maker
fácil easy
facilitar to facilitate, make easy
factor factor; cause
facturar to invoice, bill; to receive
faena task, job
falta *n.* lack; error, mistake; offense
faltar to be missing or lacking; ~ **a** to miss (e.g., *a class*)
fama fame; reputation
familiar *adj.* pertaining to the family; *n. m./f.* relation, member of the family
fantasma *m.* phantom, ghost
farmacéutico *n., adj.* pharmacist; pharmaceutical
fatalista *adj.* fatalistic
fatigarse to wear oneself out
fauno faun (*part human, part goat*)
feroz ferocious
festejo celebration, festivity
fiebre *f.* fever
fiel faithful
fiereza fierceness, ferocity, cruelty
fierro piece of metal; gun (*slang*)
fijamente fixedly, attentively
fijar to fix, set, establish
filmoteca film library/archive/club
filología study of literature and linguistics
filólogo *m./f.* philologist, specialist in the study of literature and linguistics
fin *n.* end; **por ~** finally
finado deceased
final ending; **al ~** in the end
finalidad purpose, aim
finar to die, pass away
finca farm; estate
fingir to pretend
firmar to sign
fiscal *n.* prosecutor; ~ **general** Attorney General
físico physicist; physique

fisiognómico pertaining to the face or physical appearance as indicative of character
flagelo scourge, calamity
flecha arrow
florecer to flourish, bloom
florecimiento flowering, blossoming
flujo *n.* flow
foco *n.* focus
fomentar to encourage, promote
fondo bottom, depth; fund; ~ **de pensiones** pension fund
forja forging, making
forjar to forge, shape, make
forma *n.* form; way, manner
formación formation, training
fortalecer to strengthen
fracasado unsuccessful
fracasar to fail
fracaso failure
franquicia franchise
frasco bottle, jar
frenar to restrain; to brake
frente *m.* front; *f.* forehead; ~ **a** *prep.* facing, in front of
frescura freshness; coolness
fritura *n.* fritter
frontera border; frontier
fructífero fruitful
fuente *f.* fountain; spring; source; serving platter
fuerza strength, force, power
funcionamiento functioning; operation
funcionario government employee, civil servant, official
fundación founding; foundation
fundar to found
fundir to fuse; to merge
fusilamiento shooting, execution

G

galardonar to award, give an award to
galopar to gallop, go at a gallop
ganadería cattle raising
ganadero *adj.* cattle; *n.* rancher
ganado *n.* cattle
ganador winner
ganancia profit; **ganancias** *f. pl.* earnings
ganancioso profitable
ganar to win; to win over; to earn
gandules *m. pl.* pigeon peas
garantizar to guarantee
gasto expense; expenditure
gavilla bundle, sheaf
género grammatical gender; sexual gender; genre (*type of literature or film*)
genio temper
gestado conceived
gesto gesture; expression
giro turn; turn of phrase, expression
gobernar (ie) to govern

gobierno government
golfo gulf; lazy person (*slang*)
golpe blow; **de ~** suddenly; **~ de estado** coup d'état, overthrow of the government; **~ militar** military coup
golpecito *n.* tap
goma rubber; tree gum
gorra *n.* cap
gota *n.* drop
gotear to drip
gozar to enjoy, delight in
grabación recording
grabar to record
grado grade; degree
grandote huge
grato pleasant, welcome
gritar to shout; to scream
guarda *m./f.* guard, caretaker
guardar to put away; to keep
guardería de niños day care center
guayaba guava
guerrero *n.* warrior; *adj.* warlike
guerrilla guerrilla warfare
güevón *adj.* stupid, silly (*vulgar slang*)
guía *m./f.* guide
guion *n.* script; hyphen
guionista *m./f.* script writer
guita cash, "dough" (*slang*)
gusano worm; **~ de seda** silkworm
gusto *n.* like, interest; taste

H

hábil clever, skillful
habitante *m./f.* inhabitant
hablador talkative, chatty
hacer to do; to make; **~ caso de/a** to pay attention to; to take notice of; **~ pesas** to lift weights; **~ un papel** to play a role
hacia toward, to
hada madrina fairy godmother
hallar to find; to discover
hallazgo finding, discovery
hambriento hungry
harina flour
hechizo *adj.* artificial; *n.* magic spell
hecho *n.* fact, deed; **de ~** in fact
helada freeze, frost
helar to freeze, ice up
herencia heritage; inheritance
herida *n.* wound
herido *adj.* wounded
herir (ie, i) to wound
hermético airtight
hermetismo secrecy, silence, reserve
hielo ice; freeze, frost
hilo thread
hispanohablante *adj.* Spanish-speaking; *n.* Spanish speaker
hispanoparlante *adj.* Spanish-speaking; *n.* Spanish speaker
historia story; history
hocico snout

hogar home; hearth
hoja leaf; sheet
hollín soot
hombría manliness
honrado honest, decent
hoyo hole
hueco hole
huella trace, mark; footprint; fingerprint
huir to flee; to escape
humedad humidity
humilde humble, modest, lowly
humo *n.* smoke
huracán hurricane
husmear to sniff out; to pry into

I

idioma *m.* language
igualar to make equal; to match
igualdad equality
imponer to impose
imprescindible essential, indispensable
impresionante impressive, amazing
imprimir to print
impuesto *adj.* imposed; *n.* tax
impureza impurity
incansable tireless
incendiar to set on fire
incendio forestal forest fire
incertidumbre *f.* uncertainty, doubt
incluso even; including
incómodo uncomfortable
inconfundible unmistakable
incontable countless, innumerable
indeleble indelible
indespegable inseparable, permanently attached
índice index; rate
indígena americano *m./f.* Native American
indulto *n.* pardon
indumentaria clothing, apparel, dress
inesperado unexpected
inestabilidad instability
inestable unstable
infancia infancy
infarto heart attack
inflado *adj.* inflated
inflar to inflate
ingenuismo naiveté, ingenuousness
ingresar to deposit; to earn; to enter or join; to be admitted
ingreso admission; **ingresos** *m. pl.* income
iniciar to start, begin
inmejorable excellent, superb
inmigrar to immigrate
innato innate, inborn
innegable undeniable
innumerables *pl. adj.* countless
inodoro toilet
inquietar to worry, disturb
inquietud concern, worry
insaciable insatiable

inscribirse en to enter, sign up for
insensatez senselessness, stupidity
insospechado unsuspected
intentar to attempt, try to
intercambiar to exchange
intercambio: estudiante de ~ *m./f.* exchange student
internar to admit (hospitalize); **internarse** to go deeply into
interrogante *n.* query, question
intromisión insertion; interfering
inundación *n.* flood
inútil useless
invasor invader
invencible invincible; unconquerable
invernadero *n.* greenhouse
inversión investment
inversionista *m./f.* investor
invertir (ie, i) to invest
involucrado involved
irremisiblemente unpardonably
izquierdista *m./f.* leftist

J

jabón *m.* soap
jabonar to soap, soap up
jactarse to brag
jamás never
jefe head; chief; boss
jerarquía hierarchy
jerarquización hierarchization
jonrón home run
jorobado hunchback
jubilar(se) to retire
judío *n.* Jew; *adj.* Jewish
juez *m.* judge
jueza *f.* judge
jugador player
juguetón playful
juicio judgment
junta board, council; **~ militar** military junta
juntar to join, bring together
jurar to swear, take an oath
justo just, fair
juventud youth
juzgar to judge

L

laboral related to work, labor
lacra *n.* blot, blemish
ladino person who has adopted Spanish and Hispanic culture (*Guatemala*)
lado side; **por un ~** on the one hand; **por otro ~** on the other hand
ladrar to bark
ladrón thief
lágrima *n.* tear
laguna lacuna, gap
lamentar to lament, mourn
lanzador pitcher (*in baseball*)

lanzar to throw; to launch; **lanzarse** to begin to

largo long; **a lo ~ de** along, throughout

lastimado *adj.* hurt

lata tin; can

latigazo lashing, lash (*of a whip*)

latir to beat

lazo *n.* tie

leal loyal

lealtad loyalty

lecho bed; **~ de muerte** deathbed

lector reader

lectura reading

legado *n.* legacy

legumbre *f.* vegetable

lema *m.* motto, slogan

lengua: dominar una ~ to speak a language well

lenguaje mode or style of language; language

lento slow

leña firewood

letra letter of alphabet; lyrics of a song

liberar to free, release; to liberate

libre pensador free thinker

licenciatura university degree, traditionally requiring five years of study

lidiar to fight; to deal or struggle with

ligado linked

ligeramente slightly

limpiador cleaner

limpieza cleaning, cleanliness

llamar la atención to attract attention

llanta *n.* tire

llave *f.* key; faucet

llegada arrival

llenar to fill

llevar to carry; to lead; to have been; **~ a** to lead to; **~ a cabo** to carry out, to accomplish; **llevarse** to carry away

lobo wolf

loco crazy

lograr to manage to; to succeed in

logro *n.* achievement

lote *n.* portion, share

lucha *n.* struggle, fight

luchar to struggle; to fight for

luego then, next, later

lugar *n.* place

lujo: darse el ~ de to give or allow oneself the luxury of

luminotecnia lighting

M

madera *n.* wood

maderero *adj.* pertaining to timber or lumber

madurar to ripen; to mature

maestría mastery; master's degree

maestro schoolteacher; master

mago magician; wizard

malanga root vegetable

maldad evil; evil act

maldecir *irreg.* to curse

maldito damned, cursed

malentendido *n.* misunderstanding

malva mauve

manar to flow, run

mancha de sangre bloodstain

manchar to stain, get dirty

manco one-handed, one-armed

mandar to send; to order, command

manejar to run, manage; to drive; to use

manejo use, operation

manguera hose

maní *m.* peanut

manifestación manifestation, show, sign; demonstration, rally

manifestar (ie) to show, display

manifiesto statement, declaration

mantener *irreg.* to maintain, keep; to support

mantenimiento maintenance; support

mantequilla de maní peanut butter

mañana morning; **muy de ~** very early in the morning

marca *n.* brand, make

marcharse to go away, leave

mareado dizzy

marginar to marginalize, exclude

marianismo devotion to the Virgin Mary

marrón *adj.* dark brown

mas but, however

más more; **es ~** what's more

masa mass; pulp; dough

materia subject matter; **~ prima** raw material

matorral thicket, bushes, scrubland

mayordomo butler

mazorca corncob

mecanografía typing

medida measure; step

medio *adj.* middle; half; average; *n.* means; **media naranja** better half (spouse); **~ ambiente** natural environment; **por ~ de** by means of; **medios de comunicación** media

mediocridad mediocrity

mejorar to improve

mendigo beggar

menear to move, shake

menos less; **echar de ~** to miss; **por lo ~** at least

mensaje *n.* message

mentir (ie, i) to lie

mentira *n.* lie, falsehood

menudo: a ~ often

mercadeo marketing

mercader merchant

mercadotecnia marketing

merecer to deserve

merodear to prowl about

mestizaje mixing of races and cultures (European and Native American)

mesura moderation, restraint

meta goal, aim

metáfora metaphor

metedura de pata faux pas

meter la pata to put your foot in it

metralleta submachine gun

mezcla *n.* mixture

mezclar to mix

mezquita mosque

microondas *m. sing.* microwave oven

miel *f.* honey

miembro *m./f.* member

mientras while; **~ tanto** meanwhile

milagro miracle

miliar *n.* thousand

milpa corn field

mimado spoiled, pampered

mina *n.* mine

minero *adj.* mining, pertaining to mining

minorista *adj.* retail; *n.* retailer

minutaje total time in minutes

mira *n.* aim, intention

mirada *n.* look, glance

misa Catholic mass

mito myth

moda: de ~ in style, fashionable, popular; **ponerse (*irreg.*) de ~** to come into fashion

modismo idiom

modista *m./f.* fashion designer

modisto fashion designer

modo mode, manner, way; **a mi ~ de ver** in my view, the way I see it; **de ~ que** so, thus; **de ningún ~** in no way

molestar to bother

montaje editing

monto sum, total

moraleja moral (*of a story*)

morder (ue) to bite

mordida *n.* bribe (*Mexico*)

moreno olive-skinned; dark-skinned; tanned

moro *n.* Moor; *adj.* Moorish

mostrar (ue) to show

motivo motif; reason, cause, motive **por este ~** for this reason

móvil motive for a crime

mudarse to move to another house

muerte *f.* death

muestra *n.* sign; sample; display

multiplicidad great number; multitude

multisecular *adj.* many centuries old

mundial *adj.* world, worldwide

muñeca doll

muñeco doll, puppet

muralla city wall

musulmán *adj.* Moslem

N

nacer to be born

nadie no one, nobody, (not) anybody

nalga buttock, rump

narrar to narrate
natal *adj.* native, home
navegante *m./f.* navigator, sailor
neblina fog, mist
necesidad *n.* need, necessity
negación denial; refusal
negar (ie) to deny; **negarse a** to refuse to
negocio *n.* business
negrita: en ~ in boldface
ni siquiera not even
nicho niche, recess (*in a wall*)
nieve *f.* snow; **tempestad de ~** snowstorm
ningún, ninguno no, not any, none; **de ~ modo** in no way
niñez childhood
nivel level; **~ de vida** standard of living
nocivo harmful
norma norm, standard
notario notary
noticias *f. pl.* news
noticiero related to news
nudo knot; climax (*of a novel, drama*)
numerar to enumerate, number
nutrir to nourish

Ñ

ñame *m.* yam (*similar to sweet potato*)

O

obedecer to obey
obligar to force, oblige
obra *n.* work; **~ de bien** good deed; **~ maestra** masterpiece
obrero *n.* worker; **clase obrera** working class
obsequiar to offer as a gift
obstante: no ~ however, nevertheless
obstinado obstinate, stubborn
occidental *adj.* western
ocultar to hide
ocurrido occurred; **lo ~** what happened
odiar to hate
odio hatred
ofendido insulted, hurt
oficial *n.* officer
oficio trade, job
ola *n.* wave
olla pot, pan
olor *n.* smell
olvidar to forget
ondulante undulating, waving
oprimir to oppress
opuesto opposite
oración prayer; sentence
orden *m.* order, arrangement, disposition; *f.* command
ordenador computer (*Spain*)
organismo organization
orgullo pride
orgulloso proud

orificio de bala bullet hole
orisha *m.* god/saint of santería
oro gold
orquestado orchestrated
oscurecer to get dark
oscuro dark
ostentar to show off, have
ostra oyster
otorgar to grant, give

P

padecer to suffer from
padrastro stepfather
paisaje *n.* landscape
paladar *n.* palate, taste
palanca lever, crowbar; **tener** (*irreg.*) **~** to have connections
paloma dove
pandilla gang
panfleto pamphlet; **sin caer en el ~** to avoid melodrama, superficial emotion
pantalla screen (*movie*); lampshade
papa *f.* potato
Papa *m.* Pope
papel paper, role, **cambiar de ~** to switch roles; **hacer un ~** to play a role
par *n. m.* couple, pair; **a la ~ con** at the same time as, while
paraestatal public, semi-official
parapetarse to hide oneself
parar to stop; **pararse** to stand up
parecer to seem; **parecerse a** to resemble; **al ~** apparently
parecido similar
pared wall; **entre la espada y la ~** between a rock and a hard place
pareja pair, couple; partner
paro unemployment (*Spain*)
parque de los robles oak grove
parra: subirse a la ~ to get all high and mighty
parrilla *n.* grill
partícipe participant; **~ de algo** party to or informed about something
particular *adj.* particular; *n.* individual
partir to leave, depart; **a ~ de** beginning in/on/with
pasamanos *m. sing. or pl.* handrail
pasante intern
pasantía internship
pasar to pass; to go through; **pasársele la mano** to go too far, to cross the line
pasear al perro to walk the dog
paseo *n.* walk, stroll
paso *n.* step, stride; **a grandes pasos** by leaps and bounds
pastoso doughy, pasty
pata foot and leg of an animal; **metedura de ~** faux pas; **meter la ~** to put your foot in it
patrocinado sponsored; patronized
patrón standard; pattern; patron, boss, master

pecado *n.* sin
pedazo piece
pedir (i, i) to ask for; to order; **~ prestado** to borrow
pegamento *n.* glue
pegar to hit; to stick, glue
peldaño step (*of a porch or stairs*)
pelear to argue, quarrel
película *n.* film; **rodar (ue) una ~** to shoot a film
peligrar to be in danger
peligro danger
peligroso dangerous
penoso painful, distressing
pensador: libre ~ free thinker
pensamiento thought; idea
percatarse de to notice, take note of
pérdida loss
perdido *adj.* lost; **perdida** *n.* loose woman
perdiz partridge
perecer to perish
perfil *n.* profile
periodista *m./f.* journalist
perjudicar to damage, harm, impair
permanecer to remain
personaje character (*in a novel*)
pertenecer to belong
pesar to weigh; **a ~ de** despite, in spite of
pesas: hacer ~ to lift weights
pez *m.* fish
picado chopped
picana eléctrica electric (cattle) prod
picante very hot; highly seasoned
pie: echar ~ atrás to back out, down
piel *f.* skin; leather; fur
pieza piece; room
pila small battery
pincel paintbrush
pintura paint; painting
pitar to blow a whistle; to honk
pitón horn (*of a bull*)
placa de matrícula license plate
plagar to plague; to infest
platanero banana tree
platicar to talk, chat (*Mexico*)
plazo period of time; **a largo ~** *adv.* in the long run, *adj.* long-term
plenamente fully, completely
pleno full; **en ~ verano** in the middle of summer, at the height of the summer
plomo lead
población population
poblador inhabitant, settler
pobreza poverty
poder (ue) *v.* to be able; *n.* power
poema *m.* poem
poeta *m./f.* poet
polémica controversy, debate
polifacético multifaceted
polígono de tiro firing range; **hacer ~** to practice shooting at a firing range
politeísta *adj.* polytheistic
pollona little chicken

polvo dust; powder

poner *irreg.* to put, to place; **ponerse de moda** to come into fashion

ponzoñoso poisonous

popular of the people, people's; popular

por by; for; through; ~ **acaso** by chance; ~ **consiguiente** therefore; ~ **dónde** which way; ~ **encima** superficially; ~ **eso** therefore; ~ **esta razón** for this reason; ~ **este motivo** for this reason; ~ **lo tanto** therefore; ~ **si acaso** just in case; ~ **supuesto** of course; **tener** ~ **resultado** to result in; ~ (+ *inf., adj.*) because of; ~ (+ *n.*) for

pormenor *n.* detail, particular

porque because

porquería filth, garbage

portar to carry, bear

portavoz *m./f.* spokesperson

porteño of or from Buenos Aires

porvenir *n.* future

pos: en ~ de after, in pursuit of

postura position, stand

potencia power, ability

potenciar to foster, promote; to strengthen

pozo *n.* well; ~ **de los deseos** wishing well

predecible predictable

predecir *irreg.* to predict, foretell

prejuicio prejudice; bias

premio prize, award

prensa press, media

preocuparse de to worry about

presenciar to be present at, to witness

prestado: pedir ~ to borrow

préstamo borrowing; loan

presupuesto *n.* budget

pretender to intend; to aim to

pretina belt, waistband

prever *irreg.* to foresee, predict

previsible foreseeable

primero *adj., adv.* first

primigenio original, primitive

primordial basic, fundamental, essential

principiante beginner

principio principle; beginning; **al** ~ at first

problema *m.* problem

procedencia origin

procesamiento de datos data processing

procesar to prosecute, put on trial

procurar to endeavor, try to

producir *irreg.* to cause; to produce

proeza *n.* exploit, feat

promover (ue) to promote, encourage

promulgar to put (*a law*) into force

pronto soon; **de** ~ suddenly

propiedad property; propriety

propietario owner; landlord

propio own; one's own; very same

propósito purpose

protagonizar to take a leading part in

proveedor magazine (*of a firearm*)

provenir *irreg.* to come from

provocar to provoke; to cause

proyectil projectile; bullet

prueba proof, evidence

público *n.* audience

pueblo people of a region or country; town, village

puente bridge

puerco pig; **carne de** ~ pork

puesto (*p.p. of* **poner**) put; placed; ~ **de canje** *n.* stall or booth for small trades or exchanges; ~ **que** because, since

pujante strong, vigorous

puntaje score, point total

puntería *n.* aim

punto de mira sight of a gun; objective

puñado fistful

puñal dagger

puro cubano Cuban cigar

Q

quedarse to stay, remain

quejarse to complain

quemadura *n.* burn

quemar to burn

queroseno kerosene

quiebra: en ~ broke, bankrupt

quiebre breakdown, collapse

quinceañera girl celebrating her 15th birthday (*Latin America*)

quitar to take away, remove

quizás perhaps, maybe

R

rabioso furious, angry

rabo tail

radicar to be rooted in; to lie in

raído frayed, threadbare; shameless

raíz root; **echar raíz/raíces** to take root

rango *n.* rank

rascar to scratch

rasgo trait, feature

rasurarse to shave

rato *n.* a while, short period of time; **pasar el** ~ to pass the time

razón *f.* reason; **por esta** ~ for this reason; **una** ~ **por la cual** one reason why

razonamiento reasoning

reacio reluctant, resistant

real *adj.* real; royal

realizado accomplished, fulfilled

realizar to do; to make real; to achieve

rebelde *adj.* rebellious; *n.* rebel

rebueno very good

recado message; errand

recargable rechargeable

recargar to recharge; to load down

receloso suspicious, apprehensive

receta recipe; prescription

rechazar to reject

recibir tregua to get a break, relief

reciclaje *n.* recycling

recién newly; just, recently

recipiente container

reclamar to claim, demand

reclusión seclusion

recoger to gather, collect; to pick up; to gather together

reconocer to recognize

reconocimiento recognition

recuerdo *n.* memory, recollection

recurso resource; ~ **poético** poetic device

red net; network; Internet; ~ **social** social network

redacción composition; writing

redactar to write, draft

redactor editor, writer

redada police raid

redentor *adj.* redeeming

reemplazar to replace

reforzar (ue) to reinforce, strengthen

refrescar to refresh; to cool down

refresco soft drink

regadera shower head

regalo gift

regar (ie) to water

regresar to return

reina queen

reino kingdom

reír (i, i) to laugh at

reja iron grille, screen (*on a window*)

remediar to remedy; to put right

remesa remittance

remisible pardonable, forgivable

remitente *m./f.* sender (*of a letter*)

remitir to remit, send; to forgive, pardon

remontarse to go back to; to date from

remordimiento remorse

renacer to be reborn

rengo lame

rentable profitable

rentista stockholder

renuncia resignation

reparto *n.* cast (*of a play, film*)

repente: de ~ suddenly

reprender to scold, correct

repuesto (*p.p. of* **reponer**) replaced; *n.* replacement

res: carne de ~ beef

rescate *n.* rescue

reseña *n.* review

residuo residue

respaldo *n.* back (*of a chair*)

respetado respected, honored

respetuoso respectful

respirar to breathe

restañar to staunch, stop the flow of

restringido restricted, limited

resultado *n.* result; **como** ~ as a result

resultar to turn out; to be; ~ **de** to result from

resumen summary

retener *irreg.* to retain; to hold back

retrasarse to get or fall behind

retrato portrait

reunión meeting, gathering

revelar   to reveal
reventado   broken, smashed
revés: al ~   the other way around
revisar   to review; to revise; to check
revisión   review; check, inspection
revista   magazine
revolverse (ue)   to revolve; **revolvérsele la sangre**   to make one's blood boil
revuelo   fluttering; stir, commotion
rey *m.*   king
rezar   to pray
riada   flood
rico   rich
riesgo   risk; **correr el ~**   to run the risk
rincón   inside corner
riqueza   riches, wealth
risa   laughter
rizado   curly
rodar (ue)   to roll; **~ una película**   to shoot a film
rodeado   surrounded
rodear   to surround
rogar (ue)   to beg, plead
rompecabezas *m. sing.*   puzzle; **armar un ~**   to solve a puzzle
rostro *n.*   face
rotulado   labeled
rotular   to label
rótulo *n.*   label
ruego *n.*   request, entreaty
ruido   noise

S

sabor *n.*   flavor; taste
sabroso   delicious
sacar   to take out, extract
sacerdote   priest
sagrado   sacred
salario   wage, wages
salida   departure; exit
salir *irreg.*   to leave, go out; **salirse con la suya**   to get one's own way
saltar   to jump, leap
saludable   healthy
saludar   to greet, say hello to
salvaje   wild; savage
salvar   to save
sangre *f.*   blood; **mancha de ~**   blood stain; **revolvérsele (ue) la ~**   to make one's blood boil
sangría   spilling of blood; Spanish punch with red wine and fruit
sangriento   bloody
sanitario *adj.*   related to health / health policy
santería   religion of mixed African and Christian origin
sapo   toad
secuestro   kidnapping; hijacking
seda   silk
sede *f.*   seat, place; venue
seductor *adj.*   seductive; *n.*   seducer; charmer

seguida: en ~   immediately
seguidor   follower
seguir (i, i)   to follow; to continue, to keep on; **~ en sus trece**   to stick to one's guns
según   according to
seguro   insurance
selección   selection; **~ de fútbol**   soccer team, composed of players from a single nation, that competes in the World Cup
sello *n.*   stamp; seal
selva   jungle, forest
sembrar (ie)   to sow, plant seed
semejante   similar
semejanza   similarity, likeness; **a ~ de**   just like, as
semilla *n.*   seed
senda   path, track
sendero   path, track
sensibilidad   sensitivity
sensible   sensitive
sentar (ie)   to seat; to set, establish
sentido   meaning, sense; **~ del humor**   sense of humor; **tener ~**   to make sense
sentimiento   feeling
sentir (ie, i)   to feel; to regret; to be sorry about
señalar   to point out; to indicate
sequía   drought
ser *v.*   to be; **~ el uno**   to be the best; *n.*   being
seto   hedge, fence, enclosure
sicario   hitman, hired killer
sida *m.*   AIDS (*med.*)
siembra *n.*   sowing, sowing time
siglo   century
significado   meaning
significar   to mean; to signify
siguiente   following
sillón   armchair; **~ de terciopelo verde**   green velvet armchair
símil   simile
simpático   pleasant, likable
sin   without; **~ embargo**   however; **~ límite**   limitless
sinagoga   synagogue
sincrético   syncretic
sincretismo   syncretism
siniestro   disaster
sino   but
siquiera   even; **ni ~**   not even
sistema *m.*   system
sitio   place; **~ de mala muerte**   godforsaken place; **~ web**   webpage
soberbio   magnificent, superb; proud
soborno   bribery; bribe
sobrar   to be left over; to be more than enough
sobre *n.*   envelope
sobredosis *f.*   overdose
sobregeneralizar   to overgeneralize
sobrepoblación   overpopulation
sobresaliente   outstanding
sobresalir *irreg.*   to stand out
sobresaltar   to fall upon; to attack

sobretodo *n.*   overcoat
sobrevivir   to survive
socarrón *adj.*   cunning; sarcastic, ironic
socio   business partner; member of club
sofreír (i, i)   to sauté
soledad   solitude, loneliness
soler (ue)   to be in the habit of; to usually (do)
solicitar   to apply for
solicitud   application
soliviantarse   to become angry, get roused
solo *adj.*   alone; sole
solo/sólo *adv.*   only (*accent optional*)
soltar   to let go of, release
soltero *adj.*   single, unmarried; *n.*   unmarried person
someter   to subdue, subjugate; **someterse**   to submit to; to undergo
sonreír (i, i)   to smile
sonriente *adj.*   smiling
soñador *n.*   dreamer; *adj.*   dreamy
sopesar   to test the weight of; to consider
soplador   blower; **~ de hojas**   leafblower
soplar   to blow
sortear   to dodge, avoid; to decide by chance; to draw lots (for)
soslayo: de ~   sideways; obliquely
soso   tasteless, insipid, dull
sospechar   to suspect
sostén   support
subcomisario   deputy commissioner; chief of police
subir   to go up; to get on (*a bus, train*); to climb
suceder   to happen
suceso   event; happening
sudor *n.*   sweat
sueldo   salary
suelo   ground; floor; soil
suelto   loose, free; flowing
sueño *n.*   dream; sleep
sumamente   extremely, exceedingly, highly
sumo   great, supreme
sumiso *adj.*   submissive
superar   to surpass, exceed; to overcome
superpoblación   overpopulation
supervivencia   survival
supresión   suppression, elimination, deletion
suprimir   to suppress, to abolish, eliminate; to cut out, delete
supuesto   supposed; **por ~**   of course
surgimiento   emergence
surgir   to appear; to emerge; to arise
susceptible de   liable to; capable of
sustantivo   noun
sustento *n.*   support; sustenance
sutileza   subtlety

T

tal   such; **~ y cual**   such and such
tamaño   size
también   also, too

tambor drum; drum of a revolver

tanto as much, so much, such a; **por lo ~** therefore

tapar to cover up

tarea task; homework

taquilla ticket office, window

taquillero: éxito ~ box-office success

tarifa tariff, tax

tartamudo *adj.* stuttering

tasa rate; **~ de desempleo** unemployment rate

tela fabric, cloth; oil painting

telediario daily news program

tema *m.* topic, theme

temer to fear

temor *n.* fear

tempestad de nieve snowstorm

temporada period, season; **de ~** of the season, of the moment

tender (ie) to stretch; to extend; to tend to

tener *irreg.* to have; **~ como/por resultado** to result in; **~ enchufe** to have connections; **~ palanca** to have connections; **~ vergüenza** to be ashamed

tercio *n.* third

terciopelo velvet

terminar to end, finish

término term; end, conclusion

terrateniente *m./f.* landowner

terremoto earthquake

terruño native land

testigo *n.* witness

tibio tepid

tierno affectionate, tender

tildar de to label, characterize as

tipo type; guy

tipología typology

tira cómica comic strip

tiro shot

título universitario academic degree

tocar to touch; to play (*a musical instrument*); **tocarle a uno** to be one's turn or obligation

toma directa *n.* live shot

tomar to take; **tomar(se) en cuenta** to take into account

tontería foolishness, silliness

torero bullfighter

torno: en ~ a about; around

totear to explode, burst (*slang, Colombia*)

trabajador *adj.* hardworking; *n.* worker

tragar to swallow

trama *n.* plot

trámite step, procedure; *pl.* paperwork, errands, red tape

transcurrir to pass, elapse

tras after; behind

trasladar to transfer, move

traspaso *n.* transfer

trasponer *irreg.* to transpose; to move across

trastes *m. pl.* housewares, pots and pans

trasvasijar to pour into another container

tratamiento treatment; terms and pronouns of addressing a person

tratar to treat; to deal with; **~ de** to try to; to be about

través: a ~ de across, through

travieso naughty, mischievous

tregua truce; **no recibir ~** not to get a break

tribunal court, tribunal

trinomio *n.* something composed of three elements

tripas *f. pl.* guts, intestines

triunfar to triumph; to succeed

tronchar to cut down; to cut off

tropezar (ie) to stumble, trip; to bump into

tumbadora large conga drum

tumbar to knock down/over

tutela tutelage, protection

U

ubicación placement, location

ubicar to locate, place

último *adj.* last; **por ~** *adv.* lastly

umbral threshold

único *adj.* only, sole

unir to unite; to join together

uno: ser el ~ to be the best

urbe *f.* large city

urdido put together, contrived

útil useful

V

vacío *adj.* empty; *n. m.* void

vago lazy, slack

valer to be worth; **valerse de** to make use of

¡válgame Dios! God help me!

valioso valuable

valor value; courage

valoración valuation, appraisal

vanguardia vanguard; avant-garde

varilla rod, rail

varón *n.* male, man

vasallo vassal

vasija vessel, pot, dish

vatio watt

vecindad vicinity, nearness

vecindario neighborhood

velocidad speed, velocity; **~ crucero** cruising speed

veloz quick, fast

veneno poison; venom

venidero *adj.* coming, future

venta sale, selling

ventaja advantage

ventanal large window

ventilador electric fan

verano: en pleno ~ in the middle of summer, at the height of the summer

verdadero true

verdugo executioner

vergüenza shame; **tener** (*irreg.*) **~** to be ashamed

verso line of a poem

verter (ie) to pour or dump out

vestirse (i, i) to get dressed

vez time, occasion; **a la ~** at the same time; **a su ~** in turn; **en ~ de** instead of; **otra ~** again

vía way, road, track; **~ media** middle way; **en vías de desarrollo** developing (e.g., *nation*)

vicio vice; bad habit

vidrio glass

vientre stomach, belly

vigente current, in force

vigor: entrar en ~ to take effect, come into force

villa miseria shantytown

vinculado linked, bound

violador rapist

vista view; **en ~ de** in view of, considering

vistazo: echar un ~ to take a look at

viuda widow

vivienda housing

vivo alive; lively

vocablo word

vocho Volkswagen Beetle (*Mexico*)

volver to turn; to return; **volverse** to become; **~ a** to do again

vuelta turn; return; a trip around something; walk, stroll; **dar vueltas** to turn around; to move around; to go around, circle; to stir (*coffee*)

W

WC *m.* water closet, toilet

Y

ya already; now; **~ no** not any more; **~ que** since, as, because

yautía starchy, edible root

yerba herb; **~ mate** herbal tea (*Argentina*)

yuxtaposición juxtaposition

Z

zanjón gully, ditch

zurdo left-handed; clumsy

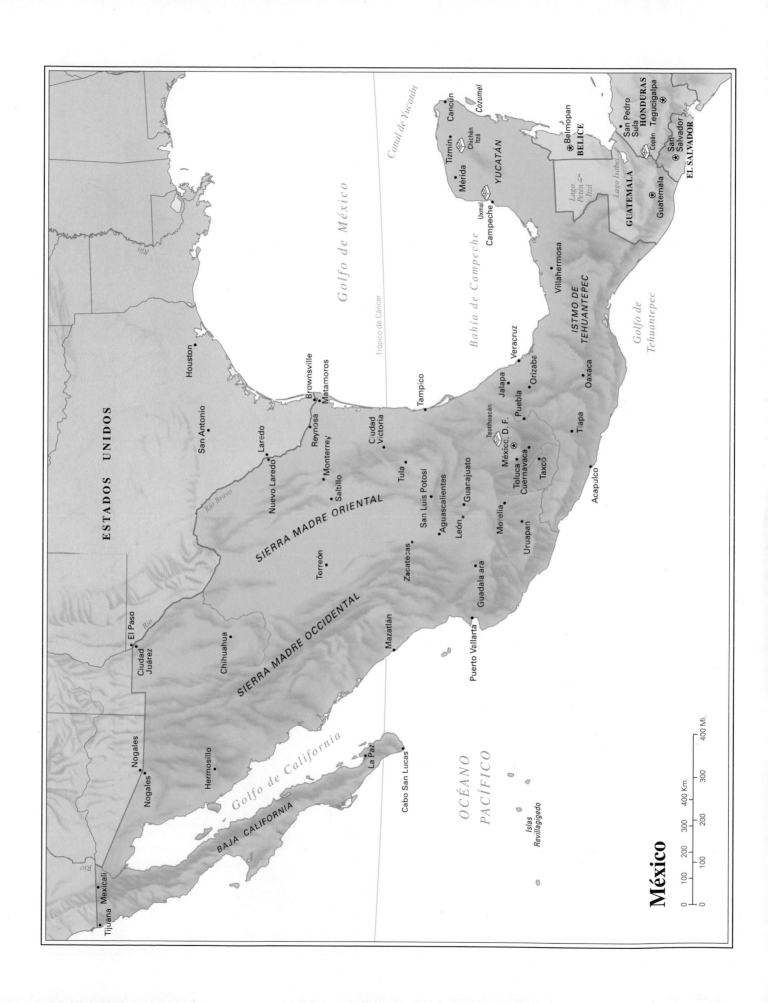

México

ESTADOS UNIDOS

Tijuana
Mexicali
Nogales
Nogales
El Paso
Ciudad Juárez
Chihuahua
Hermosillo
La Paz
Cabo San Lucas

Río
Río Bravo
Río

SIERRA MADRE OCCIDENTAL

SIERRA MADRE ORIENTAL

Houston
San Antonio
Laredo
Nuevo Laredo
Reynosa
Monterrey
Saltillo
Brownsville
Matamoros
Ciudad Victoria
Tampico

Torreón
Zacatecas
San Luis Potosí
Aguascalientes
León
Guanajuato
Tula
Morelia
Uruapan
Guadalajara
Mazatlán
Puerto Vallarta

Teotihuacán
México, D. F.
Toluca
Cuernavaca
Taxco
Acapulco
Puebla
Jalapa
Orizaba
Veracruz
Tlapa
Oaxaca

Villahermosa

Golfo de México

Trópico de Cáncer

Canal de Yucatán

Cancún
Cozumel
Chichén Itzá
Tizmín
Mérida
YUCATÁN
Uxmal
Campeche

Bahía de Campeche

ISTMO DE TEHUANTEPEC

Golfo de Tehuantepec

Belmopan
BELICE
Lago Petén Itzá
Lago Isabel
GUATEMALA
Guatemala
San Pedro Sula
HONDURAS
Copán
Tegucigalpa
San Salvador
EL SALVADOR

Golfo de California

BAJA CALIFORNIA

OCÉANO PACÍFICO

Islas Revillagigedo

0 100 200 300 400 Km.
0   100   200   300   400 Mi.

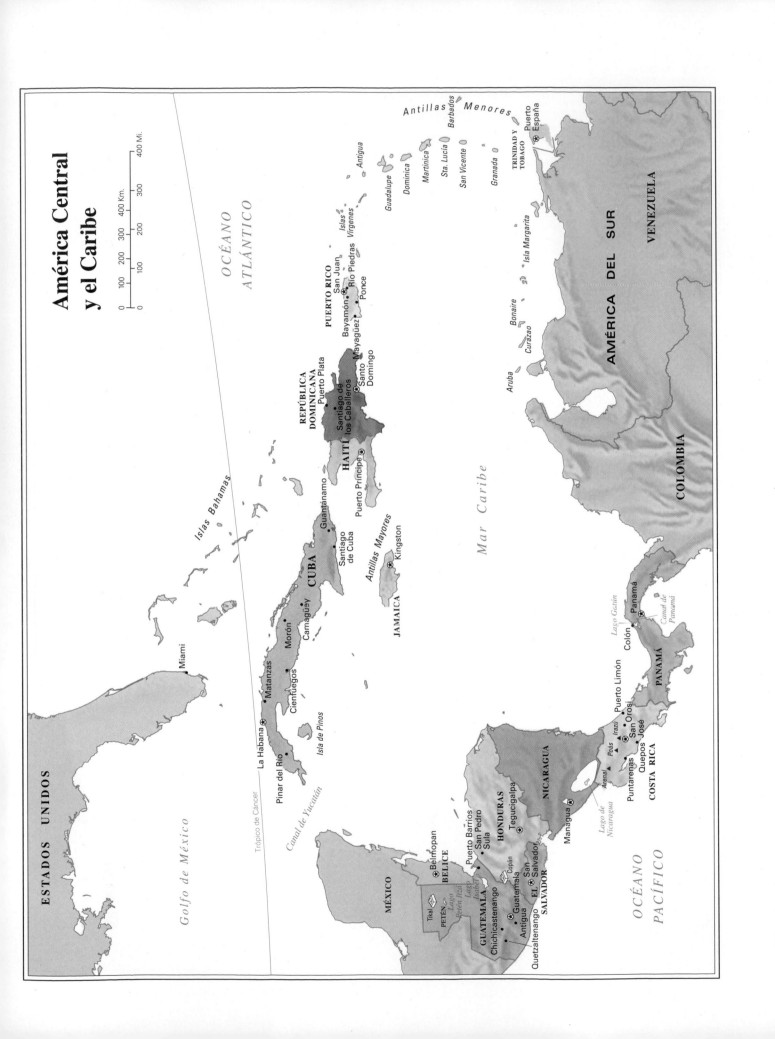

América Central y el Caribe

ESTADOS UNIDOS

OCÉANO ATLÁNTICO

Golfo de México

Miami

Trópico de Cáncer

Islas Bahamas

Canal de Yucatán

Pinar del Río

La Habana

Matanzas

Cienfuegos

Isla de Pinos

CUBA

Morón

Camagüey

Santiago de Cuba

Guantánamo

Antillas Mayores

JAMAICA

Kingston

HAITÍ

Puerto Príncipe

REPÚBLICA DOMINICANA

Puerto Plata

Santiago de los Caballeros

Santo Domingo

PUERTO RICO

San Juan

Bayamón

Río Piedras

Mayagüez

Ponce

Islas Vírgenes

Antillas Menores

Antigua

Guadalupe

Dominica

Martinica

Sta. Lucía

San Vicente

Barbados

Granada

TRINIDAD Y TOBAGO

Puerto España

Isla Margarita

Aruba

Curazao

Bonaire

VENEZUELA

AMÉRICA DEL SUR

COLOMBIA

Mar Caribe

MÉXICO

BELICE

Belmopán

Tikal

PETÉN

Lago Petén Itzá

Lago Izabal

Puerto Barrios

San Pedro Sula

HONDURAS

Copán

Tegucigalpa

GUATEMALA

Guatemala

Antigua

Chichicastenango

Quetzaltenango

EL SALVADOR

San Salvador

NICARAGUA

Managua

Lago de Nicaragua

COSTA RICA

Arenal

Poás

Irazú

San José

Orosi

Puntarenas

Quepos

Puerto Limón

PANAMÁ

Colón

Lago Gatún

Panamá

Canal de Panamá

OCÉANO PACÍFICO

OCÉANO ATLÁNTICO

0   100   200   300   400 Km.

0   100   200   300   400 Mi.

Mar Caribe

OCÉANO
ATLÁNTICO

Barranquilla
Cartagena
Maracaibo
Caracas
TRINIDAD Y
TOBAGO
La Guaira
Puerto España
San Carlos
Ciudad Bolívar
VENEZUELA
Río *Orinoco*
Georgetown
Salto Ángel
Paramaribo
GUYANA
Cayena
Medellín
SURINAM
Zipaquirá
GUAYANA
FRANCESA
Bogotá
Cali
COLOMBIA
Popayán
Otavalo
San Agustín
Santo Domingo
Pichincha
de los Colorados
Quito
ECUADOR
Chimborazo
Guayaquil
Iquitos
Río *Negro*
Río *Amazonas*
Ecuador
Belén

CORDILLERA DE LOS ANDES

Manaos

Río *Madeira*

BRASIL

Sipán
Trujillo
Recife
PERÚ
Callao
Lima
Machu Picchu
Cuzco
Puno
La Paz
Cochabamba
Arequipa
Tiahuanaco
Arica
Sucre
BOLIVIA
Brasilia
Iquique
Potosí
Salvador

Río *Paraguay*

Bello
Horizonte
Filadelfia
PARAGUAY
San Pablo
Río de Janeiro
Trópico de Capricornio
Antofagasta
Asunción
Salta
Río *Paraná*
Santos
San Miguel
de Tucumán
Puerto Iguazú
Resistencia
Río *Uruguay*
Puerto Alegre
CHILE
OCÉANO
PACÍFICO
Córdoba
Aconcagua
Mendoza
Rosario
URUGUAY
Montevideo
Viña del Mar
Valparaíso
Santiago
Buenos Aires
La Plata
Punta del Este
ARGENTINA
Río *de la Plata*
Concepción
Mar del Plata
Río *Colorado*
Bahía Blanca

CORDILLERA DE LOS ANDES

Bariloche
Puerto Montt

PATAGONIA

Estrecho de
Magallanes
Islas
Malvinas
Punta Arenas
TIERRA
DEL FUEGO
Cabo de Hornos

ISLAS GALÁPAGOS
San
Salvador
Ecuador
Santa Cruz
San Cristóbal
Quito
Isabela
ECUADOR
Guayaquil

América del Sur

0   250   500 Km.

0   250   500 Mi.

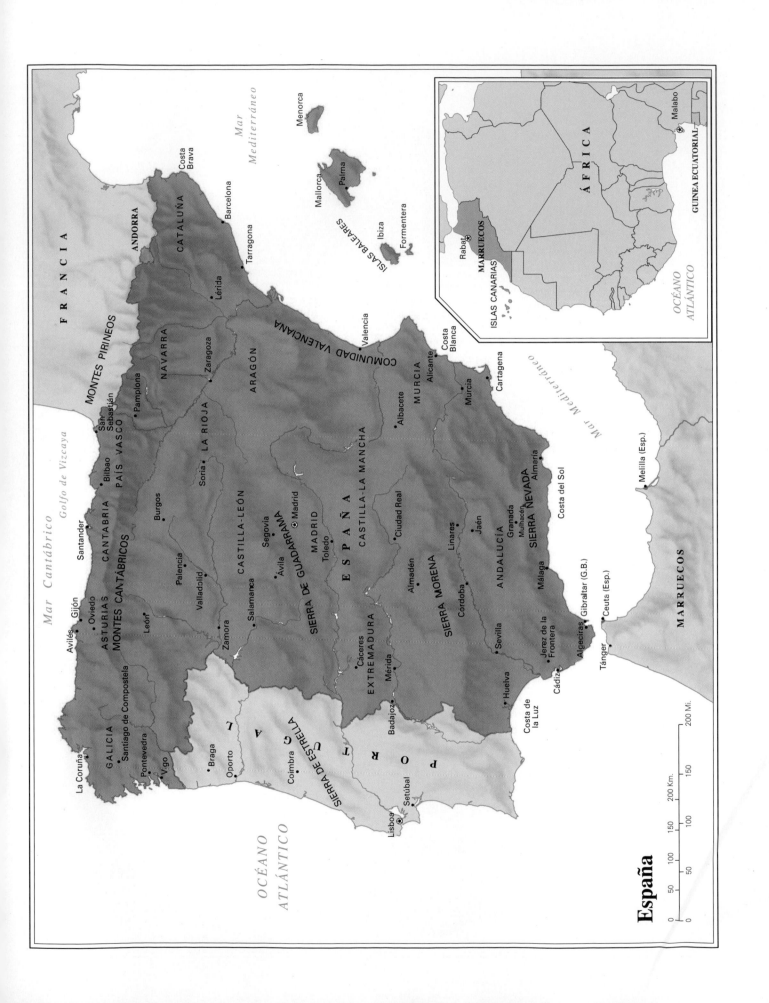

España

FRANCIA

Mar Mediterráneo

Menorca

Costa Brava

CATALUÑA

Mallorca
Palma

Barcelona

ISLAS BALEARES

Ibiza
Formentera

Tarragona

Lérida

Valencia

COMUNIDAD VALENCIANA

Costa Blanca

ANDORRA

MONTES PIRINEOS

NAVARRA

Zaragoza

ARAGÓN

Pamplona

San Sebastián

Bilbao

PAÍS VASCO

Soria

LA RIOJA

Alicante

MURCIA

Murcia

Cartagena

Mar Cantábrico

Golfo de Vizcaya

Santander

CANTABRIA

MONTES CANTÁBRICOS

Burgos

CASTILLA-LEÓN

Segovia

Madrid

SIERRA DE GUADARRAMA

MADRID

Ávila

Toledo

ESPAÑA

CASTILLA-LA MANCHA

Albacete

Ciudad Real

Mar Mediterráneo

Costa del Sol

Almería

SIERRA NEVADA

Mulhacén

Granada

ANDALUCÍA

Jaén

Linares

Almadén

SIERRA MORENA

Cordoba

Málaga

Melilla (Esp.)

Gijón

Avilés

Oviedo

ASTURIAS

León

Palencia

Valladolid

Salamanca

Zamora

GALICIA

La Coruña

Santiago de Compostela

Pontevedra

Vigo

Braga

Oporto

Coimbra

SIERRA DE ESTRELLA

P O R T U G A L

Lisboa

Setúbal

OCÉANO ATLÁNTICO

EXTREMADURA

Cáceres

Mérida

Badajoz

Sevilla

Huelva

Costa de la Luz

Cádiz

Jerez de la Frontera

Algeciras

Gibraltar (G.B.)

Ceuta (Esp.)

Tánger

MARRUECOS

ÁFRICA

MARRUECOS

Rabat

ISLAS CANARIAS

GUINEA ECUATORIAL

Malabo

OCÉANO ATLÁNTICO

0   50   100   150   200 Km.
0   50   100   150   200 Mi.